Sarah May

Op de klippen

Vertaald door Mary Bresser

SIGNATUUR

2013

Omslagontwerp: Wil Immink Design
Foto auteur: Charlie Hopkinson
Typografie: Pre Press Media Groep, Zeist
Druk- en bindwerk: Koninklijke Wöhrmann, Zutphen

ISBN 978 90 5672 414 6
NUR 302

Dit boek is gedrukt op papier dat het keurmerk van de Forest Stewardship Council (FSC®) mag dragen. Bij dit papier is het zeker dat de productie niet tot bosvernietiging heeft geleid. Een flink deel van de grondstof is afkomstig uit bossen en plantages die worden beheerd volgens de regels van FSC. Van het andere deel van de grondstof is vastgesteld dat hiervoor geen houtkap in de laatste resten waardevol bos heeft plaatsgevonden. Daarom mag dit papier het FSC Mixed Sources label dragen. Voor dit boek is het FSC-gecertificeerde Munkenprint gebruikt. Dit papier is 100% chloor- en zwavelvrij gebleekt en wordt geleverd door Arctic Paper Munkedals AB, Zweden.

Dit boek is opgedragen aan George Gowans en Robert Hutchinson, die te lang ondergronds hebben geleefd, en aan de vrouwen die zij achterlieten.

Proloog

Anna Faust had Bryan Deane driemaal gezien op de dag dat hij verdween, tweemaal aan land en eenmaal op zee. Dat was niet opmerkelijk. Heel veel mensen hadden Bryan gezien op de dag dat hij verdween – mensen die hem kenden, en mensen die hem niet kenden. Het feit dat Anna hem een halfjaar later op South Beach zag, bij de oude muziektent – pas geschilderd, zo wit dat het pijn deed aan je ogen – was wel opmerkelijk. Het was opmerkelijk omdat net een dag eerder de gerechtelijk lijkschouwer van Blyth een officiële verklaring had afgegeven inzake de vermissing van Bryan Deane, 35 jaar oud, verdwenen op zaterdag 11 april 2008. Paaszaterdag.

Bryan Deane was 'vermoedelijk overleden' verklaard op de dag dat Anna hem op South Beach had gezien.

Zijn donkerbruine haar, dat vroeger kastanjebruin oplichtte als de zon erop scheen, was Scandinavisch blond gebleekt. Ook was hij ruim tien kilo afgevallen, waardoor hij langer oogde.

De man die Anna die dag zag – de enige andere aanwezige op het strand buiten haarzelf en een kleumende vrouw, roepend naar een zwarte labrador die bewegingloos in de breed aanrollende golven stond – leek in geen enkel opzicht op Bryan Deane, maar toch herkende ze hem onmiddellijk, ondanks de afstand tussen hen. Ze voelde hem in haar maag en longen, als een opkomende misselijkheid, en dat was waar ze hem altijd had gevoeld sinds ze hem voor het eerst had gezien in de zomer van 1985, toen zij elf was en hij twaalf. En dat was waar ze hem een halfjaar geleden ook had gevoeld toen ze hem voor het eerst sinds zestien jaar had teruggezien. Op de dag dat hij spoorloos zou verdwijnen had ze hem naast zijn vijftienjarige dochter Martha zien staan.

7

Het verbaasde haar niets dat ze hem op South Beach zag op de dag nadat de lijkschouwer zijn verklaring had afgegeven. Het bevestigde alleen maar wat ze de hele tijd eigenlijk al had geweten: Bryan Deane was niet verdwenen, hij was simpelweg niet teruggekomen … als Bryan Deane, dan. Maar goed, er verdwenen wel vaker mannen, en een enkele keer vrouwen, onder omstandigheden die veel verdachter waren dan die rond Bryan Deane; zo verdacht zelfs dat ze geschiedenis hadden geschreven.

Neem al-Hakim bi-Amr al-Lah, die op een nacht als de zesde fatimidische kalief en zestiende isma'ilitische imam op zijn ezel klom en naar het al-Muqattagebergte bij Cairo reed, waar hij als een volslagen ander persoon van dezelfde ezel afsteeg. Van al-Hakim bi-Amr al-Lah werd nooit meer iets vernomen.

Tsaar Alexander I maakte het nog bonter: hij stierf in Taganrog en werd begraven in de Petrus- en Pauluskathedraal in de Petrus- en Paulusvesting in Sint-Petersburg, en dat allemaal om zijn leven voort te zetten – maar dat is slechts één versie van het verhaal – als Feodor Kuzmich in Siberië. Toen de Sovjetautoriteiten in 1925 zijn graftombe openden, bleek hij leeg.

Waarom lieten Ducat, Marshall en 'The Occasional', vuurtorenwachters van de Flannaneilanden, in allerijl hun leven voor wat het was? Hun bedden lagen nog open, de klokken stonden stil, een van de keukenstoelen was achterovergevallen en aan de haak bij de deur hing nog maar één oliepak.

En wie kwam er op het idee om aan John Stonehouse te vragen welk leven hij prefereerde: zijn leven als John Stonehouse, parlementslid, of – na de teloorgang van zijn bedrijven en verhalen over zijn buitenechtelijke relatie – zijn leven als een man die Joe Markham heette?

Toen Anna Faust het huis én het huwelijk van de Deanes binnenwandelde op paaszaterdag van het jaar 2008, wist ze dat vermissingen worden geregistreerd als misdrijf zonder slachtoffer. Maar hoe zat het dan met Bryans geschokte maar evengoed tot in de puntjes verzorgde, coupe-soleilblonde echtgenote Laura? Of zijn dochter Martha?

Zelfs Roxy, de spaniël die in al haar neutraliteit op Laura Deanes zorgvuldig gepositioneerde voeten lag gedrapeerd, rolde met haar ogen terwijl ze zich probeerde neer te leggen bij wat ze zowel instinctief als daadwerkelijk waarnam: dat er iets was voorgevallen wat het leven zo op zijn grondvesten deed schudden dat Laura vergeten was haar eten te geven. Daar kwam nog bij dat Laura boven op haar was gaan zitten toen ze lekker opgerold en met afwachtende oogjes geduldig in de hoek van de bank had liggen wachten tot *Strictly Come Dancing* opgezet zou worden. Ze was niet alleen op haar gaan zitten, ze was ook buitengewoon kwaad geworden. Laura was zichzelf niet vanavond, dacht Roxy.

En toen had de politie voor de deur gestaan.

1

Het was bijna middernacht toen Doreen Hamilton de voordeur van Parkview 17 uit stapte en deze vervolgens achter zich dichttrok. Zich vasthoudend aan de klink en gehuld in een van hals tot enkels dichtgeknoopte, gewatteerde duster die ze een keer met kerst van haar dochter Laura had gekregen, draaide ze haar lichaam naar de donkere avond, weg van het huis waar ze al ruim vijftig jaar woonde. Hijgend tuurde ze door de langzaam oplossende zeemist naar het enige wat ze kon onderscheiden, de straatverlichting die oprees uit het trottoir aan de andere kant van het tuinmuurtje, en liet de klink los.

Het amberkleurige schijnsel links van zich houdend slofte ze op haar slippers – een jaar ouder nog dan haar duster, met een borduursel van marineblauwe Franse lelies, bloemen die Doreen nog nooit had gezien – op de tast langs de voorgevel van het huis.

Toen ze geen huis meer voelde, ging ze linksaf (met het amberkleurige licht nu recht voor haar uit) en volgde het paadje tot ze bij het poortje kwam. Opgelucht voelde ze de vastigheid van het hout onder haar handen; ze bleef even staan, terwijl haar vingers langs de rand gleden van een bordje dat hun kleindochter Martha in eenvoudiger tijden voor hen had gemaakt. Ze had het nooit gezien – net zomin als ze de roze en gele terrastegels had gezien die in de tuin lagen, of de stenen wensput en de eikenhouten plantenbak, waarin een redelijk robuuste dwergconifeer groeide, met primulatjes aan zijn voet. Maar ze wist wat erop stond: GEEN FOLDERS EN RECLAMEDRUKWERK.

Ze hoorde haar eigen ademhaling, snel en fluitend, in haar oren terwijl ze de vergrendeling openklikte en tegen het tuinpoortje duwde. Verderop klonken andere geluiden; geluiden die niet hoorden bij de rand van Hartford Estate, een buurt waar gezinnen die het hoofd boven water wilden houden in deze economisch zware tijden zich voor inschreven, waar men een moestuintje had, waar de was buiten werd gedroogd en de ramen werden gelapt. De geluiden kwamen vanuit het centrum van de wijk, een armoedig donker gat met vernielde voorzieningen, dichtgespijkerde ramen en vuren die dag en nacht brandden, een buurt die verloederd was.

Een beetje paniekerig zocht Doreen op de tast het tuinpoortje van nummer 19, waar de Fausts woonden. De Fausts en de Hamiltons hadden in 1954 tot de eerste bewoners van de wijk behoord; ze waren zo trots geweest op hun nieuwe gemeentewoningen dat ze feestjes hadden georganiseerd voor minder bedeelde familieleden en vrienden die nog aangewezen waren op hun vochtige, benauwde mijnwerkershuisjes.

Uit de linkerstijl van het poortje stak een spijker waaraan ze haar duster zou kunnen ophalen, wist ze nog. Ze wist ook nog dat het poortje van de Fausts ietwat verzakt was, dat je het even moest optillen. Ze wist het allemaal nog, terwijl ze zacht en klaaglijk jammerend blindelings – het amberkleurige schijnsel was nu achter haar – en met nerveus rondmaaiende handen het tuinpad van nummer 19 op schuifelde.

Ze had geen idee hoe lang ze erover had gedaan om van het ene naar het andere huis te komen. Sinds ze blind was moest ze dingen onderzoeken, betasten … vertalen. Dingen kostten tijd.

Ze belde aan bij nummer 19 en steunde met haar rechterhand tegen de deur om op adem te komen, opgelucht dat ze haar doel had bereikt. Ze spitste haar oren en meende het geluid te horen van een bed dat zijn beslaper laat gaan. Onvaste voetstappen. Ze bukte zich stram voorover, duwde de klep van de brievenbus open en riep met schorre stem: 'Mary, ik ben het. Doreen!'

Ze rook de nieuwe verf op de voordeur. Ze rook zelfs dat het groene verf was terwijl ze zich langzaam oprichtte en met haar linkerhand aan de kraag van haar duster trok. De vorige keer dat ze om middernacht bij Mary Faust voor de deur had gestaan – de enige andere keer dat ze 's nachts voor iemands deur had gestaan – was in de nacht geweest dat Laura was geboren. Ze hadden haar gezegd dat ze geen kinderen kon krijgen, maar in 1974, onverwacht, ze was al

42 jaar, was ze ineens in verwachting geweest. Het ziekenhuis had ze niet gehaald. Laura was op de vloer van de badkamer van nummer 19 ter wereld gekomen, opgevangen door een bibberige, ongelovige Mary.

De deur van nummer 19 ging open en de aard van het licht veranderde.

Mary Faust, in een duster die niet veel verschilde van die van Doreen, haar kleine, stijve krulletjes geplet door een haarnetje, keek bezorgd maar ook met een zweempje irritatie naar haar zo goed als blinde buurvrouw.

Doreen hield de kraag van haar duster dicht. Haar mond had de vorm van geknapt onderbroekelastiek en de haren aan de rechterzijde van haar hoofd – met een lila-achtige spoeling – waren geplet van het liggen. Mary wilde vragen waarom ze geen haarnetje droeg, maar het was middernacht en Doreen oogde niet alsof ze een opmerking over haarnetjes zou kunnen hebben.

'Doreen?' Mary voelde aan haar eigen haar, en was tevreden. Doreen keek dwars door haar heen en hijgde op een vreemde manier. 'Doreen, kind?' vroeg Mary aanmoedigend. Dat 'kind' was betuttelend, maar ze vond dat Doreens frêle persoontje, zo goed als blind en misschien ook wel dement, het woord rechtvaardigde.

'Ik kom vanwege Bryan,' zei Doreen uiteindelijk.

Mary staarde haar aan en probeerde erachter te komen of ze misschien aan het slaapwandelen was. Dat was moeilijk te zien bij een blinde. 'Bryan?'

'Laura's Bryan. Hij wordt vermist. Ze heeft net gebeld. De politie is er nu.'

'Bryan?' herhaalde Mary. Dat kon niet waar zijn. Doreens Laura was Laura Deane geworden toen ze met Bryan was getrouwd, en ze hadden het zo ver geschopt samen – een vrijstaand koophuis met vier slaapkamers en twee auto's – dat ze gevrijwaard leken tegen welk tragisch lot dan ook. 'Hoe bedoel je, "vermist"?'

'Ik weet het niet. Laura zei dat hij niet is thuisgekomen.'

'Waar was hij dan?'

'Weet ik niet. Ze zei iets over een kajak. Hij was op zee en … en nu denk ik dat hij misschien …'

'Je moet niet denken,' beval Mary. 'Daar word je duizelig van, en dan krijg je weer last van je gewrichten. Waar is Don?' Mary zag de auto niet staan op zijn gebruikelijke plaats onder de straatlantaarn.

'Hij is ernaartoe. Hij heeft Martha meegenomen.'

Martha was de vijftienjarige dochter van Laura en Bryan. Ze logeerde in het weekend meestal bij haar grootouders.

'Kom maar even binnen,' zei Mary terwijl ze Doreen bij haar arm pakte en het huis in trok.

'Ik wilde je niet lastigvallen. Met Erwin ziek en zo ...'

'Die zit onder de morfine.'

Mary, bijna opgewekt leek het wel, duwde haar zachtjes de woonkamer in en loodste haar naar de bank onder de kopergravure van de Chillingham-runderen.

Doreen ging stijfjes op het puntje zitten, haar linkerhand samengebald in haar schoot, haar rechterhand om de leuning geklemd alsof ze verwachtte dat de bank zou gaan bewegen. Ze rook tapijt en houten plinten, en ook lelietjes-van-dalen, van het bad dat Mary eerder op de avond had genomen. Ze kon nog steeds niet geloven wat er was gebeurd, ook niet nu ze het aan Mary had verteld, die zo te horen in het keukentje thee aan het zetten was.

Ze hoorde ook andere geluiden, van een man en een vrouw die de liefde bedreven. Die geluiden kwamen door de muur uit het huis ernaast, waar een jong gezin woonde. Een aardig gezin, dat vooruit probeerde te komen. Even was Doreen blij voor ze, maar de paniek sloeg weer toe toen ze aan Laura dacht, die vroeger toch zo'n vrolijke meid was geweest. Geschokt stelde Doreen vast dat ze blijkbaar onbewust had geregistreerd dat Laura de laatste tijd niet meer zo vrolijk was. Laura was verre van vrolijk. Het was nooit ter sprake gekomen, want tegenwoordig praatten ze ook eigenlijk nergens meer over.

Ineens voelde ze zich zomaar gegriefd door Laura. Het had iets te maken met de duster die ze aanhad, met de hekel die ze altijd al aan dat ding had gehad. Ze had er een hekel aan gehad omdat het een onding was, een lelijke, synthetische lijkenzak waarvoor ze seniel dankbaar had moeten zijn omdat ze zelf al afgedankt was. Hij was en passant en op het allerlaatste moment gekocht, van een stang gegrist in een winkel waar Laura nooit iets voor zichzelf zou kopen. Had zij, Doreen, ooit de indruk gewekt dat zijde niets meer voor haar betekende nu ze de zeventig was gepasseerd? Toen kwamen de tranen.

Met haar hand op de theepot, klaar om in te schenken, stond Mary in haar keukentje te bellen met haar kleindochter Anna. Niet alleen omdat Anna bij de politie werkte, maar ook omdat ze samen met Laura en Bryan hier in Hartford Estate was opgegroeid.

Laura en Anna hadden vanaf hun geboorte naast elkaar gewoond, en omdat ze beiden enig kind waren lag het voor de hand dat ze vriendinnetjes zouden worden, maar het was meer geworden dan vriendschap. Ze hadden elkaar bewust opgezocht en waren onafscheidelijk geweest, ze hadden in hun eigen wereldje geleefd tot ze de middelbareschoolleeftijd hadden bereikt en Anna naar het voortgezet middelbaar onderwijs had gekund en Laura niet.

Mary had zich de afgelopen drieëntwintig jaar wijsgemaakt dat dat de breuk tussen hen had veroorzaakt, maar dat was niet de ware reden. Diezelfde zomer, de zomer van 1985, waren de Deanes in hun wijk komen wonen. Zij hadden Parkview 15 betrokken, het huis naast de Hamiltons. Bryan was twaalf geweest, een jaar ouder dan Anna en Laura.

Toen ze de hoorn neerlegde hoorde ze gesnik aan de andere kant van de matglazen deur, die het keukentje van de woonkamer scheidde. Ze ging naar binnen, haar tred gedempt door het dichte tapijt.

Doreens huid was te los en dun om de tranen te absorberen die over haar wangen stroomden en van het puntje van haar kin op haar duster vielen.

'Ik ben zonder sleutels de deur uit gegaan en er is niemand thuis. Ik heb mezelf buitengesloten, Mary,' zei ze, alsof die domme actie van haarzelf veel erger was dan de verdwijning van haar schoonzoon. 'O wat stom, wat stom,' kreunde ze, huilend van woede, terwijl ze met haar gebalde linkervuist in haar schoot sloeg.

Anna Faust minderde vaart en stuurde de gele Ford Capri waarin ze vorige week zaterdag noordwaarts was gereden Duneside in, een kleine buitenwijk van Seaton Sluice, waar de Deanes woonden. De wind die was opgestoken deed de stagen van de vlaggenmasten bij de toegang tot de wijk klapperen en joeg de zeemist die 's middags met het wassende water naar land was gedreven in flarden uiteen – de dichte, snel opkomende zeevlam waar de noordoostkust berucht om is.

Het was paaszaterdag en onnatuurlijk rustig na Londen, en dat voelde nog steeds onwennig.

Marine Drive was een straat waaraan vrijstaande vijf- en zeskamerwoningen lagen van een uniforme nietszeggendheid die alleen maar als 'zakelijk' kon worden omschreven, een marketingtrucje dat niets uitlegde en van alles beloofde. De huizen stonden met de achterkant naar de doorgaande weg gekeerd en keken uit over zee.

Het huis van de Deanes – het eerste, nummer 2 – was honinggeel, net als de overige huizen aan Marine Drive, die allemaal de indruk wekten dat ze afgestemd waren op de behoeften van de eigenaars, terwijl het juist de eigenaars waren die afgericht waren – door krachten groter dan zijzelf – om zich te schikken in de voorwaarden die de huizen stelden. Voorwaarden zoals in elk geval – Anna blikte naar nummer 2 en de naaste buren – een jaarinkomen van ten minste 80.000 pond en minimaal twee auto's voor in de dubbele garage en op de oprit. Bij voorkeur ook kinderen – en zeker huisdieren.

Voor haar, na meer dan tien jaar Londen, was 80.000 niets bijzonders, maar hier was het nog steeds een vermogen. Keihard geld.

Haar blik gleed over de plekken architecturaal gebladerte in de voortuin en daarna omhoog langs de honingkleurige gevel, in het besef dat ze zocht naar de hand van Bryan.

Anna had Bryan en Bryans vrouw Laura sinds haar achttiende niet meer gezien, toen Laura Deane nog Laura Hamilton was geweest. Maar ze wist alles over de Deanes en hun huis aan Marine Drive; Mary had er ademloos en gedetailleerd verslag van gedaan, want Mary had meer waardering voor de Deanes en de manier waarop de Deanes leefden dan voor de manier waarop Anna leefde.

Op de vrijdagse koffieochtend van de methodistengemeente voerde Mary het hoogste woord over haar kleindochter Anna, maar al pratend, altijd even luid en even trots, vroeg ze zich ook altijd af waarom Anna in vredesnaam zo ver weg woonde en waarom ze alleen was.

Ze had altijd gewild dat haar kleindochter het ver zou schoppen, maar wat Anna had bereikt was niet te vertalen naar iets wat zij, of wie dan ook van haar methodistische koffieclubje begreep. Laura Deane had een huis met vier slaapkamers, een serre en een bijkeuken. Ze had een droom van een keuken met een ingebouwde magnetron zo groot als een oven. Dat waren dingen die mensen begrepen, dergelijke voor ieder herkenbare wapenfeiten oogstten gepaste bewondering van het vrijdagochtendpubliek.

Anders dan in Hartford Estate, waar Anna, Laura en Bryan waren opgegroeid en waar Anna's grootouders en Laura's ouders nog steeds woonden, zag je op Marine Drive zelden een politieauto, maar vanavond stond er een op de oprit van nummer 2, tussen twee andere auto's. Een ervan herkende Anna als de auto van Laura's vader, Don Hamilton. De andere zou dus wel van Laura zijn.

Don had net als Erwin Faust in de Hartford-mijn gewerkt, en toen de mijn werd gesloten had Don werk gevonden bij Bates en was Erwin, die tegen zijn pensioen aan zat, bussen gaan schoonmaken bij de remise in Ashington. De oudere generatie sprak nog steeds over Erwin als 'de Duitser', omdat hij het grootste deel van de oorlog krijgsgevangene was geweest in Eden Camp, in Malton.

Zodra ze uitstapte, floepte de met een bewegingssensor uitgeruste buitenlamp aan en zag ze Don Hamilton haar kant op lopen.

'Don!'

Hij staarde haar aan, kon haar niet onmiddellijk plaatsen. 'Anna?'

'Oma heeft me net gebeld. Over Bryan.'

Alsof hij zich geneerde voor de rustverstoring die zijn familie veroorzaakte, schudde Don zijn hoofd, dat al zo lang Anna zich kon heugen een nozemkapsel had.

Hij had een overhemd aangetrokken, en een broek met vouw, sportief jack en instappers met gespen die glommen in het licht van de buitenlamp om de onverwachte rampspoed van de verdwijning van zijn schoonzoon tegemoet te treden. Hij was er behoorlijk van ondersteboven, want hij was er altijd van uitgegaan dat mensen die in vrijstaande koophuizen woonden dit soort dingen niet overkwam. In haar huis op Marine Drive was zijn dochter veilig, had hij gedacht, maar nu stond er een politiewagen op de oprit op de plaats waar Bryans 4x4 had moeten staan.

'Je had niet hoeven komen.'

'Dat zit wel goed, Don.'

Anna zei niet dat ze gekomen was om een verklaring af te leggen. Toen Mary haar even na twaalven had gebeld had ze zich, terwijl ze het schokkende nieuws tot zich nam, gerealiseerd dat zij waarschijnlijk de laatste was geweest die Bryan gezien had, die middag op het strand.

'De politie is er en stelt Laura allerlei vragen.'

'Dat is routine,' stelde Anna hem gerust. Hij zag eruit alsof hij gerustgesteld moest worden. Of eigenlijk zag hij eruit alsof iemand over zijn gezicht was gewalst en hij zijn best deed dat gewoon maar te verdragen.

'Sommige vragen klonken anders verrekte bizar.'

'Het is vervelend, ik weet het, maar ze moeten het vragen.'

Don luisterde al niet meer. 'Ze willen ook een huiszoeking doen.'

'Ook routine, dat is de procedure. Vaste prik.'

'Nou, ik vond het maar niks met Martha erbij. Ik wilde met haar in de auto gaan zitten, maar dat weigerde ze. Ze zei dat ze erbij wilde zijn als ze Laura uithoorden. Ze hebben haar ook vragen gesteld. Martha.'

Anna had de vijftienjarige dochter van de Deanes die ochtend voor het eerst gezien – in rijkleding, een bruine velours cap onder haar arm geklemd, lichtjes met haar rijzweepje tegen haar laars tikkend. Een lang, verlegen ogend meisje, dat op de stoep voor Parkview 17 bezitterig dicht naast Bryan had gestaan.

Don staarde Anna hulpeloos aan. 'Ze is nog in pyjama. Ik heb haar in haar pyjama naar huis gebracht. Op zaterdag logeert ze altijd bij ons, dan ga ik met haar naar Keenley, de manege waar ze rijdt.' Zijn tong ging nerveus rond in zijn mond. 'Laura en Bryan werken zaterdags, en zo hebben ze gelijk een beetje tijd erna – alleen met zijn tweetjes,' besloot hij zijn zin ietwat onzeker.

Anna gaf hem een kneepje in zijn elleboog. Ze stond naast hem en vond het een rare gewaarwording dat ze even groot waren. Voor haar was Don altijd een gigantisch grote man geweest. 'Ga maar naar huis. Dat van Bryan komt wel goed.'

Ze bleef op de oprit staan tot hij zijn auto in de achteruit had gezet om te keren en de weg op was gedraaid. Hij hield zich keurig aan de maximumsnelheid van 30 kilometer per uur, en niet omdat zij stond te kijken. Don was het type man dat zich aan de regels hield, ook al keek er niemand.

Alleen met zijn tweetjes.

Voor Anna's ogen doemde een beeld op van Bryan die met een scherpe bocht de oprit op reed, terwijl Laura tegen hem aan hing. Ze zag hen zoenen en aan elkaar frunniken, tot Bryan de motor afzette en Laura aan haar arm de auto uit mee naar het stille huis trok, waar zij hem vasthield terwijl hij met de sleutel stond te hannesen.

Alle drie – Bryan, Laura en Anna – wisten ze hoe het was om op te groeien in een mijnstadje na de grote mijnsluitingen tussen de jaren zestig en tachtig en de staking van 1984-1985. Het had hun iets geleerd, en dat had zich vertaald in een verlangen te ontsnappen.

In het Blyth van de jaren negentig hadden wanhoop en heroïne hoogtij gevierd, maar Bryan, Laura en Anna hadden daar niet aan toegegeven en op een ontsnappingskans gewacht. Anna ontsnapte door te gaan studeren en vertrok naar King's College in Londen. Bryan ontsnapte in een kantoorbaan en een maandelijks salaris en Laura, ach, Laura gaf zich over aan het enige wat ze wilde, en dat was Bryan. Ze hadden allemaal hun doel bereikt: het onbetaalbare betaalbaar maken en zich ervan verzekeren dat hun kinderen nooit zouden weten wat honger was.

Alleen met zijn tweetjes.

Anna liep over de oprit naar de voordeur en drukte hard op het knopje van de zoemer.

Het was heel verwarrend geweest, een week geleden, om ineens weer terug te zijn in het noorden. Het voelde niet meer als haar thuis, hoewel ze dat redelijkerwijs ook niet had mogen verwachten na zoveel jaren van afwezigheid. Wilde ze nog wel dat het haar thuis was? Ze zag er niet meer zo uit als de mensen van hier en sprak ook niet meer zoals zij. Maar haar kinderjaren waren voor hen geweest, dus vond ze, onredelijk misschien, dat ze zich hier toch ten minste thuis zou mogen voelen. Misschien lag het niet aan hen maar aan haar. Hoe dan ook, dat deed er nu even niet toe. Door Bryans verdwijning was zij niet meer in hun wereld, maar waren zij in die van haar beland.

2

Martha Deane deed open in een blauw met geel gestreepte pyjama waarin ze er jonger uitzag dan in de rijkleding van die ochtend. Het was frappant hoeveel ze op Laura leek, dacht Anna. Op haar ogen na; ze had Bryans ogen. Haar haren waren haastig naar achteren getrokken en in een paardenstaart gebonden en haar gezicht was vlekkerig van het vele huilen. Ze begon weer te huilen en draaide zich om, naar de helverlichte hal, waar een vrouwelijke agent, die blijkbaar vlak bij haar had gestaan, haar opving.

'Ik ben Anna Faust, een vriendin van de familie,' zei Anna terwijl ze naar binnen stapte.

Het plafond zat vol inbouwspotjes met halogeenlampjes van een hoog wattage, waarvan het licht zo meedogenloos fel op de witte wanden en glanzende houten vloeren afketste dat er geen donkere hoeken waren en geen schaduwen. Vanbinnen was het huis niet anders dan ze aan de buitenkant had verwacht. Geen verrassingen, geen persoonlijke toetsen, en ondanks de enorme ruimte gaf dat Anna een claustrofobisch gevoel.

'Een vriendin van de familie,' diende de agente die voor Anna uit de ruime zitkamer binnenging haar aan. Behalve een tweede agent – man, eind twintig, kalend en niet in uniform – bevonden zich daar ook twee kolossale banken, tegenover elkaar geplaatst met een salontafel ertussenin, een open haard, een spiegel en een boeket witte bloemen dat zijn beste tijd had gehad.

De vrouwelijke agent ging met haar arm om Martha heen op een van de banken zitten, terwijl Martha, nasnikkend, haar hoofd omdraaide om Anna te kunnen zien.

Op de andere bank zat Laura Deane, in een hoek genesteld met een kleine roodbruine spaniël op haar voeten. Ook zij keek naar Anna, die ze vanaf haar achttiende niet meer had gezien.

Er rimpelde een zweempje emotie over Laura's volmaakte gezicht, een gezicht waaraan gewerkt was: gebotoxt, dat zeker, mogelijk een kinlift, en haar neus was absoluut smaller dan Anna zich herinnerde.

Laura zát niet op de bank, ze had zich erop gedrapeerd in een zorgvuldig uitgedachte pose, met haar benen, gestoken in een ruimvallende witte pantalon, opgetrokken onder zich. Ze had een topje aan dat even wit was als de muren en dat scherp afstak tegen haar zonnig bruin gesprayde huid. Daarover droeg ze een loshangend vestje dat duur oogde, en haar polsen en hals fonkelden van de sieraden, wat alles bij elkaar het effect creëerde dat ze iemand was die óf veel geld aan zichzelf besteedde óf aan wie veel geld werd besteed – wellicht een combinatie van beide.

Ze was even volmaakt als het huis om haar heen en riep eenzelfde gevoel van leegheid bij Anna op. Bijna zou ze aan de vrouw die ze voor zich op de bank zag zitten hebben gevraagd waar Laura was gebleven. Had ze haar misschien op de zolderkamer opgesloten? Stond ze daar nu misschien panisch te gillen en op de deur te bonzen, omdat ze eruit wilde? Waar was het meisje gebleven met de moedervlek op haar dij, het meisje met de huid die karamel kleurde in de echte zon? Waar was het meisje gebleven met het lange, blonde haar waarin altijd klitten zaten met twijgjes en schors en blad van de bomen waar ze in klom?

Misschien dacht Laura wel hetzelfde over haar.

Misschien waren ze gewoon volwassen geworden en was dat alles.

Alleen had Laura terwijl ze Anna opnam – waarbij haar ogen amper bewogen en haar gezicht uitdrukkingsloos bleef – een triomfantelijke uitstraling. Alsof ze zojuist had ontdekt dat ze de wedloop toch nog had gewonnen – een wedloop waarvan Anna zich niet bewust was geweest.

'Wat kom jíj hier doen?'

Anna keerde zich naar Martha, die zich had losgemaakt van de geüniformeerde vreemde bij wie ze troost had gezocht in plaats van bij haar moeder, en die nu rechtop zat, met haar armen om haar opgetrokken knieën.

'Ik ken je moeder al heel lang.' Anna zweeg even. 'En je vader ook.'
'O? Voor vanochtend had ik je anders nog nooit gezien.'
'Hoe lang is het eigenlijk geleden?' vroeg Laura. 'Zestien jaar?'
'Z-zoiets.'

Anna ademde diep uit en sperde haar ogen open, die altijd vanzelf dichtgingen als ze in haar woorden bleef steken. Heel sporadisch, en in extreme situaties, had ze nog last van het spraakgebrek uit haar jeugd. Het moment was voorbij, en daarmee ook het gevoel dat ze, heel even maar, op het randje van een afgrond had gebalanceerd.

'Ik had gehoord dat je terug was. Het spijt me van Erwin.'
'Het spijt mij ook. Van Bryan.'

De twee vrouwen keken elkaar aan, zonder een greintje sympathie, zich bewust van het feit dat Anna alleen maar hier, op Marine Drive nummer 2 was omdat Bryan er niet was.

'Hoe heb je het gehoord, van Bryan?' vroeg Laura kalm.
'Oma belde. Je moeder was naar haar toe gekomen.'

'De politie is er ook al,' zei Laura, nog even kalm, die altijd zeer zorgvuldig articuleerde om het geringste spoortje van een accent uit haar stem te weren.

'Ik kom eigenlijk een verklaring afleggen. Ik heb Bryan op het strand gezien vanmiddag.'

Door Laura's lijf voer een beweging die de spaniël deed opkijken.

Anna draaide zich om naar de agent achter haar. 'Maar misschien is dit niet de plaats om dat te doen,' vervolgde ze terwijl ze naar Martha keek die, verward, huilerig en woedend, alle shockverschijnselen vertoonde die bij Laura ontbraken.

'Het kan hier prima,' zei Laura.

Martha zei niets.

Met een snelle blik op Laura nam de agent aarzelend plaats op een voetenbank bekleed met dezelfde stof als de bank.

'Ik ben rechercheur Chambers,' zei hij terwijl hij zijn notitieboekje tevoorschijn haalde, 'en dit is mijn assistent, rechercheur Wade.'

Hij knikte naar de geüniformeerde vrouw op de bank naast Martha, kuchte en zei stijfjes: 'Neem me niet kwalijk,' en toen: 'Op welk strand?'

'Tynemouth Longsands.'

'Hoe laat?'

Anna wist nog steeds niet of het wel zo'n goed idee was om dit te doen waar Martha bij was. 'Rond halfvier. Hij stond klaar om te gaan kajakken, met een P&H Quest-kajak, rood met zwart.' Ze zweeg even. 'Maar dat wist u waarschijnlijk al.'

Ze voelde de blik van Martha toen Laura zei: 'Die kajak staat al maanden in onze garage, maar ik had u niet kunnen zeggen wat voor kleur hij had.'

De rechercheur liet een korte stilte vallen. 'Zat u in een kajak?'

'Ik was aan het surfen.'

'Had u daar met hem afgesproken?'

Laura had haar hoofd op de kop van haar spaniël gelegd. Het hondje jankte zachtjes.

Anna vroeg zich af, heel even maar, hoe het dier heette voor ze zich weer tot rechercheur Chambers richtte. 'Nee. Het was puur toeval.'

'Hebt u hem gesproken?'

'Niet in het water, nee.'

'Op het strand?'

'Niet echt. Gewoon, een praatje over het weer.'

De eerste keer dat ze hem die dag had gezien, met Martha op de stoep voor Parkview 17, had ze hem ervaren als de man van een ander, als een vader. Toen hij naast haar op het strand stond niet. Ze hadden elkaar alleen maar aangekeken en opgenomen, maar hier, in het bijzijn van Bryans echtgenote en dochter, voelde het alsof ze te ver waren gegaan.

Er viel een stilte.

Laura bleef Anna aankijken, en Anna wilde net iets zeggen toen de stilte werd verbroken door de bel van de voordeur. Haar horloge zei haar dat het even na enen was. Toen rechercheur Wade naar de deur ging, stelde ze zich zo op dat ze de gang in kon kijken. Er stapte een man in een waxjas naar binnen, druipend van de regen.

Hij wierp een snelle blik de gang in en pas op dat moment merkte Anna dat Martha naast haar stond.

'Wie is dat?' vroeg Laura.

'De hoofdrechercheur van daarstraks,' mompelde Martha, die weer op de bank dook.

Alle aanwezigen in de kamer leken ineens waakzamer te worden, zelfs Laura, dacht Anna, die zich had omgedraaid. Nee – voorál Laura.

'Mevrouw Deane vertelde zojuist dat ze u – wat was het, zestien jaar geleden? – voor het laatst had gezien.' Rechercheur Chambers, met luidere stem dan eerder, zwenkte zijn bovenlijf beleefd naar Laura, die bevestigend knikte. 'Wanneer hebt u menéér Deane voor het laatst gezien? Met uitzondering van vandaag, dan.'

'Rond diezelfde tijd; zestien jaar geleden.'

Rechercheur Chambers knikte bedachtzaam en keek haar aan.

Iedereen keek nu naar haar.

'Maar u had elkaar weinig te zeggen, dus?'

'Ik had hem al gezien, met Martha,' zei Anna terwijl ze zich naar het meisje keerde. 'Vanmorgen, in Hartford Estate.' Daar ging Chambers niet op in. 'Op het strand hebben we een praatje gemaakt over het weer, dat goed leek voor die mist op kwam zetten.'

'Zei hij niet waar hij heen ging toen u hem op het strand sprak?'

'Daar zei hij niets over, nee.'

'En toen u hem daarna in het water zag, hebt u toen nog met elkaar gesproken?'

'Nee.'

Anna had zijn naam geroepen toen ze hem in zijn kajak tussen de surfers had zien laveren. In het water voelde ze zich veel lichter en zelfverzekerder dan ze zich die ochtend had gevoeld, op het vasteland.

Hij had verward opgekeken, maar had toen geglimlacht en was naar haar toe gepeddeld tot zijn kajak evenwijdig met haar surfboard lag en ze gelijktijdig omhoog en omlaag deinden op de golven.

Ze had wijdbeens op haar board gezeten en zijn blik had haar even aangeraakt, waarop ze ineens was gaan lachen en ze hem nat had gespetterd door van hem af te sturen; op haar buik was ze snel verder de zee op gepeddeld, in de richting van het vrachtschip, dat zo'n groot deel van de horizon in beslag nam dat het stil leek te liggen.

Ze had nog twee golven gepakt en toen ze terugpeddelde was de zeemist plotseling opgekomen.

Instinctief over het water turend, had ze Bryan in een rechte lijn noordwaarts zien varen, in de richting van Cullercoats en St Mary's Island, tegen het tij in.

Toen was hij in de mist verdwenen, en in een van de drukst bevaren zeeroutes van Europa.

'En wanneer zag u hem voor het laatst?'

'Zoals ik al zei: toen de zeemist kwam opzetten, tegen vijven. Ik denk dat hij zo'n dertig meter uit de kust was, en hij ging in noordelijke richting.'

Er waren best veel mannen, en ook wel wat vrouwen, in het water geweest, allemaal in wetsuit en met hun blik op de horizon gericht, maar ineens was het alsof het zonlicht zich verdichtte.

Van het ene op het andere moment had ze zich ontroostbaar alleen gevoeld, onzeker en op haar hoede, toen ze in het water geen enkele in zwart pak gestoken gestalte meer had kunnen ontwaren.

Ze had over haar schouder gekeken en nog mensen bij het water zien staan, en honden in zee, maar na een paar tellen waren ook zij verdwenen, tegelijk met het strand, de kliffen erachter, het gebouw waarin het speelgoedmuseum en de Balti Experience huisden, en de torenspits van St George's Church. Ze probeerde haar board zo stil mogelijk te houden; als de neus zou draaien zou ze zich niet meer kunnen oriënteren, wist ze. Het strand klonk verder weg dan ze wist dat het was. De golven sloegen met een dof geluid tegen de kust en het ene moment hoorde je stemmen, boven alles uit, en het volgende waren ze weg. Het tij was nog steeds rijzende, hield ze zichzelf voor, zich bewust van het feit dat de temperatuur snel daalde en dat ze het akelig koud had gekregen. Ze moest de eerste de beste golf zien te pakken en zich mee terug laten voeren.

Meer surfers waren op dat idee gekomen en ineens zag ze ze, de in zwart gestoken gedaantes die hun boards over het water stuurden, enigszins verbeten nu. Niemand wilde het opgeven, niemand wilde in het water achterblijven.

Toen ze eindelijk de kust bereikt had, bleef ze rillend op het strand staan, met haar board tegen zich aan. De landtong die Cullercoats Bay aan de noordkant beschutte was niet meer te zien. Ze bleef nog even wachten om te zien of de rood met zwarte kajak uit de zeemist tevoorschijn zou komen, maar dat gebeurde niet.

'Daarna heb ik hem niet meer gezien,' zei Anna, 'maar ja, ik kon het uiteinde van mijn eigen board niet eens meer zien.'

De hoofdrechercheur stond in de deuropening van de kamer en volgde haar verhaal met een effen gezicht. De huid die zijn kaken omspande was zo pokdalig dat het leek alsof iemand hem als prikkussen had gebruikt.

'Dit is Anna Faust, meneer, een vriendin van de familie,' zei rechercheur Chambers, waarna hij weer begon te hoesten. 'Volgens mij heeft zij hem het laatst gezien.'

De man knikte haar toe – Anna vroeg zich af hoe lang hij daar al stond – en mompelde iets wat klonk als 'Laviolette, hoofdrechercheur'.

Door zijn terugkeer leek iedereen ineens verwachtingsvol, en aandachtig.

Zijn jas en haren waren kletsnat van de regen en Laura Deanes blik volgde automatisch de druppels die van zijn jas op de massief eiken vloer drupten. Haar ogen controleerden als vanzelf de gang achter hem op voetafdrukken, want dit was niet het soort huis dat menselijke aanwezigheid wenste uit te stralen.

'Het regent,' zei hij tegen haar, om nogal abrupt te vervolgen met: 'Kunnen we nog een paar dingen doorspreken, mevrouw Deane, in het licht van deze nieuwe verklaring?'

Hij deed een paar klunzige stappen naar voren, zijn zolen piepend op de gewreven houten vloer.

Na een moment van aarzeling en een kort lachje ging hij op de bank zitten waarop Martha zat, die meteen dieper de hoek in kroop.

'Alles was toch al doorgesproken?'

Laviolette deed of hij die vraag niet hoorde en vroeg: 'Hoe laat had Bryan gezegd dat hij thuis zou zijn?'

Anna had het idee dat hij dit voor haar deed, dat hij Laura wilde ondervragen waar zij bij was.

Het duurde even voor Laura antwoordde – ze keek afwezig, alsof ze veel belangrijker zaken aan haar hoofd had dan de verdwijning van haar man.

'Tegen zevenen,' zei ze toen, net zo keurig articulerend als toen ze het woord tot Anna had gericht. 'We hebben samen geluncht in Tynemouth, en daarna ben ik naar Newcastle gegaan en is hij gaan kajakken.'

'En na de lunch hebt u helemaal geen contact meer gehad met elkaar?'

Laura dacht na. 'Hij belde, om een uur of halfvier, maar dat is alles.'

'Hoe laat was u terug uit Newcastle?'

Laura haalde haar schouders op. 'Dat weet ik niet meer. Het moet voor achten geweest zijn, want dan begint *Strictly Come Dancing*, en daar hebben we naar gekeken.'

Laviolette keerde zich naar Martha en vroeg vriendelijk: 'Vind je dat leuk, *Strictly Come Dancing*?'

'Ik vind het shit.'

'Martha!' Laura's stem klonk scherp, voor het eerst verloor ze haar zelfbeheersing.

'Met "we",' lichtte Martha toe, 'doelt ze op de hond – Roxy. Zij kijken met zijn tweetjes.'

Alle ogen richtten zich nu op Roxy, die, de plotselinge aandacht gewaarwordend, haar kop ophief en verwachtingsvol begon te hijgen.

'Hebt u toen u thuiskwam in de garage gekeken om te zien of zijn kajak of zijn wetsuit nog weg waren?'

'Nee, later pas.'

'En zijn auto stond niet op de oprit?'

'Nee.'

'Wanneer hebt u meneer Deane voor de eerste keer proberen te bellen?' vroeg de hoofdrechercheur na een korte stilte.

'Zodra ik binnen was en ik besefte dat hij niet thuis was.'

'En hij nam niet op?'

'Ik heb een bericht ingesproken. En daarna heb ik twee vrienden van hem gebeld die hij weleens in de pub treft, voor het geval hij daarheen was gegaan. Maar zij hadden hem niet gezien.'

'Heb je hun namen en gegevens?'

Dit laatste was bedoeld voor rechercheur Chambers, die Laura de hele tijd observeerde.

'En de naam van de pub waar hij weleens komt?'

'The Shipwrights Arms,' zei Chambers. 'We zijn er al langs geweest. Niets.'

'Dit wist u allemaal al,' zei Laura, nu openlijk vijandig.

'We hebben een huiszoeking gedaan, meneer, met toestemming van mevrouw. Dit is geen vrijwillige verdwijning.'

Laviolette richtte zich ineens tot Anna: 'Wanneer kwam u erachter dat meneer Deane niet was thuisgekomen?'

'Om zes minuten over twaalf. Mevrouw Hamilton had het aan mijn oma verteld, die mij weer belde. Ze zijn al heel lang bevriend.'

'Zes minuten over twaalf,' herhaalde Laviolette terwijl er een soort glimlachje over zijn gezicht gleed, zo kort dat Anna het niet zou hebben opgemerkt als ze hem niet had aangekeken. 'En toen reed u hierheen ...'

'Om een verklaring af te leggen. Ik heb Bryan Deane vanmiddag nog gezien, op Tynemouth Longsands, zoals u zonet hoorde.'

Laviolette zei niets en richtte zich weer tot Laura.

'Dus u verwachtte Bryan tegen zevenen thuis, en u belde zijn vrienden om ongeveer hoe laat?'

'Rond een uur of acht. Ik maakte me ongerust.'

'Rond een uur of acht,' herhaalde Laviolette. 'Hij was dus al een uur te laat, toen u belde.' Hij zweeg even. 'Gebeurt het vaker dat hij laat is?'

'Nee, eigenlijk niet.' Laura begon iets defensiefs te krijgen. 'Ik heb het allemaal al verteld ... Ze zeiden dat hij daar niet was geweest. Zijn auto stond niet op de oprit en zijn kajak was niet in de garage,' vervolgde ze met stemverheffing. Ze leek oprecht van streek.

'Het is nog nooit gebeurd dat hij niet thuiskwam. Waarom doet u niet iets?' ontplofte ze. 'Waarom bent u hem niet aan het zoeken?' Met haar hand voor haar gezicht geslagen liet ze zich achterover in de kussens terugvallen.

Anna's ogen vlogen naar Martha, die haar moeder aanstaarde met een blik die het midden hield tussen bezorgdheid en, onmiskenbaar, haat.

'Goed,' zei Laviolette. Hij klonk ineens vermoeid en verontschuldigend. 'Ik ga mijn best doen om deze zaak de hoogst mogelijke prioriteit te geven.'

Laura keek verbaasd, trok haar benen onder zich vandaan en stond op; het linnen viel gekreukeld om haar heen en de in de steek gelaten Roxy keek even onthutst op.

'Chambers en Wade blijven hier. Het is van belang dat u weet hoe de procedure verder verloopt.' Hij zweeg en staarde Laura in gedachten verzonken aan. 'Heeft uw man een bijnaam?'

'Een bijnaam?' Laura schudde haar hoofd en blikte terloops naar Anna.

De hoofdrechercheur merkte haar blik op en keerde zich naar Chambers. 'Mag ik even zien wat je hebt genoteerd?'

'We hebben het wel zo'n beetje,' zei Chambers.

Laviolette knikte afwezig en las de notities door. 'Geen opvallende kenmerken?' vroeg hij, van Chambers naar Laura kijkend. 'Geen littekens, tatoeages? Niets?'

'Nee,' bevestigde Chambers gemelijk.

Laura zei niets.

Anna keek haar aan, de tweestrijd stond op haar gezicht te lezen. 'En het litteken van zijn blindedarmoperatie dan?' bracht ze naar voren, waarbij ze zich niet tot Laviolette maar tot Laura richtte.

'Hij heeft nooit een blindedarmontsteking gehad,' zei Laura, haar blik weer op Anna gevestigd.

Anna voelde Martha's ogen en schonk haar een lachje voor ze zich weer naar Laura wendde. 'Jawel, maar dat was vóór wij hem kenden,' antwoordde ze weifelend. 'Hij had een litteken. Het kan zijn dat het is weggetrokken of ... Ik heb geen idee, trekt dat soort littekens weg?' Deze keer richtte ze zich tot de hoofdrechercheur, die haar doordringend aankeek.

'Kan ik u even onder vier ogen spreken – in mijn auto?' vroeg hij uiteindelijk.

Anna en Laviolette verlieten de kamer en liepen de gang door, op enige afstand gevolgd door Laura, die niet van plan leek iets tegen Anna te zeggen.

Ze stapten naar buiten, waar de regen lawaaiig op het dak van het portiek roffelde.

Laura bleef in de deuropening staan, droog en alleen, en zag de hoofdrechercheur en haar vroegere vriendin in de nacht verdwijnen.

'Het komt goed,' riep Anna door de regen. Dat klonk als een belofte, dacht ze.

'Wacht!'

Anna en Laviolette keken om.

Martha Deane was in de deuropening verschenen. Ze wrong zich langs Laura en rende op blote voeten door de regen naar hen toe.

'Martha!' riep Laura, maar ze ging niet achter haar dochter aan.

Martha botste zo hard tegen Anna aan dat ze bijna haar evenwicht verloor. Ze zette zich schrap omdat ze dacht dat Martha haar zou gaan slaan, maar toen ze de armen van het meisje om haar middel voelde, begreep ze het.

Ze sloeg haar armen stevig om Martha heen, zonder te weten waarom. De schouders van Martha's dunne pyjama waren meteen al doorweekt, evenals haar haren, die tegen Anna's rode trui werden gedrukt. Haar eerdere vijandigheid was omgeslagen in een plotselinge behoefte aan fysieke geborgenheid.

'Het is waar wat je zei, over het litteken van papa. Ik weet welk litteken je bedoelt. Het is waar,' zei ze opgewonden tegen Laviolette, waarna ze zich weer naar Anna keerde. 'Je komt terug, hè? Kom je morgen weer?'

Anna keek glimlachend omlaag, hoewel Martha maar een kop kleiner was dan zij. Laviolette stond nog steeds naast haar.

'Martha!' riep Laura vanuit de deuropening.

Martha draaide zich om en holde op haar tenen, schouders opgetrokken, terug naar huis. Ze bleef even naast Laura staan, maar zonder contact met haar te zoeken, tot Laura haar naar binnen trok om de deur dicht te kunnen doen.

Een paar tellen later zag Anna Martha's gezicht voor een van de ramen verschijnen, tussen de gordijnen. Toen verdween haar gezicht en vielen de gordijnen op hun plaats.

Na een korte aarzeling stapte ze in Laviolettes auto, een oude, bordeauxrode Vauxhall, waarop de regen meedogenloos neerkletterde.

3

De Vauxhall was recentelijk schoongemaakt. Heel recentelijk. Hij rook naar chemisch spul en naar aardbeienluchtverfrisser, die aan het spiegeltje bungelde. Toen Laviolette de motor startte om de autoverwarming in te schakelen, begon er vanzelf muziek te spelen, een soort kerkmuziek waarnaar hij blijkbaar had zitten luisteren. De warmte versterkte de aardbeiengeur zo erg dat Anna er misselijk van werd. Ze vroeg zich even af of de auto wellicht van iemand anders was.

'Dat is toch geen jas,' zei hij met een zwaar accent terwijl hij de muziek afzette en haar van opzij bekeek. 'Niet een voor deze contreien, als ik zo vrij mag zijn.'

Ze keek omlaag. Haar trui was doornat geworden in het stukje van het huis naar de auto.

'Wat brengt je naar het hoge noorden?'

Anna keek hem aan. 'Ik kom hiervandaan,' zei ze defensief.

Hij zette de ruitenwissers aan en om een of andere reden voelde ze zich meteen minder opgesloten.

'Longkanker,' verklaarde ze.

'Jij toch niet?' vroeg hij, oprecht geschokt.

'Nee, mijn grootvader. Een progressieve kleincellige longtumor. De specialisten hebben het over een "metastaserende" tumor, wat hun manier is om te zeggen dat de kanker zich agressief gedraagt.' Ze zweeg, want ze voelde tranen branden. 'Het betekent dat er geen hoop meer is.'

'Dat is vreselijk.' Laviolette perste zijn lippen op elkaar en keek de andere kant op. 'Wie is je grootvader?' vroeg hij na een poosje.

Anna was vergeten dat dit het soort vragen was dat mensen hier stelden – vragen die zochten naar verwantschap, want iedereen hoorde bij iemand. Je kon hier bijna geen eenling zijn.

'Erwin. Erwin Faust.'

Laviolette knikte bedachtzaam. 'De Duitser.'

'Ja, die,' zei Anna, die er niet van opkeek. 'Ik heb zorgverlof.'

'Hoe lang?'

'Een maand.'

'Een maand?' klonk het verbaasd.

'Onbetaald.'

'Waar werk je?'

'Londen, Metropolitan Police.'

Hij keek haar weer van opzij aan. 'Functie?'

'Rechercheur.'

'Waarom heb je dat niet eerder gezegd?'

'Het leek me niet van belang. Ik ben vanavond hiernaartoe gekomen als een vriendin van de familie en omdat ik Bryan vanmiddag op zee heb gezien; het kan goed zijn dat ik de laatste ben die hem heeft gezien.'

'Een vriendin van de familie. Maar je hebt Laura Deane, en ook Bryan Deane, in geen zestien jaar gezien.'

Er viel een stilte. Ze keken door de voorruit naar het silhouet van de huizen, die iets desolaats hadden in de regen, alsof ze na een catastrofale gebeurtenis in allerijl verlaten waren.

'Kwam het onverwacht, dat van je grootvader?'

'Nogal.'

Anna vroeg zich af of Laura binnen de motor kon horen lopen, en mocht dat het geval zijn, of ze nieuwsgierig was naar wat ze daar nog deden in die geparkeerde auto voor haar oprit. Ze had het nog niet bedacht, of ze besefte dat het Laviolette daarom te doen was. Ze wist niet hoe ze het wist, maar ze wist het.

'Wil je me nog een keer vertellen wat je aan Chambers hebt verteld?'

'Moet ik opnieuw een verklaring afleggen?'

'Als dat zou kunnen …'

Ze reageerde niet onmiddellijk. Toen zei ze: 'Chambers mocht me niet zo.'

'Chambers mag momenteel niemand zo. Hij is net weer vader

geworden en hij krijgt per etmaal niet meer dan twee uur slaap. Volgens mij lijdt hij aan een postnatale depressie.'

'Laura Deane mocht hij wel.' Toen Laviolette daar niet op reageerde, voegde ze eraan toe: 'Maar jij niet, hè?'

Hij glimlachte. 'Heb je er bezwaar tegen als ik je verklaring aan de hand van camerabeelden verifieer?'

'Natuurlijk niet,' zei ze zonder enige aarzeling. 'Ik heb Bryan Deane vanmiddag gezien. Ik was aan het surfen bij Tynemouth Longsands.'

'Goeie golven?'

'Ik surf alleen als ze goed zijn.'

Hij knikte en bleef voor zich uit door de voorruit staren.

'We hadden elkaar eerst al op het strand gezien, toen ik op het punt stond het water in te gaan.'

'Jij was met je board, hij met zijn kajak ... Wie zag wie het eerst? Wie stond als eerste bij het water?'

Ze dacht na, ook over waarom hij zo'n suffe vraag stelde. 'Ik, geloof ik.' Ze zag voor zich hoe ze met haar tenen het water testte, dat ijskoud was, en naar de zee staarde. Opeens had Bryan links van haar gestaan. Hij moest achter haar aan zijn gekomen, maar dat hield ze voor zich.

'Dus: hij had jou gezien en kwam naar je toe. Zei hij nog iets?'

Nee, niets. Hij had naast haar gestaan en niets gezegd.

'We kletsten wat over het weer, over hoe het op zee zou zijn en dat soort zaken, zoals ik al zei,' beëindigde ze haar zin op vlakke toon, herhalend wat ze eerder die avond in het bijzijn van Laura en Martha aan rechercheur Chambers had verteld.

Na een korte stilte zei Laviolette met een bijna spijtige klank in zijn stem: 'Het was een prachtige dag vandaag.'

'Inderdaad.'

'De laatste keer zag je Bryan in noordelijke richting verdwijnen ... Ik neem aan dat je hem dus op de rug zag?'

'Ja.'

'Maar je weet zeker dat hij het was?'

'Ja.'

'Na zestien jaar zie je hem op de rug, in het water, terwijl er een dichte mist op komt zetten, en toch weet je zeker dat hij het is?'

Anna zag een vos onder een straatlantaarn door lopen en vervolgens door de tuin naar de oprit van nummer 4 sluipen; hij werd heel even uitgelicht door dezelfde soort automatisch aanspringende buitenlamp als de Deanes hadden, als alle woningen op Marine Drive waarschijnlijk hadden.

Laviolette zuchtte en keek haar aan. 'Wat is er zestien jaar geleden gebeurd?'

'Er is niets gebeurd,' zei ze met een vanzelfsprekendheid waardoor ze het zelf bijna geloofde.

'Maar Laura en jij waren toch dikke vriendinnen tot dat moment?'

'We zijn samen opgegroeid.'

'En Bryan Deane?'

'We woonden naast elkaar. Laura, Bryan, en ik.'

'Dus ze zijn elkaars jeugdliefde?'

'Zoiets.' Ze draaide haar hoofd af.

'Wat is er dan gebeurd?'

'We zijn uit elkaar gegroeid. Zij zijn hier blijven wonen. Ik ben weggegaan.'

'En jullie hielden geen contact?'

Anna schudde haar hoofd. 'Zoals ik al zei, ik ben w-w-weggegaan.'

Het duurde even voor het eruit was. Laviolette keek niet weg, ze voelde zijn blik op haar rusten.

'Maar daarmee laat je het niet achter je, hè? Niet helemaal, bedoel ik. Je kunt niet terug naar je kindertijd, maar je komt er ook nooit echt van los. Waar ging je heen, toen je wegging?'

'King's College, Londen.'

'Die vraag had je niet hoeven beantwoorden.'

'Dat weet ik.'

Het was warm geworden in de auto; op de klok was het 01:22.

'Wat heb je gestudeerd? Daar hoef je ook geen antwoord op te geven.'

'Criminologie en Frans.'

Ineens brak er een glimlach door op zijn gezicht.

'Wat is er?'

'Niets. Had je Martha Deane al eens gezien?'

'Alleen op foto's.'

'Alleen op foto's,' herhaalde hij voor zich uit.

Ze dachten allebei aan hoe Martha door de regen op haar af was gerend.

'We kregen vandaag een telefoontje van de veiligheidsbeambte van de internationale ferryterminal aan de zuidkant van de Tyne. Hij meende een lichaam in het water te zien.' Laviolette observeerde Anna's gezicht terwijl hij het zei. 'Je stuurt een bericht uit en mensen zien elk willekeurig stuk wrakhout aan voor een lijk. De kustwacht had al een telefoontje gehad van een dame uit Cullercoats die beweerde een lijk te hebben zien drijven. Bleek een boomstam te zijn.'

Anna merkte dat ze haar adem inhield.

'Maar goed, dat wat de veiligheidsman zag was wel degelijk een lijk, alleen niet het onze.'

Ze ademde zo onopvallend mogelijk uit. Laviolette klikte het dekseltje open van het cd-opbergvak achter de handrem. Er zat maar één cd in.

'Mag ik iets vragen?' vroeg ze terwijl ze zich naar hem toe keerde. 'Deze zaak heeft de classificatie medium tot high risk, toch?'

'Na de verklaring die je hebt afgelegd schroef ik hem op naar high risk,' besloot hij ernstig. 'De temperatuur van het zeewater lag vandaag rond de acht graden. De vijftig procent immersie-overlevingstijd voor een normaal gekleed persoon met een redelijke gezondheid zonder onderliggende medische problemen is twee uur.'

'Hij lag niet in het water, hij zat in een kajak, en hij droeg een wetsuit.'

Laviolette probeerde met zijn elleboog tegen het raam van zijn portier te steunen, maar dat was zo beslagen dat hij weggleed. 'Hoe zou je je relatie tot Bryan Deane omschrijven?'

'Oude vriendin,' zei ze automatisch.

'Zou het zelfmoord kunnen zijn?'

'Onmogelijk.'

'Sprak zij vol overtuiging.' Zijn glimlach tekende een netwerk van fijne lijntjes op zijn gezicht. 'Waarom niet? Je zag Bryan Deane voor het eerst in ruim zestien jaar terug, maar zelfmoord sluit je uit. Waar komt die overtuiging vandaan?'

'Martha. Ik zag ze vanmorgen, samen.'

Anna zag het weer voor zich – het lange meisje in haar rijkleding met haren in de kleur die ze zich van de vroegere Laura herinnerde, op de rand van het gazon naast haar vader, bijna even groot als hij.

Martha had Anna nors aangestaard en haar hand had die van haar vader gezocht, terwijl haar andere hand haar zweepje tegen de zijkant van de zool van haar rijlaars liet tikken.

'Er was iets tussen hen, ik weet het niet.' Ze haalde geïrriteerd haar schouders op toen ze zag dat Laviolette haar nog steeds glimlachend zat te observeren. 'Ik kan me gewoon niet voorstellen dat hij haar zo in de steek zou laten.' Ze zweeg en keerde zich naar hem toe. 'Overweeg je serieus dat hij uit eigen wil is verdwenen?'

'Ik weet niet veel van Bryan Deane, maar wát ik weet is dat hij districtsmanager is bij Tyneside Properties en dat Tyneside Properties in de afgelopen negen maanden twee filialen heeft gesloten. En dan hoor ik dat hij een appartement heeft bij de jachthaven, Royal Quays Marina, in North Shields, dat al maanden te koop staat. En vanavond, op weg naar huis, hoor ik dat Bryan Deane wordt vermist, en dat vind ik interessant.'

Hij zweeg even om haar de gelegenheid te geven te reageren, veegde het raampje schoon en tuurde naar het huis van de Deanes. 'Ik vraag me af hoe het daar is, nu,' zei hij. De benedenverdieping was donker, maar boven brandde nog licht. 'Weinig affectie tussen die twee. Moeder en dochter, bedoel ik.'

Anna zei niets.

'Een trieste bedoening daar,' zei hij ten slotte toonloos. Hij keek haar aan: 'Hoe zou dat komen, denk je?'

'Er wordt iemand vermist.'

Hij schudde zijn hoofd. 'Dat bedoel ik niet. Er was een onderliggende triestheid. Een voortwoekerende triestheid.'

'"Voortwoekerend"?' Ze glimlachte.

'Vreemd toch, de dingen waarvoor mensen uiteindelijk kiezen in het leven.'

Ze ging er niet op in – het was te dubbelzinnig, en zij was te moe. 'Ze verkeerden in shock,' zei ze alleen.

'Martha Deane, ja.'

'Laura Deane ook,' volhardde Anna, hoewel ze niet begreep waarom ze ineens de behoefte voelde dit te benadrukken terwijl ze er zelf niet in had geloofd. 'Een shock uit zich niet volgens een bepaald patroon, dat weet jij net zo goed als ik.'

'Ik heb het idee dat Laura Deane van de aandacht genoot, tot op zekere hoogte.'

Die indruk had Anna ook gehad, maar ze onthield zich van commentaar. Ze had hetzelfde gevoeld, en daarbij had Laura ook nog iets uitgestraald wat het midden hield tussen bezorgdheid en wat zich alleen maar liet omschrijven als opwinding. Maar ook dat zei ze niet, deels omdat haar instinct haar zei dat Laviolette dat al wist, en deels omdat ze er nog niet uit was wat ze van Laviolette vond. Ze wist ook niet hoe ze tegenover Laura stond, maar ze ervoer nog steeds een oude, kinderlijke loyaliteit, wat haar verbaasde. Met andere woorden: ze was nog niet zover dat ze Laura aan Laviolette uitleverde; eerst wilde ze zelf het een en ander natrekken.

'Ik zou Bryan Deanes levensverzekeringspolis ook weleens willen zien,' ging Laviolette verder. Toen hij weer geen respons kreeg, vroeg hij: 'Wie neem je in bescherming?'

'Mezelf.' Ze keek op de klok in het dashboard en zei: 'De afgelopen twintig minuten is het me niet gelukt aan de indruk te ontsnappen dat ik onder verdenking sta.'

'Verdenking waarvan?'

Toen ging zijn mobieltje. Hij keek wie de beller was, drukte het gesprek weg en leek heel even jaren ouder. 'Ik moet gaan,' zei hij. 'Misschien wil ik je nog een keer spreken.'

'Rechercheur Chambers heeft mijn gegevens.'

Hij aarzelde en liet toen zijn mobieltje weer in zijn jaszak glijden. Anna stapte uit.

Het regende nu minder hard. Vlak voor ze het portier dichtduwde, zei ze: 'Laviolette is een ongebruikelijke naam.'

'Niet voor mij.'

Ze keek schuin op naar het huis en hij volgde haar blik. Er bewoog een gordijn achter het raam boven het portiek, net alsof iemand het net terug had laten vallen.

'Weet je wat me is opgevallen?'

Ze wachtte op wat komen ging.

Het regende nu minder hard, maar haar haren en gezicht voelden nat aan en haar trui was aan de voorkant nog steeds bezaaid met fijne waterdruppeltjes.

'Laura Deane is niet half zo uit haar doen door Bryans verdwijning als jij.'

De gele Ford Capri reed de nieuwbouw van Duneside uit en sloeg de kustweg op, naar het noorden. Al gauw gleden hoge duinen langs de auto, rechts van Anna's schouder; de lichtbundel van St Mary's Lighthouse flitste regelmatig over het verraderlijke water en over het land, over de verraden streek die net een beetje begon op te krabbelen. Nog niet overeind, maar wel al op zijn knieën, en dat was waar vastberaden gemeenteraadsleden mensen van probeerden te doordringen in hun poging het verleden in erfgoed om te zetten met de obligate kunstuitingen die overal verschenen, zoals het standbeeld op de kade bij het appartement in Blyth dat ze tijdelijk had gehuurd.

Ze nam Links Road, die haar langs de Royal Northumberland Yacht Club en pakhuizen in South Harbor voerde en sloeg toen Ridley Avenue in, de straat langs het onlangs opgeknapte Ridley Park. Het was een buurt waar ooit artsen hadden gewoond en praktijk hadden gehouden, waar de straat zijn bijnaam Doctors' Row aan had ontleend, hoewel deze huizen, anders dan de mijnwerkershuisjes, niet een aaneengesloten, laag bakstenen front vormden. De huizen op Ridley Avenue waren vrijstaand en hadden een voor- en een achtertuin; een tuin met een gazon en borders waarin geen groenten maar bloemen stonden.

De artsen waren allang vertrokken; wat restte waren benauwd ogende, met grind gepleisterde gevels met zware voordeuren, waarin bovenlichten in de vorm van een opkomende zon – sommige nog in oorspronkelijke staat – meer weg hadden van een ondergaande zon.

Ze reed langzaam door Bridge Street en Quay Road en parkeerde voor de voormalige, nu tot appartementen verbouwde, Ridley Arms, van waaruit je over Quayside op Blyth Harbour uitkeek. Haar appartement – *open plan*, de trend volgend dat alles in één blik te overzien moest zijn – was het enige dat werd bewoond, hoewel de verbouwing van de vroegere havenpub, waarin nu vier luxeappartementen waren gerealiseerd (de reclameborden stonden nog steeds aan de weg) driekwart jaar geleden al was opgeleverd. Het soort mensen voor wie de appartementen waren bedoeld was dan ook niet te vinden in Blyth. In Tynemouth misschien, of in Newcastle, maar niet in Blyth. Blyth was geen plaats om naartoe te verhuizen of van je pensioen te gaan genieten. Het was een plaats waar je werd geboren en dan maar bleef. Alleen als je hier was geboren kon je houden van dit landschap, dat zozeer door de mens was aangetast dat het niet meer om liefde durfde te vragen.

Ergens in de buurt brandde een kolenkachel. Een geur uit haar jeugd, die zwaar bleef hangen in de laatste flarden mist die nog om de masten van de blauw-witte Schotse trawlers draalden. Het grootste deel van de noordelijke havenmuur was inmiddels weer zichtbaar. De Alcan-kade, waar aluminium werd gelost voor de smeltovens, baadde in een fel licht. Aan het eind van het noordelijk havenhoofd zag ze het rode licht van het baken, met daarachter de hoge witte zuilen van de windmolens, gestaag en stil hun trage rondes draaiend.

Ze was weer terug waar ze was begonnen.

4

Laura bevond zich boven haar, blootsvoets, in een roze met wit velours short en een grijs T-shirt met grasvlekken op de rug. Op het voorpand stond Bugs Bunny, gecraqueleerd, want het was haar lievelings-T-shirt en helemaal verwassen. De zacht zongebruinde teint van haar benen – benen die omhoogzwaaiden van de tak waaraan Anna aarzelend houvast zocht – legde een verhullend waas over de vele schrammen en blauwe plekken.

Anna spande zich niet in om haar bij te houden. Ze had al haar concentratie nodig om hoger te komen, hoger en hoger. Ze was ook niet blootsvoets, zoals Laura. Anna droeg rode gevlochten plastic schoentjes, want ze had veel te veel kriebelbeestjes in de schors zien zitten. Met haar schoentjes had ze een goede grip, daar lag het niet aan dat ze langzamer was. Ze was langzamer door haar voortdurende behoefte omhoog te blikken, niet alleen om te kijken hoe ze hoger kon komen, maar ook om zeker te weten dat ze weer omlaag zou kunnen.

Laura had die behoefte niet; zij keek slechts heel af en toe even omhoog. En ze was niet geïnteresseerd in het uitzicht.

Anna wel.

Anna stopte steeds om naar de Cheviot Hills in de verte te kijken, en naar hun twee tenten beneden, die bij de bocht van de rivier stonden, nog net in de schaduw van de boom. Erwin stond te vissen in de rivier, met zijn pijpen opgerold tot aan zijn knieën. Op de oever lag Mary op het groen-blauw geblokte picknickkleed een bibliotheekboek te lezen, een roman die zich in de Tweede Wereldoorlog afspeelde, in de achterbuurten van Liverpool. Anna zag het zonlicht fonkelen in de glazen van haar leesbril.

Het was een eikenboom.

Ze hadden al twee zomers onder die boom gekampeerd, maar Erwin vergat elke keer de plek op de kaart aan te tekenen, dus elk jaar was het weer zoeken geblazen. Je moest de grote weg naar Jedburgh nemen, dan een landweg op met vier doorwaadbare plaatsen erin, en dan een karrenpad op. Anna had het idee dat Erwin de plek met opzet niet markeerde, want als ze een kruisje op de Ordnance Survey-kaart zouden zetten en de coördinaten zouden weten, zouden ze misschien het noodlot tarten en werd de plek voor altijd onvindbaar. Ze hadden de plek bij toeval gevonden; als ze niets deden, zouden ze hem de volgende zomer weer terugvinden.

De zomer dat Laura met de Fausts meeging en dat de meisjes in de boom klommen zou voor hen de laatste zomer op die plek worden, maar dat wisten ze toen nog niet.

Eiken zijn goede klimbomen, maar van deze boom zaten de onderste takken zelfs voor Erwin te hoog. Hij reed dus naar de ijzerwarenwinkel in het nabijgelegen Rothbury om touw te kopen, en in dat touw legde hij knopen en hij bond het vervolgens aan de onderste tak. Toen ze eindelijk in de boom zaten, klom Laura in een ritmische slingerbeweging steeds verder omhoog, weg van Anna, die haar maar moest volgen.

Laura zat nu bovenin, met één arm om de stam, die op die hoogte dun genoeg was om hem bijna helemaal te omvatten. Ze keek omlaag tussen de takken door, haar gezicht omlijst door een sluier van haar, zo dik dat het zonlicht er niet doorheen kwam. Opeens verscheen er een tevreden lach op haar gezicht. Anna zag dat Erwin zich in de rivier omdraaide en naar de top van de boom keek, met zijn hand zijn ogen afschermend tegen de zon.

'Kom eens kijken,' riep Laura.

Het zonlicht weerkaatste op een voorwerp dat ze in haar hand had – een zakmes; het volgende moment boog ze zich naar voren en kerfde ze iets in de stam.

Met hernieuwde kracht begon Anna te klimmen, tot de zon ineens verduisterd werd door een lange, lawaaiige, bewegende schaduw en de takken in de kruin van de boom vreselijk begonnen te schudden, alsof ze nu pas merkten dat er binnendringers waren.

Anna hoorde geschreeuw, en toen ze omlaag keek zag ze dat Erwin niet meer in de rivier stond maar over het gras naar de boom rende, zijn broekspijpen nog steeds opgerold. Mary's boek lag opengeslagen op het kleed en Mary zelf stond ernaast, machteloos naar de lucht starend.

Er hing een helikopter boven hen; hij wilde Laura uit de boom plukken, maar Laura was zo geconcentreerd haar initialen in de stam aan het kerven dat ze hem niet opmerkte.

Anna riep haar naam, maar het lawaai van de helikopter werd harder en harder ...

Met een schok werd Anna wakker, en haar eerste gedachte was dat het geluid dat ze had gehoord van de windmolens aan de noordkant van de haven kwam. Maar toen wist ze het weer. Het geluid dat ze nog steeds hoorde, dat zich in haar droom had binnengedrongen, was wel degelijk het geluid van helikopters. Het was Pasen, en er werd naar Bryan Deane gezocht, want Bryan Deane was spoorloos verdwenen.

Het licht in de slaapkamer was grijzig, waardoor ze dacht dat het nog vroeg was, maar toen ze door de hoop kleren naast het bed woelde om haar horloge en telefoon te vinden, bleek het halftien te zijn.

Ze deed haar horloge om, liet zich weer achterover op het kussen vallen en bleef nog even naar het plafond liggen staren voor ze met lood in haar benen uit bed stapte.

Ze stapte over de her en der verspreid liggende kleren naar het raam en trok het rolgordijn op. Met haar voorhoofd en de palm van haar hand tegen het glas gedrukt staarde ze naar de jagende grijze lucht en golven en naar de horizon, die voor een groot deel in beslag werd genomen door het silhouet van een supertanker met kolen uit Polen of houtpulp uit Noorwegen, om de Britse krantenpersen draaiende te houden. Haar moeder, Bettina, had vroeger een kantoorbaan in South Harbour gehad en Erwin had ooit in een dronken bui tegen Anna gezegd dat haar vader een Noor, een zeeman van een van die schepen was.

Het was vies weer – vuil, heel anders dan gisteren. De zee had niets uitnodigends met golven van wel anderhalve meter hoog.

Een zee die weinig hoop op overleving bood, dacht Anna.

Door het glas heen hoorde ze het geklepper van het tuigage van de twee trawlers die beneden aan de kade lagen afgemeerd. De derde trawler, *Flora's Fancy*, koerste tussen de kadehoofden door naar zee, langs de windmolens, die vandaag draaiden, op de tweede van links bij de oude kolenpieren na. Er was er altijd een die stilstond, hoe hard de rest ook draaide.

Op dat moment zag ze de rode kustwachthelikopter over de trawlers en windmolens naar zee vliegen en daar een zuidwaartse lus maken, terug naar het vasteland.

Anna ging naar de keuken en schudde wat muesli in een kom (vandaag boodschappen doen, bedacht ze). Terwijl ze daarmee bezig was kwam er nog een heli over.

Deze keer was het niet de kustwacht, maar een RAF-reddingshelikopter, vermoedelijk van de luchtmachtbasis in Kinross.

Toen ging haar telefoon.

Ze liep naar de slaapkamer, waar ze hem had laten liggen. Het was Laviolette, eerder dan ze had verwacht. De opmerking die hij had gemaakt voor ze in de vroege ochtend het portier van de Vauxhall had dichtgeslagen drong zich aan haar op, maar ze duwde deze weg door snel te vragen: 'Al iets bekend?'

'Niets. We zijn vanochtend een grootscheepse zoekactie begonnen in samenwerking met de kustwacht. De weersomstandigheden zijn niet ideaal, maar het zou beter worden. Er zijn schepen uitgevaren vanuit Tynemouth, Cullercoats en Blyth, en een aantal vissersboten hebben hun hulp aangeboden.' Hij aarzelde even, alsof hij haar iets had willen vragen. 'Maar ik heb nog geen nieuws.'

In de stilte die viel hoorde ze stoelen schuiven, een kind jengelen en de stem van Laviolette, die gedempt iets zei.

'Ik hoor helikopters bij jou. Waar zit je?' vroeg hij onverwacht.

Zonder dat ze erop bedacht was antwoordde ze: 'In mijn appartement. Ik heb net kustwacht- en RAF-helikopters naar zee zien vliegen.'

'Heb je uitzicht op zee? South Harbour of Quayside?'

'Quayside,' zei ze terwijl ze zich afvroeg hoe hij wist dat ze in Blyth verbleef.

Hij zweeg even, maar ging er niet op door. 'Ik heb het gevoel dat

Martha Deane contact met je zal willen opnemen. Mocht ze dat doen, laat het me dan weten.' Zonder haar de gelegenheid te geven te reageren, vervolgde hij: 'Heb je Laura Deane al gebeld?'

'Nee.' Anna wist nog helemaal niet of ze Laura Deane wel wilde bellen.

'Heeft zij jou gebeld?'

'Nee.'

'Goed, nou ... We spreken elkaar nog wel, en vergeet niet me te bellen als je bezoek krijgt.'

Laviolette beëindigde het gesprek. Anna, vergeten dat er nog een halve kom muesli op haar stond te wachten, besloot te gaan hardlopen. Ze wilde net de deur uit gaan toen haar telefoon weer ging. Nu was het Mary. Erwin had een slechte nacht gehad en voelde zich vanochtend niet veel beter.

'Heb je het ziekenhuis gebeld?'

'We mochten komen, maar Erwin zegt dat hij niet wil. Het is zijn ademhaling, Anna.'

'Ik bel wel even naar het ziekenhuis. Misschien kunnen ze iemand langssturen, en als dat niet kan, zal hij er toch heen moeten. Heeft hij een patiëntennummer of iets dergelijks wat ik moet geven als ik bel?'

'Ik weet het niet,' zei Mary, het huilen nabij. 'Ik weet het allemaal niet meer. Don en Doreen zijn naar Laura toe, ze heeft nog steeds niets gehoord. Ik kan niet geloven ...' Mary brak haar zin af. De onwaarschijnlijke verdwijning van Bryan Deane had haar kranige houding met betrekking tot Erwins ziekte gebroken. Dit kon er niet meer bij.

'Rokerskanker' had Mary, haar grootmoeder, de kleincellige longkanker genoemd die bij Erwin was vastgesteld. Na bijna veertig jaar onder de grond en anderhalf pakje sigaretten per dag was het niet helemaal onverwachts gekomen, en zoveel had Mary Anna ook duidelijk gemaakt. Dit was de manier waarop de vrouwen van Mary's generatie hun man verloren. Ze hadden het haar niet willen vertellen, maar ...

'Maar het kan binnen een paar weken afgelopen zijn, kind.' Mary's stem had even gehaperd.

Het was dat ene woordje, 'kind', dat het hem deed; niet het bericht dat Erwin stervende was, maar dat 'kind'. Anna was gaan huilen, wat zelden gebeurde. Nou ja, er kwamen tranen, maar zonder geluid.

'Ik vind het heel erg voor je, kind, maar ik vond dat je het moest weten.'

Daarna volgden er vele uren met telefoongesprekken naar de specialist en het zorgteam.

Erwins kanker was gemetastaseerd, de medische term voor 'uitzichtloos'. Erwin had geen uitzicht meer. Opereren of bestralen had geen zin omdat de tumor niet beperkt was tot de longen, maar zich uitzaaide. De chemokuur die hij had gehad was niet bedoeld om genezing te brengen, maar om de pijn in zijn afglijden naar de dood te verzachten.

Zijn arts had gezegd dat Erwin van verdere chemo afzag, dus hadden ze hem morfinepillen voorgeschreven.

Anna had eerst uitgebreid verschillende oncologen geconsulteerd en toen had ze, zonder er verder lang over na te denken, de M1 naar het noorden genomen. Mary's telefoontje had de stekker uit haar Londense leven getrokken, iets wat ze zelf al maanden had geprobeerd maar wat haar niet was gelukt, besefte ze nu.

Terwijl ze met ruim 130 kilometer per uur Northampton, Nottingham, Leeds, York en Durham voorbijreed, vroeg ze zich af of ze hierop had zitten wachten, op een excuus om terug te keren. Maar terug naar wat?

Toen ze laat in de middag was gestopt voor de huurwoning waar ze was opgegroeid, Parkview 19, leek Mary in verwarring gebracht, afstandelijk, bijna verlegen met de situatie. Mary had haar alleen gelaten met Erwin en was zelf doorgelopen naar het keukentje om thee te zetten. Ze had alleen even 'Anna is er' geroepen, alsof het de gewoonste zaak van de wereld was dat Anna langskwam.

Erwin zat op de bank in de zitkamer, onder de ingelijste gravure van de Chillingham-runderen. Hij keek tv, naar *Tom & Jerry*; zijn mond hing open en hij glimlachte. Zijn kleren leken te groot en zijn huid was grauw. Er zat wat opgedroogd bloed op zijn bovenlip van een bloedneus die hij had gehad en hij had een pet op, omdat hij kaal was door de chemo.

'Opa!' Toen ze het zei, had ze het gevoel dat ze al eeuwen in de deuropening stond.

Met tegenzin maakte hij zich los van zijn tekenfilm. De glimlach bleef, en ze zag dat hij continu een wrijfbeweging maakte, daar waar de huid tussen duim en wijsvinger was uitgedroogd.

'Kind,' zei hij automatisch, alsof ze net van boven of uit de keuken kwam. Hij probeerde er voor haar te zijn, maar eigenlijk deed het hem weinig dat ze er was. Hij leek bijna ongeduldig, alsof hij wilde dat ze de kamer uit ging of naar Londen terug zou gaan. De man die zijn hele leven van haar had gehouden.

Het kwam Anna voor dat ze haar geen van beiden hier wilden hebben; dat ze het gênant vonden dat Erwin aan het doodgaan was met haar erbij. Alleen, samen, wisten ze met elkaar en met de aanwezigheid van de dood om te gaan, maar met haar erbij wisten ze zich met hun houding geen raad.

Omdat ze niet wist wat ze moest zeggen, liet ze hem bij Tom en Jerry achter, ging naar de keuken en trok de deur zachtjes achter zich dicht.

Mary kreeg iets nerveus, maar ging door met redderen en zette de theepot op de tafel, naast de kopjes en bordjes die gewoonlijk in de servieskast in de zitkamer stonden.

Ze ging aan de kleine, uitklapbare tafel zitten en schonk thee voor hen in.

Tot haar opluchting zag Anna dat er voor twee personen was gedekt.

Erwin, die nog nooit van zijn leven overdag tv had gekeken, bleef bij Tom en Jerry.

'Waarom heb je het niet eerder gezegd?' vroeg Anna uiteindelijk, toen Mary alleen maar had gevraagd of de autorit voorspoedig was geweest en hoe het op haar werk ging en het er niet op leek dat Mary de stilte nog een keer zou verbreken.

Ze at langzaam en een tikje nadrukkelijk haar mond leeg en zei: 'We weten het zelf nog maar net.'

'Maar waarom heb je me niet meteen gebeld?'

'Wat had je eraan kunnen doen?' viel Mary boos uit. 'Wat kun je nu doen? Wat wil je gaan doen? Wat kom je doen?' besloot ze geergerd, maar wel in tranen. 'Hij gaat dood.'

'Dat weet ik,' zei Anna met stemverheffing, want ze was ook boos. Maar ze had het niet geweten, niet echt. Pas toen ze hem zojuist op de bank voor *Tom & Jerry* had zien zitten had ze het geweten. De man die als een vader voor haar was geweest, nog beresterk op zijn vijftigste, toen zij was geboren; de man van wie ze altijd had gedacht dat hij niet klein te krijgen was.

Dat had de lucht geklaard en even later had Mary met Anna de huisapotheek doorgenomen. Morfinepillen, ontstekingsremmers, tabletjes tegen misselijkheid en laxeermiddelen; alles stond in een hoekje van het aanrecht naast de magnetron, onder het sleutelrekje dat Anna ooit voor hen had meegebracht van een schoolreisje naar Scarborough. De etiketten op de potjes waren naar voren gedraaid. Mary was er bijna trots op en wachtte op een opmerking van Anna, die heel hard probeerde te bedenken wat ze kon zeggen maar niets kon verzinnen.

Ze stond op voor een glas water en keek door de vitrage voor het keukenraampje naar buiten en zag dat de kanker ook daar zijn tol had geëist. Binnen was het nog even smetteloos schoon en netjes als altijd, maar de tuin ... Erwins schuurtje was het enige wat ze midden in de ravage van vroeger herkende. De moestuin, die zo gul was geweest voor de Fausts, voor hun vrieskist en de vele buren, was één grote wildernis. Het schuurtje leek zich niet op zijn gemak te voelen en zijn laatste beetje waardigheid te ontlenen aan het gehaakte gordijntje dat nog steeds wit voor het kleine raampje hing.

Uitkijkend over de tuin werd Anna bekropen door angst. Angst voor wat hier aan het gebeuren was, angst voor wat er nog te gebeuren stond. Erwin en Mary waren er altijd geweest; ze hadden zich over haar ontfermd toen haar moeder van de aardbodem was verdwenen – een opa en oma die voor de tweede keer vader en moeder werden. Ze verloor geen opa, ze verloor haar vader.

De volgende dag had Erwin een afspraak in het ziekenhuis, en hoewel ze zich door haar lieten brengen – ze was er nu toch – wist Anna dat ze liever, zoals altijd, met de bus waren gegaan.

Er werden geen onderzoeken gedaan, het was gewoon een consult om te bespreken 'hoe het zou aflopen', zoals Mary het verwoordde terwijl ze haar broche opnieuw in haar shawl vastpinde.

Anna bleef in de wachtruimte zitten, op een blauwe stoel naast een waterkoeler en een wit rek vol kankerbrochures.

Erwin en Mary waren de kamer van dokter Nadafi binnengegaan – Mary was allang bekomen van de schok dat ze een 'donkere' man als arts hadden gekregen – en zaten nu tegenover hem voor zijn bureau. Voor de deur was dichtgegaan had Anna gezien dat ze onder het bureau elkaars hand zochten, wat haar hart had gebroken.

De wachtruimte, die leeg was geweest, liep al snel vol met jonge stellen, kinderen, een tienermeisje met haar ouders.

Uiterlijk onaangedaan stond Anna op om een bekertje water te tappen, maar haar handen beefden, ze voelde de ogen in haar rug prikken, ze voelde dat de mensen zich kort afvroegen wat er met haar was. Ze besloot op de gang te wachten en ging tegen een oude radiator staan, waarvan de warmte door haar jeans heen drong.

'Je had niet hoeven wachten,' zei Mary toen ze de spreekkamer uit kwamen. Ze klonk bijna boos.

'J-jémig, oma!' brieste Anna.

'We hadden met de bus naar huis kunnen gaan,' hield Mary vol.

'Ik wil hier zijn. Laat me nou.'

Erwin, nog beduusd van het consult, zei niets.

'Ik moet even naar de wc.' Mary liep weg, verder de gang in.

'Wat gaat ze doen?' vroeg Erwin paniekerig toen hij Mary's rug zag verdwijnen.

'Even naar de wc.'

Erwin knikte toen Mary over haar schouder riep: 'Loop maar alvast naar de poli, we moeten een recept ophalen bij de ziekenhuisapotheek.'

Anna liep al in de richting van de trap toen Erwin haar plotseling vastpakte en terugtrok; hij keek haar indringend aan en kauwde verwoed op zijn wang.

Het voelde alsof hij haar voor het eerst zag sinds ze er was.

'Wat ze ook zegt, ik wil dat je er bent als … als het einde daar is.'

Ze kapte hem af. 'Opa!'

'Alsjeblieft,' drong hij met schorre stem aan. Hij had haar nog steeds stevig bij haar arm. 'Ik meen het.'

Hij had amper iets tegen haar gezegd sinds ze er was. Ze hoorde zijn accent – ze hoorde dat hij Duits was.

'Niet voor mij,' ging hij door. 'Voor Mary. Ik wil dat je er voor haar bent, want ik laat haar alleen achter.'

Anna legde haar hand op de zijne, die zich nog om haar bovenarm klemde. 'Natuurlijk zal ik er zijn. Dat weet je toch.'

'Het gehoor is het laatste wat uitvalt,' mompelde hij meer tegen zichzelf dan tegen haar. 'Gek, hè? Je moet gewoon tegen me blijven praten, ook als ik niet meer bij bewustzijn ben, ook als je denkt dat het gebeurd is. Je moet blijven praten, want ik blijf je horen.'

'Dat zal ik doen.'

Hij knikte en ze gingen de trap af, de blauwe borden naar de poliklinieken volgend.

Mary stond voor het slaapkamerraam te wachten op de verpleegkundige die op huisbezoek zou komen. Het evenwicht dat ze al weken had proberen te bewaren was danig verstoord na een hele nacht waken naast iemand van wie ze wist dat hij stervende was. Toen Anna, boos, had gevraagd waarom ze niet eerder had gebeld, had ze niets beters weten te antwoorden dan 'Wat had je eraan kunnen doen?' Wat ze er precies mee had bedoeld wist ze zelf ook niet.

'Waar blijft die verpleegkundige?' vroeg Mary zich geërgerd af.

Anna, die in een G-Plan-stoel zat die net zo oud was als de woning, nog bekleed met het originele Everglade-groen, sloot haar ogen. Ze hield Erwins hand stevig vast. Hij lag met zijn gezicht naar haar toe, mond open; zijn ademhaling was rochelend. Als ze haar grip ook maar een beetje verslapte, gleed zijn hand uit de hare omlaag langs de rand van het bed, en dat maakte haar bang. Het slaapkamermeubilair en het tapijt met het patroon van dichte varens, dat ze zich van vroeger herinnerde, zagen er nog goed uit. Alles was nog bij het oude. Het zou niet bij Erwin en Mary opkomen om iets weg te doen voor het volledig versleten was. Voor alle spullen die ze hadden, was hard gewerkt, en daarom lag er een doek over het televisietoestel als het niet aanstond; daarom werd de stereoset teruggestopt in de doos waarin hij was geleverd als ze niet naar muziek luisterden. Het huis was nog even schoon en netjes als vroeger, want voor de mensen van Mary en Erwins generatie waren reinheid en netheid de enige zaken die hen onderscheidden van de verloren en gedoemde zielen: de drinkers, de echtbrekers, de werklozen en de mensen die honger leden.

'Hoe was Laura er gisteravond aan toe?' vroeg Mary na een poosje.

Dat had Anna niet verwacht. 'In shock.'

'Gek, hoor. Je hebt haar in geen – wat is het? – vijftien jaar gezien.'

'Zestien.'

Mary wendde zich van het raam af en keek haar aan. 'En dan te bedenken dat Laura en jij, toen jullie klein waren, zó dik met elkaar waren.' Ze gaf het aan met haar vingers, ondanks haar artritis. 'Je was ook heel dik met Bryan, een tijdje. Hij zat je altijd op te wachten als je met de bus uit Newcastle uit school kwam. Weet je nog?'

Anna wist het nog. Ze zag hem voor zich, zittend op een bloembak voor het busstation, naast Moscadini's, het Italiaanse koffietentje. Ze liepen samen terug naar Hartford Estate, onderweg pratend, of juist stil; Bryan gekleed in iets wat een uniform moest voorstellen en Anna in haar middelbareschoolkleuren, marineblauw en rood, de hoed met het lint in haar boekentas. Ze was blij met zijn gezelschap en de bescherming die ervan uitging, want het was een riskant en onaangenaam stuk naar Parkview, vooral in een uniform van een school voor studiebollen.

'Hij zat eeuwig en altijd met zijn vergrootglas insecten te tekenen bij ons in de achtertuin.'

Anna staarde Mary aan. Ze was vergeten dat Bryan had getekend, en helemaal dat hij een vergrootglas had gehad. Het riep een herinnering bij haar op, die ze op dat moment niet naar voren kon halen.

'Heb je nog tekeningen van hem?' vroeg ze ineens.

'Vast wel. Ergens. Ik geloof dat er een paar in het washok hangen. Arm kind,' ging ze verder, in gedachten verzonken en zich nauwelijks bewust van Erwins amechtige geadem. 'Hij was in zekere zin wees. Aan de ene kant de mijnstaking en aan de andere die zelfmoord. Bryan heeft haar gevonden, wist je dat?'

'Wie gevonden?'

'Zijn moeder, Rachel. Het zal je maar gebeuren als je uit school komt. Je weet het vast niet meer, het is zo lang geleden.'

Maar Anna wist het nog goed. Ze wist het nog omdat het maandag, wasdag, was geweest. Bryan was hun tuin in geheld, dwars door de lakens aan de waslijn die Mary zelf had gespannen, zo hoog ze kon. Mary was tegen hem uitgevallen, tot ze zijn gezicht had gezien en de donkere plek in zijn kruis. Hij had in zijn broek geplast.

Mary had hem mee naar binnen genomen en het bad vol laten lopen, en dat was de eerste keer dat Anna Bryan Deane in zijn blootje had gezien; toen hij twaalf jaar oud was, op de dag dat hij zijn moeder verloor.

'Het was een klap voor Bryan, hij was Rachels lievelingetje. Er werd naderhand van alles beweerd over Bobby Deane, maar ik geloof niet dat Bobby Rachel ooit ook maar iets heeft aangedaan. Ze was gewoon eenzaam, meer niet; je weet wel, zo eenzaam dat je er niet meer uit komt. Bobby was de man van de mijnwerkersvakbond; hij werkte twaalf uur per dag, soms nog wel meer. Over Rachel werd ook van alles beweerd,' ging Mary door. 'Dat Bryan niet van Bobby was, omdat hij iets donkers had, als enige van alle Deanes.' Ze slaakte een zucht.

'Bryan?'

Mary knikte. 'Ten tijde van de staking trok Rachel veel op met iemand die bij Bobby op het mijnwerkerskoor zat. Zij zong ook graag. Volgens mij was het niet meer dan vriendschappelijk, maar in die tijd was dat ongepast. Mannen en vrouwen konden geen vrienden zijn. Je hoorde in je eigen huis, in je eigen tuin te blijven. Je ging niet aan de boemel, hoe onschuldig ook. Dat waren de regels, en Rachel kon niet tegen regels. Ze zei altijd dat het haar benauwde.'

'En wie was die vriend van Rachel?'

Mary aarzelde. 'Een weduwnaar, maar een weduwnaar telde als de man van een ander als je zelf getrouwd was, en dat was Rachel. Hij was veiligheidsdeskundige bij Bates.'

'Hoe is het hem vergaan?'

'Omgekomen bij een ongeval. Je ziet witjes,' kwam er plompverloren achteraan.

'Ik slaap slecht.'

'Dat zie ik. Daar heb je make-up voor, weet je. Voor slechte dagen.' Haar blik gleed misnoegd over Anna's hardlooptenue, dat ze blijkbaar nu pas zag, waarna ze zich weer naar het raam keerde.

Een optimistisch rode Nissan was beneden op straat aan het inparkeren. Er stapte een vrouw uit, die hun kant op keek.

'Dat háár.'

'Wat is er met mijn haar?' Anna voelde aan haar hoofd.

'Niet dat van jou.'

'Over welk haar heb je het dan, oma?'

Geheugen- en concentratiestoornissen waren mogelijke bijwerkingen van de morfinepillen die Erwin kreeg, maar het was eerder Mary dan Erwin die last had van dit soort verschijnselen. De gedachte dat Mary af en toe een morfinepilletje meepikte drong zich – niet voor het eerst – aan Anna op.

'Laura had iedereen kunnen krijgen met dat haar, maar ze koos Bryan Deane.'

'Of hij haar.'

'Dat kan, maar als je mij toentertijd had gevraagd wie van jullie iets met Bryan Deane zou krijgen, dan had ik gezegd: jij. Kijk niet zo. Ik had mijn ogen niet in mijn zak zitten. Je bent niet in je eentje opgegroeid. Ik was erbij, weet je nog wel?'

Ze wierp een steelse blik op Erwin, wiens hoofd in het kussen was teruggezakt; uitgeput, mond open, nog steeds piepend ademhalend.

'Vannacht hield hij op met ademen en ik voelde me zo boos,' zei ze, terwijl ze het opnieuw beleefde. 'Ik was boos op hem omdat hij me zoveel angst bezorgde. Ik ben boos omdat hij doodgaat, Anna. Ik ben voortdurend boos. De liefde bewandelt wondere wegen,' concludeerde ze, terwijl ze probeerde haar tranen weg te slikken.

Anna liet Erwin en Mary achter bij de verpleegkundige, Susan, een vrouw van achter in de veertig, die met vastberadenheid, humor, de opnieuw uitgebrachte eau de toilette Poison en een draagbaar zuurstoftankje het leven van de Fausts binnenstapte.

Ze was nog maar een paar minuten in huis of de rust was weergekeerd en de angst van de nacht verjaagd. Tegen de tijd dat Anna wegging, ademde Erwin rustig en zat Susan met Mary aan de keukentafel.

Anna stapte in haar auto maar reed niet meteen weg. Ze zat even met haar hoofd op het stuur voor ze de wijk uit reed, de Parade op, waar Mo's vroeger zat. Benieuwd naar de winkel die gedurende haar kindertijd zo'n belangrijke plaats in haar leven had ingenomen, bracht ze de auto tot stilstand. Er waren nog maar twee winkels open op de Parade – The Seven Seas, een fish-and-chipstent, en een supermarkt, in het oude pand van Mo's – alhoewel dat niet meteen duidelijk was vanwege het traliewerk voor de etalageruiten.

Het postagentschap in Mo's was ook weg, maar het loketje met veiligheidsglas was er nog wel. Achter het glas bevonden zich een kassa, een zwaar meisje in trainingspak, een kind, en het grootste deel van de drankvoorraad van de winkel.

'Melk en eieren?' vroeg Anna, niet bepaald hoopvol.

'Achter, in de koeling.'

Ze voelde de ogen van het meisje in haar rug terwijl ze naar achteren liep, waar een muffe lucht hing van vochtig zeil.

Anna herkende het zeil; het had er al gelegen in Mo's tijd, toen er nog een bakker, slager, kruidenier, ijzerhandel, drogist en kapperszaak, gedreven door Mo's tweelingzus, op de Parade hadden gezeten. Dat was de kapper waar alle vrouwen uit de buurt naartoe gingen, ook Anna, toen ze klein was. Ze had zo'n hekel aan de kapper gehad dat Mary altijd een broekriem van Erwin meenam om haar aan de stoel vast te kunnen binden, omdat ze anders niet stilzat.

De hele zomer liepen Laura en zij af en aan tussen Mo's, het park en huis. Anna wist zelfs nog hoe het rook bij Mo's: naar snoeppoeder, kranten, en haarlak van de kapsalon pal ernaast. Buiten had een roze met groene raket gestaan die daar geen enkel bestaansrecht leek te hebben, want voor zover zij wist was er niemand die tien pence overhad voor een ritje in een raket. De penny's die ze bij elkaar sprokkelden gingen op aan zoetigheid.

Op hun dooie akkertje, terwijl ze het laatste beetje poeder uit het zakje achteroverkieperden, slenterden ze de kant op van het park waar de huizen op Parkview aan de achterzijde op uitkeken, een park dat in een permanente staat van verval verkeerde. De speeltoestellen, in beton gestort in de hedonistische tijd dat gezondheid en veiligheid nog niet bestonden, waren metaalkleurig gespoten met verf die bladderde, zodat ze wegroestten. Een val moest je bekopen met een afgebroken tand, een gebroken elleboog, haarscheurtjes in je schedel en een tetanusinjectie.

Anna zat altijd zwijgend achter Laura op het metalen paard, dat tussen rozen stond die nooit leken te bloeien en waarvan het roestende zadel hun dijbenen rood kleurde – tot de grote jongens uit de rioolbuis kropen, waar ze hun verzameling pornografische plaatjes bewaarden en lijm snoven. Als de grote jongens verschenen was het tijd om naar huis te gaan; maar als de lijm op was en ze geen rode ogen hadden en nog in een rechte lijn konden lopen, dan speelden ze tikkertje met Laura en Anna op het spoor, dat zich uitstrekte van de Alcan-aluminiumsmelterij in het noorden naar de Cambois-kolencentrale in het zuiden, een centrale met vier schoorstenen die, gezien vanuit het raam van haar appartement in de Ridley Arms, de hele horizon zouden hebben beslagen als ze niet in 2003 waren gesloopt.

Maar dat alles hield op in de zomer dat Jamie Deane, Bryans oudere broer, zijn hand onder Laura's rok stak en Anna en Laura niet meer naar het park gingen.

De herinnering overviel haar zo dat Anna vergat wat ze aan het doen was en niets ziend de koeling achter in de winkel in staarde. Ze was Jamie Deane helemaal vergeten.

'Lukt het?' riep het meisje.

Anna schrok op, griste de melk en eieren uit de koeling en liep terug naar het loket. Afwezig schoof ze het geld over de balie. Vlak voor ze wegliep zei ze: 'Je bent toevallig geen familie van Mo?'

'Haar dochter.' Het kwam er zonder enige aarzeling uit, ongeïnteresseerd, alsof niets wat ze ooit hoorde of zei haar lot zou veranderen, ook dit niet.

'Wil je haar de groeten van me doen? De groeten van Anna, de kleindochter van de Duitser.'

'Ze is dood,' zei het meisje uitdrukkingsloos.

Anna verliet de winkel met een somber gevoel, niet alleen vanwege de teloorgang van Mo's imperium, maar ook van haar nageslacht. Mo was een grote, vrolijke, zingende vrouw geweest met een gevoel voor humor waarvan je niet meer bijkwam.

Dat kon van haar dochter niet worden gezegd.

Ze wilde net in haar auto stappen toen een bordeauxrode Vauxhall haar aandacht trok; hij stond geparkeerd voor een van de bungalows die in een halve cirkel om het plantsoen waren gebouwd dat achter de Parade lag. Seniorenwoningen, de meeste nog in redelijk goede staat, met verzorgde voortuintjes.

Het oude model van de bordeauxrode Vauxhall was niet bepaald een bijzonderheid, vooral hier niet, maar Anna wist zeker dat de auto die aan de overkant stond de auto was waarin ze de avond ervoor had gezeten. De auto van rechercheur Laviolette.

Ze stapte in en belde Mary.

'Ben je nu al terug in je flat?'

'Nee, ik ben bij Mo's geweest.'

'Waarom dat nou weer?'

'Voor melk. En eieren. Ken je die bungalowtjes achter Mo's, oma?'

'Armstrong Crescent?'

'Geen idee. Mooie tuintjes …'

'Armstrong Crescent,' zei Mary.

'Ken je iemand die daar woont?'

Mary aarzelde. 'Daar is Bobby Deane komen te wonen. Toen hij aan de drank raakte.'

Ze klonk weifelend, alsof ze nog iets anders wilde zeggen, maar ze bedacht zich.

5

Bobby Deane, die het gezicht was geweest van de mijnwer-kersstaking van 1984-1985, zat in een van de schaarse meu-belstukken in de woonkamer van de bungalow – een leun-stoel die naar urine stonk. Het hele huis stonk in feite naar urine, maar in de directe omgeving van de leunstoel was de stank het ergst, waaruit Laviolette afleidde dat de stoel de boosdoener was, en als het niet de stoel was, dan wel de man die erin zat. Hoe dan ook, het leek de rechercheur weinig te kunnen schelen.

Bobby Deane volgde Laviolette met vochtige, alerte ogen, prie-mend in een opgezwollen, paars aangelopen gezicht. Hij had geen idee wie Laviolette was, en hij kon zich ook niet herinneren of Laviolette al iets gezegd had of hoe lang hij al in huis was; hij wist alleen dat hij van de politie was. Ook het moment dat Lavi-olette voor de deur had gestaan was Bobby kwijt – voor hetzelfde geld was hij hier al jaren – en omdat hij niet wist wat hij anders moest, staarde hij maar naar de man in de groene jas die lang-zaam een rondje door de kamer liep en af en toe in zichzelf glim-lachte.

Laviolette nam glimlachend plaats op de enig andere zitplaats in de kamer, de magnetron die tegen de muur stond, recht tegenover Bobby's stoel. Het ding deed het niet meer, maar de stekker zat nog steeds in het stopcontact. 'Op stap geweest, meneer Deane?'

De toon waarop hij het zei was goedmoedig, maar Bobby kende de goedmoedigheid van de politie.

Hij keek met lege ogen naar Laviolette en toen naar omlaag, naar zichzelf. Hij had een gewatteerd blauw Texaco-jack aan, glimmend van het vele dragen. Zijn blik gleed langs zijn benen helemaal naar de grond, waar hij iets paarsachtigs op het tapijt ontdekte: zijn voeten. Het waren zijn eigen voeten die hij zag. Blote voeten, zonder schoenen.

Hij merkte dat Laviolettes ogen ook op zijn voeten gericht waren. 'Sorry dat ik u stoor, ik heb maar een paar minuutjes nodig.'

Waar was hij geweest?

'Hebt u Bryan onlangs nog gezien, meneer Deane?'

'Bryan,' echode Bobby terwijl hij over de vraag nadacht.

'Uw zoon. Bryan.'

Bobby keek weer naar het jack dat hij aanhad en wist het weer, heel even. Hij had het jack aangetrokken vanwege Bryan, maar wanneer was dat geweest? Jaren geleden misschien wel, hij had Bryan in geen jaren gezien. Het enige wat hij zich herinnerde was dat hij hier in de stoel had gezeten toen er buiten een auto stopte. Hij was naar het raam gelopen, had de vergeelde vitrage opgelicht en Bryan gezien. Hij was naar het gangetje gelopen en was ergens over uitgegleden, waarbij hij zijn knie ernstig had bezeerd; hij herinnerde zich de pijn die hij had gevoeld, en de manier waarop hij 'Ik kom eraan!' had geroepen, alsof Bryan al in huis was en hem kon horen. Hij had zijn jack aangetrokken om te gaan opendoen, maar toen had hij naar zijn voeten gekeken en gezien dat hij geen schoenen of sokken aanhad. Dus was hij naar de slaapkamer gegaan om een paar sokken te zoeken, af en toe uit het raam blikkend om te zien of Bryan er nog stond.

Het was zonnig geweest buiten – hij herinnerde zich het zonlicht – en de ramen waren nog vuiler geweest dan die in de woonkamer, maar toch had hij Bryans grote zilvergrijze auto voor de deur kunnen onderscheiden, met Bryan erin. Alleen had Bryan in een vreemde houding gezeten, met zijn armen om het stuur en zijn hoofd erop, maar Bobby had meteen geweten dat Bryan zat te bedenken of hij moest aanbellen of niet.

Bobby was op het matras gaan zitten en in een van die zwarte gaten weggezakt waarin hij tegenwoordig vaker wel dan niet verbleef. Hij was vergeten wat hij in de slaapkamer te zoeken had, en Bryan was hij ook vergeten. Op een gegeven moment was hij weer opgestaan en naar het raam gelopen, zonder te weten waarom. Zijn onderbewuste had hem naar het raam gestuurd om te kijken of Bryan nog voor de deur stond. Maar zelf had hij geen idee wat hij bij het raam deed, of waarom hij naar buiten keek, want er was weinig te zien geweest – op een nogal dik meisje in een roze trainingspak na, dat een sigaret had staan roken in het plantsoen achter de winkels en naar zijn huis had gestaard. Wanneer was dat geweest? Gisteren? Had hij al die tijd zijn jack aangehouden, en niets aan zijn voeten gedaan?

Maar dat zei Bobby allemaal niet. Hij zei het niet omdat de man die tegenover hem zat van de politie was en hij uit principe geen antwoord gaf op vragen van de politie, maar ook omdat de vergeetachtigheid weer toesloeg.

'Sorry, zei u net iets?'

'Hebt u Bryan onlangs nog gezien?' vroeg Laviolette opnieuw, die zich niet erg op zijn gemak voelde tegenover zo'n kwetsbare man.

'Bryan is mijn jongste zoon,' sprak Bobby langzaam en aarzelend.

'Inderdaad,' beaamde Laviolette. 'Hebt u hem onlangs nog gezien?'

'Hij heeft een dochtertje,' ging Bobby verder alsof hij die laatste vraag niet had gehoord. 'Hoe heet ze ook alweer?' vroeg hij half en half aan de rechercheur.

Laviolette glimlachte geduldig. 'Martha.'

Deze keer leek de glimlach ontspannend te werken op Bobby. 'Martha. Hij heeft haar een keer meegebracht. Op een zaterdag. Op zaterdag gaat hij met haar naar Keenley's, paardrijden.' Er zat een kloddertje spuug op zijn kin. De herinnering deed hem roekeloos doorpraten, want hij kon haar zomaar ineens weer kwijt zijn. Hij praatte dan wel tegen iemand van de politie, maar met deze herinnering kon weinig mis zijn. Kleinkinderen mochten vast wel gaan paardrijden als ze dat wilden, en zonen mochten hun vader komen opzoeken, zonder dat ze daarmee een wet overtraden.

'Is Bryan gisteren geweest?'

'Ik heb Bryan in geen jaren gezien. Wat was het gisteren voor dag?'

'Zaterdag,' antwoordde Laviolette, die zich afvroeg of hij specifieker moest zijn. 'Paaszaterdag,' maakte hij ervan, na een poosje.

'Is het Pasen?' Een kort moment leek Bobby verrast.

'Gisteren was het zaterdag. Hebt u Bryan gisteren gezien, meneer Deane?'

Bobby schudde zijn hoofd, liet zijn linkerhand over de vettige armleuning glijden en begon aan de foamvulling te plukken. 'Nee. Hij is niet binnen geweest.'

'Hij is niet binnen geweest,' zei Laviolette op vriendelijke toon. 'Was hij dan … buiten, misschien?'

'Ik weet het niet meer,' zei Bobby, helemaal leeg ineens. 'Ik weet niets meer.'

'De vrouw van uw zoon heeft hem gisteren, op paaszaterdag, als vermist opgegeven, meneer Deane. We willen hem graag vinden, dat is alles. We willen Bryan vinden, zodat hij weer naar huis kan gaan.'

'Weet u niet waar Bryan is?'

Laviolette stond op en zuchtte. 'Mocht u Bryan zien, of mocht u menen Bryan te zien, belt u me dan?'

Hij reikte Bobby Deane zijn kaartje aan en bleef even staan om te zien of hij het zou lezen.

Bobby draaide het tussen duim en wijsvinger om en om.

'Mag ik even van uw toilet gebruikmaken?' vroeg Laviolette.

Terwijl hij de kamer en Bobby's geheugen uit liep, greep Bobby met zijn linkerhand in de lucht. Hij greep een stuk leer vast, een teugel, die aan een halster vastzat, dat aan een pony vastzat, die hij met zich meetrok naar de voor hem opdoemende duinen.

De mijnpony, die onder de grond nooit misstapte, was bovengronds totaal de kluts kwijt. Hij struikelde voortdurend en bleef steeds staan, helemaal uit zijn doen, ook al droeg hij oogkleppen. Bobby trok hard aan de teugels en schreeuwde geïrriteerd, tot het hem te binnen schoot dat hij het aan de zwart-witte pony te danken had dat ook hij vandaag de mijn niet in hoefde en hij het dier plagend op de hals klopte. Toch begreep hij niet waarom de pony niet vrolijk ging draven op de enige bovengrondse dag per jaar die hij had. Maar ja, die ene dag maakte de andere driehonderdvierenzestig niet beter; alleen maar slechter, waarschijnlijk. Deze redenering maakte zijn teleurstelling er niet minder om. Hij had de pony zo graag zien draven. Uiteindelijk had hij hem gefrustreerd aan een meidoorn vastgebonden en was hij met de andere jongens de duinen op gerend. Hij moest – ja, hoe oud was hij geweest? – dezelfde leeftijd hebben gehad als Bryans dochter, de laatste keer dat hij haar had gezien. Samen met de anderen was hij de duinen op geholt en had hij zijn voeten, die bloot waren, verwond aan het stugge, scherpe helmgras.

Hij wroette met zijn tenen in de pool van het viezige tapijt. Intussen inspecteerde Laviolette het badkamerkastje om te zien of er behalve Bobby Deane misschien nog iemand anders in huis bivakkeerde. Maar het bevatte alleen een flesje Old Spice, een kop thee, een paar knopen en een penny waarvan het koper blauw was verkleurd. Aan een spijker in de muur hing een gerafelde gele handdoek, wc-papier was nergens te bekennen en het bad stond vol water.

Laviolette trok de stop uit het bad en liep door de gang naar de keuken, waar een plaat hardboard over het fornuis lag met een campinggasje erop. Op het aanrecht bevonden zich, naast elkaar, pakjes met kunstmest, een doos met wegwerphandschoenen en verschillende gereedschappen. Iemand gebruikte Bobby Deanes keuken om mephedrone te versnijden, er hing een gore lucht.

De twaalfjarige Bobby Deane was intussen met de jongens van de duinen af het strand op gerend. Toen hij wat van zijn energie kwijt was, bedacht hij dat hij maar eens bij zijn pony moest gaan kijken. Hij klom het duin weer op en gleed er aan de andere kant vanaf naar het veld waar, bij de meidoornstruik en de pony, een meisje stond. Ze moest bessen hebben geplukt, want haar mond, haar handen en jurk waren zwart van het sap. Ze had een bloem in haar hand. Een anjer? Bobby stopte halverwege de helling en zag haar de pony aaien.

Toen Laviolette de kamer weer binnenkwam, zat Bobby naar de muur tegenover zijn stoel te staren, waar de vorige bewoner een barometer had laten hangen – de wijzer stond op MOOI WEER. Bobby glimlachte en kromde zijn tenen in het tapijt.

'Ik ga weer, meneer Deane,' riep Laviolette.

Bobby staarde hem onthutst aan. Wie was die man? Hoe lang stond hij daar al en wat deed hij in zijn huis?

'Ik vraag het wel aan Rachel straks, als ze thuiskomt van haar werk,' hoorde hij zichzelf automatisch zeggen. 'Haar dienst zit er zo op. Ik vraag het wel aan haar, zij weet het wel van Bryan.'

Laviolette trok de deur achter zich dicht en bleef een moment in het voortuintje staan, denkend aan Rachel Deane, die hij zich herinnerde als een lange, zwijgzame vrouw, en aan Rachel Deanes zelfmoord. Vervolgens ging hij het onberispelijke tuintje in van de bungalow van de buren. In het portiek stond een stenen ezeltje dat een stenen karretje trok, met paarse viooltjes erin. Het paars vloekte met de gele verf van de voordeur. Hij klopte aan en een nette, zuur kijkende vrouw deed open, zo snel dat je zou denken dat ze achter de vitrage had staan gluren.

Hij toonde zijn legitimatie, stelde zich voor en legde uit dat hij bij meneer Deane vandaan kwam, zich ervan bewust dat hij haar niets nieuws vertelde. Alleen de linkerkant van haar gezicht en haar lijf waren zichtbaar door de kier van de deur. Haar ogen, ongerust, zochten de straat achter Laviolette af. Ze wilde niets liever dan weten wat de politie bij de buurman te zoeken had gehad, maar ze wilde niet dat iemand zou zien dat de politie bij haar op de stoep stond.

'Ik wil u best binnenlaten, maar ik heb net de vloer gedaan,' zei de vrouw terwijl ze naar Laviolettes schoenen keek, die niet schoon waren.

'Hindert niet, mevrouw eh …'

De vrouw aarzelde even en zei toen met een dun stemmetje: 'Harris.'

'Mevrouw Harris.' Laviolette glimlachte. 'De zoon van meneer Deane, Bryan, komt weleens bij hem langs op zaterdag. Ik vroeg me af of u toevallig gezien hebt of Bryan zijn vader gisteren heeft bezocht.'

'Waar gaat dit over?'

'We trekken iets na – een familieaangelegenheid.'

'Een familieaangelegenheid waar de politie bij betrokken is?' Ze zweeg afwachtend, maar Laviolette gaf geen verdere tekst en uitleg en bleef haar glimlachend aankijken.

'Hebt u Bryan Deane hier gisteren gezien, mevrouw Harris?'

'Hij is geweest, ja.'

'Hoe laat?'

'Rond een uur of elf.' Ze zuchtte. 'Het viel me op, omdat het voor het eerst sinds tijden was dat ik zijn auto voor de deur zag staan – op de vaste parkeerplaats van mijn man. Mijn man is invalide, vandaar dat we een eigen parkeerplaats hebben. Ik wilde net naar buiten gaan om hem te vragen zijn auto ergens anders neer te zetten toen hij wegreed.'

'Hij is dus niet binnen geweest?'

Ze schudde haar hoofd. 'Hij heeft daar … wat zal het zijn, tien minuten of zo gestaan, en toen reed hij weg, zoals ik net al zei.'

'Is hij niet eens uitgestapt?'

Weer schudde ze haar hoofd. 'Nee. En zoals ik al zei, het was voor het eerst sinds maanden, misschien nog wel langer. Heel anders dan die ander.'

'Die ander?' vroeg Laviolette op scherpe toon.

'Er is nog een, met tatoeages. Hij is heel vaak geweest in het afgelopen halfjaar, en als hij er is wordt er de hele tijd geschreeuwd, je hoort het door de muren heen. De televisie staat bij ons altijd hard vanwege Dereks gehoorapparaat, maar als die knul er is horen we alles woordelijk, en hij slaat een taal uit … We hebben het al een paar keer aangekaart bij de gemeente, maar ze doen er niets aan.' Ze zweeg, in afwachting van een blijk van medeleven, maar Laviolette zei niets.

Hij kon het even niet volgen. Het moest Jamie Deane zijn. Mevrouw Harris zou wel op Jamie Deane doelen, die twintig jaar in de gevangenis had gezeten en een halfjaar geleden was vrijgekomen. Het mephedronelab in Bobby's keuken was dus van hem.

'… en niemand verdient het om zulke buren te hebben,' besloot mevrouw Harris.

Laviolette staarde haar kort aan, zijn gedachten waren nog elders. 'Als u geschreeuw door de muur hoort, van de buren, komt het dan nooit bij u of uw man op om bij meneer Deane aan te bellen om te kijken of er misschien iets aan de hand is?'

Mevrouw Harris keek alsof ze hem niet begreep.

'Dat zou een goede buur toch doen, denkt u niet? Bovendien zou u zich dan wellicht een telefoontje naar de gemeente besparen.'

'Wilt u zeggen …' begon ze.

Laviolette onderbrak haar. 'Wat ik zeg, mevrouw Harris, is het volgende: is het ooit bij u opgekomen, als u naar de gemeente belt, om te vermelden dat er een oudere man naast u woont, met alzheimer?'

Mevrouw Harris was zo verbijsterd door Laviolettes boosheid dat ze geen antwoord gaf. Ze legde haar hand tegen haar sleutelbeen en keel en zag met grote ogen hoe hij wegbeende door haar onberispelijke voortuin.

'Ik ben een fatsoenlijk mens,' riep ze hem bang en met hese stem na, toen hij bij het tuinhekje stilstond en zich omdraaide.

'Krijgt meneer Deane nog meer bezoek?'

'Op Parkview woont een dame die boodschappen voor hem doet, Mary Faust, maar die komt maar eens in de week,' antwoordde ze snel, met tranen in haar ogen. 'Ik ben een fatsoenlijk mens,' zei ze nog maar een keer, want die politieman mocht vooral geen verkeerde indruk van haar krijgen. Daarna sloot ze met haar gele deur de wereld buiten.

Mo's dochter, Leanne, had Laviolette precies kunnen vertellen wanneer Jamie Deane zijn vader op Armstrong Crescent had bezocht, want Jamie Deane, die het afgelopen halfjaar op ongezette tijden in haar winkel was verschenen, was het enige wat haar leven achter het veiligheidsglas van het loket de moeite waard maakte. Ze wist alles wat er van hem te weten viel, zelfs dingen die hij niet van zichzelf wist, zoals dat hij lachrimpeltjes had en dat zijn ogen feller van kleur werden als hij lachte. Leanne wist alles.

Vandaag echter overrompelde hij haar.

Ze zat een schunnig sms'je over Daniel Craig te lezen dat ze net van een vriendin had ontvangen, onderwijl pratend tegen haar dochtertje Kayleigh, die bij haar zat omdat het zondag was en die wilde weten wat een zombie was, toen ze opkeek en Jamie achter het veiligheidsglas zag staan. Hij lachte haar toe. Het hangertje waar ze op had zitten zuigen viel uit haar mond en voelde nat tegen haar huid. Daaraan deed Jamie Deane haar denken, wist ze ineens. Aan Daniel Craig.

'Dat is lang geleden,' zei Leanne terwijl ze zenuwachtig het jasje van haar trainingspak over haar middel trok en met haar adem ingehouden van haar stoel gleed.

'Heb je me gemist?'

Ze trok haar haren naar achteren over haar schouders en lachte. 'Zet je een pakje Bensons op mijn rekening?'

'Er komt steeds meer bij.'

'Komt goed.'

Ze was helemaal bibberig toen ze het pakje sigaretten van de plank pakte en naar hem toe schoof, en ze was bang dat ze zou gaan huilen toen hij, eventjes maar, met zijn wijsvinger over de rug van haar hand streek.

Omdat er heel veel Leanne was, was er zoveel te zien tussen kin en counter dat Jamie niets anders kon dan wazig maar waarderend naar haar voorgevel staren – waarop met glitterletters het woord SWALLOWS pronkte (een cadeautje van de vriendin die het sms'je over Daniel Craig had gestuurd) – voor hij zich naar buiten haastte, naar zijn bestelbus.

Binnen twee minuten was hij weer terug.

'Dat kan niet, dat je het pakje nu al ophebt.'

Jamie hoorde het niet eens en zei: 'Er staat een auto bij pa voor de deur. Weet jij daar iets van?'

'Wat voor auto?'

Leanne liet Kayleigh alleen en zette de deur van het loket klem met een brandblusser. Ze liep achter Jamie aan de winkel uit, maar de auto die voor de woning van Bobby Deane stond zei haar niets.

'Het hoeft niet voor je pa te zijn,' zei ze ten slotte, met zichzelf ingenomen dat ze dat had bedacht.

Terwijl Jamie die mogelijkheid met een grom beaamde, gleed haar blik over de ketting in de plooi van zijn nek, en snoof ze zijn geur op, een geur van fastfood, honden, dope, woede en iets zoetigs, een geur die vervloog op het moment dat ze hem probeerde te duiden; een geur die geen aftershave was, en ook niet afkomstig was van drugs.

'Onbekende mensen in de winkel gehad vanmorgen?'

'Nee. Nou ...'

'Wie?' vroeg hij, prikkelbaar.

'Een vrouw die naar mijn moeder vroeg.'

'Politie,' siste hij en hij draaide zich zo abrupt om dat ze er bijna van achteroversloeg, want ze stond zowat boven op hem.

Ze scheurde haar blik los van zijn nek en zag Laviolette uit

Bobby Deanes deur komen en even later bij mevrouw Harris aanbellen.

'Wat *the fuck* moet dat voorstellen?' mompelde Jamie. Hij schoot zijn bus in – REEVES REGENERATION stond er op de zijkant – en dook weg.

Door de voorruit zag hij Laviolette tegen mevrouw Harris praten, waarna mevrouw Harris' voordeur dichtsloeg en de rechercheur weer in zijn auto stapte.

Niet veel later trok de bordeauxrode Vauxhall op en reed hij langs Jamie Deanes busje en langs Leanne, Mo's dochter, die met over elkaar geslagen armen op de stoep voor de winkel stond. Achter haar rug plette Kayleigh haar tong, rood van haar lolly, tegen het glas.

Jamie draaide het raampje omlaag. 'Is hij weg?'

'Ja … Hij is weg.'

'Haal een vleespasteitje voor me.'

Leanne draaide zich om, liep automatisch de winkel in en haalde een pasteitje dat over de datum was uit de koeling.

Jamie pakte het aan en schakelde in zijn één, zonder iets te zeggen of haar zelfs nog maar een blik waardig te keuren.

Ze stond op de stoep en zag hem Armstrong Crescent in draaien, en haar hart brak.

'Wat had die hier te zoeken?' schreeuwde Jamie met zijn mond vol tegen Bobby, starend naar het visitekaartje. Hij was al in de keuken geweest, maar zijn spullen lagen er nog. 'Niet te geloven dat je die klootzak binnen hebt gelaten!' riep hij gefrustreerd.

Hij wist dat hij er weinig mee opschoot als hij ongeduldig werd, maar hij had nog niet ontdekt wat wel opschoot, dus bleef hij maar schreeuwen tegen Bobby, die nadat Laviolette was vertrokken de gang in was gelopen, op zoek naar een trap die er niet was om naar een slaapkamer boven te gaan die er ook niet meer was.

Onthutst dat er nergens een trap te vinden was, was Bobby teruggegaan naar de kamer en weer in zijn stoel gaan zitten, en toen had hij de voordeur open horen gaan. Er was een man de kamer in gekomen die hij in een flits als een van zijn zoons had herkend, alleen wist hij niet welke en hoe hij heette.

Zijn zoon was tegen hem gaan schreeuwen en was keihard op

zijn blote linkervoet gaan staan en dat deed zo vreselijk veel pijn dat Bobby het geschreeuw niet meer hoorde.

Het maakte hem verward en het gevolg van die verwardheid was dat Jamie en zijn bungalowtje uit zijn geest verdwenen en hij zich ineens heel onveilig voelde, waardoor hij in paniek raakte en weer uit zijn stoel wilde opstaan om de trap te gaan zoeken. Als hij de trap maar vond, dan zou hij Rachel ook kunnen vinden.

Rachel zat boven op hem te wachten; ze wilde hem iets geven, een bloem, en die bloem begon slap te hangen, hij had water nodig.

Hij probeerde overeind te komen, maar werd teruggeduwd in zijn stoel.

Daarna bleef hij met zijn ogen de man volgen die door de kamer ijsbeerde.

In zijn linkervoet voelde hij een doffe pijn die hem hulpeloos maakte. En toen wist hij het weer. 'Ik heb tegen hem gezegd dat Rachel zo thuis zou komen, dat zij wel zou weten waar Bryan was.'

Jamie staarde zijn vader aan. 'Bryan? Het had dus niets met mij te maken?'

'Wie ben jij?' zei Bobby. Het was hem, ondanks de pijn, gelukt om op te staan, en nu slofte hij naar het raam.

'Ik ben je zoon, stomme idioot. Je zoon Jamie.' Er ontsnapten hem een paar korte, gefrustreerde snikken. 'En ik heb twintig jaar voor je gezeten. Twintig jaar, en je weet godverdomme niet eens wie ik ben.' Hij sloeg zijn hand voor zijn gezicht.

Bobby, die naar buiten stond te kijken, zei: 'Hij is weg.'

'Wie is er weg, lul-de-behanger?'

'De auto van onze Bryan stond voor de deur. Ik dacht dat hij me misschien kwam halen voor een ritje langs zee – ik heb de zee al zo lang niet gezien – maar hij is niet binnen geweest. Waarom kwam hij niet naar binnen?' vroeg Bobby terwijl hij Jamie aankeek, die een sigaret had opgestoken uit het pakje Bensons dat hij uit de winkel had meegenomen. 'Mag ik er een?'

'Nee,' schreeuwde Jamie. En toen: 'Het is toch godverdegodver niet te geloven. Twintig jaar, en nog steeds is het Bryan, Bryan, Bryan.'

Bobby keek omlaag naar de vensterbank, waaraan een spinnenweb vol vliegen hing. 'Ben jij ook op zoek naar Bryan?'

'Waarom zou ik op zoek zijn naar Bryan?'

'Hij is verdwenen.'

'Bryan?'

'Bryan. De politie zoekt hem.'

Bobby keek weer naar buiten, afgeleid door een vrouw bij de buren, die iets vaag bekends had en die haar vuilnisbak naar de stoeprand duwde. Op de vuilnisbak stond een acht, in witte verf. Bobby dacht na over het cijfer en de vrouw, die zijn kant op keek en een gezicht trok alsof er een vers gesnoeide rozenstruik in haar reet werd gestopt.

Stilletjes voor zich uit lachend stak hij zijn hand naar haar op, maar ze zwaaide niet terug.

Ze holde zo snel ze kon door haar tuintje terug naar de voordeur.

Nog steeds lachend mompelde Bobby: 'Goed zo, rot maar gauw op naar je hol.' Toen hij zich weer omdraaide naar de kamer toe zag hij een man staan roken die er net nog niet had gestaan, dat wist hij zeker, en weer vroeg hij: 'Mag ik er een?'

'Bek dicht.' Jamie wierp de sigaret op het lege haardrooster.

Bobby volgde de weg van de sigaret door de lucht naar het rooster en wachtte af.

Toen de man de kamer uit ging, riep hij: 'Waar ga je heen? Ik heb honger.'

Hij liep achter hem aan naar de gang, wanhopig zoekend naar een manier om hem hier te houden, want hij werd ineens doodsbenauwd van de gedachte dat hij alleen achter zou blijven. 'Ik heb honger,' herhaalde hij.

Jamie bleef staan bij de voordeur en leunde tegen de muur, waarbij hij per ongeluk het lichtknopje aan stootte. Hij leek ver weg met zijn gedachten; verveeld, zelfs.

Bobby friemelde aan het lipje van de rits van zijn Texaco-jack, zich afvragend waar die deur op uitkwam.

'Je hebt al gegeten,' zei Jamie.

'Wanneer dan?'

'Net. Ruik je dat niet dan?'

Bobby keek om zich heen en snoof. 'Wat heb ik gegeten?'

'Een zondagse hap met alles erop en eraan: vlees en aardappeltjes uit de oven en Yorkshire-pudding.' Jamie liet een boer. 'Neem me niet kwalijk.'

'Ik heb kramp in mijn maag.'

'Omdat je je te barsten hebt gegeten.'

'Maar ik heb nog steeds honger.' Bobby werd weer paniekerig. 'Is het zondag?'

Jamie trok de deur open en Bobby zag een plantsoen met kleine rijtjeshuizen in een halve cirkel eromheen. Midden in het plantsoen lag een gele prullenbak op zijn kant. Zo te zien had iemand hem in brand willen steken. Hij boog zijn nek naar opzij – wat pijn deed – om te lezen wat erop stond: WANSBECK COUNCIL.

'De man die hier was,' riep hij opeens, 'was dat joch van Laviolette. Die was het,' kwam het er triomfantelijk achteraan.

Jamie kwam naar hem toe. 'Ik snap niet waarom je zo zelfvoldaan klinkt. Ik snap niet hoe je de naam van die vent ook maar over je lippen krijgt.'

'Ik heb met Laviolette in het mijnwerkerskoor gezongen, het Ashington Mannenkoor. We zijn met het koor naar Duitsland geweest.'

'En wat nog meer, pa? Wat heb je nog meer gedaan? Dat weet je niet meer, hè?'

Jamie duwde hem met kracht tegen de muur, waarbij het kruintje van zijn hoofd de onderkant van de elektriciteitsmeter raakte.

Bobby, slap tegen de muur hangend, schudde van nee.

'En ma. Herinner je je ma ook?'

Bobby deed heel erg zijn best iets te pakken te krijgen wat in zijn geest rondfladderde; hij sloot zijn ogen en stak zijn hand uit om de aangeboden bloem aan te pakken. 'Rode anjers,' bracht hij uit. 'De vrouwen stonden ons op te wachten bij de mijn. Ze gaven ons bloemen, anjers voor ons heldenverzet, om de pijn te verzachten dat we na de staking weer gewoon aan het werk moesten.' Hij schudde treurig zijn hoofd; de helderheid en de scherpte van de vrouwengezichten die hij had opgeroepen namen alweer af. 'Maar er waren toen geen helden meer, alles was kapot.'

Mismoedig zei Jamie: 'Ja, alles was kapot.'

'Ik heb haar gezocht,' ging Bobby onverwacht verder, 'tussen de vrouwen met de bloemen, maar ze was er niet. Toen was ze er al niet meer, hè?' vroeg hij zachtjes, met glazige ogen, aan Jamie.

'Ze was er al lang niet meer, maar jij had het te druk met die verdomde staking om het op te merken.'

'Ze had er genoeg van. Eenendertig pond per week, min de vijftien die de staat inpikte omdat we die van de vakbond zouden krijgen, alleen kregen we die niet. Wat hou je dan over?' Voor Jamie het aftreksommetje kon maken zei Bobby: 'Zestien pond per week. Zestien pond per week, daar krijg je genoeg van, daar krijgt iedereen genoeg van.'

'Hoe kan het dat je je die zestien rotponden wel herinnert en Roger Laviolette niet?'

'Roger Laviolette,' echode Bobby blij. 'Daar heb ik mee in het koor ...'

'Ja, daar zat je mee in het koor,' schreeuwde Jamie, die hem vasthad bij zijn jack, dat van dichtbij vreselijk stonk. 'En hoe kan het dat je je wel het koor maar niet de moord herinnert?'

'Ik heb niemand vermoord,' zei Bobby bang.

'Dat heb je wel. Je hebt Roger Laviolette vermoord. Om ma en hem.'

'Wacht, waar ga je heen?'

Maar Jamie was al weg.

Op de balkons van de woningen boven de winkels hing was, en Bobby staarde een poosje naar een grote sprei met een afbeelding van een luipaard erop voor hij, blootsvoets, de deur uit ging en het overwoekerde tuinpad af liep naar het tuinhekje, terwijl een wit busje Armstrong Crescent uit reed.

Hij wachtte op iemand, dat wist hij zeker, maar die zekerheid duurde niet lang. Toen was hij vergeten op wie hij dacht dat hij wachtte.

Vervolgens vergat hij ook dat hij aan het wachten was en wist hij niet meer waarom hij op blote voeten aan het eind van het pad over het tuinhek hing, dus lichtte hij de klink op en stak hij de straat over naar het plantsoen, nog steeds nieuwsgierig naar de gele prullenbak.

Na het ding een tijdje te hebben geobserveerd, keek hij om zich heen, niet zozeer om te bepalen waar hij heen zou gaan, als wel om te achterhalen waar hij vandaan was gekomen. Noch de bungalows vóór hem noch de woningen boven de winkels achter hem zeiden hem iets. Hij wist alleen dat zijn voeten koud waren en dat zijn linkervoet zeer deed. Hij keek omlaag en zag dat hij niets aan zijn voeten had en dat zijn linkervoet lelijk gekneusd was.

Van een van de bungalows aan de overkant stond de voordeur open, en achter het raam van de bungalow ernaast stond een vrouw.

Als hij in het gras zou gaan zitten en af zou wachten, zou het vast goed komen. Kome wat komt in een wereld die genoeg van hem had, net zoals hij genoeg van de wereld had.

Er vlogen meeuwen over, die belangstellend rond bleven cirkelen boven de op zijn kop liggende prullenbak en alles wat eromheen zwierf. Ze kwamen alleen maar naar land als het weer op zee slecht was.

Bobby legde zijn hoofd in zijn nek en keek naar de lucht; de voortjagende wolken maakten zijn desoriëntatie alleen maar groter.

Was het vandaag geweest dat hij met de mijnpony's naar de duinen was geweest, en op het strand?

Was het vandaag geweest dat hij dat meisje in haar jurkje had gezien? Dat kon haast niet, het was geen weer voor de jurk die ze had gedragen, en er hadden ook fruitvlekken op gezeten, maar die konden niet van bramen zijn, want het was nog veel te vroeg voor bramen.

Hij zocht naar bomen om te zien of ze al blad hadden, maar in de verste verten was er geen boom te zien. In de tuinen aan de overkant was ook niets fleurigs te onderscheiden. Het enige wat opviel was de gele deur van de bungalow met het glurende vrouwengezicht.

Toen begon het te regenen.

Hij zette zijn kraag op, maar bleef zitten, want hij wist niet wat hij anders moest, waar hij heen kon gaan – tot hij een vrouw door de regen zag lopen. Ze had een lange waterdichte jas aan en een hoofddoekje om, en in haar hand droeg ze een blauwe boodschappentas.

Het duurde even voor hij besefte dat ze op hem afkwam. En ze haastte zich, want haar schoenen glibberden weg op het natte gras.

'Bobby!' bracht ze ademloos uit. 'Wat doe je daar in godsnaam?' Ze draaide zich om en keek naar de achterkant van de winkels met de woningen erboven en de bungalows, net als hij had gedaan, alleen snapte zij er nog veel minder van. 'Hoe lang zit je hier al? Waar zijn je schoenen? Je hebt je hoofd bezeerd, ik zie bloed.'

Ze moest haar tranen wegslikken toen ze hem overeind trok en meenam naar de bungalow met de open deur.

'Ik wil daar niet naar binnen,' zei hij en hij probeerde zich los te trekken.

'Naar binnen, Bobby. Het regent.' Ze duwde hem de drempel over. In de gang bleef hij staan luisteren naar het geluid van stromend water, en even later kwam er stoom uit de kamer aan het eind van de gang.

6

Tegen de tijd dat Anna op Quay Road was en richting Quayside reed, begon het op te klaren. De zon achter het oplossende wolkendek was gemeen fel. Omdat Anna tegen het licht in reed, zag ze Martha Deane pas op de bank tegenover de Ridley Arms zitten toen ze de auto stilzette.

Martha was met de fiets.

Laviolette had gelijk gehad. Ze kreeg bezoek van Martha, en sneller dan hij had kunnen vermoeden.

'Hoe lang zit je hier al?' vroeg Anna terwijl ze uitstapte en haar ogen dichtkneep tegen de schittering van het licht op het water.

'Weet ik niet,' mompelde Martha een beetje verlegen. 'Ik hou het thuis niet meer uit en … Vind je het erg?'

Anna ging naast haar op de bank zitten, zuchtte en hief haar gezicht instinctief naar de aprilzon.

'Ik geloof haar niet,' zei Martha ineens.

'Wie geloof je niet?'

'Mam. Ik geloof niets van wat ze zegt. Jij wel?'

Dat laatste negerend zei Anna: 'Hoe wist je me te vinden?'

'Ik hoorde pap gisteren tegen oma zeggen dat hij iets voor je had kunnen regelen als hij had geweten dat je tijdelijke woonruimte zocht.' Ze zweeg. 'Oma zei dat ze tegen je had gezegd dat je hem moest bellen.'

'Kan best. Ik weet het niet meer, ik had zoveel aan mijn hoofd.'

Dat was gelogen. Voor ze uit Londen vertrok had ze Tyneside Properties gebeld en naar Bryan gevraagd, maar op het laatste moment had ze niet meer gedurfd en de verbinding verbroken.

'Mijn oma zegt dat jouw opa op sterven ligt.'

'Dat klopt.'

'Wat erg.' Martha gooide iets in zee. 'Ik wilde vanochtend gaan helpen zoeken, met een van de boten of de helikopters mee, maakte me niet uit wat, als ik maar iets kon doen. Het voelt alsof niemand iets doet.' Haar stem was luid, vol tranen, en ineens lag ze met haar hoofd op Anna's schouder. Ze sloeg haar armen om Anna's hals en kroop heel dicht tegen haar aan.

Anna legde haar hand op Martha's haren en probeerde niet te verstijven. Ze voelde Martha's tranen over haar sleutelbeen in haar hardloophemdje lopen.

Toen Martha uitgehuild was, gleden haar armen van Anna's hals, maar ze bleef met haar hoofd op Anna's schouder liggen. Ze staarde naar de zee, en na een poosje zei ze: 'Ik kwam een keer laat thuis van een hockeywedstrijd en paps auto stond op de oprit. Pas toen het buitenlicht aanfloepte zag ik dat hij nog in de auto zat, in het donker.' Ze stokte, aarzelend of ze dit wel wilde vertellen. 'Hij stak zijn hand naar me op en deed alsof hij net aan was komen rijden, maar ik weet zeker dat hij er al een hele tijd stond.' Ze keek schuin omhoog naar Anna. 'Hij zag er erg ongelukkig uit, en weet je wat ik maar niet uit mijn hoofd kan zetten, waar ik de hele tijd aan denk? Stel dat hij niet meer tegen hun geruzie kon?'

Anna keek naar het water, maar ze wist dat Martha haar observeerde. 'Ruzie komt in de beste relaties voor.'

'Het afgelopen jaar is er geen avond geweest dat ik niet met mijn koptelefoon op naar bed ben gegaan om hun voortdurende gehakketak over geld maar niet te hoeven aanhoren. Altijd maar weer dat geld. Daar draaide alles om.'

Het beeld van Martha opgerold in bed met een koptelefoon op haar hoofd was een beeld van diepe eenzaamheid. Het deed Anna denken aan haar eigen jeugd, aan de eenzaamheid die haar nooit had losgelaten en die zich op volwassen leeftijd had gemanifesteerd als een onvermogen om troost te zoeken, met name fysieke troost.

Martha pulkte aan een rafeltje in de naad van haar jeans. 'Hebben papa en jij iets gehad? Vroeger, bedoel ik?'

'Hoe kom je daar nou bij?'

'Nou ja, door die blindedarmontsteking, en omdat hij gisteren zo blij was je te zien.'

'We hebben amper een woord gewisseld.'

'Hij is nog maar zelden blij tegenwoordig, maar gisteren was hij blij, toen hij jou zag.'

Anna zweeg. 'We hebben veel met elkaar opgetrokken vroeger, en we hadden elkaar lang niet gezien, dat is alles.'

'Mam, pap en jij woonden naast elkaar. Ik weet van oma dat mama en jij dikke vriendinnen waren vroeger. Net zusjes, toch?'

Anna knikte.

'Hoe komt het dan dat mam en pap nooit, maar dan ook nooit, iets over je hebben verteld?'

'Daar kan ik geen antwoord op geven.'

'Precies, en daarom weet ik dat jullie iets hebben gehad samen.'

Martha keek haar een poosje vorsend aan en zei toen ineens: 'Ik heb iets voor je meegebracht.' Ze doorzocht haar zakken en toverde een foto tevoorschijn, van Bryan Deane alleen aan een tafeltje in een restaurant met een raam dat zicht bood op een blauwe zee met witgekuifde golven. Ondanks het uitzicht staarde hij naar het geruite tafelkleed. Hij lachte niet, hij keek niet eens in de lens, en zijn gezicht was moeilijk te onderscheiden.

'Griekenland, vorig jaar,' zei Martha. 'Door mij gemaakt. Ik heb hem op mijn vensterbank staan. Ik zal me beter voelen, weer hoop krijgen, als ik weet dat jij ook een foto van hem hebt. We kunnen een wake houden; ik heb een kaars voor die van mij gezet, een geurkaars, kaneel met vanille.'

Anna stond op.

'Wacht, waar ga je heen? We kunnen ook over iets anders praten.'

'Dat is het niet. Ik moet alleen even iets eten.'

'Mag ik met je mee?'

Anna aarzelde, omdat ze niet wist of ze Martha bij haar binnen wilde hebben. 'Weet je moeder waar je uithangt?'

'Ik heb gezegd dat ik naar Ellie ging, mijn vriendin.'

'Hoe laat moet je terug zijn?'

'Ik heb niet gezegd hoe lang ik weg zou blijven; ik heb niet eens een vriendin die Ellie heet.' Martha haalde haar schouders op. 'Het interesseert haar geen ene moer waar ik ben.'

'Goed dan, maar neem je fiets mee.'

Martha liep keurend rond door het appartement.

'Heb je alles gezien?'

'Bijna.'

'Ik wil dat je uit mijn slaapkamer blijft.'

'Daar ben ik al geweest. Ik ben nu in de badkamer.'

Anna hoorde het deurtje van het medicijnkastje opengaan. Ze liep de gang in. 'Martha.'

Martha draaide zich glimlachend om. 'Indrukwekkend.'

'Wat is er zo indrukwekkend?

'Geen pillen. Niet eens antidepressiva. Niets.'

'Waarom zou ik die hebben?'

Martha liep mee de kamer in en ging voor het raam staan, waar de regen al weer overheen striemde. 'Mam heeft jarenlang, met tussenpozen, lithium geslikt. Nu is ze aan de slaappillen. Nytol. Heb je een vriend?'

'Eh … nee. Waarom wil je dat weten?'

Martha wilde net antwoord geven toen Anna's telefoon ging.

'Is mijn dochter bij jou?' zei de stem van Laura Deane.

Anna aarzelde. 'Ja. Wil je haar spreken?'

Martha had zich van het raam afgewend en staarde haar aan.

'Nee. Ik wil dat ze naar huis komt. Kun je dat aan haar doorgeven?'

Anna verwachtte dat Laura meteen de verbinding zou verbreken, maar dat deed ze niet. 'Wat heeft ze je verteld?' vroeg Laura.

'Niets speciaals. Ze is alleen nogal van streek.'

'We hebben ruzie gehad.'

Anna zweeg.

Laura lachte. 'Ik durf te wedden dat ze je allerlei onzin heeft zitten te verkopen over Bryan en mij.'

'Nee, het gaat goed,' antwoordde Anna vaag. Ze was zo geschokt door Laura's toon dat ze niets anders wist te zeggen, ook al omdat Martha haar met argusogen observeerde.

'Ze denkt dat ik achterlijk ben,' ging Laura verder. 'Mij een beetje wijsmaken dat ze naar Ellie ging. Ik wist heus wel naar wie ze toe ging, ze heeft niet eens een vriendin die Ellie heet. Sterker nog …' Er klonk weer een lachje. 'Martha heeft helemaal geen vriendinnen. Ze zuigt zich aan mensen vast, tot ze genoeg van haar krijgen. Bij een docente van haar school vorig jaar heeft ze hetzelfde geflikt. Toen moest ze naar de schoolpsychologe. En er is nog iets wat je van haar moet weten: Martha liegt nogal. Pathologisch, bedoel ik.'

Martha stond weer met haar rug naar Anna toe naar buiten te kijken.

'Laura ...'

'Ik wil dat ze naar huis komt, ja? Ik wil niet dat je haar nog ziet en jou wens ik hier ook niet meer te zien. Ik wil dat je ons met rust laat.'

'Ik moest een verklaring afleggen.'

'Dat had je niet hier hoeven doen, in mijn huis. Jij denkt zeker ook dat ik achterlijk ben, maar zal ik je eens wat zeggen? Dat is precies waar je altijd de mist in gaat, Anna: je onderschat andere mensen.'

Laura verbrak de verbinding en Anna legde haar mobieltje bedachtzaam op de leuning van de bank.

Na een paar minuten, nog steeds niet bekomen van het telefoontje, zei ze tegen Martha: 'Dat was je moeder, ze wil dat je naar huis komt.'

De vertrouwelijkheid van het afgelopen uur, waaraan ze had toegegeven, was in één klap weg. Voor haar stond een kind voor wie zij geen verantwoordelijkheid droeg uit het raam te kijken, het raam van haar woning – en dat kind moest nu weg.

Martha bleef met haar rug naar Anna staan. 'Het is hooguit tien graden buiten en de temperatuur van het zeewater zal niet veel hoger zijn. Als je inwendige lichaamstemperatuur naar 35 graden zakt, raak je gedesoriënteerd en word je verward. Bij 34 graden treedt er geheugenverlies op. Als je temperatuur nog verder zakt en tussen de 33 en 30 graden komt, word je slaperig en raak je uiteindelijk buiten bewustzijn. En als je kerntemperatuur naar 25 graden daalt, ben je zo goed als zeker dood. Ze haat me.'

'Je moeder? Ik weet zeker dat ze alleen maar ...'

'Nee!' gilde Martha fel. 'Ze haat me. Het gaat er niet om dat ze me thuis wil hebben. Ze wil alles bepalen, daar gaat het om. Ze wil macht over me hebben, en ook over jou. Je kent haar niet.'

Ze grabbelde haastig haar spullen bij elkaar en trok haar jas zo wild aan dat hij scheurde.

'Het plenst, ik breng je even.'

'Ik red me wel.' Martha greep agressief haar fiets en voor Anna iets kon doen had ze de voordeur al open.

'Je wordt kletsnat.'

'Het is maar regen.' Bij de trap bleef ze staan. Hun blikken kruisten elkaar, heel kort.

'Weet je wat ze aan het doen was voor ik naar je toe kwam?' vroeg Martha. 'Ze zat op een kruk aan de bar in de keuken een vakantiebrochure te lezen. Ik bedoel, lezen is niet haar ding. Veel verder dan die brochure, of wat voor brochure dan ook, komt ze niet, maar ze spelt die dingen dan ook van voor naar achter. Toen ik haar vanmorgen zag zitten met die brochure vroeg ik: "Heb je soms vakantieplannen?" Zegt ze: "Wie weet." Dus ik zeg: "En pap dan?" want dat leek me toch een goed punt. Weet je wat ze toen zei? "Rot op."'

Martha had dezelfde stuurse blik als een dag eerder, toen ze in haar rijkleren naast Bryan had gestaan.

Anna was zich ervan bewust dat Martha een reactie verwachtte. Na een korte stilte zei ze: 'Volgens mij vindt ze het maar niets dat je mij hebt opgezocht.'

'Ze kan de klere krijgen. Ze kan me wat.'

Met zijn tweeën tilden ze onhandig de fiets de trap af.

'Weet je wat ik denk?' zei Martha terwijl ze haar fiets de regen in duwde. 'Ik denk dat hij het niet meer trok, dat hij daarom is weggegaan.'

'Weggegaan?'

'Hij is weggegaan,' herhaalde Martha.

'En dat is iets anders dan verdwenen?'

'Heel anders.'

Vanuit de deuropening staarde Anna naar het kantoor van de havenmeester, een onbeduidend bakstenen gebouwtje met houtwerk in een deprimerende tint blauw, en dacht na.

Nadat Martha was weggefietst, ging ze de slaapkamer in om een dutje te doen, maar een paar minuten later was ze alweer overeind, op zoek naar haar hardloopschoenen, die ze had uitgeschopt. En toen hoorde ze haar telefoon.

'Druk?' Het was Laviolette, en dat was wel de allerlaatste die ze op dit moment wilde spreken.

'Ik wilde gaan hardlopen. Waarvoor bel je?'

'Het regent.'

'Ik loop graag in de regen. Is er nieuws?'

'Was het maar waar.' Hij klonk vermoeid. 'Niets, geen enkel spoor. Morgen gaan we met duikers zoeken, en daarna doen we een oproep.' Voor ze iets kon zeggen, vroeg hij: 'Heeft Martha al contact met je gezocht?'

'Nee,' zei ze zonder enige aarzeling. Het bleef zo lang stil dat het niet prettig meer was, en toen zei hij: 'Herinner jij je nog iets over Bobby Deane?'

'Zoals?'

'Gewoon, weet ik het.'

'Jij denkt dat Bryan nog leeft, hè?'

'Ik ben niet de enige.'

'Ik herinner me Bobby van toen er werd gestaakt. Ik ben een keer bij de caravan geweest die de stakers voor het toegangshek van de Cambois-centrale hadden gezet toen ze de vrachtwagenchauffeurs zover probeerden te krijgen geen kolen meer aan te voeren.'

'Met wie was je?'

'Met Bryan, denk ik.'

Het bleef even stil.

'Ik surveilleerde bij de centrale tijdens de mijnstaking,' zei Laviolette. 'Ik zat toen net bij de politie.'

'Dan had je een goed moment uitgekozen.'

Laviolette lachte. 'In het begin was het niet erg, toen waren het allemaal jongens van hier. Onze helmen waren extra gevoerd met kurk, we hadden scheenbeschermers en een crickettoque over onze edele delen, maar er was weinig narigheid. De meeste chauffeurs keerden om. Een paar reden door. Daar werd wel op ingehakt, maar alleen met woorden. Het ging mis bij die ene vrachtwagenchauffeur die zei dat hij de staking steunde. Hij bleef even praten, keerde toen en reed weg. Twee minuten later zagen we hem weer aankomen, met een snelheid van meer dan honderd kilometer per uur. Hij reed dwars door de postende stakers en ramde het hek. Een van de stakers kwam daarbij om, en ook een van onze jongens. Bij de volgende vrachtwagen was iedereen opgefokt, en we zouden onder de voet gelopen zijn – want met zovelen waren we niet – als Bobby Deane de zinnen niet bij elkaar had gehouden. Het lukte hem zijn mannen te kalmeren, zodat ze niet door het lint gingen.' Er klonk een krasserig geluid aan de andere kant van de lijn. 'Ik ben vandaag bij Bobby Deane langs geweest, want ik wilde hem vragen of hij Bryan de laatste tijd nog had gezien. Maar Bobby Deane heeft alzheimer, hij zou in een verpleeghuis moeten zitten.'

Anna overwoog of ze hem zou vertellen dat ze zijn auto op Armstrong Crescent had zien staan, maar ze deed het niet. Laviolette was niet het type man aan wie je meer informatie verstrekte dan noodzakelijk was, en bovendien werden haar gedachten ineens vol van herten – door iets wat met Bobby Deane en herten te maken had. 'Stroopte Bobby in die tijd geen herten in Schotland?' dacht ze hardop. Ze had een duidelijk beeld voor ogen van een geslacht hert dat ondersteboven in het washok van de Deanes hing en haar met zijn dode ogen indringend aanstaarde.

'Er deden geruchten de ronde tegen kerst – dat er wildpastei op tafel kwam in de geïmproviseerde veldkeukens. Aha, met dank aan Bobby Deane, dus?' Het idee van Bobby als stroper leek Laviolette wel te bevallen.

Ineens besefte Anna dat het niet Bobby was die ze met het geslachte hert associeerde, maar Jamie. Dat gaf haar zo'n schok dat ze niet reageerde.

'Ik ben er vandaag achter gekomen dat Jamie Deane zo'n beetje de enige is die zijn vader nog opzoekt, hoewel ik zijn motieven in twijfel trek. Hij gebruikt Bobby's keuken om mephedrone in te versnijden, en ik vermoed dat hij zijn vaders pensioen en arbeidsongeschiktheidsuitkering gelijk meepikt.' Laviolette zweeg. 'Wat weet jij van Jamie Deane?'

Anna dacht na over Jamie Deane, wiens naam ze in geen jaren had gehoord. 'Waarom vraag je dat?'

'Zomaar.'

'Hij heeft toch in de gevangenis gezeten? Hoe lang heeft hij gekregen?'

'Twintig jaar. Hij heeft een moord gepleegd, maar nooit schuld bekend. Toentertijd dacht iedereen dat Bobby de vermoedelijke dader was en dat Jamie zijn vader dekte.'

'Bobby?'

Laviolette ging er niet op in en vervolgde: 'Jamie is sinds een halfjaar voorwaardelijk vrij. En nu is zijn broer spoorloos verdwenen.'

'Denk je dat Jamie iets te maken heeft met Bryans verdwijning?'

'Zou kunnen. Ik weet het niet.'

'En verder?'

'Niets. Ik vind het leuk om met je te praten, dat is alles. Maar je vertrouwt me niet,' voegde hij er nog aan toe.

'Dat hoeft ook niet. Ik ben je assistent niet.'

'Geloof jij dat er zoiets bestaat als de gezagsgetrouwe burger?'

'Ik geloof dat er heel wat stappen liggen tussen een persoon die een misdrijf pleegt en een persoon die speelt met het idee van het plegen van een misdrijf. Ik heb niets te maken met de verdwijning van Bryan Deane.'

'Ik denk dat we er allemaal iets mee te maken hebben – alleen anders dan we denken.'

7

Alles was donker toen Anna voor Parkview 19 parkeerde en er kwam niemand naar de deur toen ze aanbelde, dus liet ze zichzelf binnen. Terwijl ze het licht aanknipte, riep ze zachtjes Mary's naam. Geen reactie, het was stiller dan stil in huis.

Ze haastte zich de trap op, naar de slaapkamer.

Erwin sliep, zo te zien. Anna liep op haar tenen om het voeten-einde van het bed naar de groene G-Plan-stoel waarin ze eerder had gezeten.

Na een poosje voelde ze zijn hand, koud, die de hare zocht. 'Ik ben het, Anna.'

Erwin knikte en kneep zachtjes in haar hand.

'Heb je pijn?'

'Altijd,' glimlachte hij.

'Wil je meer morfine?'

'Straks. Nu nog niet, blijf even bij me zitten …' Zijn stem viel weg, zijn mond was te droog om te praten.

Ze voelde zijn angst aan de manier waarop hij naar haar keek, aan de manier waarop hij haar hand vasthield, en tegelijkertijd voelde ze hoe eindeloos zijn einde voor hem was geworden.

Het huis leek met de dag leger, omdat het verdwijnen van zijn aanwezigheid hand in hand ging met het verval van zijn wils-kracht, die groot was geweest, zo groot dat hij twee internerings-kampen, eerst in België en daarna in Engeland, had overleefd toen hij op zijn zeventiende, na slechts een halfjaar te hebben gediend bij de verbindingstroepen van de Luftwaffe, krijgsgevangen was gemaakt.

Van die Erwin was weinig over.

'Waar is oma?'

'Buiten, in de tuin.' Erwin sloot zijn ogen. 'Ze zeggen dat Bryan Deane spoorloos verdwenen is,' lispelde hij. 'Ik zie jullie twee nog voor me bij de club ... Hoe oud was je, elf? Twaalf? Op zaterdagmiddag ...'

'Daar weet ik niets meer van.'

''s Ochtends gingen we met zijn drieën naar de markt en daarna bleef oma thuis, even lekker alleen, en nam ik jou mee naar de club. Bobby Deane was er meestal ook, en dan speelde je met Bryan. Urenlang.'

'O ja?'

'Je hebt er je eerste kus gekregen.'

Ze streek onwillekeurig met twee vingers over haar lippen toen de herinnering bovenkwam. De geur van de doorrookte vloerbedekking. De talloze zaterdagmiddagen te midden van mannen, pratend, mompelend, rustig drinkend tot een van hen iets grappigs zei – wat voor iedereen min of meer een verplichting was – en ze allemaal lachten, waarna ze weer in zwijgen vervielen en over hun pint tuurden. En Bryan, dat ze Bryan had gekust onder de tafel tussen al die benen en schoenen, en hoe hij had gesmaakt: naar snoeppoeder en naar sigaretten, maar ook nog naar kind.

Haar eerste kus.

De gedachte bracht de smaak van het snoeppoeder terug op haar lippen, die blijkbaar glimlachten, want Erwins mond probeerde terug te lachen.

'Je weet het weer, hè?'

'Hoe kan het dat je dat hebt gezien?'

'Ik zat niet aan tafel. Ik stond aan de bar om een rondje te halen.'

Ze schonk zichzelf een glas water in uit de kan die op het nachtkastje stond en probeerde te schakelen, van de zoete herinnering aan snoeppoeder naar de citronnade en limonade die ze altijd van Erwin kreeg, zoveel ze maar wilde, wat haar in de bus naar huis altijd bijna letterlijk opbrak.

'Joyce,' zei ze, want zo heette de conductrice die altijd op die rit zat; de dunste vrouw die ze ooit had gezien, met een hoofd vol krulletjes. 'Die vond jou aardig.'

'Iedereen vond mij aardig.'

'Daarom mochten we altijd gratis mee, en we zaten altijd beneden, want je was te dronken om het trapje op te klimmen.'

'Ik was nooit dronken.'

'O jawel. Elke zaterdag was het weer raak.'

Hierna vervielen ze in zwijgen, tot Erwin, met moeite, zei: 'Ik wil over Bettina praten. Dat moet ik doen voor ...'

'Dat hoeft niet, opa. Bettina interesseert me niets.' Ze maakte haar hand los uit Erwins koude greep. 'En dat wil ik zo houden. Ik wil niet dat je iets zegt waardoor dat verandert.'

'Je weet niet eens wat ik wil gaan zeggen.'

'Ik wil het niet weten.'

'Misschien later wel.'

Het gesprek viel weer stil. Het liefst was Anna nu opgestaan en weggegaan, maar Erwin hield vol, en zei met schorre fluisterstem: 'Ik heb nog een foto. In de kast achter de kaptafel, daar waar het behang loslaat, onder de garderobestang.'

Toen Anna aarzelde, viel hij uit: 'Ga die foto pakken, verdomme. Het is de enige die ik nog heb.'

Ze liep naar de muurkast achter de kaptafel en vond het losse stuk behang waar hij het over had.

'Die is voor jou,' zei hij zwakjes toen hij zag dat ze de foto gevonden had. 'Anna ...' Maar Anna was de kamer al uit en liep over de kleine overloop naar de slaapkamer aan de achterkant van het huis, die van haar en daarvoor van haar moeder Bettina was geweest. Ze was er nog niet geweest sinds ze terug was, want een kinderkamer is een gevaarlijke plek om als volwassene naar terug te keren.

De gordijnen waren dicht. Het enige wat ze zag was de donkere schaduw van het park en het licht van de seinen van de Alcan-lijn op het spoorwegtalud.

Ze ging op het puntje van het bed zitten, zonder het licht aan te doen. Achter zich wist ze de zwarte poes met roze lint om haar hals (gevonden door Erwin in een van de bussen die hij schoonmaakte). De knuffel lag op het kussen naast haar oude, op school geborduurde, pyjamazak. Aan een haak, links van de spiegel boven het ladekastje, hingen de kettingen waarmee ze haar uitbottende tienerlijf had getooid in de hoopvolle, nog onberoerde jaren tussen het begin van haar puberteit en haar ontmaagding door een jongen op een Zuid-Franse camping.

Ze draaide de foto om. Het amberkleurige schijnsel dat door de open slaapkamerdeur naar binnen viel was voldoende om alles erop te kunnen onderscheiden.

Het meisje herkende ze niet – Bettina als twintigjarige, veertien jaar jonger dan zij nu was – maar de plaats waar de foto was genomen herkende ze wel. Bettina stond op het strand, bij de riviermonding anderhalve kilometer ten noorden van Hartford Estate, met haar gezicht naar de fotograaf toe (Erwin, vermoedde Anna), die op het viaduct boven haar moest hebben gestaan; het viaduct dat de weg over de riviermonding met de Cambois-kolencentrale verbond. Je kon alleen maar bij eb op dit stuk strand komen, en steenkooljutters zochten meestal iets noordelijker, waardoor dit een eenzame plek was, ideaal voor iemand die onbespied een eind wilde lopen. Erwin was haar die dag vast gevolgd; misschien was hij haar elke dag wel gevolgd, op een afstandje, om haar in de gaten te houden. Dat kon Anna zich goed voorstellen, dat was echt iets voor Erwin.

Bettina's jurk bolde op, niet omdat het waaide, maar omdat ze zwanger was.

Op de foto was Bettina in verwachting van haar, en Anna bemerkte met een schok dat ze beschermende gevoelens koesterde voor het hoogzwangere meisje dat haar in feite in de steek had gelaten na haar geboorte, dat ze nooit had gekend. Ze was minder dan een vreemde voor haar, terwijl ze zoveel meer had moeten zijn.

Erwin en Mary hadden van Bettina gehouden met een overgave van ouders wier verbintenis niet zonder meer was geaccepteerd door de wereld om hen heen. Ze waren zorgeloos geweest in hun liefde, want aanvankelijk, tot het moment dat ze erachter kwamen dat ze zwanger was, hadden ze gedacht dat liefde genoeg was voor een kind. Dat was het niet.

Mary was haar ontsteltenis nooit te boven gekomen, een ontsteltenis die doorsijpelde in de manier waarop ze van Anna hield.

Waar Erwin zijn hart met dezelfde onstuimige overgave als aan Bettina nu aan Anna schonk, was Mary – koeler, wijzer en angstvalliger – kariger en voorzichtiger met haar liefde. Na Bettina's zwangerschap en plotse vertrek was het Mary geweest die de hele goegemeente over zich heen had gekregen en ironisch genoeg was juist Anna haar enige kans op maatschappelijk eerherstel gebleken.

Mary werd waakzaam en ambitieus, ondanks het spraakgebrek van haar kleindochter; ze nam een privéonderwijzer in de arm – een mager, precies mannetje, dat mensen als de Fausts te min vond, maar om geld verlegen zat – om ervoor te zorgen dat Anna goede resultaten behaalde bij haar eindexamen. Anna zou toch wel met glans zijn geslaagd, maar de onderwijzer had er geen belang bij hen daarop te wijzen. Hij schreef matig positieve voortgangs-verslagen gedurende de tien maanden dat ze hem betaalden en wekte de indruk dat Anna een kennisgemis had dat alleen hij, de onontbeerlijke meneer Dudley, kon aanvullen; met welgevallen nam hij dan ook haar betraande dankbetuigingen in ontvangst toen de post haar de toekenning van een studiebeurs bracht.

In haar eerste moederrol had Mary maar één ding voor ogen gehad: haar dochter gelukkig maken. De tweede keer had ze daar niet meer in geloofd. Het belangrijkst, besefte ze, was dat haar kleindochter weerbaar werd. Helaas was ze daardoor in Anna's vormende jaren zo gericht op wie ze niet wilde dat Anna zou wor-den, dat ze tegen de tijd dat het gevaar geweken was en Anna op het punt stond het huis uit te gaan om te gaan studeren geen idee had wie ze wel was geworden.

Haar liefde voor haar kleindochter was onveranderd gebleven, maar hoe trotser ze werd, hoe minder ze van haar begreep.

Achter op de foto stond niets. Anna wilde de foto dubbelvouwen en in de achterzak van haar jeans schuiven, maar ze bedacht zich en deed de kast open. Onderin stond de doos van de elektrische waterketel die Erwin en Mary al minstens twintig jaar hadden.

Ze legde de foto onder het verpakkingsmateriaal, op de bodem van de doos. Ze wilde Bettina niet meenemen. Ze had geen zin in de verantwoordelijkheid die Erwin haar had nagelaten en ze was boos dat hij haar met dit geheime legaat tot zijn medeplichtige maakte.

Op de overloop stond ze een ogenblik te dubben of ze nog even naar Erwin zou gaan om te vertellen wat ze met de foto had ge-daan, maar ze besloot het maar zo te laten en ging naar beneden, de tuin in.

Het weer was goed gebleven en de schemer die neerdaalde over de tuin maakte geen haast, maar toch zag ze Mary niet meteen staan in het halfduister van het washok, waar ze achter het raampje naar buiten stond te staren.

Mary had gehuild, ze zag het aan haar houding en aan het licht dat ze niet aan had gedaan. Dit was dus de plek waar Mary heen ging om te huilen. De weggestopte emoties van een hele generatie vrouwen hadden een uitweg gevonden binnen de ruw bakstenen muren van deze standaardaanbouwtjes gemaakt voor de wekelijkse was, voor tranen en, in het geval van Rachel Deane, voor veel ergere zaken. Het was voor het eerst dat Anna dit ten volle besefte, en wel zo dat ze zich een indringer voelde toen ze aan de deur klopte en naar binnen ging.

Daar stond Mary's oude Hoover Twin Tub, wasmachine en droger in één, afgedekt met een deken, zij aan zij met de kleinere wasautomaat die hem van de troon had gestoten. Tegen de verste muur stonden oude verfblikken opgestapeld, met erboven een kalender van de woningbouwvereniging van Blyth van het jaar 2000. Aan een spijker hingen haar oude emmer en schepje, en in een van de hoeken stond een pop van een meter hoog die van haar moeder Bettina was geweest. Anna had hem gekregen toen ze ongeveer even groot was als de pop. De ogen konden bewegen en hij kon lopen en praten. Als kind had ze hem doodeng gevonden. Ze vond hem nog steeds doodeng, dacht ze, en ze wendde zich af zodat ze hem niet meer kon zien, op zijn hielen achteroverleunend, armen naar haar uitgestrekt.

'Oma,' zei ze zachtjes.

Mary, die zich niet had verroerd toen ze de deur van het washok open had horen gaan, draaide zich nu wel om, zij het met zichtbare tegenzin. Ze staarde naar Anna, zuchtte en keerde zich weer naar het raam, de onderste knoop van haar vest open en dicht knopend.

'Het spijt me, maar ik kon je niet vinden binnen en ...'

'Laat me maar even.'

Anna wilde weggaan, maar opeens zei Mary hulpeloos: 'Dat staat me fraai ...' alsof haar behuilde gezicht alles ondermijnde. 'Het spijt me ...' Haar stem viel weg. 'Het werd me even te veel.'

'Hindert niets,' suste Anna terwijl ze haar vastpakte en een kus gaf.

'Voel jij je nooit eenzaam?' vroeg Mary even later.

'Daar sta ik niet zo bij stil.'

'Je hebt iemand nodig, Anna. Hoe is het afgelopen met die Fransman, Alec?'

'Dat was meer voor de gezelligheid, oma. Meer niet. We hadden er allebei sociaal en economisch profijt van.'

'Wat is daar mis mee? Er zijn zoveel mensen die op die manier leven.'

'Waarom mag ik niet iemand zoeken van wie ik weet dat we op ons tachtigste nog naast elkaar zitten, hand in hand, als een dokter ons vertelt dat een van ons niet lang meer te leven heeft?'

Mary schudde glimlachend haar hoofd.

'Ik was tweeëntwintig toen ik Erwin leerde kennen, en met hem trouwen was de enige rebelse daad van mijn leven. Ik ben er mijn familie door kwijtgeraakt. Die liefde waarover je het hebt, die geeft niet alleen, maar neemt ook. Ze dwingt je keuzes te maken, en soms loop je vast ... en voel je je eenzamer dan je je ooit hebt gevoeld. Zo eenzaam dat je zou willen ...' Haar stem viel weg.

'Wat?'

'Dat je zou willen dat je die liefde nooit had gevonden.' Er viel een korte stilte. 'Erwin was niet mijn eerste liefde. Mijn eerste liefde was Bobby Deane. Dat heb ik je geloof ik nooit verteld, hè?'

'Bobby Deane,' zei Anna verbijsterd.

'Je had hem moeten zien, toen,' ging Mary verder. Ze glimlachte breed en genoot zichtbaar van de schok die ze teweeg had gebracht.

'Bobby Deane,' herhaalde Anna.

'Voor hij Rachel kreeg. Ik was nog piepjong; zestien of zeventien. Maar ik betekende niet veel voor hem. Niet zoveel als Rachel,' besloot ze en ze keerde zich weer naar het raam.

Ze hoestte even, over de gootsteen gebogen, en rechtte haar rug.

'Nu we het erover hebben. Ik heb een tekening van Bryan gevonden, zo'n typische Bryan-tekening. Deze hing aan de muur, achter die dekens daar. Het papier is wat vochtig, maar de tekening heeft er niet onder geleden.'

En dat was zo.

De met bruine en zwarte inkt getekende spin was niet uitgelopen. Onderaan, in onvaste hand, stond in balpen geschreven: *Agelena labyrinthica*, familie Agelenidae, 12 september 1986, Bryan Deane.

'Die datum ... Dat is een jaar na Rachels dood.'

'Neem jij die maar mee,' zei Mary.

Anna ging op het oude bankje zitten dat Mary en Erwin altijd gebruikten als ze iets wilden ophangen en staarde naar de tekening.

'Hij moet een vergrootglas hebben gehad. Al die details ...'

Anna reageerde niet. Het vergrootglas. Het vergróótglas. 'Het vergrootglas,' zei ze hardop. 'Dat heb ik die dag gevonden.'

'Welke dag?'

'In de tuin, op het straatje bij de aardappels. Het was zomer. Ik moet een jaar of dertien zijn geweest?'

'Welke dag?' vroeg Mary weer.

Dat was het dus wat haar vanaf hun eerdere gesprek die ochtend had dwarsgezeten. Het vergrootglas. De herinnering die erbij hoorde kwam weer boven.

'De dag dat Jamie Deane me in hun washok opsloot. Ik ging naar de Deanes om Bryans vergrootglas terug te brengen, maar hij was er niet. Jamie Deane deed open. Weet je dat niet meer? Ik was helemaal van streek toen ik terugkwam.'

Mary schudde haar hoofd.

'Jij werkte toen bij Welwyn Electrics, waar Rachel ook had gewerkt. Het was een verschrikkelijk warme dag.'

Verschrikkelijk warm. Ze herinnerde zich haar handpalmen, nat van het zweet, en haar handen die het vergrootglas om en om hadden gedraaid terwijl ze in de overwoekerde, niet onderhouden voortuin van nummer 15 stond te wachten. Ze had nog nooit aangebeld, want Bryan kwam altijd via de achtertuin naar haar toe en klopte dan op het keukenraam. Net op het moment dat ze zich wilde omdraaien en wilde weggaan werd de sleetse vitrage even omhooggetild. Een tel later ging de voordeur open en daar stond Jamie Deane, in een gebleekte spijkerbroek en een zwart T-shirt. Achter hem klonken flarden Iron Maiden.

Dit was niet wat ze wilde, maar het was te laat.

'Is B-B-Bryan thuis?' hoorde ze zichzelf vragen.

Jamie keek haar aan, begon toen te lachen en gebaarde met zijn hoofd dat ze binnen moest komen.

'Wat moet jij met Bryan?'

Hij aapte haar niet na, zoals de meeste mensen deden.

'Ik wilde hem alleen maar iets t-t-teruggeven.'

Hij pakte het vergrootglas van haar af en hield het voor zijn oog, dat haar aankeek. 'En waar heeft Bryan dit dan voor nodig?'

De hele film ontrolde zich terwijl ze daar op haar bankje zat, gadegeslagen door Mary.

'Is hij thuis?' vroeg ze, met de moed der wanhoop. Er leek niemand thuis te zijn op nummer 15. Buiten Jamie, dan.

Ze was nog nooit binnen geweest en ze moest erg haar best doen om niet te laten blijken hoe raar ze het vond dat er geen tapijt op de trap lag, dat het behang gescheurd was en zelfs hier en daar loshing, dat de deur naar de woonkamer vol gaatjes van dartpijlen zat.

Toen riep Jamie: 'Laura, kom eens kijken wie er is.' Anna's schrik was alleen maar groter geworden toen er boven een deur open was gegaan, waardoor Iron Maiden nog harder door het huis had geschald en Laura, met sigaret, boven aan de trap was verschenen en haar met een strakke, kille blik had aangekeken.

Anna en Laura hadden de afgelopen jaren amper een woord gewisseld. Doreen en Mary hadden af en toe geprobeerd de band tussen hen weer aan te halen, maar dat had niets opgeleverd. Vooral Doreen was er erg op gespitst geweest, want Laura deed het niet goed op school; ze ging met jongens om die rookten en die veel ouder waren dan zij. Dat vertelde ze allemaal aan Mary, in de wetenschap dat Mary haar zou begrijpen vanwege wat er met Bettina was gebeurd, en dat ze het haar niet zou aanrekenen. Wat ze haar niet vertelde, en ook niet aan iemand anders, was dat Laura nooit meer vrolijk was en dat dat haar de meeste zorgen baarde. Waar was haar vrolijkheid gebleven? Wie had die van haar afgenomen? Het punt was dat de gezinssituatie van de Hamiltons te wensen overliet en dat Doreen had bedacht dat Anna een goede invloed zou kunnen hebben op Laura, wat op zich geen verkeerde gedachte was, ware het niet dat Anna en Laura niet meer in dezelfde wereld leefden. Als Anna bij een Duitse overhoring een vervoeging verkeerd had brak het angstzweet haar uit, terwijl Laura er niet mee zat stoelen door het klaslokaal te smijten en bij huishoudkunde het haar van klasgenootjes in de fik te steken.

Het punt was dat Anna net zo bang was voor Laura als voor Jamie Deane.

Jamie begon Anna over haar rug te strelen en bleef haar intussen met een vreemde, scheve glimlach aanstaren.

Ze verstijfde en blikte hulpeloos omhoog naar Laura, die boven aan de trap was gaan zitten en haar onder het uitblazen van een kringeltje rook met lege ogen aanstaarde.

'Hoe oud ben je?' vroeg Jamie.

'D-d-dertien,' piepte Anna.

'En nog steeds geen beha?'

'Dan moet je wel iets hebben om erin te stoppen,' klonk het pesterig van boven.

'Even kijken.' Jamie begon aan Anna's T-shirt te sjorren en liet het vergrootglas vallen, waardoor het brak.

'Nee!' gilde Anna, die instinctief wist dat ze koste wat het kost moest zien te voorkomen dat Jamie Deane haar T-shirt omhoogtrok.

'Ik ben al weg,' zei hij lachend, en hij stommelde achteruit naar de trap, waar hij naar haar bleef staan kijken. Ze staarden haar nu allebei aan, Laura en hij, en het kwam Anna voor dat Laura ondanks haar kille blik net zo bang was als zij.

'Bryan is in het washok,' zei Jamie ineens.

Laura was gaan staan en schoot haar sigarettenpeuk naar beneden. Even leek het alsof ze iets ging zeggen, maar ze bedacht zich.

Anna holde via de keuken en de achterdeur de tuin in, met Jamie op haar hielen. Het washok was een aanbouwtje tegen de achterkant van het huis, net als bij nummer 19 en bij elk ander huis in deze wijk. Het was een plek waar – nog steeds – veel vrouwen de maandag doorbrachten, behalve dan op nummer 15, want op nummer 15 woonden geen vrouwen, en dat had ze kunnen weten. Ze had kunnen weten dat het washok wel de allerlaatste plek was waar Bryan zich op zou houden, want in het washok had Rachel zich verhangen. Maar het enige waar Anna nu aan dacht was dat Jamie Deane haar op de hielen zat.

De deur van het washok was door de vorige bewoners groen geschilderd en in de post was een oranje touwtje gespijkerd met een konijnenpootje eraan. Dat had ze ook kunnen weten, maar ook daaraan dacht ze niet.

De deur zwaaide moeiteloos open. Met een klap gooide ze hem achter zich dicht en leunde er buiten adem met haar rug tegenaan. Toen hoorde ze Jamie een sleutel omdraaien en te laat besefte ze wat er gebeurde. Dat dit het washok was waar Bryan zijn moeder Rachel had gevonden, hangend aan een balk ... waar ze nu in een paar grote, nog immer ronde ogen keek die haar vanuit het duister aanstaarden.

Ze gaf een gil, draaide zich om en begon aan de deur te rukken, zo hard dat de klink losschoot en voor haar voeten op de grond kletterde.

'Laura!' gilde ze automatisch, met haar ogen dicht en haar gezicht tegen iets zachts dat aan de binnenkant van de deur hing. Rachels oude schort? 'Laura!' gilde ze opnieuw, nog steeds met haar ogen dicht en zwaar ademend, bang om iets aan te raken.

Ze hoorde iemand op het raam van het washok tikken en toen ze zich omdraaide zag ze de starende ogen weer, en ook wat er bij die ogen hoorde, tevens de herkomst van de weeïg zoete lucht die in het washok hing: een dood hert, opgehangen aan de poten, die met een eindje blauw touw bij elkaar waren gebonden. De kop van het dier bungelde achterover en op de grond stond een gele afwasbak om het bloed uit zijn opengesneden keel op te vangen. Het hert moest er al geruime tijd hangen, want er drupte geen bloed meer uit. Ze zag alleen die starende ogen, en erachter, achter het raam, het grijnzende smoelwerk van Jamie Deane.

Na een uur, moe van het gillen en schoppen tegen de deur, was ze bijna blij geweest met het hert. Ze had geen flauw idee hoe lang ze in het washok had gezeten, alleen dat het licht geleidelijk aan was veranderd en dat ze op een gegeven moment gemorrel aan het slot van de deur had gehoord, die plots open was geslagen, met zo'n kracht dat hij trillend van de schok bijna weer was dichtgeveerd. Wie had de deur opengemaakt? Wie liet haar eruit?

'Anna, kind?' vroeg de stem van Mary, ongerust.

Anna staarde haar aan en was zich bewust van haar hijgende ademhaling. 'Er hing een hert in het washok.'

Mary knikte langzaam. 'Daar jaagde Bobby op, in Schotland. Mee begonnen tijdens de staking.'

'Je herinnert je die dag vast nog, oma. Denk eens na,' drong ze aan, Mary recht aankijkend, hoewel ze haar amper kon onderscheiden in het donkere gat van de deur. Ze maakten allebei geen aanstalten het licht aan te doen. 'Ik was totaal overstuur toen ik thuiskwam.'

'Laten we naar binnen gaan en een glaasje sherry nemen.'

'Weet je het echt niet meer?'

'Nee, echt niet. Kom.'

Het was aardedonker buiten. Anna liep achter haar aan naar binnen, waar Mary het licht aandeed en de fles sherry uit de kast pakte en met gepaste eerbied op tafel plaatste.

Buiten de fles sherry, die haar heilig was, haalde Mary geen alcohol in huis. Het leven was te zwaar en de verleiding om naar drank te grijpen te groot. Te veel mannen, en vrouwen ook, hadden hun goede naam verdronken. En als je je goede naam kwijt was, was je alles kwijt.

De stilzwijgende afspraak was dat je dronk op de club, in de pub en onder vrienden. Het was de enige zekere manier om aan de dagelijkse sleur te ontsnappen, ook al was het maar voor even, zonder jezelf omlaag te halen.

Mary zag er vreselijk uit onder de meedogenloze tl-buis in het keukentje, en ineens, zonder te weten waarom, wist Anna dat wat Mary in het washok had gezegd, dat ze zich niets meer herinnerde van die dag, gelogen was.

Mary keek op; ze had Anna's blik gevoeld, en keek weer weg.

'Jamie Deane is weer vrij.'

'Jamie Deane?' Mary ging zitten en probeerde sherry in te schenken, maar haar arm trilde te erg. 'Doe jij het even?' vroeg ze aan Anna.

'Ik was helemaal vergeten dat hij in de gevangenis zat. Hebben Don en Doreen niets gezegd?'

Ze reikte Mary haar glas aan.

'Nee,' zei Mary op een toon alsof Anna toch beter moest weten. 'Jamie Deane is geen onderwerp van gesprek.'

Anna knikte, dronk haar sherry op en zette haar glas weer op tafel.

Ook Mary's glas was leeg.

Anna schonk hun nog een keer in en staarde naar het bijge-schonken glas, naar het dik vloeibare, amberkleurige vocht dat traag over de wand van het glas kroop als ze het schuin hield. 'Je wist dat Jamie vrij is gekomen,' stelde ze vast.

'Ik ben moe ...'

'Je wist het.'

Mary dronk haar tweede glas sherry leeg, maar hief afwerend haar hand toen Anna haar nog een keer wilde bijschenken.

'Is dit de enige alcohol die je in huis hebt?'

'Je weet dat we niets anders hebben. Ik heb hem gezien. Jamie.' Mary zuchtte.

Anna wist niet wat ze hoorde. 'Heb je hem gezien?'

'Bij Bobby Deane.'

'Wat had je in vredesnaam bij Bobby Deane te zoeken?'

'Het gaat niet goed met hem; ik help hem een beetje.'

'En je was daar om ... om hem te helpen?'

Mary knikte droevig.

'Waarom?' wilde Anna weten.

'Dat heb ik je verteld,' antwoordde Mary bozig.

'Hij heeft alzheimer.'

'Hoe weet jij dat?'

'Dat hoorde ik van Laviolette, die heeft hem bezocht in verband met Bryan. Je moet maatschappelijk werk bellen, oma. Gaat Laura nooit bij hem langs?'

'Bobby en Laura liggen elkaar niet. Laviolette?'

'Ken je hem?' vroeg Anna geïnteresseerd.

'Is hij bezig met dat gedoe rond Bryan? Dat kan niet goed zijn ...'

'Waarom niet?'

Mary streed even met zichzelf en schoof toen haar glas over tafel, voor nog wat sherry. 'Nou, met Roger Laviolette, zijn vader, had Rachel Deane ...'

'Een verhouding?'

'Een hechte band,' corrigeerde Mary.

'De weduwnaar? Hoe is het hem vergaan?'

'Weet je dat niet meer?' Mary was verrast. 'Hij is dood.'

'O ja?'

'Jamie Deane heeft hem vermoord.'

'Je had me verteld dat hij een ongeluk had gehad.'

'Doodgaan is een ongeluk,' zei Mary, tamelijk bot voor haar doen.

'En vermoord worden niet.' Anna zweeg even. 'Laviolette zei dat de meeste mensen dachten dat Bobby het had gedaan, en dat Jamie de schuld op zich had genomen, zonder de moord ooit te bekennen.' Ze zei er niet bij dat hij had verzwegen dat zijn vader het slachtoffer was geweest.

'Heeft hij dat gezegd? Tegen jou?' Mary schudde haar hoofd. 'Daar is niets van waar. Bobby Deane is de goedheid zelve,' zei ze kortaf.

Bij de voordeur nam Anna afscheid. Met één hand trok Mary haar vest om zich heen, met de andere zwaaide ze haar gedag.

Even na negenen was ze terug bij de Ridley Arms. Ze zette Bryans spintekening naast de foto die ze van Martha had gekregen, op het aanrecht tegen de muur. Bryan Deane, somber en afwezig, in een paradijselijk eilandresort dat Laura en hem een rib uit het lijf had gekost.

Ze pakte de foto op. *Kefalonia, augustus 2007*, las ze op de achterkant. Ze zette hem weer terug, keek de lege flat rond en besloot dat ze nu eindelijk maar eens aan haar hardlooprondje ging beginnen, wat ze de hele dag had moeten uitstellen.

Het was te donker voor het strand, dus bleef ze op de verharde weg lopen en hadden haar enkels het zwaar te verduren. Ze passeerde de muziektent, die half onder water stond van de regen van die dag, en de verdedigingswerken uit de Tweede Wereldoorlog, begraven in de duinen die naast haar oprezen. In de duinpannen kon ze nog net de tankvallen ontwaren waar ze als kind nog op had gespeeld.

Ze liep door, langs de Shipwrights Arms, waar Bryan gisteravond niet was komen opdagen, en de huizen van Duneside, waar hij had moeten thuiskomen, tot de haven van Seaton Sluice, waar ze hijgend stopte. Het tij was aan het keren en de zee bulderde. Er lag iets groots en wits aan de waterkant; een gedumpte koelkast, die de vloed op land moest hebben geworpen.

Nog steeds buiten adem boog ze zich voorover en drukte haar voorhoofd tegen haar knieën.

Wat was er met Jamie Deane gebeurd na de dag waaraan Mary niet herinnerd wilde worden?

Er was politie op nummer 15 geweest, wist ze ineens weer. De politie had Jamie Deane meegenomen, maar verder dan dat kwam ze niet. Toentertijd had het wat en waarom haar weinig kunnen schelen, ze had er nooit naar gevraagd. Op die dag was het dus gebeurd; op de dag dat zij in het washok was opgesloten, was Roger Laviolette vermoord.

Wat haar wel had kunnen schelen was dat Bryan na die gebeurtenis geen woord meer tegen haar had gezegd, wat ze nooit had begrepen. Toen de zomer eindelijk voorbij was en de school weer was begonnen, had hij haar nooit meer zitten opwachten bij de van zwerfvuil vergeven bloembakken bij de bushalte.

Ze vroeg zich af waarom ze daar nooit iets over gezegd had, maar ze kon zich niet meer verplaatsen in de geestestoestand van het dertienjarige meisje dat ze toen was geweest. Ze had het simpelweg niet gedaan. Ze had hem toen gewoon laten schieten.

In september was er iets tussen Laura Hamilton en Bryan Deane ontstaan wat Anna's oude vriendschap met Bryan in een kinderachtig en onbetekenend daglicht had gesteld.

Bryan was nooit meer achterom de tuin in gekomen.

Anna rechtte haar rug en keek om zich heen.

Vanaf dit punt volgde ze de kust van de landtong meestal nog een kilometer of drie, tot aan de vuurtoren, maar dat zat er vanavond niet in. Met tegenzin, alsof ze verslagen was, keerde ze haar rug naar de haven van Seaton Sluice en rende ze terug naar Blyth en de met schijnwerpers verlichte koperkleurige torens van de Alcan-aluminiumsmeltovens in de verte.

In haar appartement sloot ze zichzelf op in de badkamer. Het was voor het eerst dat ze een deur dichtdeed hierbinnen, en ze deed hem niet alleen dicht, ze deed hem nog op slot ook.

Na een tijdje draaide ze de douchekraan open. Ze liet zich op de toiletpot zakken en terwijl ze naar de gesloten badkamerdeur staarde, begon ze zomaar te huilen.

8

Terwijl Anna op het toilet zat te huilen, liep Laura Deane, dronken, de kamer van haar dochter binnen en staarde doelloos in het rond.

Martha, die aan haar bureau zat te knutselen aan een van de victoriaanse porseleinen poppen die ze verzamelde – ze kreeg ze van haar oma Doreen, als bouwpakket – draaide zich om naar haar moeder.

Laura droeg een grijze vleermuistrui, van het soort dat ze had gedragen toen ze haar dochters leeftijd had en die nu weer in de mode waren, met een maillot.

Martha voelde dat haar maag zich omdraaide bij de aanblik van haar moeder en ze keek snel weer voor zich, naar de pop. Ze was net klaar met het bedrukte katoenen lijfje, waarvan ze de vulling zorgvuldig in de uiteinden en hoekjes had aangeduwd met een oud potloodstompje dat ze speciaal voor dit doeleinde reserveerde, en was nu bezig met het bevestigen van het hoofdje, de armen en de benen. De armen en benen gaven weinig problemen, want in het porselein waren speldenkopkleine gaatjes geboord, zodat je ze gewoon aan het lijfje kon vastnaaien. Het kopje was lastiger. Dat moest gelijmd worden, en daarbij moest je erg oppassen dat er geen lijm in het haar van de pop terechtkwam.

Het licht van het spotje dat haar bureau bescheen, het enige licht in de kamer, voelde warm op haar handen terwijl ze met uiterste concentratie de lijm op de poppenhals aanbracht. Ging haar moeder maar weg.

Maar Laura ging niet weg.

Martha hoorde haar dichterbij komen, tot uiteindelijk haar schaduw over het bureautje viel, waardoor Martha niet goed meer kon zien. Ze probeerde door te gaan, maar toen dat niet lukte legde ze de pop maar neer. Haar gezicht stond strak.

'Wat ben je aan het doen?' vroeg Laura. De woorden bubbelden sloom uit haar mond, ze had moeite ze er in de juiste volgorde uit te krijgen. Praten met Martha was al ingewikkeld genoeg als ze nuchter was; dronken voelde het alsof ze zojuist een hersenbloeding had gehad.

Ze hing glazig boven het bureau en snoof de geur op van Martha's haar, dat in een vlecht op haar rug hing, en vocht tegen de aandrang het elastiekje los te trekken en haar dochters haren over haar schouders te laten uitwaaieren.

'Je hebt zulk mooi haar,' lispelde ze. 'Je zou het wat vaker los moeten dragen.'

Martha dook instinctief in elkaar en bleef zwijgend zitten, wachtend tot ze weg zou gaan, maar Laura's oog viel op het flakkerende waxinelichtje op de vensterbank, en op de foto van Bryan, erachter.

'Wat een afschuwelijke foto,' zei ze. Ze pakte hem op en las met gefronste wenkbrauwen wat er op de achterkant stond. 'Ik kan me niet herinneren dat ik die heb gemaakt.'

'Dat kan kloppen. Ik heb hem gemaakt.'

Laura zette de foto met onvaste hand terug op de vensterbank, maar ze bleef ernaar kijken.

'Dat was een fijne vakantie. Geweldig was het, daar in Kefalonia.'

'Helemaal niet.'

'Ik heb anders een paar heel leuke foto's van die vakantie.'

'Jullie hadden de hele tijd ruzie. Ik hoorde jullie voortdurend, boven de airco uit.'

'We moesten wat dingen uitpraten.'

'Dat noem ik geen praten.'

'We wilden je beschermen, Martha.'

'Mij beschermen?'

'Het ligt gecompliceerd.'

'Het ligt niet aan hem.'

'Je hebt geen idee wat ik op dit moment doormaak,' zei Laura rustig.

'Ik maak het ook door,' schreeuwde Martha Laura achterna, die de kamer uit liep en terug naar beneden ging.

Ze bleef roerloos achter haar bureau zitten en hoorde hoe haar moeder in de keuken een nieuwe fles wijn opentrok, waarop ze ook naar beneden ging.

'Rot op,' zei Laura zonder haar aan te kijken terwijl ze haar glas volschonk.

Martha stond bij de keukenbar en klemde haar handen om de rand van het blad. 'Ik geloof je niet. Ik geloof hier helemaal niets van.'

'Waar heb je het over, verdomme?'

'Papa ...'

Laura staarde haar aan en begon toen onbedaarlijk te lachen.

Martha wachtte tot ze uitgelachen was.

'Je bent niet goed bij je hoofd,' stelde Laura vast, en haar tanden stootten tegen de rand van het glas.

'Dat is wat jij vindt. Anna staat aan mijn kant.'

'Anna? Wat heeft Anna ermee te maken?'

'Zij heeft papa als laatste in levenden lijve gezien. Ze geeft om hem, en toen papa haar gisteren zag toen we voor het huis van oma stonden, kneep hij zo hard in mijn hand dat ...'

'Hou je mond!'

'Ze hebben iets gehad.'

'Hou je mond!'

'Ik weet het gewoon. Waarom vertel je het me niet?'

'Het is toch niet te geloven.' Laura's blik gleed over haar dochter, haar mond zakte open. 'Waar heb ik jou aan verdiend?' Ze sloeg haar glas achterover en schonk het weer vol. 'Nog even en ze rijgen je in een dwangbuis. Dat besef je toch wel, hè? En ik zet er zo mijn handtekening voor.'

'Shit. Geen wonder dat papa weggelopen is.'

'Uit mijn ogen. Uit mijn ogen, jij!' schreeuwde Laura en ze keilde haar glas naar Martha. Het spatte uiteen tegen de bar en de Argentijnse malbec spoot over de vloer en de muren.

Martha holde naar boven en Laura liet zich met een doek in haar hand op haar knieën tussen de glassplinters zakken en begon automatisch te dweilen, haar haren slierend door de wijn, die zich in keurige plasjes over de niet-poreuze keukenvloer had verdeeld.

Martha, boven, ging buiten adem van emotie achter haar bureau zitten.

Na een paar minuten pakte ze het poppenkopje op en streek met het topje van haar wijsvinger over de fijne trekken.

Na een poosje kwam ook Laura naar boven. Ze trok haar slaapkamerdeur met een klap dicht en liet zich op haar buik op bed vallen, waarbij ze Roxy op een haar na miste. De kop van het dier, ogenblikkelijk alert, schoot omhoog.

Over de minirotonde aan het eind van Bridge Street in Blyth reed een witte Transit met de woorden REEVES REGENERATION op de zijkant. Hij nam de weg langs zee die Anna de avond ervoor, op paaszaterdag, ook had genomen, omdat hij dezelfde bestemming had: Marine Drive 2 in Duneside, Seaton Sluice.

Er was geen andere auto te zien, maar het busje kon geen vaart maken omdat er overal snelheidscamera's langs dit weggedeelte stonden, een overblijfsel van het populaire joyriding aan het eind van de jaren negentig – een rage die de bestuurder van het busje, Jamie Deane, was ontgaan.

Hij zette de radio harder toen hij Metallica's *Master of Puppets* hoorde. Het nummer leek speciaal voor hem te worden gedraaid: hij bonkte als een wilde mee op de maat van de muziek en zwiepte het stuur heen en weer.

De wereld die hij als kind had achtergelaten was veranderd. Hij herkende weinig en begreep niets van het snelle levenstempo. Hij had inmiddels door hoe afschrikwekkend vrijheid kon zijn, zo afschrikwekkend dat hij in het begin alleen maar met zijn rug tegen de muur op de grond had gezeten in de kamer waar de reclassering hem had ondergebracht, in een pension niet ver van Quayside. Hij had niet geweten wanneer hij moest gaan slapen of wanneer hij op moest staan, dus was hij maar afgegaan op zijn biologische klok, die twintig jaar lang hetzelfde afgesteld was geweest.

Zijn nazorgcoördinator, ene Janet, die altijd bloosde als ze iets tegen hem zei, verzekerde hem dat de symptomen waaraan hij leed (en ze kon zien dat hij leed) normaal waren, maar het woord 'normaal' zei Jamie niets. Hij vond het van weinig realiteitszin getuigen dat Janet iets definieerde als 'normaal', terwijl hij nog aan het worstelen was met de realiteit van zijn nieuwe bestaan.

Hij wilde een plek vinden waar hij thuishoorde, en als de wereld die hij vanaf zijn vijftiende met zich mee had gedragen er niet meer was, in welke wereld moest hij dan zoeken?

Er waren te veel kleuren, te veel mensen en te veel auto's, vandaar dat hij ervoor koos om 's avonds op pad te gaan. Alles kwam op hem af, en de plaatsen waar hij altijd had rondgehangen – straten, achterommetjes, verkrotte panden – waren ondergeschoffeld, verdwenen onder keurig afgemeten percelen met honinggele huizen, zoals die op Marine Drive. De woningen hadden omheinde voor- en achtertuinen en een oprit en iedereen leek ten minste één auto te hebben. De wereld oogde beter, maar voelde niet beter.

Janet had hem aangespoord rijles te nemen en hem vervolgens aan een baan geholpen bij een aannemer, Reeves Regeneration, die klussen voor de gemeente deed, zoals ontruimingen en het ophalen van grofvuil. Hij kwam terecht bij de afdeling Milieudienst, een soort afvalophaaldienst, en kreeg een busje, de Transit waar hij nu in reed. Hij draaide het raampje omlaag en lachte uitzinnig naar de duinenrij, plotsklaps zo uitgelaten als hij in lange tijd niet was geweest.

Hij parkeerde voor Marine Drive nummer 2, dwars voor de oprit, en tuurde met frisse nieuwsgierigheid naar het huis van zijn broer.

Hij was er in het afgelopen halfjaar vaak langsgereden, maar de leefwereld die hij zag – een vrijstaand huis met heel veel ramen en grote, zilvergrijze auto's op de oprit – had hem afgeschrikt. Bryan en Laura waren kinderen geweest de laatste keer dat hij hen had gezien. Gisteren echter was hun leefwereld veranderd, en hoewel het huis er aan de buitenkant nog hetzelfde uitzag, wist hij dat Bryan er niet meer was. Laura was nu alleen, en dat schrikte hem wat minder af.

De Thompsons, de buren van nummer 4, hadden net hun laatste paasvisite uitgezwaaid, en meneer Thompson stond nog voor de deur toen Jamie Deanes witte Transit voor nummer 2 stopte. Het busje stond meneer Thompson niet aan, en het gezicht van de bestuurder zou hem nog minder hebben aangestaan, maar dat zag hij niet vanwaar hij stond.

In zijn jonge jaren had meneer Thompson in precies zo'n wit busje gereden, maar daar wilde hij niet aan herinnerd worden op eerste paasdag voor zijn huis op Marine Drive 4.

Dat busje mocht hier niet staan. Net als Bryan Deane niet zomaar had mogen verdwijnen, waardoor hij een speciale aflevering van *Gardener's World* over alpiene planten had gemist omdat hij een hele reeks stompzinnige vragen van de politie had moeten beantwoorden.

Eigenlijk had hij zich al vanaf het moment dat ze naast hem waren komen wonen aan de Deanes geërgerd. Ze waren luidruchtig in de tuin, en als vader en dochter badmintonden vloog geheid de shuttle over de schutting. En dan kwam die meid hem terugvragen en werd er van alles geplet in zijn border als ze in haar witte shortje voorovergebogen rondspeurde tussen zijn riddersporen, die langer waren dan zij was.

Eén keer had hij regelrecht in haar groene zomerbloesje gestaard. Hij had zijn ogen er niet van af kunnen houden, hij had er niets aan kunnen doen, en zij had gedaan alsof ze van de prins geen kwaad wist – en óf die meiden het weten –, alsof ze een nieuw en onbekend spelletje speelde met een denkbeeldige vriend en geen idee had hoe riskant dat kon uitpakken.

Meneer Thompson wilde dat dat kind spoorloos was verdwenen, en niet de vader.

Toen riep zijn vrouw hem naar binnen.

Op Marine Drive nummer 2 ging de telefoon van Laura Deane over.

Vóór Marine Drive nummer 2 deed Jamie de autoradio uit, maar hij zong wel door, met zijn gsm tegen het oor gedrukt.

Op Marine Drive nummer 2 legde Martha de pop neer die bijna af was en spitste haar oren.

Het geluid van de telefoon die niet werd opgenomen maakte dat het huis leeg aanvoelde.

Toen hield het bellen op.

Vóór Marine Drive nummer 2 verbrak Jamie de verbinding. Hij

tikte geïrriteerd met zijn toestel tegen het dashboard, terwijl hij het huis in het oog hield en nerveus aan zijn gezicht krabde. Zowel boven als beneden brandde licht. Hij kon het nog een keer proberen en als ze niet opnam ... Als ze niet opnam, wat dan? Hij zou kunnen aanbellen, maar dat vond hij wat voorbarig. Hij wilde dit gestructureerd aanpakken en was trots op zichzelf geweest dat hij de weg van de zelfbeheersing had gekozen.

Hij pakte zijn *Oxford Dictionary of Quotations* uit het handschoenenkastje, sloeg het op een willekeurige plek open en vond een citaat dat hem aanstond. Hij las het een paar keer hardop, langzaam, monotoon, zonder er iets bij te voelen, en probeerde de woorden in zijn geheugen te prenten.

Omdat ze verder geen enkel geluid in huis hoorde, sloop Martha naar de slaapkamer van haar ouders, waar ze na het openen van de deur Laura aantrof, dwars op bed, met het dekbed half over haar heen en haar maillot en trui nog aan. Naast haar, op het nachtkastje rechts van het bed, lag een opengescheurd doosje Nytol.

Roxy sprong loom van het bed en trippelde de kamer uit, langs Martha, die op haar knieën naast het bed zat en Laura's pols voelde om vast te stellen of ze haar roes uitsliep of dood was. Van dichtbij merkte je dat ze nog ademhaalde – haar ademhaling was diep, regelmatig en rook onaangenaam. Martha trok aan haar haar en kneep hard in haar bovenarm, maar dat had geen effect.

Gerustgesteld pakte Martha het mobieltje. Het onbeantwoorde gesprek was van een anonieme beller. Ze scrolde door de berichten in Laura's inbox, maar zag niets wat haar opviel. Een telefoontje van Bryan, zaterdag, om 15:37. Om 15:45 had hij haar opnieuw proberen te bereiken, maar ze had niet opgenomen, want het stond geregistreerd als 'Gemiste oproep'.

Ze wilde het toestel net in haar zak steken toen het weer begon te rinkelen.

Snel sloop ze de slaapkamer uit en haastte zich door de gang terug naar haar eigen kamer.

'Laura? Met mij, Jamie.' Stilte. 'Toe, zeg eens iets.'

Martha hield de telefoon dicht tegen haar oor en zei niets.

'Waarom kijk je niet even uit het raam?'

Martha stond op en liep langzaam naar beneden, maar bij de laatste tree stapte ze mis en stootte tegen een turkooizen vaas, die zijn verstofte droogbloemenpracht over de vloer uitschudde.

Door de centimeter smalle kier tussen de gordijnen van de kamer zag ze een witte Transit onder de straatlantaarn staan, en ze zag een man, of beter gezegd het profiel van een man, die hun kant op keek.

'Daar ben je dan. Hallo, Laura,' zei de stem zachtjes. 'Dat is lang geleden. Ik wilde alleen maar zeggen ... Eigenlijk weet ik niet wat ik wilde zeggen. Nou ja, dat ik het heb gehoord van Bryan en dat ik er weer ben. Zoals je ziet.'

Martha verbrak de verbinding en trok de gordijnen stijf dicht.

De telefoon ging niet opnieuw over en het duurde niet lang voor ze het busje hoorde wegrijden.

Ze slaakte een diepe zucht en werd zich bewust van haar bonkende hart en, wat niet eerder tot haar was doorgedrongen, van het feit dat Laura en zij alleen waren.

9

Laura werd wakker omdat ze bacon rook. Ze klauwde naar de haren die voor haar gezicht hingen met het donkerbruine vermoeden dat haar ouders beneden waren. Hoe laat was het?

Ze zwaaide haar benen uit bed, zag Martha aan het voeteneind van het bed staan, en kroop weer terug, het dekbed ditmaal helemaal over zich heen trekkend, waardoor Roxy eraf gleed. Het dier slaakte een onderdrukt jankkreetje en schoot de trap af naar de keuken, waar Doreen bacon aan het bakken was. Don, die niets omhanden had, hing aan de keukenbar, frunnikend aan een mandje met een rare vrucht erin waarvan hij bij god niet wist wat het was.

Laura sloot haar ogen. 'Roxy moet uit. Waarom ga je niet met haar naar het strand?'

Martha deed alsof ze het niet hoorde en vroeg: 'Wie is Jamie?'

Laura ging overeind zitten en leek zich vast te houden aan het dekbed. Haar ogen stonden ongelovig.

'Nou?' hield Martha vol. 'Hij heeft je gisteravond gebeld, mobiel. Ik heb opgenomen.'

Laura's ogen flitsten de kamer rond, tot ze haar mobieltje zag liggen, dat Martha gisteravond op haar nachtkastje had teruggelegd – nadat ze Jamies nummer in haar eigen telefoon had gezet.

Toen ze bij de gemiste oproepen keek, zag Laura dat ze tweemaal gebeld was door hetzelfde onbekende nummer, een keer om 00:03 en nog een keer om 00:06.

'Waarom heb je opgenomen?' vroeg Laura kwaad.

'Ik wist niet wie het was. Ik hoorde je telefoon gaan en het was laat, en ik dacht dat het misschien iets belangrijks was, over pap.'

'Wat zei hij?'

'Wie is hij?'

'Wat zei hij?' hield Laura vol.

'Weet ik niet. Niets.'

'Hij heeft vast iets gezegd.'

'Ik weet het niet,' schreeuwde Martha, bijna in tranen. 'Hij zei dat hij het had gehoord van pap. Toen ik naar buiten keek, zag ik een wit busje staan.'

'Waar?'

'Voor ons huis.'

Laura stapte uit bed en liep naar het raam.

Geen wit busje, alleen de glimmend gepoetste bruin-groene Toyota waar Don zelden harder dan zestig mee reed.

'Als mijn telefoon weer gaat, laat je hem bellen. Ik wil dat je van mijn telefoon afblijft.' Ze bleef voor het raam staan, niet wetend wat te doen.

'Wie is hij?'

'Doet er niet toe.'

'Als je het niet zegt, ga ik naar beneden en vraag ik het aan oma. Dan zeg ik dat er ene Jamie heeft gebeld.'

'Als je het maar laat,' zei Laura die op haar af liep en haar ineens bij de pols pakte, die ze gemeen draaide. 'Dat zou ik maar laten als ik jou was. Die Jamie is Jamie Deane, en hij is de broer van je vader.'

Martha, gechoqueerd, trok zich los. 'Paps broer? Dat lieg je.'

'Ik lieg niet.'

'Ik wist niet eens dat papa een broer had. Waarom heb ik dat nooit geweten?'

'Omdat hij in de gevangenis heeft gezeten, heel lang; daarom heeft je vader het nooit over hem gehad. Hij wilde niet dat je het wist.'

'Waarvoor zat hij in de gevangenis?'

'Hij had iemand in elkaar geslagen. En niet zo'n beetje ook.'

'Hoe lang heeft hij gezeten?'

Laura aarzelde. 'Twintig jaar.'

'Omdat hij iemand in elkaar had geslagen?'

Laura trok afwezig aan de ketting om haar hals, wendde zich van

Martha af en liep terug naar het raam. 'En die iemand is overleden.'

Ze staarde naar beneden en zag dat Don op de oprit haar auto aan het wassen was. Ze hoorde hem zelfs fluiten en tegen de McClarens kletsen, die in een eindeloze stoet van kinderen en fietsen uit de garage van nummer 6 kwamen. De McClarens brachten het grootste deel van hun weekend in lycra door, druk doende met het bevorderen van de gezondheid van het hart-en vaatstelsel.

Haar buren deden geen enkele poging een praatje met de autowassende Don uit de weg te gaan, want een spoorloos verdwenen persoon was niet iets wat het sociale gevoel van mensen als de McClarens intimideerde – mensen die elke zomer in familieverband Tanzaniaanse dorpsschooltjes van nieuwe daken voorzagen.

Aan het begin van de oprit stond een kampeertafeltje, waaraan met plakband een kartonnen bordje was bevestigd: DAISY'S PARFUMERIE. ROZENBLAADJESPARFUM, SLECHTS £2.

De flesjes rozenblaadjesparfum, gemaakt door de jongste McClaren, stonden keurig op een rijtje.

'Je bent bang voor hem,' zei Martha ineens.

Martha had gelijk; Laura was bang voor hem. Was Bryan er maar. Maar Bryan was er niet.

Ze zaten zwijgend aan het ontbijt. Ieder voor zich zocht naarstig naar iets om te zeggen, maar alleen Don kwam uiteindelijk met iets op de proppen, een zoutoloze opmerking over het tuinmeubilair dat opnieuw geolied moest worden. Dit nodigde niet uit tot verdere conversatie.

Dus aten ze zwijgzaam verder, wetend dat als Bryan er nog was geweest, Doreen nooit in Laura's keuken bacon en eieren zou hebben gebakken.

Door Bryans verdwijning was Laura weer dochter geworden.

Ze had hen nodig.

Na jaren van werkeloos aan de zijlijn staan, onder de indruk van het leven dat Laura en Bryan voor zichzelf hadden opgebouwd, hadden ze nu eindelijk iets te doen.

Na het ontbijt gingen Don en Martha op zoek naar Roxy's riem en maakten ze zich op om met haar naar het strand te gaan. Doreen, die nagenoeg blind was, lag met een dot staalwol op handen en knieën voor de oven en ruziede met Laura over de hoeveelheid Nytol die ze slikte en wat ze daar allemaal nog bij dronk.

Het bekvechten was nog in volle gang toen Martha haar arm door die van Don haakte en zich door Roxy over Marine Drive liet voeren, langs buren die haar tot nu amper hadden opgemerkt (meneer Thompson daargelaten), maar die haar nu, sinds het nieuws over Bryan, nastaarden. Martha Deane, het meisje wier vader werd vermist.

Ze hing zwaar aan Dons arm en drukte haar gezicht tegen zijn jack, dat sterk naar zeep en aftershave rook.

'Ik hou niet van gestaar,' murmelde ze.

'Ze staren niet,' zei Don luchtig.

'Wel,' hield Martha vol, en ze bleef dicht tegen hem aan lopen tot ze overgestoken waren en bij de duinen kwamen, waar ze Roxy losliet.

Don wierp een paar stokken voor haar weg, die Roxy verwachtingsvol hijgend in hun baan door de lucht nakeek tot ze een eindje verder op het strand neervielen.

'Suffe hond. Die zijn voor jou, hoor,' riep hij boven de wind uit, nu een stok in de zee gooiend. Roxy bleef staan en keek naar de voor haar bedoelde stok, waar een bordercollie achteraan ging die zich enthousiast in de golven stortte.

Don en Martha stonden met Roxy aan de vloedlijn en keken naar de collie die Dons stok te pakken probeerde te krijgen.

Na een poosje vroeg Martha: 'Waarom heeft niemand me ooit verteld dat ik een oom heb?'

'Een oom?' Het klonk niet alsof Don het ontkende, maar alsof hij verbaasd was over de formulering.

'Jamie. Jamie Deane.'

Don keek haar aan en schudde zijn hoofd. 'Wie heeft jou over Jamie Deane verteld?'

'Doet dat er iets toe?'

'Nou ja, het zou toch een keer uitkomen ...' Don zuchtte en legde met een ruw gebaar zijn hand op haar hoofd en bewoog het heen en weer.

'Is het waar dat hij iemand zo erg in elkaar heeft geslagen dat hij doodging?'

Don moest goed nadenken over zijn antwoord.

'Hij is slecht nieuws, zal ik maar zeggen.' Omdat dat wel erg op een oordeel leek en het niet aan hem was om te oordelen, zei hij: 'Het heeft die knul nooit meegezeten.' Hij schudde zijn hoofd en liet het onderwerp Jamie Deane rusten, want hij wilde helemaal niet aan Jamie Deane denken.

Martha, die Jamies stem nog steeds in haar oren had, besloot het ook te laten rusten. Ze had kunnen doorvragen, maar wat Don had gezegd en de manier waarop hij het had gezegd had haar angst over het telefoontje weggenomen.

In het volle daglicht op het strand, met Don naast zich, had ze eigenlijk alleen maar te doen met die oom die ze nog nooit had gezien. Ze vroeg zich af of hij nog een keer contact met hen zou zoeken. Ergens hoopte ze het.

Ze trok Dons hand uit zijn zak, greep hem vast en zwaaide hem zachtjes van voor naar achteren. Het was een hand met veel eeltplekken, die hard aanvoelde in haar eigen, kleine hand. Het was een hand die jaren- en jarenlang zwaar werk had verricht, maar het was de liefste hand die ze zich kon voorstellen. Ze keken uit over de zee, naar de horizon, alsof ze daar iets hoopten te zien.

Jamie Deane was uit hun gedachten verdwenen.

Don trok zijn hand los en sloeg zijn arm om Martha's schouders. Toen ze begon te huilen, drukte hij haar dicht tegen zich aan.

'Ik wou dat hij terug was.'

Don zei niets. Hij drukte haar alleen maar steviger tegen zich aan en wreef over haar armen.

Na een poosje deed ze een stap opzij en keek ze naar hem op: 'Uw haar.'

'Wat is er met mijn haar?'

'Het beweegt niet. Ik bedoel, het stormt hier zowat en uw haar beweegt niet.'

Don haalde zijn hand over zijn gebrylcreamde nozemhaar, dat nog van vóór Doreen dateerde, en glimlachte.

Terug op Marine Drive zagen ze hoe Bryans auto door een sleepwagen de oprit van nummer 2 op werd gereden, onder toeziend oog van Laviolette, die ontspannen leunend tegen het portier van zijn auto een sigaret stond te roken.

Toen hij Martha en Don zag, liep hij hun tegemoet. Zijn ogen stonden somber, maar zijn mond glimlachte. Hij keek vooral naar Martha, want het zou schokkend voor haar kunnen zijn om haar vaders auto zo huiswaarts te zien keren.

'Gaat het, Martha?'

Ze knikte, bleef staan en haalde Roxy met een ruk naar zich toe.

Achter hen stond Nev Chambers met de man in de cabine van de sleepwagen te praten.

Laviolette had gisteren de beelden van de bewakingscamera bekeken, maar dat had niets opgeleverd. Hij had gezien hoe Bryan Deane zijn auto parkeerde tegenover St George's Church, uitstapte, zich uitrekte en om zich heen keek. Hij had gezien hoe hij zich in zijn wetsuit hees, de auto afsloot en de kajak van het dak haalde. Toen had Bryan Deane vier minuten naar de zee staan staren, wat best lang was, voor hij een telefoontje pleegde.

Dat was het telefoontje geweest naar zijn vrouw, Laura.

Laura had hem erover verteld.

Hij had om 15:37 uur gebeld.

Daarna had hij nog iemand gebeld – Martha, die niet had opgenomen. Vervolgens had hij zijn mobieltje in de kofferbak gelegd en was hij uit beeld verdwenen, langs het lage, bakstenen gebouw waarin het speelgoedmuseum en de Balti Experience huisden, om daar via het klifpad af te dalen naar het strand, veronderstelde Laviolette.

En dat was juist wat hij had willen zien: Bryan Deane op het strand, pratend met Anna Faust, dus was hij blijven kijken, half in de hoop, hoe onrealistisch ook, dat hij het strand nog wel te zien zou krijgen, en Bryan en Anna.

Hij was urenlang blijven kijken: naar de paasdrukte op straat, die naarmate de dag vorderde was afgenomen; naar de parkeerwachten, die het bonnetje achter de voorruit van Bryan Deanes auto controleerden en een bekeuring uitschreven; naar de schemering, het eind van de dag.

Bryan Deane was niet naar zijn auto teruggekeerd.

'Zijn jullie er klaar mee?' vroeg Don terwijl hij weifelend naar Bryans auto keek.

'We hebben niets gevonden,' zei Laviolette, op zijn woorden lettend omdat hij wist dat Martha hem gespannen aankeek.

Hij schonk haar een schaapachtige glimlach en dacht aan de band die hij had bekeken en aan dat hij onbewust iets had geregistreerd, iets belangrijks, iets wat te maken had met het tweede telefoontje van Bryan Deane, het telefoontje naar zijn dochter.

'Mag ik je iets vragen?' vroeg hij, nog steeds glimlachend. 'Je vader heeft je zaterdagmiddag toch proberen te bellen?'

Martha knikte. 'Dat heb ik u al verteld.'

'Inderdaad. Maar wat ik me afvroeg ... Ik weet dat je op zaterdag meestal bij je grootouders bent,' hij gaf een knikje in de richting van Don, die hem oplettend aankeek, 'en dat je op zondagochtend weer naar huis gaat.'

'Dat klopt.' Het antwoord kwam van Don, niet van Martha.

'Belt je vader je op andere zaterdagen ook weleens?'

Don keerde zich naar Martha.

Martha dacht na over Laviolettes vraag; ze dacht er diep over na, want het was een erg goede vraag, en ze kon zich niet aan de indruk onttrekken dat hij vond dat hij die vraag eerder had moeten stellen.

'Nee,' zei ze na een poosje en ze keek Laviolette recht aan. 'Eigenlijk belt hij nooit als ik bij oma ben. Nu u het zegt ... Dit was voor het eerst dat hij me op zaterdag belde.'

Dit besef bracht een glimlach bij haar teweeg, en een gevoel van welwillendheid jegens Laviolette.

Laviolette glimlachte terug; hij trok haar antwoord niet in twijfel, vroeg niet of ze het zeker wist en stelde de vraag niet opnieuw. Het enige wat hij deed was bedachtzaam knikken.

'Dat pap me gebeld heeft, is dat een goed teken of ...' Martha's stem haperde, 'of een slecht teken?'

Dat was een vraag waar Laviolette even de tijd voor nam. Hij had iets ontdekt wat hem met de minuut zekerder maakte van één ding: Bryan Deanes verdwijning was gepland. Even nog heroverwoog hij de zelfmoordtheorie, onderwijl onverminderd glimlachend naar Don en Martha, maar dat leek hem toch hoogst onwaarschijnlijk.

'Dat zal blijken,' was zijn antwoord aan Martha.

Martha klemde haar handen om de handvatten van het stuur van haar fiets en luisterde naar het geluid van de tv aan de andere kant van de muur terwijl de garagepoort omhoogrolde; het soepeltjes lopende mechanisme kon haar moeders gelach echter niet verhullen. Don en Doreen waren tegen drieën weggegaan en Martha, die haar pop af had, had besloten hem aan Anna cadeau te doen en naar de Ridley Arms in Blyth te fietsen.

Een kwartier later, zich amper bewust van de avondschemering die langzaam inzette, sloeg ze Quay Road in, zette haar fiets bij de entree en drukte op het knopje van appartement nummer 3. Ze belde nog tweemaal, maar hoorde niets, dus stak ze de straat over naar het kantoortje van de havenmeester, vanwaar ze omhoogkeek en zag dat het hele pand donker was. Nergens in het appartementencomplex brandde licht.

Ze probeerde haar te bellen, maar Anna nam niet op, en ze wilde net omkeren toen de lantaarns langs de kade aanfloepten. Instinctief keerde ze zich naar het licht en toen pas zag ze de auto van Laviolette, die op de plek stond waar Anna's gele Ford Capri hoorde te staan, met de neus naar zee.

Hij had haar dus de hele tijd zitten observeren, want hij stapte meteen uit en maakte een gebaar dat op een zwaai leek. Alle gebaren van Laviolette hadden iets sneus, vond Martha terwijl ze hem van een afstandje gadesloeg. Het leken haperende opmaten voor een uitblijvende finale.

Hij bleef bij zijn auto staan, terwijl zij met haar fiets aan de hand naar hem toe liep, er niet helemaal zeker van of ze het nu wel of niet leuk vond om hem te zien. Desondanks glimlachte ze – een half betrapt glimlachje.

'Ze is er niet,' zei hij.

'Ik weet het, ik heb net aangebeld. Ze neemt ook niet op.'

Ze keken omhoog naar de ramen van Anna's flat. Laviolette vroeg: 'Wist ze dat je kwam?'

Martha schudde haar hoofd. 'Hoe lang staat u hier al te wachten?'

Hij keek verrast op door die vraag, glimlachte toen en zei: 'Pas een minuut of tien.'

Martha geloofde er niets van. Ze wist niet waarom, maar ze had een sterk vermoeden dat hij niet de waarheid sprak. 'Waarom wilde u Anna spreken? Er is toch niets gebeurd?'

'Waarom wilde jíj Anna spreken?'

Een trawler met zijn lichten aan voer tussen de havenhoofden door de haven in; boven het lawaai van de motor uit hoorde je zo nu en dan heel duidelijk het geluid van een stem.

'Ik heb iets voor haar.'

Martha deed haar rugzak af en haalde het porseleinen popje tevoorschijn. Ze hield het voorzichtig vast en streek de haren glad.

Laviolette, die de binnenvarende trawler had gevolgd, keek nu naar de pop. 'Heb jij die gemaakt?'

Ze knikte en bleef over het hoofdje van de pop aaien.

'Voor Anna?'

Ze knikte opnieuw en blikte toen naar hem op.'U denkt dat papa zelfmoord heeft gepleegd, hè?'

Op die vraag was Laviolette niet voorbereid. 'Nee ... Dat denk ik niet.'

'Jawel.' Het bleef even stil, en toen zei Martha: 'Ze hebben constant ruzie. U vroeg zaterdag of alles goed zat tussen hen, en toen zei mama dat ze geen problemen hadden, maar dat is niet waar. Ze hebben geen geld en alles gaat verkeerd. Pasgeleden ging ze aan één stuk door tekeer tegen hem, omdat ze dronken was. Ze is altijd dronken tegenwoordig. Ze ging maar door en door tot hij terugschreeuwde ... ik heb het hem zelf horen zeggen,' er rolden tranen uit haar ooghoeken, maar ze praatte door alsof ze het niet merkte, 'dat hij maar beter dood kon zijn.' Martha zweeg, haar blik op de pop gericht. 'Stel dat ze hem tot iets heeft aangezet?'

'Zoals wat?'

'Weet ik 't' zei Martha. 'Maar het is een mogelijkheid die u misschien moet onderzoeken.'

Laviolette ritste zijn jack dicht. 'Dit soort zaken worden in een bepaalde volgorde afgewerkt, en op dit moment leggen we de nadruk op zoeken en het afwachten van reacties op onze oproep.' Hij wroette in zijn zakken naar zijn autosleuteltjes. Toen hij ze had gevonden zei hij: 'Zit daar ook licht op?'

Martha schudde haar hoofd.

Het was inmiddels donker.

'Ik breng je wel naar huis; je fiets kan in de achterbak.'

'Wat is dit?' vroeg Martha toen hij startte en de auto zich met koorzang vulde.

'Dit zijn zingende mijnwerkers.' Hij zei er niet bij dat het een oude opname was en dat een van de zingende mijnwerkers zijn vader was. 'Eén ding moet je goed in gedachten houden,' zei hij een paar minuten later, 'en dat is dat er maar één iemand is die werkelijk weet wat er met je vader is gebeurd, en dat is je vader.'

'Wat ziet uw auto er keurig uit.'

'Dat klinkt alsof je iets anders had verwacht.'

'Ik bedoel niet keurig in die zin van het woord.'

'In welke zin van het woord dan wel?' Hij glimlachte, zijn blik op de weg.

'Ik bedoel niet keurig in de zin van "keurig netjes". Ik bedoel keurig in de zin van "leeg", in de zin van dat je geen rommel zou kunnen maken, ook al zou je het willen, gewoon omdat er te weinig spullen in liggen om rommel mee te maken. Snapt u?'

Laviolette, geamuseerd, overdacht dit even en zei toen, nog steeds glimlachend: 'Ja, ik geloof het wel.' En toen: 'Je hebt gelijk.'

Hierna zwegen ze weer. Martha zag de wind door het helmgras waaien. Ze keerde zich naar hem toe en zei: 'U bent niet getrouwd, hè?'

Nu keek hij haar wel aan. 'Waarom denk je dat?'

'Ik weet het niet, ik heb het gevoel dat u niemand hebt.'

'Scherpzinnig dametje, hoor. Ik ben getrouwd geweest.'

'Wanneer?' vroeg ze belangstellend.

'Lang geleden. Toen ik trouwde was ik niet veel ouder dan jij nu bent.'

'Dus ongeveer net zo oud als papa en mama waren, die zijn jong getrouwd.' Ze staarde naar buiten, blij dat ze in de auto zat en niet in het donker op haar fiets. 'Waarom is het misgegaan?'

'Tja, we hadden nooit moeten trouwen, dus eigenlijk was het al bij voorbaat gedoemd te mislukken.'

'Maar waarom bent u dan getrouwd?'

'Ik zou het niet weten, ik zou het echt niet weten.'

Martha leunde naar achteren in haar stoel, met haar gezicht naar hem toe. 'Hebben jullie nog contact?'

'Nee. Nee.'

'Heftige ontkenning.'

Laviolette lachte.

'Wat ... Zeg ik iets stoms of zo?'

'Het lijkt me niet dat jij ooit iets stoms zegt. "Heftig"', herhaalde hij terwijl hij zijn best deed te verhullen dat haar belangstelling hem van zijn stuk bracht. Hij was niet gewend dat mensen belangstelling voor hem toonden. 'Lang geleden dat ik dat woord heb gehoord.'

'Het kwam ineens bij me op.' Ze zweeg even. 'Ik weet niet eens of ik het wel zo mooi vind, dat woord.'

'Ik ook niet.' Toen zei Laviolette bedaard: 'Ik weet niet eens of ze nog leeft.'

'Uw vrouw?'

Hij knikte.

'Waarom zou ze dood zijn?'

'Ze was stevig aan de drugs. Heroïne.'

'Werd het daarom niets?'

'De drugs waren het probleem niet, maar het feit dat ze niet zonder kon.'

'Dat is hetzelfde.'

Laviolette wierp een snelle blik opzij.

'Ik ga niet trouwen.'

'Je bent pas vijftien.'

'Nou en? Ik trouw niet. Hoe mooi het ook lijkt in het begin, het loopt altijd op hetzelfde uit. Bij u, bij pap en mam.'

Ze legde haar been op het dashboard en trok zich weer in zichzelf terug.

'Er komt een moment, en het is moeilijk te zeggen wanneer, want het sluipt er stiekem in, dat leven niet meer draait om zijn maar om hebben, en dat veroorzaakt veel ellende.' Laviolette liet een korte stilte vallen. 'Op jouw leeftijd verwacht niemand dat je iets hebt – of dat je al bent wie je bent.'

Martha draaide haar hoofd af en keek naar buiten. Ze leek niet geïnteresseerd. 'Gelooft u dat mensen trouwen met iemand die voor hen is voorbestemd?'

'Sommige mensen wel.'

Laviolette sloeg af naar Duneside.

'Zaterdag, toen papa me naar opa en oma bracht, was Anna daar, en ze hadden elkaar iets van zestien jaar niet gezien. Hij kneep mijn hand bijna fijn.' Ineens greep ze Laviolettes arm vast. 'Stop.'

'Wat is er?'

'Dat busje, dat voor het huis staat,' fluisterde ze, 'dat is van papa's broer. Jamie Deane.'

De hand van Laviolette bleef op de pook rusten terwijl hij door de voorruit naar het busje tuurde. 'Komt hij vaak langs?'

Martha keek zo geconcentreerd naar het busje dat Laviolette geen idee had of ze zijn vraag had gehoord, en hij wilde hem net opnieuw stellen toen Martha zei: 'Nooit. Ik wist niet eens dat pap een broer had. Tot gisteravond, toen belde hij mam, maar die was zo ver heen dat ze de telefoon niet hoorde, dus nam ik op.'

'Wat wilde hij?'

Martha dacht even na. 'Niets. Hij zei alleen dat hij het had gehoord, van pap. Ik zei niets, ik liet hem gewoon praten. Hij dacht dat hij mama aan de lijn had. Hij klonk net als pap, aan de telefoon. Dat was bizar. Wat gaat u doen? Wacht ...'

Maar Laviolette was de auto al uit en rende op een manier die lachwekkend zou moeten zijn maar het niet was naar het witte busje dat op dat moment tot leven kwam. Met een scherpe bocht sprong het naar achteren, zodat het bordje PRIVÉTERREIN aan de rand van het gazon van nummer 4 sneuvelde, waarna het schokkend optrok en met de uitlaat door de blauwe gentiaantjes in het rotstuintje van meneer Thompson schraapte.

Midden op Marine Drive bokte het busje, omdat er iets misging met schakelen. Laviolette dacht dat de motor afsloeg en holde ernaartoe, maar hij was te laat. Buiten adem bleef hij achter. Martha, die alles van een afstandje had gevolgd, kon een heimelijke glimlach niet onderdrukken. Jamie Deane was ontkomen; waaraan, dat wist ze niet, maar hij was ontkomen en om de een of andere reden werd ze daar ineens heel blij van.

Laviolette, die dubbelgeklapt stond na te hijgen, draaide zijn hoofd in de richting van Marine Drive 2, waar de deur openstond.

De voordeur van nummer 4 stond ook open. Hij was zelfs tegelijk opengegaan met die van nummer 2. Uit het huis kwam meneer Thompson, die het witte busje al vóór zijn wrede vandalistische daad had zitten observeren. Half struikelend rende hij naar zijn rotstuin, waar hij in het vochtige gras voor zijn vermorzelde gentiaantjes op zijn knieën viel.

In de deuropening van nummer 2 stond Laura Deane, telefoon in de hand, en zij was degene waar Laviolette, nog steeds buiten adem, op af beende.

Heel even had haar gezicht een openheid die hij niet eerder had gezien. Het gaf haar iets kwetsbaars en dat, besefte hij, kwam omdat ze bang was.

Voor Laviolette de kans kreeg iets te zeggen tegen Laura, die toekeek hoe Martha haar fiets uit de kofferbak haalde en met de fiets aan de hand langzaam langs buurman Thompson liep, zei Laura tegen hem: 'Wat heeft Martha bij u te zoeken?'

Laviolette wilde antwoorden, maar net op dat moment krabbelde meneer Thompson overeind. Op de knieën van zijn broek zaten twee donkere vochtplekken.

'Dit is privéterrein,' siste hij hun toe voor hij met gebalde linkervuist naar binnen hompelde, vastbesloten een brief te schrijven om schadevergoeding te eisen.

'Kunnen we even naar binnen gaan?' stelde Laviolette uiteindelijk voor. 'Ik wil over Jamie Deane praten,' ging hij in één adem door terwijl hij Laura's gezichtsuitdrukking registreerde.

'Mijn oom,' deed Martha er nog een schepje bovenop. 'Je weet wel, de oom van wie ik niet wist dat ik hem had.'

Laura zei alleen maar: 'Ik zal de garage opendoen, dan kun je je fiets wegzetten.'

Laviolette bleef in de hal staan, terwijl Laura de garagedeur openmaakte. Hij hoorde haar tegen Martha praten. Ze klonk boos, maar hij kon niet verstaan wat ze zei. Toen ze naar binnen kwamen, sjeesde Martha langs hem heen de trap op, naar boven. Ze hield haar arm vast, alsof hij pijn deed, en ze had een verbeten uitdrukking op haar gezicht.

'Vindt u het goed dat we in de keuken gaan zitten?' vroeg Laura.

Hij hees zich onhandig op een barkruk, net zo onhandig als Don eerder, en keek toe hoe ze de ketel vol water liet lopen en op het gas zette.

'Ik zet water op en ik weet niet eens waarom. Wilt u thee? Of koffie?'

'Ik hoef niets, dank u.'

'Ik ook niet.' Ze draaide het gas uit en bleef even doelloos bij het fornuis staan. 'Trouwens, ik neem een glas wijn, het is een lange dag geweest. Ik neem aan dat u niet mag drinken tijdens het werk, hè?'

'Ik hoef niets,' herhaalde hij terwijl Laura de kurk uit een al geopende fles wijn trok en met gesloten ogen haar eerste slok nam.

'We hadden afgesproken Martha niets over Jamie te vertellen.'

Laviolette zweeg.

'Het was een beslissing van ons beiden,' lichtte ze toe. 'Is dit geen moeilijk onderwerp voor u?'

'Hoezo?'

'Nou ja, het was uw ...'

'Wat vond Jamie van die beslissing?'

Laura haalde geïrriteerd haar schouders op. 'Laat ik het zo zeggen: hij heeft ook nooit contact gezocht met ons.'

Laviolette zag zijn eigen gezicht weerspiegeld in het gepolijste graniet van de keukenbar. 'Tot nu.'

'Ik weet niet hoe hij het weet van Bryan,' zei ze terwijl ze hem aankeek.

'Of waarom dat tot gevolg had dat hij onverwacht hier voor de deur stond.' Hij sloeg zijn ogen op en keek haar aan.

'Denkt u dat hij iets te maken heeft met Bryans verdwijning?'

Daar ging Laviolette niet op in. Hij vroeg: 'Hoe wist hij waar jullie wonen?'

Laura schudde haar hoofd en kreeg weer iets bangigs. 'Geen idee. Net zoals ik ook geen idee heb hoe hij aan mijn nummer is gekomen.'

'Wat zei hij aan de telefoon? Wat wilde hij?'

'Niets. Alleen dat hij wist dat Bryan spoorloos was verdwenen, en dat hij voor de deur stond.'

'Heeft hij u bedreigd?'

Dat ontlokte een kort lachje aan Laura. 'Welke vrouw voelt zich niet bedreigd als ze wordt gebeld door een man die in zijn auto voor haar deur staat.' Ze zweeg even. 'Ik voel me getergd. Daar was Jamie altijd goed in.' Ze hield geschrokken haar mond toen ze besefte wat ze had gezegd.

'Dus u hebt hem goed gekend?'

'Als kind.' Ze schonk zichzelf voor de tweede maal in.

'Met wie was u eerder bevriend: met Bryan, of met zijn broer Jamie?'

Laura aarzelde. 'Jamie, geloof ik.'

'Hoe kwam dat?'

'Weet ik niet. Hij was er gewoon altijd.'

'Hebt u ooit iets met Jamie gehad, in de relationele sfeer?'

'Niet echt, nee.'

'"Niet echt",' herhaalde Laviolette.

'Dat wist u toch al?'

'Inderdaad, ja.'

'U weet alles over Jamie Deane.'

'Klopt.'

'Waarom hoort u me dan uit? Waarom doet u deze zaak trouwens?'

'Omdat ik niets wijzer van u word, ook al beantwoordt u al mijn vragen.' Zijn hand kwam met zo'n klap op het granieten blad neer dat er een afdruk achterbleef.

Laura maakte een schrikbeweging, waardoor er wijn over de rand van haar glas gutste. Laviolette gleed van zijn kruk, veel eleganter dan hij erop was geklommen, liep schijnbaar doelgericht naar de openslaande deuren en bleef daar naar buiten staan staren, naar de tuin, zich terloops afvragend welke Deane die voor zijn rekening nam en of hij er iets in kon ontwaren wat op groene vingers wees.

'Hoe oud was u toen u met Bryan begon op te trekken?'

'Ik was dertien. Bryan was veertien.'

'Wat vond Jamie daarvan?'

'Geen idee, hij zat in de gevangenis.'

Laviolette stak zijn handen in zijn broekzakken en draaide zich om zodat hij haar kon aankijken. 'Hebben Bryan en Jamie contact gehad in die tijd?'

'Niet dat ik weet. Bryan heeft er in elk geval nooit iets over gezegd.'

'Hebt u veel contact met meneer Deane, uw schoonvader?'

'Mijn schoonvader?' herhaalde Laura verbaasd. 'We liggen elkaar niet zo.'

'Uw schoonvader heeft alzheimer,' zei Laviolette, zich ervan bewust dat Laura ineenkromp telkens als hij het woord 'schoonvader' zei. 'Hij zou niet alleen moeten wonen.'

Laura staarde hem onbewogen aan, maar het leek alsof ze een slag in haar gezicht kreeg toen hij zei: 'Ik heb hem gisteren opgezocht.'

'Waarom?'

'Om te vragen of hij Bryan soms had gezien.'

'Hoe moet hij dat weten? Hij weet niet eens meer wie Bryan is.'

'Gaat Bryan weleens bij hem langs?'

'Af en toe, geloof ik. Hij zegt er niet veel over.'

'Heeft hij het er niet moeilijk mee, een vader met alzheimer, die alleen woont?'

'Het botert al een tijd niet meer tussen hen. Het ligt gecompliceerd, maar ja, zo gaat dat in families, toch? Altijd wat.'

Ze keek door het keukenraam naar de kat van de McClarens, een nertskleurige birmees die bij de hebe een vlieg probeerde te vangen.

'Hebt u een gezin?' vroeg ze.

'Dat vroeg uw dochter ook al onderweg hierheen.'

'O ja?'

'Wat denkt u?'

'Ik weet het niet. Misschien ooit gehad, maar nu niet meer.'

Hij knikte bevestigend.

'Jammer,' was Laura's reactie.

Hij draaide zich weer naar de tuin en keek hoe de kat van het hek op het gras sprong en daar met een aandachtig geheven voorpootje bleef staan, totaal opgaand in zijn eigen wereld. De kop van de kat schoot ineens zijn kant op, naar links, alsof er iemand vlak naast hem stond, iemand die hij niet kon zien of voelen. Toen keek het dier weg. Achter zijn rug hoorde hij haar zeggen: 'Buitenstaanders begrijpen het niet, hè, hoe hard je aan een huwelijk moet werken.'

'Ik kon er de energie niet meer voor opbrengen, de energie die nodig was om de benodigde monumentale heroïsche daden te verrichten om de boel te redden.'

Hij liep terug naar de andere kant van de keuken en wist ineens niet meer wat hij hier deed. Nu zou hij best een glas wijn lusten. Het kostte hem grote moeite de verleiding te weerstaan er om een te vragen.

'In het begin kun je je niet voorstellen dat het ooit op de klippen loopt. Je ziet het gebeuren bij andere mensen, stelletjes, gezinnen, en je denkt: dat zal mij, ons, nooit gebeuren. Maar op de een of andere manier sluipt het erin, tot je op een dag tot het besef komt dat je hetzelfde doet als iedereen: blijven hangen in de sleur.' Ze viel stil en draaide het wijnglas nerveus rond in haar hand.

Laviolette sloeg haar gade en probeerde vast te stellen of ze dit er allemaal uit had geflapt in weerwil van zichzelf of dat haar hele houding, speech inbegrepen, een voorgekookt potje toneel was. Hij stelde vast dat het hem om het even was – haar woorden vonden een weerklank in hem die hij moeilijk kon weerstaan.

Hij zond haar een snelle blik. Voor het eerst, besefte hij, bedacht hij dat Laura Deane wellicht eerder slachtoffer was dan ... ja, dan wat? Het woord dat het eerst boven kwam drijven was 'samenzweerster'.

'Wat gaat u eraan doen?'

'Waaraan?'

Ze aarzelde. 'Aan Jamie, aan dat hij ons opzoekt.'

'Je bedreigd voelen is niet hetzelfde als bedreigd worden. Ik kan hem niet verbieden hierheen te komen.'

'Waarom neemt u hem in bescherming?' zei ze geërgerd. 'Ik vind het niet te geloven dat u hem nog beschermt, na wat hij heeft gedaan.'

'Wat heeft hij dan gedaan?'

Ze keek hem ongelovig aan. 'Hij heeft uw vader vermoord.'

'Dat weet ik niet,' zei Laviolette bedachtzaam. 'Ik heb daar in de loop der jaren veel over nagedacht, en zo zeker ben ik daar niet van.'

'Maar daarom heeft hij gevangengezeten. Twintig jaar.'

'En als hij nu eens niet gevangen heeft gezeten omdat hij mijn vader heeft vermoord, maar omdat er een meisje gelogen heeft, lang geleden? Dat zou een heel andere kijk op de zaak geven, nietwaar?'

Laviolette reed over de kustweg naar Tynemouth en sloeg bij de ruïne van de priorij links af Pier Road op en de uit zee oprijzende landtong die bekendstond als The Spanish Battery. Ondanks de huizen die er stonden, waaronder dat van hem, en het witte, gepotdekselde gebouw van de Tynemouth Volunteer Life Brigade, dat met stalen tuien aan de bodem was verankerd om te voorkomen dat het door de frequente stormwinden de zee in werd geblazen, kreeg je hier het gevoel dat je gescheiden was van het vasteland. Dat gevoel werd nog eens benadrukt door het standbeeld van admiraal Collingwood, Nelsons rechterhand in de slag bij Trafalgar, dat onverstoorbaar over de Noordzee tuurde. The Spanish Battery is vernoemd naar de zeventiende-eeuwse Spaanse huurlingen die de kanonnen op het vasteland bemanden als antwoord op de dreiging vanuit de Nederlanden. Om wat voor reden dan ook had Laviolette altijd een zwak gehad voor die Spanjaarden.

Hij parkeerde voor Old Coastguard Cottages 4, het oude, stenen kustwachtershuisje dat zijn thuis was. De koplampen beschenen het hoge gras dat golfde in de eeuwig waaiende wind, die hij aan alle kanten aan de auto voelde rukken.

Hij bleef even in het donker zitten, want als hij ergens geen zin in had, dan was het wel om naar binnen te gaan bij nummer 4 en aan mevrouw Kelly te vragen hoe het was gegaan vandaag en hoe zijn zoon Harvey, haar oppaskind, zich had gedragen. Hij had geen zin om glimlachend te luisteren naar het verslag van hun dag, waarbij de kleinste details breed werden uitgemeten, want mevrouw Kelly was goud waard ... een oppas uit duizenden. Laviolette wist dat het uitmeten van die details voortkwam uit haar liefde voor zijn zoon; een liefde die hem vrijstelling gaf. Hij voelde zich verantwoordelijk voor Harvey, maar hij hield niet van hem.

Hij dacht na over het gesprek dat hij zojuist met Laura Deane had gehad. Voor het eerst sedert jaren had hij over zijn vrouw gesproken, en niet één keer, maar twee keer. Eerst met Martha, en toen met Laura Deane. Eigenlijk deed Laura Deane hem sterk aan

Lily denken, aan hoe Lily had kunnen zijn als ze de juiste mensen op haar pad had getroffen. Tegen Martha had hij gezegd dat hij geen idee had of ze nog leefde, en dat had hij niet lullig bedoeld. Toen hij haar net was kwijtgeraakt, had het een lullige opmerking kunnen zijn, maar nu niet meer.

Hij sloot zijn ogen en zag haar in een flits voor zich: mager, blond, sjofeltjes, en gekwetst. Hij had niet van haar gehouden, dus was hij de laatste persoon geweest aan wie ze zich had moeten toevertrouwen, die ze had moeten trouwen.

Hij deed zijn ogen weer open en keek naar zee. Over de pier onder aan het klif waarop de ruïne stond liep een stelletje, dicht tegen elkaar aan. Een echt paar ... Hij wist dat onder het mom van normaalheid de meest bizarre turbulenties schuil konden gaan, maar vanavond verkoos hij te geloven dat het stelletje dat daar liep niets meer en niets minder was dan wat het leek: een stelletje dat een ommetje maakte, en hij vroeg zich af hoe het zou zijn om aan het eind van de dag met iemand over de pier te wandelen. Wat moest je ervoor doen om zover te komen, om samen gezellig een ommetje te kunnen maken?

Met een diepe zucht stapte hij uit de auto. Hij moest zich schrap zetten tegen de koude wind toen hij door het voortuintje liep. Hij liep niet regelrecht naar de voordeur, maar eerst naar het raam. Mevrouw Kelly deed de gordijnen meestal pas dicht als hij thuis was, een oud bijgeloof dat stamde uit de tijd dat ze met een visser getrouwd was.

Mevrouw Kelly en Harvey, die een stuk langer was dan mevrouw Kelly, zaten samen op de bank naar een of ander kostuumdrama te kijken. Op de lage tafel voor hen stond een blad met thee en koekjes en lagen vellen papier vol met de driedimensionale figuren die Harvey altijd tekende. Harvey zat op het puntje van de bank en schommelde zachtjes heen en weer. Mevrouw Kelly zat stil, met haar handen gevouwen in haar schoot.

Hij kon zich niet herinneren wanneer of waarom hij de muren geel geschilderd had, wanneer en waarom hij die vloerbedekking had uitgekozen, maar het vormde best een aardig geheel. Uit een aantal onontkoombare feiten had hij een leven weten te construeren. Old Coastguard Cottages 4 zag eruit alsof het iemands thuis was.

Mevrouw Kelly keerde haar gezicht instinctief naar het raam en zwaaide hem glimlachend toe, alsof het de normaalste zaak van de wereld was dat hij hen door het raam stond te begluren.

Hij had geen idee of hij lang had staan kijken, maar ineens moest hij denken aan de camerabeelden van Bryan Deane, die op paaszaterdag vier minuten lang op een duin bij Longsands had gestaan. Vier minuten lang had hij doodstil gestaan, en in die vier minuten had Bryan afscheid genomen van zijn ene leven en was hij een ander leven begonnen.

Zodra mevrouw Kelly Harvey naar bed had gebracht en naar huis was, ging Laviolette naar het kamertje boven dat hij als kantoortje gebruikte. Het was niet veel meer dan een hok, volgepropt met spullen die hij nergens anders in huis kwijt kon of die te persoonlijk waren om ergens anders op te slaan. Het voelde als een studentenkamer, een huurkamer in zijn eigen huis. Het kwam regelmatig voor dat hij er sliep, op de bank.

Er was wel een daklicht, maar geen raam, en de afwezigheid van uitzicht werkte erg rustgevend.

Naast zijn bureau stond een kartonnen doos, waarin hij spullen stopte die kapotgingen: theepotten, bureaulampen, speelgoed van Harvey. Vaak pakte hij gedachteloos iets uit de doos om te repareren, om daarna vast te stellen dat hij er toch niets meer mee kon en dan ging het, gerepareerd en wel, de doos weer in, waar het op den duur, opnieuw kapot, op de bodem belandde.

Een therapeutische kringloop van zinloze activiteit. Het deed hem denken aan wat Lily hem vroeger vertelde over de instelling waar Harvey zou kunnen werken als hij groter was, een werkplaats waar mensen als Harvey 's ochtends houten kratten timmerden om ze 's middags met een rubberen hamer uit elkaar te slaan.

Mensen als Harvey.

Er lagen ook dingen die hij helemaal niet thuis mocht hebben, zoals kopieën van de cassettebandjes met de verhoren van het onderzoek naar de moord op zijn vader. Een van die bandjes, gedateerd 7 augustus 1987, stopte hij nu in de cassetterecorder.

Hij liet zich op de bank zakken, waarover een sprei lag waarvan hij een vaag vermoeden had dat hij gehaakt was door zijn moeder, misschien zelfs wel in haar laatste dagen.

De doodse blauw met beige inrichting van het kamertje deprimeerde hem altijd, maar hij kon er goed nadenken. Hij had nooit de behoefte gevoeld het verband tussen neerslachtigheid en helderheid van geest te doorgronden.

Hij plaatste de cassetterecorder op zijn bovenbenen, drukte op de PLAY-knop en leunde achterover, armen in zijn nek gevouwen, ogen gesloten.

Rechercheur Jim Cornish, nu hoofdinspecteur, begon te praten.

Jim Cornish was er een van de oude stempel, een traag bewegend zwaargewicht met een scherpere geest dan je zou verwachten en befaamd om de volharding waarmee hij zich in een zaak vastbeet. Het was niet bepaald ontspannend om naar het bandje te luisteren; Jamie Deanes onsamenhangende geschreeuw – hij moest vijftien geweest zijn toentertijd – werd afgewisseld met zulke gespannen, akelige stiltes dat Laviolettes oren ervan gingen suizen.

Jamie bleef bij zijn verhaal, ondanks het feit dat hij in een verhoorkamertje opgesloten zat met Cornish en diens protegé Tom Kyle, een berucht gewelddadig type, die begin jaren negentig werd overgeplaatst toen het bureau op Berwick Street, waar de verhoren werden afgenomen, moest worden gesloten. Berwick Street had een slechte naam gekregen: meer dan de helft van de mensen die er belandden kwam er nooit meer uit, en uiteindelijk leek sluiting een betere optie dan opschoning.

Jamie Deane voelde dat hij tegen de bierkaai vocht, dat kwam duidelijk over ondanks het geschreeuw en de stiltes, maar hij bleef bij zijn verhaal: hij hield vol dat hij de middag van 7 augustus 1987 op zijn slaapkamer was geweest en had gevreeën met Laura Hamilton. Dat herhaalde hij, steeds maar weer. Hij liet zich geen uitspraken ontlokken, hij gaf niets toe.

Noch Cornish noch Kyle kreeg hem klein.

Wat hem wel kleinkreeg, was het verlies van zijn enige alibi: Laura Hamilton.

Laviolette haalde het Jamie Deane-bandje uit de recorder en stopte het Laura Hamilton-bandje erin.

Hij hoorde Cornish tegen haar zeggen dat Jamie Deane had beweerd dat hij op de middag van 7 augustus 1987 met haar had gevreeën.

Laura Hamilton, doodsbang, ontkende en barstte in tranen uit.

Cornish en Kyle namen de tijd voor haar, ook om de maatschappelijk werkster die erbij was dwars te zitten; ze schepten er duidelijk plezier in delicate vragen aan de aantrekkelijke dertienjarige te stellen. Het verhoor werd stopgezet. Toen het werd hervat was Laura wat gekalmeerd.

Ze kreeg door dat ze niet tegen dovemansoren sprak; dat ze haar wilden geloven, en dat de ontsnapping aan de verhoorkamer, het politiebureau en de schaduwkant van het leven voor het grijpen lag. Ze ontspande en sloeg een bijna flirterige toon aan, vooral tegen Kyle.

Toen Jamie hoorde dat Laura had ontkend dat ze de middag met hem had doorgebracht, stortte hij in. Toen hadden Cornish en Kyle hem.

Klus geklaard.

Laviolette zette de cassetterecorder uit, maar bleef nog even met gesloten ogen zitten, denkend aan zijn gesprek met Laura van die middag.

Van één ding was hij overtuigd: Laura kon goed liegen.

Maar dat besef bracht hem niet dichter bij het antwoord op de twee vragen waar hij graag de rest van zijn leven voor had gegeven.

Als Bryan Deane niet dood was, waar was hij dan?

Als Jamie Deane zijn vader niet had vermoord, wie dan wel?

10

Anna, die de post door de brievenbus had horen vallen, liep langzaam de trap af, maar bleef halverwege steken. Daar, op de mat onder aan de trap bij de voordeur, lag Bryan; van boven een rood T-shirt lachte hij haar toe vanaf de voorpagina van *The Journal*. Ze racete de laatste paar treden af en raapte de krant op.

Het was eenzelfde foto als die in haar Ridley Arms-keuken stond – hetzelfde restaurantje, hetzelfde geruite kleedje, dezelfde witgekuifde golven. Het enige verschil was dat Bryan op deze foto lachte. Ze zag Laura voor zich, bladerend door de fotoalbums van het gezinsleven van de Deanes, dubbend welke foto's – in alle onschuld gemaakte foto's – ze aan de politie kon geven. Die hadden vast om foto's van een lachende Bryan gevraagd, omdat Bryan het slachtoffer van een misdrijf was, en geen dader. Van daders werden geen lachende foto's verspreid.

Ze leefde al een paar dagen in een klein wereldje van maar vier mensen: zijzelf, Mary, Erwin en af en toe Susan, de verpleegster. Erwin was de afgelopen achtenveertig uur nauwelijks aanspreekbaar geweest en Mary en zij waakten nu voortdurend en wisselden elkaar om de twee uur af om een tukje te doen in haar oude kamer.

Ze liepen een stille omgang door het huis: van Erwins kamer naar het keukentje beneden om te eten, dan naar boven naar de badkamer om zich te wassen en dan naar haar slaapkamer om te slapen. Anna kon de slaap niet goed vatten, vooral overdag niet, dus stond ze vaak voor het raam met een mengeling van woede en afgunst naar de kinderen te kijken die in de tuin van nummer 15, het oude huis van de Deanes, in hun schoolkleren op de trampoline op en neer veerden en in de lucht hangend aan hun ijslolly's likten.

Ze zag de buurman van nummer 21 groeizakken over zijn terras sjouwen, waarin hij tomaten plantte, en dat verbaasde haar evenzeer als de trampolinespringende kinderen. Het verbaasde haar dat ze al die dingen zomaar konden doen met de dood op een steenworp afstand. Wisten ze niet dat er iemand een pijnlijke doodsstrijd voerde bij een van de buren?

Ze kon het niet bevatten dat er nog steeds bussen vol met reizigers voorbijreden, dat er mensen waren die zomaar een bus konden nemen, waarheen ze maar wilden, mensen wier leven niet door de dood werd beheerst.

Het voelde alsof het altijd zo zou blijven voor Mary en haar, alsof ze tot het einde der dagen dezelfde stille omgang zouden blijven maken door Parkview 19, waarbij verdriet en uitputting niet meer van elkaar te onderscheiden waren.

Ze ging naar het keukentje om thee te zetten, en op het moment dat ze daarmee bezig was, ging de bel. Haar hand schoot uit bij het onverwachte geluid, waardoor ze zich brandde. Met een kloppende linkerhand haastte ze zich naar de deur.

Het was Martha Deane.

'Wie is daar?' riep Mary van boven.

Het geluid van de deurbel had haar blijkbaar wakker gemaakt. Met een slaperig gezicht kwam ze de trap af, maar toen ze Martha zag, bleef ze staan.

'Niets aan de hand, oma. Ga maar naar bed.'

Mary aarzelde even en ging toen weer naar boven.

Anna streek vermoeid met de rug van haar hand over haar voorhoofd en draaide zich om naar Martha.

'Ik logeer bij mijn opa en oma. Oma zei dat je hier was. Wat is er met je hand gebeurd?'

'Gebrand, net, aan de ketel. Ik had je nog willen bellen na de politieoproep, maar de toestand van mijn opa is erg verslechterd, ik slaap amper nog.' Ze liet haar hoofd tegen de deurpost rusten. 'Alles ontgaat me een beetje op het moment, ik ben mezelf niet.'

Martha beet nerveus op haar lip, draaide zich zonder iets te zeggen om en liep het tuinpad af.

'Martha!' riep Anna haar na. 'Martha, wacht even.' Ze holde achter haar aan.

'Laat maar,' mompelde Martha terwijl ze haar arm langzaam losmaakte uit Anna's greep.

Anna had niet eens gemerkt dat ze Martha's arm had gepakt. 'Is er iets gebeurd?'

'Ik zie zijn foto overal. Ik kan het niet verdragen dat er mensen, vreemden, naar hem kijken.'

'Weet je wat?' zei Anna. 'Ik heb wel behoefte aan een beetje frisse lucht. Zullen we een eindje lopen? Bij de monding van de rivier, als het water laag staat.'

'Goed.' Martha klonk blij.

Hier zit ze dus, dacht Laviolette terwijl hij zijn auto voor Parkview 17 parkeerde, achter Anna's gele Capri. Hij stapte uit en liep, opkij-kend naar het huis, naar de voortuin van de Hamiltons. Aan het tuinhek hing een velletje papier, vastgeplakt met sellotape, waarop stond: GEEN AFHAALMENU'S OF RECLAMEDRUKWERK ALSTU-BLIEFT. Hij belde aan en wachtte.

Don deed open, in trainingspak en op sportschoenen (en niet omdat hij net had hardgelopen). In een hoek van zijn mond, die nog steeds iets jeugdigs en sensueels had, hing een sjekkie.

'Is er iets?' vroeg Don verontrust.

'Ik heb geprobeerd te bellen ...'

'Ik hoor de telefoon nooit als Doreen televisiekijkt.'

'Niets aan de hand.' Laviolette zweeg, maar Dons gezicht bleef gespannen. 'Ik was in de buurt en ik dacht ... Zou ik even binnen mogen komen?'

Don aarzelde en knikte toen. 'Tuurlijk, tuurlijk, kom verder,' zei hij terwijl hij de sigaret uit zijn mond haalde, ineens erop gebrand te laten zien dat hij heus wel gastvrij was.

Laviolette liep achter hem aan, door de keuken naar de achter-kant van het huis, waar een vreselijke sigarettenlucht hing. Hij kon zich voorstellen hoe erg dat was voor Laura, vooral wanneer Martha die lucht, na een weekend bij haar grootouders, mee naar huis nam.

'Goedemiddag, Doreen,' riep hij de woonkamer in toen hij die passeerde.

Doreen zat met haar neus boven op het televisietoestel, waar een soort vergrootscherm voor hing, pal voor het gezicht van Jeremy Kyle.

'Ze hoort je toch niet,' zei Don, die een ketel water opzette. 'Thee?'

Laviolette nam plaats aan een kleine keukentafel met uitklapbare zijbladen, een kopie van die van de Fausts op nummer 19 en eveneens gekocht op de meubelafdeling van de Co-Op in de jaren zestig. In het midden stond een asbak vol peuken.

Don schonk in, en de twee mannen dronken hun thee zonder dat een van hen iets zei of de behoefte had iets te zeggen. Laviolette herinnerde zich dat zijn vader zich nooit ongemakkelijk had gevoeld als er een stilte viel. Die karaktertrek had hij van zijn vader geërfd, en hij zette hem bij verhoren met veel effect in.

'Ik wilde even weten hoe het met jullie was, na de oproep,' zei hij na een poosje.

'We hebben niet gekeken.'

'Dat begrijp ik best.'

Don keek hem aan. 'Doreen had geen zin om vandaag naar buiten te gaan, maar morgen gaan we een eindje rijden, misschien richting Rothbury,' besloot hij een beetje afwezig. 'Laura wilde gaan werken, maar dat leek me geen goed idee, met al die mensen die op je afkomen ... Klanten, en weet ik wie allemaal.'

'De alledaagse sleur is een sterkere bondgenoot dan vaak wordt gedacht.'

'Bondgenoot,' herhaalde Don, niet overtuigd. 'Eerlijk gezegd denk ik dat ze het moeilijker heeft met het gedoe rond die oproep dan met Bryans verdwijning. Mag ik?' Hij gebaarde naar zijn tabaksblik. 'Ook eentje?'

'Nee, dank je.' Laviolette keek toe hoe Don, uiterst toegewijd en met behulp van een rood apparaatje, een nieuw sjekkie rolde, dat hij daarna tussen duim en wijsvinger opstak. Zoals mannen dat doen.

'Heeft er iemand contact met jullie gezocht na de oproep?' vroeg Laviolette.

'Ik zou niet weten wie.'

Laviolette pakte zijn kop van tafel en nam nog een slok thee. 'Bryan, bijvoorbeeld.'

Don begon te lachen, maar hield daar al gauw mee op, omdat hij eigenlijk niet wist waarom hij lachte. 'Je meent het,' zei hij terwijl hij Laviolette aankeek.

'Heeft Bryan na zijn verdwijning in het geheim contact met jou of Doreen gezocht? Zoiets komt vaker voor.'

Don bleef hem ongelovig aanstaren. 'Bryan is dood.'

'Dat weten we niet.'

'Hij is tien dagen geleden verdwenen. Met zijn kajak de zee op gegaan en niet meer teruggekomen. Hij is verdronken. Dood.'

'Daar hebben we geen bewijs voor.'

'Maar ook geen bewijs dat het niet zo is. Nu moet je eens even goed horen. Het is vreselijk tragisch allemaal, verdomme. We willen met rust gelaten worden, we hebben verdriet. Het gaat toevallig wel over mijn schoonzoon, de man van mijn dochter, de vader van mijn kleindochter. Familie. Over mijn familie. We moeten eroverheen zien te komen. Wat nou "oproep" ...' Don spuugde de woorden bijna uit.

'Je bent kwaad.'

'Ja,' zei Don. 'Ja, dat ben ik. Bryan is dood.'

'Dat kan,' gaf Laviolette toe.

'Het is zo,' zei Don en hij nam nog een laatste trekje.

Uit de tv in de andere kamer kwam een jammerend geluid.

'Toch moeten we bepaalde dingen onderzoeken, helaas.'

'Wat valt er in jezusnaam te onderzoeken?'

'Geldproblemen.'

'Wat heeft dat ermee te maken?'

'We moeten vaststellen ...'

'Wat?

'Of Bryans verdwijning ...'

'Dood.'

'Daarmee te maken heeft.'

'Hoe dan?'

'Of hij het gepland heeft.' Laviolette zweeg en keek Don over de tafel heen aan. Don was meer een doener dan een denker en kon de draad van het verhaal maar nauwelijks volgen. Laviolette wist dat er nog maar weinig voor nodig was om hem te laten ontploffen.

Don staarde hem aan. 'Denk je aan ... zelfmoord?'

Laviolette knikte. Dons rechterhand zakte tot op zijn bovenbenen; zijn linkerhand lag half geopend, levenloos, op het tafelblad.

Opeens barstte hij in snikken uit.

'Godsamme,' prevelde hij binnensmonds. Zijn schouders schokten.

'Het spijt me,' zei Laviolette.

'Hoe kun je dat denken?'

'Ik moet alles denken.'

'Het zijn zulke goede mensen, Bryan en Laura. Ze leiden een goed leven ... ze hebben zo hard gewerkt voor wat ze hebben bereikt en nu kom jij een beetje ...'

'Dat weet ik.'

Don keek ineens op en veegde ruw met zijn arm over zijn gezicht. 'Is er iets, lieverd?' vroeg hij aan Doreen die in de deuropening naar hen stond te kijken.

'Wat is er?'

'Niets, echt niets. Ga maar weer televisiekijken.'

'Het is afgelopen,' zei ze. Don stond op en liep naar het raam, waar hij met de rug naar hen toe bleef staan sniffen en telkens met zijn mouw over zijn gezicht veegde.

'Don?'

Laviolette was al onderweg naar de voordeur toen Don hem inhaalde en hem bij zijn arm greep. 'Waag het niet hier iets over te zeggen tegen Laura. Laat haar met rust. Denk erom, laat haar met rust.'

'Je hoort van me, Don.'

'Weet je aan wie je me doet denken? Aan die ellendige vader van je.'

Somber en in gedachten verzonken verliet Laviolette het huis. Dat was het moment waarop hij Anna en Martha zag.

Anna en Martha liepen over Parkview in de richting van Longstone Drive en gluurden in het voorbijgaan naar nummer 15, het huis waar Bryan vroeger had gewoond.

Er zat een nieuwe voordeur in, met matglas, en het voortuintje, nu een grindtuin, zag er netjes uit – op een gedumpte uitlaat onder de ligusterhaag na.

'Papa praat nooit over zijn familie. Ik vraag hem weleens wat, maar hij wil niet over vroeger praten.'

Een vrouw op slippers, in een lang Daffy Duck-T-shirt, kwam uit het poortje opzij van de tuin, stopte een paar dozen in de oudpapierbak en kneep toen haar ogen tot spleetjes om te zien wie er voor het huis stonden.

'Ken jij mijn oom Jamie?' vroeg Martha opeens. 'Ik wist niet eens dat ik een oom had, tot hij met Pasen belde en ik opnam. Ze hebben me nooit iets verteld.' Ze zweeg. 'Hij heeft net zo'n stem als pap.'

Ze liepen verder en passeerden het grote, vrijstaande bakstenen pand op de hoek van Parkview en Longstone Drive, het gemeentelijke kindertehuis.

'Wat wilde hij?'

'Geen idee, hij dacht dat hij mam aan de lijn had. Hij is een halfjaar geleden vrijgekomen uit de gevangenis.'

Anna dacht aan Laura, boven aan de trap van de Deanes, dertien jaar oud, kil en bang.

'Heb je haar verteld dat hij had gebeld?'

Martha knikte. 'Ze zei er weinig op. Ze keek alleen maar angstig. Waarom heeft niemand me ooit verteld dat pap een broer heeft?'

'Hij heeft iemand vermoord, Martha. Daar praat je niet zo makkelijk over.'

Ze kwamen bij het hek aan het eind van Longstone Drive, klommen er via de overstap overheen en sprongen op het voetpad dat naar de riviermonding leidde.

Het pad liep langs een veld met koolzaad, dat al een gelig waas tentoonspreidde. Aan de overkant van het veld lag de oprit naar de nieuwe rondweg, die je goed hoorde.

'Voorzichtig, Martha,' riep Anna boven het geraas uit.

Martha lachte, en Anna liep achter haar aan het pad af.

'Heb je iets tegen Laviolette gezegd over dat telefoontje?'

Martha knikte en liet haar handen door het lange gras langs het paadje glijden; erachter groeiden wilde rozen, meidoorn en bramen. Af en toe fladderden er vlinders vanonder haar handen op, die zich zodra ze op schouderhoogte waren weer terug lieten vallen in het gras.

'Wat zei hij?'

'Niet veel.'

Ze kwamen bij een viaduct, het viaduct waar de foto van Bettina was gemaakt die Erwin haar had gegeven. Het pad ging over in het zand van de monding van de rivier de Wansbeck, en Anna deed haar schoenen uit.

'Dit was mijn vaste loopje, toen ik nog op Parkview woonde. De snelste manier om bij zee te komen, weg van de huizen en alle gedoe.'

'Ging je dan samen met mama?'

'Nee, ik zat toen al op de middelbare school. Je moeder en ik spraken elkaar niet zo vaak meer.'

Ze rondden de kleine landtong en ineens konden ze ver naar het zuiden kijken, langs de kust tot aan de windmolens op de noordelijke havenmuur van Blyth, bij de Ridley Arms. Ze liepen naar de waterkant. Hun voeten lieten sporen na in het natte zand, de wind waaide door hun haar en blies het alle kanten op.

'De hele zomer hadden we plannen gemaakt, je moeder en ik. Er mocht niets veranderen tussen ons omdat we niet meer op dezelfde school zaten. Het was een zomer waarin we elkaar trouw zwoeren en plechtige beloftes deden, die op niets uitliepen. Mijn wereld veranderde op een wijze die ik niet had kunnen voorzien; voor het eerst in mijn leven voelde ik me ongelukkig.' Anna zweeg. 'Ongelukkig zijn doet iets met je, het grijpt dieper in dan gelukkig zijn. Ik sloot me in mezelf op. Ik was er niet toen je moeder me nodig had, en ik denk dat ik er wel had moeten zijn voor haar.'

'Waarom?'

'Omdat,' zei Anna, die zich dit nu pas realiseerde, 'ik er altijd voor haar was geweest.'

Ze rolde haar broekspijpen op en liep het ijskoude water van de Noordzee in; de golven sloegen tegen haar enkels.

Martha bleef een tijdje naar Anna staan kijken. Toen trok ze ook haar schoenen en sokken uit en ging ze naast Anna staan, met haar hoofd tegen Anna's schouder.

'Tijdens de staking werd hier veel gejut, aangespoelde steenkool uit lagen onder de Noordzeebodem, en drijfhout, alles wat maar wilde branden. We gingen ook wel naar de afvalbergen bij de centrale, waar kinderwagens, karretjes en emmers vol kolen werden geschept. Het was een heel andere tijd.'

Ze slenterden langzaam terug over het strand. Daar waar het zand weer overging in gras en struikgewas hielden ze halt om hun schoenen aan te trekken. Ze staken het koolzaadveld over en na aan het eind van het pad het overstapje te hebben genomen stonden ze weer op Longstone Drive.

'Dat was een kindertehuis toen ik klein was,' zei Anna en ze wees naar het rode, bakstenen gebouw op de hoek van Parkview, waar ze op de heenweg voorbij waren gekomen. 'De kinderen waren vaak op straat.'

Martha keek langs de gevel omhoog.

'Volgens mij was het een soort eindstation, voor kinderen die nergens meer terechtkonden, alleen nog maar hier, in het Judashuis.'

'Heette het echt zo?'

'Nee, niet echt. Judas Thaddeus is de patroonheilige van de hopeloze gevallen. Tien kinderen was zo'n beetje het maximum, geloof ik. Eén zal ik er nooit vergeten: een jongetje dat hier een jaar heeft gezeten. Hij zal een jaar of twaalf zijn geweest, maar hij had een of andere haarziekte met kale plekken. Dat vond ik toch zo gek, dat haar.'

Ze waren bijna bij Parkview 17, toen Martha zonder enige aanleiding zei: 'Mama vindt het vreselijk dat ze hiervandaan komt. Weet je dat ze een keer ...' De rest van de zin slikte ze in, want iets trok haar aandacht.

Anna volgde haar blik en zag gelijk met Martha Laviolette naar buiten komen. Ze zag ook zijn auto, die achter haar Capri stond.

'Anna,' riep hij toen hij haar zag.

Ze liepen naar hem toe. Martha, geschrokken, hield Anna stevig beet.

'Geen paniek, geen nieuws. Ik heb je grootouders even opgezocht in verband met het uitgegane persbericht.'

Hij glimlachte dunnetjes naar Martha. Vervolgens richtte hij zich tot Anna. 'Eindje gelopen?'

Voor ze kon antwoorden, gebaarde hij met zijn hoofd in de richting van nummer 19 en vroeg: 'Hoe gaat het?'

'Veel slechter.'

Ze stonden schutterig bij elkaar, wachtend tot een van hen iets zou zeggen, toen Don in de deuropening verscheen. Hij droogde zijn handen aan een theedoek en zei: 'Kom je naar binnen, Martha?'

Toen viel er niets meer te zeggen. Anna keek toe hoe Laviolette in zijn auto stapte, en Martha verdween naar binnen.

Zodra Martha weg was, liep Anna naar Laviolettes auto.

Hij draaide het raampje omlaag. 'Gaat het een beetje?' Het was niet de eerste keer dat hij het vroeg, maar deze keer klonk er een vertrouwelijkheid in zijn stem door die haar van haar stuk bracht.

'Ik wil je iets vragen. Het voelt niet goed ...'

'Wat voelt niet goed?'

'Dat jij deze zaak toegewezen hebt gekregen. Gezien wat er in het verleden tussen jou en de Deanes is voorgevallen, en met Jamie, die nu voorwaardelijk vrij is.'

'Heb je iemand gesproken?'

'Het is niet goed.'

'Het is niet goed,' stemde hij in. 'Daarom heb ik deze zaak gekregen.'

'Vijanden?'

'Vijanden.'

'Dat spijt me voor je.' Ze zweeg. 'Je weet al dat Jamie contact met Laura heeft proberen te zoeken. Baart dat je zorgen?'

Laviolette zuchtte. 'Ik weet het niet. Ik ben geneigd te denken dat Laura Jamie meer kwaad heeft berokkend dan hij haar ooit zal kunnen berokkenen. Of welke Deane dan ook.'

Hij liet haar achter op het trottoir, naast de plek waar zijn auto had gestaan.

Laura Deane stond met een lang kasjmier vest om haar schouders en de armen over elkaar afwezig door de etalageruit van de kapsalon aan Tynemouth Front Street naar buiten te kijken. De rol van treurende vrouw paste haar wel. Ze voelde zich redelijk kalm. Er klonk vruchtbaar geroezemoes uit de salon achter haar. De hele ochtend waren er mensen langs geweest; mensen met wie ze werkte en mensen die ze kende. Ze hadden lieve woorden gezegd, en zij op haar beurt had daar zichtbaar geëmotioneerd op gereageerd, dat wilden mensen graag, dan leek het alsof ze iets terugkregen voor hun medeleven.

Ze wierp een blik op haar handen, die vanochtend door Liz waren gemanicuurd en daarna door veel mensen waren vastgepakt en gedrukt. Er steeg een melange van geurige geparfumeerde omhelzingen op uit het kasjmier van haar vest, die daar tijdelijk gevangen had gezeten en vrijkwam toen ze haar armen langs haar zij liet vallen.

Aan de overkant bij de bushalte stopte een wit busje van Reeves Regeneration. Het portier zwaaide open en Jamie Deane stapte uit, zonder zich iets aan te trekken van het verkeer op straat, altijd druk rond het middaguur. Grijnzend hield hij de laatste editie van *The Journal* omhoog, met de foto van Bryan op de voorpagina. Laura zag het rood van Bryans T-shirt vanaf haar plek achter de etalageruit.

Laura wist dat Kirsty achter de balie hem ook had opgemerkt, dus vroeg ze: 'Wie is dat?'

'Een of andere malloot. Zal ik de politie bellen?'

Laura reageerde niet. Ze zagen Jamie weer in het busje klimmen en iets schreeuwen tegen een man in een blauwe auto, die naar hem claxonneerde.

Mo's dochter Leanne staarde chagrijnig naar Laviolette, die bacon, eieren, een brood en een pakje boter over de balie naar haar toe schoof, en geduldig glimlachend toekeek hoe ze de handvol kleingeld uittelde en ook geduldig bleef glimlachen toen een groot deel van de munten uit haar hand viel en ze opnieuw moest beginnen. De winkelverlichting werd hard weerkaatst door haar zorgvuldig geoliede haar, dat strak naar achteren was getrokken.

'Klopt het?' vroeg hij.

Ze knikte, ramde de kassa dicht en keek hem na toen hij de winkel uit liep, in zijn auto stapte en wegreed.

Toen belde ze Jamie, die niet opnam. Zwaar vooroverhangend bewonderde ze haar nagels, waarop ze sterretjes had laten airbrushen.

Toen haar telefoon ging, griste ze hem van de balie.

'Was er iets?' vroeg Jamie Deane.

'Die smeris was net hier,' zei ze, zichtbaar genietend van haar mededeling. 'Die ene, die bij je vader langs is geweest.'

'Wat moest ie?'

'Gewoon.' Leanne likte over de nagel van haar wijsvinger, zodat hij ging glanzen. 'Hij kocht een paar dingen. Brood, bacon ...'

Jamie viel haar in de rede: 'Zijn boodschappen interesseren me geen ene moer. Waar ging hij naartoe?'

'Weet ik het.'

'Ga kijken of zijn auto bij pa voor staat, domme trien, en bel me dan terug.'

Laviolette stopte voor Armstrong Crescent 8, wat werd geregistreerd door mevrouw Harris op nummer 6, achter haar vitrage, en door Leanne, die Jamie Deanes instructies had opgevolgd en in de nooduitgang aan de achterkant van de winkel stond.

Hij klopte aan bij Bobby Deane. Terwijl hij stond te wachten draaide hij zich instinctief om, zodat hij Leanne zag staan, aan de overkant van het plantsoen, in de achterdeur van de winkel. Hij zwaaide, waarop ze verdween. Toen ging Bobby's voordeur open.

Bobby's ogen bleven op Laviolette rusten terwijl hij rondtastte in zijn geheugen. Maar hij moest het opgeven. Hij had de krant met Bryans foto in zijn hand.

Laviolette hield de zak met etenswaren op.

'Wat is dat?' vroeg Bobby, met weinig animo.

'Je lunch.'

Bobby dacht na. 'Bent u van tafeltje-dek-je? Bent u gisteren ook geweest?'

Laviolette aarzelde even en knikte toen.

'Ik heb honger,' zei Bobby met een blik op de zak maar nog steeds niet zeker van zijn zaak.

Laviolette stapte naar binnen. 'Mag ik doorlopen naar de keuken?'

Bobby knikte en slofte achter hem aan.

De keuken leek schoner dan de vorige keer, en alle sporen van Jamies geïmproviseerde partydrugslab waren uitgewist.

'Weet je nog wie ik ben?'

Bobby schudde zijn hoofd. 'Wat zit er in die zak?'

'Bacon, en eieren. Heb je een koekenpan?'

'Dat weet ik niet.'

'Mag ik even kijken of ik er een vind?'

'Ja hoor.'

Laviolette trok verschillende kastdeurtjes open tot hij er een vond in een aanrechtkastje, waarin verder een paar vuurvaste schalen stonden, een bord, een plastic kan, een roestvrijstalen toastrekje, zes eierdopjes, een weegschaal, en een oud Happy Meal-poppetje. Ook stond er een mandje met schoonmaakmiddelen.

De pan, die ooit antiaanbak was geweest, rook sterk naar de talloze blikken soep die erin waren opgewarmd.

Bobby stond in de deuropening en keek toe hoe Laviolette, met enige moeite, de bacon bakte in het kleine pannetje. 'Het eten zat altijd in aluminium bakjes.' Hij zweeg. 'En u had een rode trui aan, met letters erop.'

'Nou, dit ruikt vast lekkerder dan een kant-en-klare maaltijd, of niet soms?' zei hij tegen Bobby, die daar niet op reageerde.

Hij liep op slippers vandaag, merkte Laviolette op, en hij had geen jas aan, en hij had niets gezegd over de foto van zijn zoon voor op de krant die hij in zijn hand had.

De bacon was klaar en Laviolette legde hem in de vuurvaste schaal, die hij in de oven had gezet om alles warm te houden. Van de eieren die hij had gekocht besloot hij roerei te maken. Hij zag maar één bord staan, dus deponeerde hij zijn portie in de schaal waarin hij de bacon warm had gehouden en droeg toen alles naar de woonkamer, gevolgd door Bobby, die verloren midden in de kamer bleef staan, zijn blik op de hete borden.

'Waarom ga je niet lekker in je stoel zitten?'

Bobby schuifelde naar zijn stoel en Laviolette zette het bord eten op zijn schoot, terwijl hij de krant zachtjes uit zijn hand trok.

'Lukt het zo?'

Bobby knikte en hield zijn bord met twee handen vast, in vervoering naar het eten starend.

'Heet.'

'Toch niet te heet?'

'Nee ... Nee.'

Laviolette verdween weer naar de keuken om bestek te halen, en ging toen, net als tijdens zijn vorige bezoek, op de magnetron zitten, waarna ze zwijgend begonnen te eten. Bobby staarde de hele tijd kauwend naar een punt op de grond voor zich.

'Eet u ook?' vroeg hij na een poosje.

'Als je dat goedvindt ...'

Bobby knikte en at door, bijna verlegen nu.

Laviolette wachtte tot ze allebei hun bord leeg hadden en pakte toen pas de krant die Bobby in zijn hand had gehad.

'Dat lijkt Bryan wel,' zei hij op verraste toon. Hij wilde Bobby's aandacht trekken zonder hem nerveus te maken. 'Vind jij ook niet dat hij op jouw Bryan lijkt?'

Bobby blikte van boven zijn lege bord naar de foto van zijn zoon en glimlachte. Hij bevond zich in een andere wereld. 'Bryan,' zei hij, en hij ruilde zijn bord voor de krant. 'Bryan,' zei hij weer terwijl hij heel doordringend naar de foto staarde, eigenlijk net zoals hij eerder naar Laviolette had gekeken. 'Dat is Bryan niet,' stelde hij vast.

'Het is Bryan, echt waar,' zei Laviolette. 'Hij is zoek, daarom staat zijn foto in de krant. We proberen hem te vinden.' Laviolette begon het stuk voor te lezen. Op een gegeven moment trok Bobby de krant weer uit zijn handen. Hij was geagiteerd en staarde naar de foto alsof hij erdoor werd opgeslokt.

Hij stond op het punt om iets te gaan zeggen toen Laviolette de voordeur hoorde. Dat zou Jamie Deane wel zijn, dacht hij, en hij stond op.

'Dat is Bryan niet. Hij is veel te oud,' ging Bobby intussen door. 'Bryan is nog maar veertien,' stelde hij triomfantelijk vast, terwijl Mary Faust de woonkamer binnenkwam en onthutst van Laviolette naar Bobby keek. 'En hij is ook niet zoek; hij is de hele middag bij Mary geweest. Vraag het haar maar, dan zul je het zelf horen,' ging Bobby opgewonden door. 'Vertel het hem dan, Mary,' commandeerde Bobby, die totaal niet verrast was haar te zien.

'Mevrouw Faust,' zei Laviolette met een blik op de sleutels die ze nog in haar hand hield.

'Ik kom even kijken hoe het gaat,' zei ze, verlegen met de situatie. Ze blikte naar het bord en de schaal. 'Hebt u voor de lunch gezorgd?'

Laviolette knikte. 'Ik wilde met Bobby over Bryan praten, omdat Bryan in de krant staat. We hebben over Bryan gepraat, toch, Bobby?'

Bobby reageerde daar niet op. Hij keek nog steeds naar Mary en drong aan: 'Vertel het dan, van Bryan.'

Mary wendde zich gehoorzaam naar Laviolette. 'Bryan is de hele middag bij mij geweest,' zei ze, omdat het moest.

Laviolette keek haar verbluft aan, maar voor hij iets kon zeggen was ze met de vaat in de keuken verdwenen, waar ze de kraan boven de gootsteen opendraaide en alles zwijgend afwaste en afdroogde en op het aanrecht zette. Laviolette was meegelopen, en op een gegeven moment verscheen Bobby ook, helemaal zenuwachtig, met de krant in zijn handen.

'Rachel was gek op Bryan. Van hem hield ze het meest van ons allemaal, en daarom kon hij het niet hebben dat ze ... dat ze ...'

'Je hield van haar, hè, Bobby?' zei Laviolette, ineens van dat feit doordrongen. 'Je hield heel veel van je vrouw.'

Bobby haalde zo snel en oppervlakkig adem dat Laviolette bang was dat hij een hartaanval zou krijgen.

'Hou op,' zei Mary. Ze droogde haar handen af aan de theedoek. 'Hij kan het niet aan.'

'Nee, hij kan het niet aan. Hij heeft verzorging nodig, dag en nacht.'

'Ik probeer eens per week te komen, maar dat is moeilijk nu Erwin ziek is,' zei Mary hulpeloos.

'Hij heeft professionele zorg nodig.'

'Ik heb het aangekaart bij Don en Doreen, maar zij zijn niet verantwoordelijk voor hem. Ik kan niet meer doen dan wat ik doe. Ik wil me niet met andermans zaken bemoeien, maar ... Moet je hem toch zien.' Mary's gezicht vertrok.

'Wie bent u?' vroeg Bobby, ineens geïnteresseerd.

'Een vriendin, Bobby,' zei Mary. Het huilen stond haar nader dan het lachen. 'Een vriendin.'

'Ik kom snel weer langs,' zei Laviolette en hij pakte Mary's hand. 'Mocht hij iets zeggen over Bryan, wat dan ook, bel me dan. Anna heeft mijn nummer. En ik vind het allemaal heel erg voor u,' besloot hij nogal vaag.

Toen hij de bungalow verliet, stond de buurvrouw, mevrouw Harris, hem op te wachten. 'Dus daar was het allemaal om te doen, daarom was u toen hier. Bryan Deane wordt vermist,' sprak ze triomfantelijk. Haar meesmuilende glimlach gleed van haar gezicht. 'Of, wie weet, zit hij op een strand in Spanje.'

Laviolette keek haar peinzend aan, knikte toen en zei haar gedag. Mevrouw Harris bleef met de armen over elkaar in haar voortuintje staan, totaal bewegingloos, tot Jamie Deanes busje een kwartier later voor de stoeprand stopte.

Toen Laviolette thuiskwam, bleken mevrouw Kelly en Harvey naar yoga te zijn. Harvey was een soort knuffelleerling geworden en reageerde goed op de cursus die gegeven werd door een vriendin van mevrouw Kelly, die sinds kort gecertificeerd Iyengar Yoga-docente was.

Laviolette liep meteen door naar zijn kantoortje, met zijn gedachten bij Mary Faust en Bobby Deane, en denkend aan wat Bobby had gezegd over Bryan, dat hij bij Mary was geweest. Hij overwoog Anna te bellen, maar die zou hooguit kunnen bevestigen wat hij net met eigen ogen had gezien: Mary Fausts echtgenoot had kanker en was stervende, en toch vond ze nog tijd om bij Bobby Deane langs te gaan. Ze moesten iets gehad hebben, ooit.

Bobby Deane was moeilijk te volgen, want de tijd was niet meer lineair voor hem. Zijn magnetische velden waren voortdurend aan het schuiven en het noorden kon elk moment en overal opdoemen. Nu pas drong het tot hem door dat toen Bobby – dwingend en bijna boos – had gezegd dat Bryan bij Mary was geweest, hij op de middag van 7 augustus 1987 had gedoeld. Laviolette was helemaal vergeten dat Mary Bryans alibi was geweest: Bryan was bij Mary geweest op de middag dat zijn broer Jamie een man zo goed als dood had geslagen en daarna in brand had gestoken. Mary was Bryans alibi: Bryan had die middag in de tuin van nummer 19 gezeten en insecten getekend.

Hij zocht het bandje met het betreffende verhoor op en ging zitten, luisterend naar Mary's stem, die dunnetjes en weifelend klonk, maar wel bereid te helpen.

Hij had het bandje vaker afgeluisterd, maar niet vaker dan een paar keer, in tegenstelling tot het bandje met het verhoor van Jamie Deane erop, dat hij praktisch uit zijn hoofd kende.

Mary, nerveus door de ongewone situatie, maar zich ervan bewust dat de omgeving haar niet kwaadgezind was, verloor zich in een vaag, overbodig verhaal over Bryans tekentalent.

'Was er gistermiddag iemand bij je, Mary?'

Vriendelijke vraag van Jim Cornish.

Aarzeling aan Mary's zijde. 'Nee. We waren met zijn tweeën. Bryan en ik.'

Het verhoor was kort, want Cornish was niet geïnteresseerd in Mary Faust, die hij een paar onbenullige vragen stelde, net zomin als hij in Bryan Deane geïnteresseerd was. Voor Jim Cornish was het een uitgemaakte zaak: Jamie Deane was schuldig, om een veelheid aan redenen die zijn geest snel en willekeurig met elkaar verbond, van Bobby Deanes rol in de mijnwerkersstaking tot het feit dat Jamie Deane tweemaal was veroordeeld voor zware mishandeling.

Laviolette spoelde het tien minuten durende gesprek dat hij net had afgeluisterd terug en speelde het nog een keer af.

Het was zo onopvallend dat hij het niet had opgemerkt, maar nu, luisterend naar haar stem, besefte hij dat Mary Faust loog. Waarom en waarover was een tweede, maar hij wist zeker dat ze loog.

Cornish moest het door hebben gehad, en daarom had hij niet doorgevraagd. Ze was vaag over hoe laat haar dienst bij Welwyn was afgelopen, maar Jim was toen al te ver heen om iets anders te kunnen horen dan dat wat hij van tevoren had besloten te willen horen. Bij alle verhoren en ondervragingen lag het er dik bovenop dat Jim Jamie Deane aan de schandpaal wilde nagelen. Hij had nog één alternatief, Bobby Deane, maar Bobby Deane had die dag honderden meters onder de grond gezeten, met wel twintig alibi's, en zelfs Jim Cornish zou moeite gehad hebben met het omkopen van twintig mannen – die trouwens niet omkoopbaar waren. Dus ging hij voor Jamie Deane.

Laviolette hoorde geluid beneden; kastdeurtjes die dichtsloegen, stemmen, de televisie ... Mevrouw Kelly en Harvey waren terug van yoga.

'Hallo!' riep mevrouw Kelly naar boven.

Hij stond op en deed de deur van zijn kantoortje open.

'Alles goed, mevrouw Kelly?' riep hij naar beneden.

Vanaf waar hij stond in de deuropening kon hij de bovenkant van haar hoofd zien, met een grijze balk uitgroei in haar geverfde haar. Voor het eerst vroeg hij zich af of mevrouw Kelly, die hem weleens had toevertrouwd dat ze kapitalen uitgaf aan het onderhoud van haar haar, klant was bij Starz Salon, de kapsalon van Laura Deane, in Front Street.

'U bent thuis,' zei ze terwijl ze naar boven keek. 'Zal ik u een kop thee brengen?'

'Hoeft niet, ik kom naar beneden. Een paar minuutjes nog.'

Ze knikte en verdween.

Hij bleef in de deuropening staan, luisterend naar haar voetstappen op de trap naar beneden, en naar Harvey.

Daarna ging hij zijn kantoortje weer in, maar hij dacht niet meer aan Mary of Laura of Bobby of Bryan. Hij dacht aan Jim Cornish.

Hij herinnerde zich als de dag van gisteren hoe Jim Cornish, met een opgeblazen gezicht van het zuipen en het lachen, in 1984, midden in de mijnwerkersstaking, tegen hem zei: 'Nu zou je het wel uit je kop laten bij de politie te gaan, hè, met een stakingsbreker als vader. Wat een oetlul ben je ook.'

Jim Cornish had van het begin af aan de pik op hem gehad. Er waren meer mensen die moeite hadden met Jim Cornish, maar alleen híj had de vergissing begaan dat te laten merken.

Tijdens de staking had hij zich opgegeven voor de Ashington-mijn, waar hoofdzakelijk lokale politiemensen surveilleerden, maar hij was naar Bates gestuurd, waar zijn vader veiligheidsdeskundige was – en gewoon naar zijn werk ging, zij het met een bus met plaatgaas achter de ramen, die werd bestuurd door een chauffeur die ze Yasser Arafat hadden gedoopt vanwege de shawl die hij om zijn hoofd had gewikkeld om zijn identiteit geheim te houden. De postende stakers hadden hem herkend als de zoon van Roger Laviolette, de veiligheidsdeskundige die gewoon doorwerkte. En Jim Cornish lachte in zijn vuistje.

Toen de lol eraf was, had Jim hem naar Cambois Power Station gestuurd, de kolencentrale, waar de stakers niet meer mochten praten met de vrachtwagenchauffeurs die steenkool kwamen afleveren, en daarna was hij nachtdiensten gaan draaien om stakingsposten die hun wegenbelasting niet meer konden betalen te verbaliseren en op te ruien, zodat ze beschuldigd konden worden van ordeverstoring en weerspannigheid en een verbod kregen om te posten. Laviolette wist nog dat er op een gegeven ogenblik meer stakers waren geweest mét zo'n verbod dan zonder, en dat Jim een van degenen was geweest die de boel ondermijnden – bijvoorbeeld door samen te werken met de Londense politie, die naar het noorden was gestuurd om de stakers lik op stuk te geven, wat de lokale politie verdomde, en door agenten ertoe aan te zetten hun salarisstrookjes tegen de ruiten van passerende auto's en bussen te drukken. Hij had het echter zo link aangepakt dat hij onzichtbaar was gebleven. Niemand had achteraf met volle overtuiging kunnen zeggen dat hij Jim deze dingen had zien doen.

Jim was een onrustzaaier. Laviolette herinnerde zich hoe Jim in zijn element was geweest, zwetend op het loeihete zomerse asfalt, terwijl hij een halfnaakte actievoerder in elkaar beukte. De actievoerder had zich omgedraaid en Jim met dezelfde bijna extatische razernij in elkaar gebeukt. Het ging niet meer om de staking. Wat zich tussen Thatcher en Scargill afspeelde, was een strijd tussen twee ego's. In het land was het een strijd tussen stakers en politie. De actievoerder beukte Jim Cornish in elkaar omdat Jim een uniform droeg, omdat hij te uitgeput was om met zijn vrouw te neuken, omdat hij geen middelen meer had om ervoor te zorgen dat zijn kinderen eten kregen; hij kon alleen nog maar beuken, en dat deed hij ook. Jim Cornish had geen reden om te vechten; hij vond het bijna net zo lekker om in elkaar gebeukt te worden als om iemand in elkaar te beuken. Dit waren zijn hoogtijdagen.

Er was geen fatsoen meer. De beschaving die ze hadden gekend was verleden tijd, want in een beschaafde wereld moet je naar je werk kunnen gaan en thuis kunnen komen bij je gezin, maar er was geen werk meer en de meeste gezinnen waren kapot.

Laviolette had de generatie van na de Tweede Wereldoorlog zien exploderen, want de vrede voelde niet als vrede, en de docenten van de Secondary Modern Schools, het nieuwe, naoorlogse schooltype, hadden verzuimd hun leerlingen bij te brengen wat de oorlog hun had geleerd. Erger nog, ze hadden de oorlog simpelweg genegeerd en hun leerlingen alleen de dingen geleerd die ze ooit zelf hadden geleerd over loyaliteit aan het Britse imperium, de maatschappij en de natie. Toen de staking uitbrak, zagen de leerlingen van toen dat daar niets van klopte en dat fatsoen tot niets leidde.

Fatsoen had een eigen geur; een geur die Laviolette zich herinnerde uit zijn kindertijd, toen zijn moeder nog leefde. Gebakken kool, oliekachels, kolenvuur, haarlak en goedkope parfum – dat alles bij elkaar was de geur van fatsoen.

En dat fatsoen was na 1985 nooit meer teruggekeerd.

11

Bryan Deanes kajak, de kajak waarin hij de zee op was gegaan om niet meer terug te keren, spoelde op de dag van Erwin Fausts begrafenis bij vloed aan op het strand van Whitley Bay. Hij werd tegen halfzes 's ochtends gevonden door een vrouw, anesthesiste in het ziekenhuis in Ashington, die op dat moment haar hond uitliet. De vrouw, in de vijftig, stond naast haar hijgende jackrussellterriër en bekeek de rode P&H Quest-kajak die daar in alle vroegte op het strand lag, waar verder alleen maar vogels waren. Het beloofde een mooie dag te worden, en terwijl ze naar de kajak stond te kijken pijnigde ze haar hersens, want ze herinnerde zich vaag iets over een kajak. Toen ze het zich herinnerde – sinds de paasdagen werd er een man vermist die met een kajak de zee op was gegaan en de politie van Northumberland had een oproep doen uitgaan – werd het meteen een gewetensconflict, want als ze contact opnam met de politie, zou ze een verklaring moeten afleggen en zou ze te laat op haar werk komen. Nog een paar uur en dan was het strand vol mensen. Dan zou er vast iemand zijn die de politie waarschuwde; trouwens, dit hoefde die kajak niet eens te zijn.

Ze draaide zich om en liep in de richting van St Mary's Lighthouse, luisterend naar de zachtjes op het strand slaande golven. Toen bleef ze met een zucht staan. Ze keek achterom naar de rode kajak, die op zijn kant in het zand lag en lang niet meer zo flitsend rood was als op de zaterdag voor Pasen toen Bryan Deane naast Anna Faust op Tynemouth Longsands had gestaan.

Het was hem wel. Ze had het geweten toen ze Flo eropaf zag rennen, en ze wist het terwijl ze terugliep, haar mobieltje in de hand.

Laviolette was binnen een uur in Whitley Bay. Hij stuurde brigadier Chambers naar het Italiaanse café op de boulevard en staarde
peinzend naar de kajak, die vanwege het terugtrekkende tij alweer
een eindje verder van het water af lag dan een uur geleden, zodat
hij meer in het oog sprong. Agent Wade, nu rechercheur Wade, die
op paaszaterdag bij de Deanes thuis was geweest, nam de verklaring op van de vrouw met de hond en wilde net daarmee naar
Laviolette lopen toen ze hem op een bepaalde manier van de kajak
naar zee zag kijken, wat haar kort deed aarzelen.

'Gebeurd, sir,' zei ze.

'Dat klinkt alsof we klaar zijn.'

'Nou ja, de kajak is in elk geval gevonden.'

'En Bryan Deane dan?' Hij keek haar aan. 'Jij denkt dat hij dood
is, hè?'

'Ja, dat denk ik, sir.'

'Waarom?'

'Gezond verstand,' zei ze terwijl ze naar de horizon staarde.

'Gezond verstand,' echode hij terwijl hij haar een geamuseerde
blik toewierp.

Terwijl Laviolette op het strand van Whitley Bay stond, hielp Anna
Mary in de woonkamer van Parkview 19 met het opklappen van
de bedbank waarop ze had geslapen. Mary keek toe hoe Anna het
dekbed in de doos stopte en de kussens en het beddengoed in een
zak deed, om alles daarna naar boven te brengen.

'Deze dag moeten we gewoon uitzitten,' zei ze in het voorbijgaan
tegen Mary, die, omdat ze haar gebit niet in had, met een mum-
melmondje roerloos midden in de kamer stond, in haar duster en
op sloffen, haar kapsel geplet van het haarnetje dat erom had gezeten.

Mary knikte afwezig en stond toen Anna weer naar beneden
kwam nog steeds op dezelfde plaats.

Na het ontbijt, dat in stilte werd genuttigd, bleef Mary zitten.
Anna ruimde af en bleef even staan kijken naar de braakliggende
achtertuin, waar nu het onkruid welig tierde op de plekken waar
vroeger een overvloed aan broccoli, sperzieboontjes, zomerkool,
aardappels, spinazie en peultjes had gestaan.

'We moeten ons gaan aankleden,' zei Anna, terwijl ze zich om-draaide naar Mary. Toen Mary niet reageerde, trok ze haar bij de elleboog zachtjes overeind en nam haar mee naar boven, naar de badkamer. 'Was je gezicht maar even.'

'Ik was mijn gezicht nooit,' zei Mary, die naar de vollopende wastafel keek. 'Ik heb van die vochtige doekjes, die voelen heel lek-ker zacht.'

Anna liet de deur van de badkamer openstaan en begaf zich naar de slaapkamer van Mary en Erwin om het mantelpakje uit de kast te halen dat ze afgelopen weekend in Newcastle hadden gekocht.

Het bed was opgemaakt en leeg.

Na Erwins dood had ze niet geweten wat ze met het beddengoed aan had gemoeten. Eigenlijk zou je er iets ritueels mee moeten doen, iets om te gedenken dat het beddengoed de overgang van leven naar dood had begeleid, maar ze had niet geweten aan wie ze dat kon vragen, want ze had nog nooit iemand begraven.

Uiteindelijk had ze het beddengoed in een zak gestopt en in het washok neergezet.

Ze ritste de M&S-kledingzak open, waar Mary meer mee in haar schik was geweest dan met het mantelpakje, dat ze nu op bed uit-legde. Ineens merkte ze dat Mary in de deuropening stond en naar haar keek.

'Je hebt het bed verschoond.' Ze zweeg. 'Waar is het oude bed-dengoed?'

'In het washok.'

'Dit is mijn extra set,' lichtte Mary toe terwijl ze naar het bed keek.

'Je goede set ligt dus in het washok.'

Mary knikte.

'Wil je je aankleden in het kleine kamertje of ...'

'Ik wil me hier aankleden,' zei Mary en ze slofte vastbesloten haar slaapkamer in. 'Erwin was altijd zo netjes.' Ze keek om zich heen. 'Hij hing altijd alles op, al zijn kleren. Hij liet nooit iets slin-geren. Ik heb nooit iets van hem hoeven opruimen.'

Anna verschikte wat aan het mantelpakje op bed. 'Als ik ergens mee kan helpen: ik ben in de kamer hiernaast,' zei ze, waarna ze naar haar eigen kamer ging en de deur sloot.

Ze ging op het voeteneind van haar bed zitten en keek naar buiten, naar de wolkeloze lucht en de zomerse zon die haar knieën en bovenbenen warmde; ze zou zo terug in bed kunnen kruipen om de hele dag te slapen, want deze dood voor de buitenwereld leek een dag zonder einde te worden.

Erwins sterfbed was al amper te dragen geweest. Er waren momenten geweest dat ze hadden gedacht dat hij dood was, maar dan was er ineens een siddering door zijn lijf getrokken, of had er iets getrild, in zijn linkerooglid, in zijn keel. Mary en zij hadden elk aan een kant van het bed gezeten, op hun knieën, en hem vastgehouden als om te voorkomen dat hij weg zou vliegen.

Maar toen was het moment gekomen dat het echt zover was en leek alles in de slaapkamer zich op de voorgrond te dringen. Van de lichtgroene lampenkap en het gehaakte lopertje op het nachtkastje tot aan het bibliotheekboek van Wilbur Smith en het Casiohorloge dat keurig dwars over de omslag lag (boven op de man in safaripak, geweer in de aanslag).

Erwin had besloten dat zijn laatste uur was aangebroken.

Ook al was er nog maar weinig leven over geweest, het was genoeg om het te voelen stoppen. Ze wisten dat hij weg was, ook al lag hij nog op het bed tussen hen in. Susan, de verpleegster, had gezegd dat het zo zou gaan, maar Anna had haar niet willen geloven, want dit was Erwins dood, en die moest uniek zijn. Maar Susan had het vaker meegemaakt.

Het enige wat overbleef na Erwins onherroepelijke vertrek waren de dingen die overbodig waren geworden en dat was vreselijk geweest: kleding, schoenen, jassen (met oude boodschappenlijstjes in de zakken); de chocoladebiscuitreepjes in de voorraadkast; de schuur vol gereedschap; een bandje met muziek van Westminster Cathedral Choir in de cassetterecorder; een krant die onder het dressoir was beland, met op de sportpagina de laatste voetbaltoto die hij met balpen had ingevuld; het flesje 4711, de eau-de-cologne met het vergulde blauwe etiket, het enige luchtje uit zijn jeugd dat in Engeland te koop was.

Aan de andere kant van de muur sloeg een kleerhanger tegen de deur van de garderobekast. Langzaam begon ook Anna zich aan te kleden.

Een kwartier voor de lijkwagen en de volgauto zouden voorrij-
den, belden Don en Doreen aan. Zij gingen met hen mee in de
auto. Don gaf Mary en Anna een stevige knuffel en zei toen tegen
Mary dat ze de sherry moest pakken. Toen ze alle vier het glas
hieven op Erwin, leek het leven even iets lichter.

'We waarderen dit enorm, Don,' zei Anna, 'vooral omdat jullie
zelf ook het een en ander doormaken op dit moment.'

Don schudde zijn hoofd. 'We slepen je erdoor, Mary,' kondigde
hij aan. 'Desnoods met behulp van drank.'

Hij had het nog niet gezegd of de lijkwagen en de volgauto reden
voor om hen naar de St Cuthbert's Church te brengen, het kerkje
waar Mary en Erwin waren getrouwd.

'Ze zijn er,' zei Mary zachtjes. Ze staarde onthutst naar het lege
sherryglas in haar hand en besefte dat ze de auto's alleen maar had
zien stoppen door de reflectie van de zon op de lange, zwarte au-
todaken. Ze keek naar buiten en zag ineens dat de straat vol mensen stond, aan beide kanten; zelfs op de tuinmuurtjes stonden
mensen. Ze kwamen afscheid nemen, niet alleen van een man,
maar van een hele generatie; een generatie die hen achterliet en die
de wereld waarin ze hadden geleefd met zich meenam.

Men kwam afscheid nemen van de Duitser, en toen Mary door de
voordeur het zonlicht in stapte, was de stilte zwanger van respect.

Laviolette liep over het strand terug naar de boulevard en haalde
nog een beker koffie bij de Italiaan voor hij het laatste stukje om-
hoogliep, naar de midgetgolfbaan, waar hij zijn auto had geparkeerd.

Hij dronk zijn koffie op, kijkend naar de glinstering van de zon
op de zee rechts van hem, zuchtte en pakte toen zijn telefoon om
Laura Deane mee te delen dat ze Bryans kajak hadden gevonden.

Laura, die blij leek te zijn met zijn telefoontje – voor het eerst
voor zover hij zich kon herinneren – was in haar kapsalon. Ze
stond bij de balie, in gedachten haar nek wrijvend, en zei: 'Meneer
Laviolette ... Ik wilde u net bellen. Mijn huisarts raadde me aan er
even tussenuit te gaan en ik wist niet of dat kon zonder ... zonder
uw toestemming.'

Hij slaakte een diepe zucht. Ze klonk flirterig, maar hij wist dat

Laura Deane, zoals de meeste vrouwen, waarschijnlijk routineuzer was in het flirten met mannen die ze niet mocht dan met mannen die ze wel mocht.

'Ik slaap niet meer,' ging Laura verder, 'en sinds de oproep heb ik last van paniekaanvallen. Daar is een naam voor, maar ik kan er even niet op komen ... Het lijkt alsof ik een black-out krijg en dan voelt het alsof ik ga vallen. Alsof ik ...' Ze zweeg.

Laviolette vermoedde dat ze haar adem inhield.

'En waar wilde u dan heen gaan?'

'Naar de andere kant van de wereld.'

'Er even tussenuit?'

'Voor een dag of tien maar.' Ze zweeg weer. 'Ik had gedacht dat het beter zou gaan als ik weer ging werken, gewoon doorging, maar ik kan niet gewoon doorgaan, ik trek het niet meer. Ik kan niets meer hebben.'

Hij streek afwezig met zijn hand door het stof op het dashboard, zuchtte en zei: 'Ik bel om te zeggen dat er vanochtend een kajak in Whitley Bay is aangespoeld die voldoet aan de beschrijving van Bryans kajak.'

'Dat is slecht nieuws, hè?' zei ze rustig. 'Moet ik naar het strand komen?'

'Nee, dat is niet nodig.' Laviolette aarzelde even. 'Tenzij u dat wilt, natuurlijk.'

'Ik weet het niet. Ik weet niet wat ik moet doen.' Ze begon te huilen. 'Wat zou ik moeten doen?'

'U moet doen wat u zelf wilt, wat u het beste lijkt.'

'Ik wil de kajak niet zien. Ik wil niet naar het strand komen voor de kajak.'

'Dat is prima. U kunt er nog even over nadenken en me over een halfuurtje terugbellen.'

'Nee, dat hoeft niet. Ik wil op een vliegtuig stappen en doen alsof dit allemaal niet is gebeurd.' Haar stem haperde. 'Is dat egoïstisch van me?'

'Wilde u Martha meenemen?'

'Als ik haar kan overhalen, wat ik betwijfel.'

Laviolette zei niets. Het scheelde niet veel of hij geloofde haar; hij kon niet echt een reden vinden waarom hij haar niet zou geloven.

'Vindt u dat ik niet weg moet gaan?' drong Laura aan toen het stil bleef aan zijn kant.

'Ik zit te denken aan Martha. Er zal veel media-aandacht komen voor de gevonden kajak. Wanneer wilde u gaan, als u gaat?'

'Morgenochtend; het is een gecancelde plaats. Ik moet het binnen een halfuur bevestigen.'

'Morgenochtend,' herhaalde Laviolette peinzend. 'Nou ja, ga maar,' zei hij toen op een toon alsof het niet anders kon.

'Echt?'

'Ja, echt.' Hij lachte kort, in weerwil van zichzelf.

Het bleef stil op de lijn, geen van beiden wist hoe het gesprek beëindigd moest worden.

'U zei dat de kajak voldoet aan de beschrijving van Bryans kajak. Hoe zeker bent u daarvan?'

'Het is de kajak van Bryan, Laura.'

Mary liep over het middenpad van de kerk, hangend aan Anna's arm. Ze tuurde naar haar voeten en probeerde te bevatten wat er allemaal was gebeurd sinds de vorige keer dat ze deze weg aflegde, iets meer dan vijftig jaar geleden. Toen waren haar enkels de enkels van een tweeëntwintigjarige geweest, gestoken in nylonkousen, waarvan er een op twee plaatsen met nagellak was bewerkt om te voorkomen dat hij verder ladderde. Ze had een lichtblauw pakje aangehad en bruine schoenen, nog van op de bon, maar anders dan vandaag was er toen niemand in de kerk geweest, want ze trouwde een Duitse krijgsgevangene.

Ze was serveerster geweest in de tearoom waar Moscadini's nu zat, waar Bryan Anna vroeger zat op te wachten na school. Erwin werkte voor het schildersbedrijf dat daar aan het klussen was. Ze hadden elkaar direct opgemerkt en Mary had meteen geweten hoe het zou lopen toen ze hem zag staan in de werkkleren die niet van hem waren. Na zijn krijgsgevangenschap had Erwin niets meer van zichzelf gehad, was hij zelfs zichzelf kwijt geweest.

Vanaf dat moment was alles vanzelf gegaan, tot Bettina zich had aangekondigd. Bettina, het verdriet van hun leven.

Ze gingen voor in de kerk zitten, die helemaal vol was. Er moesten zelfs mensen staan.

Ze keek de voorste rij langs en rook de geur van lelies, ondraaglijk zwaar van zo dichtbij. Er ontbrak nog iemand, ze wist het zeker; er moest nog iemand komen, maar alle plaatsen waren al ingenomen. Ze voelde Anna dicht tegen zich aan en raakte in paniek.

'Schuif 's op,' siste ze.

Don keek haar vragend aan, want hij wist niet wat ze wilde.

'Zo kan Erwin er niet bij.'

Don blikte naar Anna, die een knikje gaf en Mary's hand stevig vastpakte.

'Komt wel goed, oma.'

'Hij wil natuurlijk vooraan zitten, bij ons.'

'Komt goed.'

Toen zag Mary de kist staan, en wist ze het weer. 'Ik was het vergeten,' fluisterde ze half huilerig in Anna's hals. 'Ik was het vergeten.'

Voor haar stond de kist, met daarin het lichaam van de man die éénmaal eerder in deze kerk was geweest: als haar bruidegom. Toen dat besef daagde, kwamen de echte tranen. Het was niet zozeer de gedachte aan Erwin die haar aan het huilen maakte, maar meer het vreselijke en onvermijdelijke ouder worden, en hoe afschuwelijk het was dat het meisje dat ze ooit was geweest nu gevangenzat in het oude lijf dat ze die ochtend in de spiegel had gezien, en dat ze er helemaal niets tegen kon doen.

Ze begonnen de eerste hymne te zingen, die geen hymne was maar een kerstlied, *Stille Nacht*, en het werd gezongen omdat het Erwins lievelingslied was geweest. Anna zou het verhaal dat hij had verteld nooit vergeten: de derde kerst van zijn krijgsgevangenschap hadden ze toestemming gekregen om ter kerke te gaan in het dorp vlak bij het kamp. Achter in de kerk staande hadden ze de nachtmis bijgewoond. Toen had de geestelijke die voorging hun de gelegenheid gegeven *Stille Nacht* in hun moedertaal te zingen. Toen het lied opklonk, hadden de kerkgangers zich zonder enig gemor in hun banken omgedraaid en niets anders gezien dan jongens met heimwee, rijen dik.

De ondergaande zon zorgde die avond lange tijd voor prachtige luchten. Hondenuitlaters en hardlopers, die het zelfs in de ergste kou geen dag lieten afweten, moesten ineens het strand delen met mensen die zo lang mogelijk wilden profiteren van een dag die had gevoeld alsof de zomer eindelijk was aangebroken. De anesthesiste die de kajak die ochtend in Whitley Bay had aangetroffen, moest Flo wel driemaal tot de orde roepen met alle kinderen – en volwassenen – die door het dolle heen de golven tegemoet renden.

De wind was krachtig genoeg om te kunnen vliegeren en surfen en windsurfen en in het Italiaanse café waar Laviolette koffie had gehaald, gerund door tweedegeneratie-Italianen, stonden de mensen in de rij voor een ijsje. De anesthesiste bleef staan en keek zoekend rond waar de kajak ook alweer had gelegen, want ze zag hem niet meer.

Terwijl de anesthesiste op het strand in het rond keek, reed Laura Deane langs de kust via Whitley Bay naar Seaton Sluice. Ze had keihard de cd van Neil Diamond opstaan die ze voor haar vorige verjaardag van Bryan had gekregen. Het autoraampje had ze opengedraaid en de wind blies pieken haar in haar meezingende mond.

De laatste keer dat ze naar de cd had geluisterd was toen ze op de zaterdag dat Bryan was verdwenen, de zaterdag voor Pasen, naar haar werk was gereden, maar die herinnering kwam niet naar boven. Het was een heerlijke avond en morgen vloog ze naar Montevideo. Ze voelde zich opeens stukken jonger dan ze zich in jaren had gevoeld.

Een uur nadat Laura langs de kust noordwaarts was gereden, rende Anna – nog in het zwart, maar nu het zwart van haar hardloopoutfit – zuidwaarts door de snel invallende schemer langs het laatste stuk strand dat nog niet bereikt was door het hoge tij. De aanrollende golven braken met veel lawaai en de lucht voelde koud aan op haar huid.

Tegen een uur of halfzeven was Mary ineens stil geworden; ze had zich stijfjes op een van de eettafelstoelen laten zakken, die tegen de muur aan waren geschoven, en had naar een vlek zitten staren in het tapijt naast de 'schrijn' zoals Erwin hem had genoemd: de salontafel waarop een verzameling foto's stond die de triomfen en hoogtepunten uit Anna's leven en loopbaan memoreerden. Op de meeste foto's had ze een of andere gewonnen prijs in haar handen of werd ze gelukgewenst, maar de ereplaats (de foto die het gemis aan babyfoto's en foto's van een vader enigszins moest compenseren) had Mary toegekend aan de foto waarop Anna prins Edward van Kent de hand schudde.

Mary wilde alleen zijn.

'Zal ik voor ik wegga het bed beneden voor je opmaken?'

Ze schudde haar hoofd. 'Ik slaap boven vannacht.'

Anna had even geaarzeld, maar was toen voor het eerst sinds lange tijd terug naar de Ridley Arms gereden, ook blij weer alleen te zijn. Ze was met haar kleren aan op de bank gaan liggen en doodop van de hele dag in slaap gevallen.

Tegen de tijd dat ze bij de haven van Seaton Sluice was, was het zo goed als donker, dus sneed ze een stuk af en liep langs de grote weg terug. Toen ze Duneside passeerde dacht ze aan de Deanes en aan Martha, die ze de afgelopen weken niet meer had gesproken.

Ze rende door, langs de muziektent en oude havenloodsen aan de rand van Blyth, en bedacht dat ze nog niet echt had gegeten die dag. Ze voelde zich licht in het hoofd en haar hart krampte zo erg dat ze bleef staan, bang om onderuit te gaan. Ze wandelde een stukje, tot haar ademhaling regelmatiger werd, en op Ridley Avenue zette ze een tandje bij voor het laatste stuk.

Terwijl ze de deur opendeed, hoorde ze haar telefoon gaan en omdat ze dacht dat het Mary kon zijn, holde ze met twee treden tegelijk de trap op naar boven. Maar het was Mary niet.

'Komt het uit?' vroeg Laviolette.

'Niet echt,' antwoordde ze hijgend terwijl ze naar de koelkast liep en er een pak melk uit haalde. 'Mijn opa is overleden. Vandaag was de begrafenis.'

'Dan bel ik je later wel.'

'Nee, het is wel goed.' Ze liet zich op de bank vallen en staarde naar buiten, naar de lantaarns op Quayside. 'Het is wel goed,' zei ze nog een keer.

'Zeker weten?'

'Wat is er gebeurd?'

'Bryan Deanes kajak is vanmorgen aangespoeld. We werden om zes uur gebeld door een vrouw die haar hond aan het uitlaten was op het strand in Whitley Bay.'

Anna voelde iets nats op haar borst. 'Shit.'

'Is er iets?'

'Ik knoei, ik zit helemaal onder de melk. Shit. Kan ik je zo terug-bellen?'

'Dat hoeft niet. Ik wilde het je alleen even laten weten, van de kajak. En ik vind het heel naar voor je, echt, van je opa.'

Na het telefoongesprek stond Anna twintig minuten onder de douche voor ze in het bed kroop dat al die weken onopgemaakt op haar had staan wachten.

Ze sliep zo vast dat ze de volgende morgen nog in dezelfde hou-ding lag als die waarin ze in slaap was gevallen.

Ze besteedde de hele ochtend aan schoonmaken, iets wat ze sinds ze de flat had betrokken nog niet echt had gedaan. Ze deed een paar wassen, en pas toen ze ging zitten om te lunchen besefte ze dat er nu niets meer was wat haar hier in het noorden hield.

Op weg naar Mary viste ze een flyer uit de brievenbus.

'Gecondoleerd met je grootvader.' Roy, de havenmeester, stond in de deuropening van zijn kantoor een sigaretje te roken, één hand in zijn broekzak. 'De neef van mijn vrouw is op de begrafenis geweest.'

Hij keek weg, afgeleid door een vrachtwagen die op de rotonde aan het eind van Quay Road probeerde te keren.

Anna verfrommelde de flyer en wilde hem net in de afvalbak naast haar geparkeerde Capri gooien toen haar geest, die vooruit was gesneld en iets had opgemerkt voor zij het zich bewust werd, haar erop attendeerde dat de kwaliteit van het papier te goed was voor een flyer. Ze streek het glad op het dak van haar auto, warm van de zon, en voelde haar hart weer net zo krampen als de avond ervoor.

Dit was geen flyer.

Iemand had een vlinder getekend, met inkt, heel gedetailleerd, en had eronder geschreven: *Erwin Faust R.I.P.*

'Is er iets?' hoorde ze Roy roepen.

Ze draaide zich om, haar ogen afschermend tegen de felle zon, zwaaide naar hem en stak over naar zijn kantoor.

'Heb je behalve de postbode nog iemand iets in mijn brievenbus zien stoppen?'

Roy dacht even na. 'Ik heb niemand gezien.'

Ze voelde zijn ogen in haar rug toen ze naar haar auto terugliep en de tekening in het handschoenenkastje legde.

Ze moest de tekening verscheuren, maar nu nog niet.

Nu was het iets om zich aan vast te klampen in een wereld die te lang leeg was geweest.

Bryan had haar laten weten dat hij nog in leven was.

Een uur nadat ze bij Hotel l'Auberge in Punte del Este had ingecheckt, verliet Laura Deane haar kamer. Na een paar maal verkeerd te zijn gelopen in identiek uitziende gangen die precies dat belichaamden waarvoor iedereen die hier kwam betaalde, de luxe van het vergeten, vond ze eindelijk wat ze zocht. Suite 87. Ze klopte driemaal, met haar voorhoofd en linkerhand tegen de deur steunend. Haar ogen waren gesloten. Er kwam geen reactie, dus klopte ze nog een keer. Met dichtgeknepen keel wachtte ze tot de deur open zou gaan. Ze hoorde helemaal niemand.

Toen, zonder dat ze erop bedacht was, riep een stem aan de andere kant van de deur: 'Kom binnen.'

Ze duwde zachtjes de deur open en keek met angstogen om zich heen.

Een man met blond haar, magerder dan ze zich herinnerde, zat bij het raam en keek haar aan. Hij wekte niet de indruk dat hij op iets of iemand zat te wachten.

'Je bent er,' zei ze, weifelend, verlegen, bijna in tranen.

'Had je dan gedacht van niet?' Het klonk half geamuseerd, half droevig, en aan de manier waarop hij het zei begreep ze dat hij overwogen had er niet te zijn.

Ondanks zijn totaal veranderde uiterlijk had de man die ze zag veel gemeen met Bryan Deane, zoals zijn gebaren en stem, en in een groep mensen zou ze hem onmiddellijk hebben herkend. Maar hier in Uruguay had niemand van Bryan Deane gehoord. In het paspoort dat hij aan de Oekraïense receptioniste had overhandigd stond Tom Bowen als zijn naam vermeld, en in de tien dagen die volgden – hoe aftastend het begin ook was – zou Laura heel wat te weten komen over Tom Bowen.

Zo was Tom Bowen minder moe en ook minder somber dan

Bryan Deane. Hij had het niet over zelfmoord plegen, en op vrij-dagavond verkondigde hij niet dat hij in het weekend in zijn eentje in het Lake District ging wandelen. Hij zat niet uren achtereen op de rand van het bed met een sok in zijn hand naar de muur te sta-ren; hij stond niet in een telefoon te schreeuwen tegen een mede-werker van een callcenter aan de andere kant van de wereld die hem belde over het overschrijden van de bestedingsruimte van zijn creditcard; hij hing niet zwijgend boven een bord met forel en broccoli om zomaar ineens in huilen uit te barsten; hij stapte niet uit de auto om tegen het portier van een busje aan te gaan schop-pen dat op zijn parkeerplaats was gaan staan; hij zat niet in het donker in de slaapkamer, alsof hij niet thuis was. Tom Bowen had geen holle blik als hij haar aankeek, werd niet snikkend wakker en maakte ook geen meerdaagse wandeltochten.

Tom Bowen keek haar aan en hield haar hand vast en was er gewoon.

Tom Bowen gaf haar het gevoel dat ze zo licht was als een veertje.

Tom Bowen maakte haar aan het lachen.

Tom Bowen maakte dat ze alleen maar dacht aan Tom Bowen.

Laura had op Tom Bowen gewacht sinds ze, dertien jaar oud, Bryan Deane had leren kennen.

De volgende ochtend ging de Oekraïense schoonmaakster, zus van de Oekraïense van de receptie, Suite 87 binnen. Vanaf haar vijf-tiende werkte ze al als schoonmaakster in hotels, en inmiddels wist ze dat echtelijke en buitenechtelijke liefde verschillende geuren achterlieten. Suite 87, die ze grondig en uiterlijk onbewogen schoonmaakte – waarbij haar onbewogen gelaatsuitdrukking juist een uitdrukking was van haar ervaring op dit gebied – rook bui-tenechtelijk. De personen die de nacht hier hadden doorgebracht waren niet getrouwd, niet met elkaar, althans. Dat was wat ze waarnam, zonder te oordelen, maar met een vleug van weemoed die haar gezicht een fractie van een seconde deed oplichten.

12

Het was een warme dag halverwege de maand september. Martha kwam uit het muziekgebouwtje, waar ze haar laatste les van die dag had gehad, en sloot zich aan bij de in lichtblauwe overhemdbloes geklede meisjes die op het geluid van de bel langs de tennisbaan naar de schoolpoort zwermden. Ze voelde zich zweterig, de hele dag al, want door de openstaande ramen van de klaslokalen was alleen af en toe een bij naar binnen gekomen. De draagband van haar tas, zwaar van de boeken, sneed in haar schouder.

De schoolbussen stonden voor de poort op straat te wachten om de meisjes terug te brengen naar Hexham en Alnwick, waar ze door hun ouders werden opgehaald en naar huis gebracht. De school trok leerlingen uit de wijde omtrek. De buschauffeurs – *wingtip* zonnebril, overhemd met korte mouw, en allemaal klein en kalend – stonden pratend en lachend bij elkaar, handen in de zakken, terwijl de meisjes aan ijsjes likkend samentroepten bij de openstaande busdeuren om wat van de koude luchtstroom van de airco op te vangen.

In haar eerste jaar was Martha naar huis gegaan met de schoolbus – want er was er ook een met Tynemouth als eindbestemming – en had ze in de kapsalon gewacht tot haar moeder klaar was met werken. In de schoolbus reden ouderejaars mee om orde te houden, maar die deden niets om de reis ook maar iets aangenamer te maken voor meisjes als Martha, dus was ze vanaf de tweede klas met het openbaar vervoer gaan reizen: met de lightrail naar Whitley Bay, en het laatste stuk met de bus.

Toen ze bij de poort was, waar de eerste bussen net wegreden en ze even moest wachten met oversteken, zag ze hem.

De hond die naast hem stond, in de schaduw onder een bestofte kastanjeboom, was wit. Zijn haar was blond, en hij was magerder. Hij had een T-shirt aan dat haar onbekend voorkwam, van The Pogues, maar ze wist zeker dat hij het was.

Hij keek niet haar kant op. Hij keek naar een groepje meisjes van haar jaar, dat een kleine honderd meter verderop stond te lachen, druk met het maken van afspraakjes voor het weekend. Waarom keek hij naar hen? Hij kende haar toch? Hij kon weten dat zij niet een van de lachende meisjes was.

'Pap!' riep Martha.

Ze zag dat de lachende meisjes zich omdraaiden en haar aanstaarden, maar dat kon haar niets schelen.

Haar arm schoot de lucht in – ze voelde het stiksel in haar oksel scheuren – en ze begon wild te zwaaien.

Opeens zag hij haar.

Hij keek haar recht aan en de hond, die wat ongedurig naast hem stond, blafte.

Hij gaf geen blijk van herkenning. Eerst keek hij angstig, daarna bezorgd, en toen liep hij weg.

'Pap!' gilde ze nu en ze vloog de rijbaan op, waar net een bus optrok, zodat ze wel moest blijven staan. Met luid geronk reed hij weg, ze zag haar weerspiegeling van links naar rechts over de witte zijkant glijden. Toen de bus weg was, met medeneming van haar spiegelbeeld, was hij verdwenen.

Ze holde naar de overkant, naar de kastanje waar hij had gestaan, en keek hulpeloos om zich heen. Ze wachtte een uur voor ze, voortdurend haar omgeving afspeurend, in de richting van het treinstation begon te lopen. Nergens zag ze een blonde man met een T-shirt van The Pogues en een witte hond.

Rond vier uur kwam Laura, gebeeldhouwd in wit linnen, de kapsalon uit. Onderweg van de kapsalon naar de auto kwam ze drie bekenden tegen, die ze voorbijstoof en terloops vrolijk toewuifde, Roxy aan de riem achter haar aan sleurend. De betreffende mensen – die bloemen hadden gestuurd, die haar persoonlijk waren komen condoleren, die hadden meegeleefd, die haar hadden gesteund, bij wie ze had uitgehuild toen haar woorden door tranen werden gesmoord – bleven verbluft staan en staarden haar na. Ze was hun zo snel voorbij dat de grenzen der betamelijkheid tot op het onbehoorlijke af werden opgerekt. Haar vrolijkheid zoog alle warmte uit hen én uit hun gevoelens jegens haar weg.

Ze begonnen te praten, ze maakten fluisterende opmerkingen die even kort als geniepig waren: Laura Deane zag eruit alsof ze iets gevonden in plaats van verloren had.

Aan de andere kant van de etalageruit van de kapsalon, gezeten op haar kruk achter de balie, omcirkelde Kirsty afwezig de datum van die dag in het afsprakenboek; vervolgens wierp ze een blik op de klok aan de muur tegenover haar en noteerde de tijd. Daarna bladerde ze een paar maanden terug. Bij elke dag stond een tijd genoteerd, ook op de zaterdagen, maar niet op zondagen, want dan waren ze gesloten. Sinds Laura terug was uit Uruguay ging ze elke dag rond vier uur weg, popelend van verlangen.

Na in haar auto te zijn gestapt reed Laura door het drukke naschoolse verkeer in de richting van North Shields, gedachteloos meezingend met de liedjes op de radio tot ze haar eindbestemming had bereikt: de Royal Quays Marina. Ze zette haar auto op haar vaste parkeerplaats, nummer 87, want ze was bijgelovig en net als alle bijgelovige mensen hield ze van de herhaling van patronen en de orde die bijgeloof in de schijnbare willekeur van het leven aanbracht.

Laura liet Roxy in de auto, met de radio op Planet Rock, Roxy's favoriete zender – ze had speciaal voor dit doeleinde een badkamerradiootje gekocht omdat Roxy de gewoonte had de speaker af te likken als ze liedjes hoorde die ze herkende – en stak de parkeerplaats over, automatisch naar boven kijkend om te zien of er iemand op het balkon van hun appartement op nummer 21 stond, maar dat was niet het geval.

Voor ze de hal van het Touwslagersgebouw binnenging, zag ze, op het balkon naast dat van hen, het hoofd van de Poolse vrouw van nummer 23, gebogen over een boek.

In de hal hing een luchtje dat haar aan haar oude school deed denken. Gelukkig hoefde ze er niet lang te wachten, want de lift stond altijd op de begane grond. Al twee maanden kwam ze bijna dagelijks, maar nog nooit had ze iemand uit of in de lift zien stappen. Dat was niet zo verwonderlijk, want slechts veertig procent van de appartementen was verkocht en daarvan waren de meeste, waaronder dat van hen, al minder waard dan wat ze ervoor hadden betaald.

Hun vriend Greg, Bryans collega bij Tyneside Properties, had Bryan het Royal Quays-project aangepraat en hem op het idee gebracht om in onroerend goed te investeren. Aanvankelijk zouden ze het samen kopen, maar hij had zich op het laatste moment teruggetrokken. De slimmerik.

Ze hadden het maar een halfjaar kunnen verhuren, en toen was de huizenmarkt ingezakt. Vorig jaar hadden ze het te koop gezet, maar in januari hadden ze het weer van de markt gehaald omdat ze beseften dat ze het voorlopig niet kwijt zouden raken, en omdat Laura er inmiddels een andere bestemming voor had bedacht.

Appartement nummer 21 in het Touwslagersgebouw van Royal Quays Marina was de plaats waar Tom Bowen zich zou vestigen.

Na een blik in de spiegel van de lift schokten de deuren open, waarna een verlaten binnengalerij zichtbaar werd met op het zuiden een raam dat uitkeek op de jachthaven. Ergens in het gebouw sloeg een deur dicht, en daarna heerste er stilte, een stilte die verbroken werd door haar voetstappen die zich naar appartement nummer 21 begaven, waar ze zichzelf binnenliet.

De ramen van de flat zaten dicht.

Het was er warm, het rook er naar eten en naar seks van gisteren, en het voelde leeg.

Het was er ook rommelig, maar Laura voelde zich hier nooit geroepen om op te ruimen of schoon te maken, zoals thuis. Deze rommel had wel wat.

Het appartement keek uit op de monding van de rivier, een uitzicht waar ze een meerprijs voor hadden moeten betalen, maar dat de waarde van het huis niet had kunnen redden toen de economie terugliep.

Ze liet de ramen dicht en maakte een rondje door de woning om te bevestigen wat ze al had gevoeld toen ze binnenkwam. Tom was er niet. De enige reden waarom ze Roxy in de auto achterliet was dat Tom vaak op de husky van zijn Poolse buurvrouw paste en

Roxy en de husky niets van elkaar moesten hebben. Maar ook van de husky was geen spoor te bekennen. Op de bank lagen allemaal tekeningen, en ook de salontafel lag vol tekeningen, die door koffiebekers op hun plaats werden gehouden. Tom deed op dinsdag- en donderdagavond een cursus modeltekenen en er was bijna geen plek in de woning te vinden waar geen tekening lag.

Ze stapte het balkon op. De Poolse zat nog te lezen en in de verte zag ze een containerschip dat in de monding van de Tyne voer. Ze ging weer naar binnen. Ze zette water op, wachtte tot het kookte, en haalde toen een van de flessen witte wijn die ze de dag ervoor had gekocht uit de koelkast en schonk zichzelf in. Ze nipte van haar glas en voelde haar boosheid omslaan in bezorgdheid en toen weer in boosheid. Waar zat Tom? De romantiek van de liefdesaffaire van de afgelopen maanden, losgebrand in Hotel l'Auberge in Punte del Este, die heerlijke hete allesverzengende affaire, verloor ineens zijn gloed terwijl ze met haar glas wijn in het kleine keukentje stond.

Voor het eerst sinds Bryans verdwijning dacht ze: wat als Bryan heeft besloten echt te verdwijnen?

Anna lag met haar rug in de zon op de bank te slapen toen Laviolette belde. Ze had een patroon ontwikkeld: rond tien uur naar bed gaan; slapen tot een uur of twee, drie; opstaan, soms even iets eten en dan achter de computer, en om zes uur hardlopen. Na het lopen ontbeet ze en reed ze naar Mary. 's Middags ging ze weer naar huis en deed ze een dutje.

Na het overlijden van Erwin had Laviolette driemaal een bericht ingesproken, waarin hij niet over Bryan Deane repte maar oprecht belangstellend naar haar gezondheid en naar haar gemoedstoestand informeerde – geen van beide goed.

Ze had geen enkele keer teruggebeld, maar daar zei hij niets over. Hij vroeg ook niet hoe het met haar ging, hij zei alleen maar: 'Kun je me ergens mee helpen?'

'Waarmee?'

'Ik ben op weg naar Perry Vale 51, Whitley Bay, in verband met een vermissing.'

Ze lachte. 'Hebben ze je nog een vermissing gegeven?'

'Een gepensioneerde man, 62 jaar oud, die denkt dat zijn vrouw spoorloos is verdwenen. Hij zegt dat ze gisteren een ochtendwandelingetje ging maken en niet meer is thuisgekomen. De politie is gisteren al langs geweest om een verklaring op te nemen, maar er klopt iets niet ... Ik weet het niet.'

'Ik werk niet bij de politie van Northumberland, meneer de hoofdrechercheur.'

'Ik wil alleen maar dat je even met me meekijkt, collega.' Hij zweeg. 'Waar zitten we ... september. De zesde maand van een zorgverlof dat een maand zou duren. Erg begripvol van de Londense politie.'

'Ze willen een evaluatie doen voor ik weer aan de slag ga, en zoals ik me nu voel kom ik daar niet doorheen.'

'Wat zijn je plannen voor vanmiddag?'

'Geen idee.'

'Kom op ... Het is een prachtige dag. Je moet er wat vaker uit, dan slaap je 's nachts ook beter.'

Anna wist dat ze mee zou gaan.

Laviolette wist dat ze mee zou gaan.

Ze liep loom naar het raam. Haar rug en bovenarmen deden pijn van de houding waarin ze in slaap was gevallen. Ze was zich gaan hechten aan de Noordzee, die ze vanuit haar raam kon zien. In Londen huurde ze een flat in een nieuwbouwcomplex in Greenwich, aan de Theems, maar die had niets van de woedende rusteloosheid of empirische onvoorspelbaarheid van de Noordzee.

'Hoe weet jij dat ik 's nachts niet slaap?'

'Ik hoor het aan je stem.'

'Wat was het adres ook alweer?'

'Perry Vale 51, Whitley Bay.'

Rechercheur Wade deed open.

Ze leek verbaasd Anna te zien.

Het was duidelijk dat Laviolette niets had gezegd en Anna vroeg zich af of dat zijn manier van werken was: anderen in het duister laten. Bij evaluaties was dat het gedrag dat ze met paranoia en onvermogen tot communiceren in verband brachten – na haar afstuderen had ze een halfjaar bij een investeringsbank gewerkt, op de afdeling Personeelszaken, waar ze de risicoprofielen van personeelsleden had gescreend.

'Laviolette wil dat ik meekijk,' legde Anna uit in een poging om Wade op haar gemak te stellen.

Wade, die haar baas nooit in het openbaar zou afvallen, deed haar best haar gezicht in de plooi te houden, maar kon een impulsieve reactie niet voorkomen. '"Meekijk"?'

Anna glimlachte en knikte en het duurde niet lang voor ze van Wade, die niet veel ouder dan een jaar of vijfentwintig kon zijn, een grijns terugkreeg.

Perry Vale 51 rook naar oude mensen. Anna liep achter Wade aan de woonkamer in. Laviolette en een oudere man, meneer Larcom, zaten op een rode driezitsbank waar een fluwelige, gebloemde foulard overheen lag. Voor de bank stond een rood vergulde salontafel met een paar theekopjes en een bordje met Rich Tea Biscuits erop.

Rechercheur Chambers stond in de hoek van de kamer, bij een elektrisch orgel. Hij had een klein theekopje in zijn grote hand en hij keek niet blij.

'Je bent gekomen.' Laviolette glimlachte en stelde haar aan meneer Larcom voor met een kort 'Ook een collega van me. Anna'.

Het eerste wat Anna deed was de kamer rondkijken. Het viel haar meteen op dat er nergens foto's stonden. Er stond wel een dressoir, maar daar stonden geen foto's op.

'Loop je de woning even door?' vroeg Laviolette over zijn schouder, waarna hij zich weer omdraaide en nog een biscuitje nam.

Anna zag dat Chambers en Wade een blik wisselden; Laviolette zag het ook, maar verkoos het niet te zien.

'Ze hebben mijn huis gisteren al doorzocht,' zei meneer Larcom, zich ervan bewust dat Anna hem gadesloeg. 'En die twee daar,' hij wees met zijn duim naar Chambers en Wade, 'die hebben het net nog gedaan.'

Laviolette reageerde laconiek met: 'Maakt u zich geen zorgen, wij praten intussen verder.'

Anna ging naar de keuken en begon zo stil als ze maar kon kastdeurtjes open te trekken: oploskoffie, juspoeder, Oxo-bouillonblokjes, Saxo-zout, de standaardinhoud van de keukenkastjes van de generatie die de oorlog had meegemaakt. Ze deed het met tegenzin. Waarom was ze op zijn verzoek ingegaan?

Ze ging naar boven.

De lila badkamer was even schoon en netjes als de rest van het huis. Het badkamermatje was nog vochtig, met talkpoederafdrukken op de plaats waar meneer Larcoms voeten hadden gestaan.

De slaapkamer van de Larcoms was stil en somber, ondanks de zon die buiten scheen, en het logeerkamertje rook dompig en voelde alsof het jaren geleden was dat er iemand had geslapen. Het hele huis voelde eigenlijk op een vreemde manier leeg.

Ze dacht na over meneer Larcom. Hij leek niet uit zijn doen over de verdwijning van zijn vrouw. Hij was enigszins gedesoriënteerd en verward, maar dat kon komen door alle mensen die hij de afgelopen twee dagen over de vloer had gehad.

Laviolette had gelijk, er klopte iets niet. Ook zij registreerde het.

Ze ging weer naar de kleine overloop, keek om zich heen en liep peinzend de trap af. Beneden aangekomen lachte ze naar meneer Larcom, die zich zo had geconcentreerd op de geluiden boven dat hij Laviolettes vragen niet had beantwoord.

Nog steeds glimlachend wrong ze zich tussen Chambers, die geen stap opzijging, en het dressoir door om door de buitendeur de tuin te kunnen bekijken, een postzegeltje gras van niet veel meer dan drie vierkante meter. Achterin stond een schuurtje met een kruiwagen ertegenaan.

'Mag ik even in het schuurtje kijken, meneer Larcom?' vroeg ze, maar voor hij kon antwoorden had ze de deur al open.

'We zijn net in de schuur geweest,' sputterde Chambers.

'Een paar minuutjes maar. Zit hij op slot?'

'Nee, hij zit niet op slot,' zei meneer Larcom, die nu voor het eerst verdrietig klonk.

De Larcoms hadden duidelijk geen groene vingers.

Het schuurtje leek meer een rommelhok.

Ze bleef even staan kijken en ontdekte een stel blauwe riemen in een hoek van de schuur, achter een oude grasmaaier, het enige tuingereedschap dat ze zag. Het leek op takelmateriaal dat verhuisbedrijven gebruiken om grote meubelstukken te verplaatsen.

Ze deed de schuurdeur weer dicht en liep terug naar het huis.

Meneer Larcom hield haar de hele tijd nauwlettend in het oog.

Laviolette, zijn mond vol koek, glimlachte berustend en keek alsof hij meneer Larcom net had meegedeeld dat zijn verzekering zou worden uitgekeerd.

Wade keek ernstig, professioneel, effen en alert.

Chambers keek alsof hij het liefst een potje zou gaan voetballen met een van hun hoofden.

Meneer Larcom keek alsof hij zich wederom verbaasde over al die mensen die ineens in zijn huis waren.

'Mag ik nog heel even boven kijken?'

Ze keek Laviolette aan toen ze die vraag stelde. Hij leek tevreden. Met haar vraag? Met zichzelf? Met hoe het ging?

Ze liep de trap weer op en bleef op de bovenste tree staan, met haar hand op de leuning.

Er was iets met die overloop. Ze hoorde een dof, elektrisch gezoem, dat van boven leek te komen, zodat ze haar blik op het plafond richtte. Uit het luik van de vliering hing een wit snoer, dat slordig langs het plafond was vastgespijkerd en over de muur naar beneden liep tot aan de plint, waar een stopcontact zat.

In de vloerbedekking stonden afdrukken van – zo leek het – een trapleer.

Anna bleef een paar minuten bewegingloos boven aan de trap staan, starend naar het luik, en riep toen: 'Rechercheur Laviolette? Zou u even naar boven kunnen komen?'

Laviolette en meneer Larcom verschenen onder aan de trap.

'Niets aan de hand, meneer Larcom, u kunt beneden blijven. Wade!' riep Laviolette, die pas naar boven ging toen Wade meneer Larcom de kamer weer in had geloodst.

'Volgens mij is het een verlengsnoer,' zei Anna terwijl ze met haar hand het snoer volgde. 'Het komt van de vliering. Het zit aan een of ander apparaat vast. Hoor je het ook?'

Laviolette spitste zijn oren en hoorde toen ook een zacht gezoem.

'We hebben een trapje nodig.'

'Dat lijkt mij ook.'

Ze keken elkaar glimlachend aan en gingen weer naar beneden.

'Meneer Larcom,' sprak Laviolette opgewekt toen ze de woonkamer in kwamen, waar iedereen zijn positie weer had ingenomen.

'Zouden we even uw trapje uit de schuur mogen halen?'

Meneer Larcom staarde hen aan. 'Mijn trapje?'

Laviolette knikte. 'We willen even op de vliering kijken.'

'Waarom?'

'Omdat we dat nog niet hebben gedaan vanochtend.'

'Ik pak het wel even,' zuchtte meneer Larcom vermoeid en hij begaf zich naar buiten.

Met een rukje van zijn hoofd gebaarde Laviolette dat Chambers hem moest volgen.

Na enkele minuten keerden ze terug, met trap.

'Let goed op als u hem uitzet. De veer begint te roesten. Soms denk je dat hij uitstaat, terwijl het niet zo is.' Meneer Larcom zweeg. 'En het luik klemt.' Weer was het even stil. 'Het scharniert naar rechts, en het lichtkoordje zit aan de balk. U ziet het vanzelf.'

Ze gingen naar boven, Chambers droeg de trap. Meneer Larcom bleef achter bij Wade.

'Zal ik gaan?' bood Chambers aan toen ze boven waren.

'Goed, maar met Anna. Anna eerst, zij heeft het ontdekt.'

Na een korte aarzeling klom Anna omhoog. Het luik ging moeiteloos open en ze besefte dat ze gemakkelijker op de vliering kon komen dan ze had gedacht omdat het luik verbreed was, wat niet direct opviel als je eronder stond.

Ze ging staan, vond het touwtje van het licht, trok eraan, en keek alvast de verlichte ruimte rond terwijl ze op Chambers wachtte.

Twee meter van haar vandaan stond een grote vrieskist, die bijna de hele vliering in beslag nam. En daar zat het verlengsnoer aan vast.

Met een luide kreun hees Chambers zich door het gat en al gauw stond hij naast haar. Terwijl hij met zijn tanden een grote splinter uit zijn linkerwijsvinger probeerde te trekken keek hij naar de vrieskist.

Hij draaide zich om en spuugde in de richting van de balken. 'Hebbes. Goddomme,' en hij wapperde met zijn hand.

Anna wist niet of hij het over de splinter of over de vrieskist had.

'Hoe heeft hij die in godsnaam boven gekregen?'

'Met dat takelmateriaal, in het schuurtje.'

'Ik heb geen takelmateriaal gezien,' zei Chambers pissig.

Anna deed alsof ze het niet hoorde en liep over de geïmproviseerde plankenvloer naar de vrieskist.

'Wij hadden er ook zo een vroeger,' zei hij.

'Wij ook.' Anna dacht aan de vrieskist die in het steegje naast hun huis had gestaan voor de groenten uit Erwins moestuin.

'Maar ik zou bij god niet meer weten wat mijn moeder er allemaal in stopte.' Hij zuchtte en keek achterom, naar het gat van het luik waar het hoofd van Laviolette was verschenen. 'Maar even in alle ernst: hoe heeft hij dat ding in godsnaam boven gekregen?'

Hij wilde nog iets zeggen, maar op dat moment opende Anna de vrieskist.

Ze keken omlaag, en toen naar elkaar. Anna liet het deksel los, dat met een klap dichtviel. Toen begon ze te lachen.

Chambers wierp haar een bezorgde blik toe, maar sloeg toen zijn hand voor zijn mond en lachte met haar mee. 'Shit,' zei hij, en hij begon nog harder te lachen toen Laviolette eindelijk de vliering op kroop en over de plankenvloer naar de vrieskist stommelde. 'Dit moet u zien, sir,' zei hij.

'Wat valt er te zien?'

Anna, over de ergste slappe lach heen, gaf antwoord: 'Mevrouw Larcom.'

Boven op een ongelooflijke hoeveelheid diepgevroren voedsel lag mevrouw Larcom, in een rare kronkel op haar zij, de rand van haar huidkleurige onderbroek zichtbaar onder haar groene rok. Haar kousen zaten gerimpeld om haar enkels en ze had maar één slof aan. De andere slof lag boven op een doos ijscakejes. Ze had oorbellen met een klemmetje in, een halsketting om, en haar haren zaten vol doperwten en maïs. In de holtes van haar gezicht lagen ook erwtjes. Het zag ernaar uit dat ze haastig in de vrieskist was gegooid en dat er door de klap een paar zakken groenten waren opengebarsten.

Van bovenaf gezien had ze geen verwondingen. Anna sloot haar ogen en stelde zich voor hoe het was gegaan: meneer Larcom kon haar gedrogeerd hebben; misschien had hij zelfs een handlanger gehad. Hij had haar met een smoesje naar boven gelokt en spierverslappers toegediend, waarna hij haar in de vriezer had geduwd, die hij dicht had gegooid, zodat ze dood zou vriezen. Zo kon het best zijn gegaan.

Meneer Larcom zat hen op te wachten, hij wist wat er komen ging. Hij keek droevig, alsof hij gedaan had wat hij kon, maar niet verbaasd was dat het hem niet was gelukt.

'We hebben uw vrouw gevonden, meneer Larcom,' zei Laviolette.

'O ja?' Hij knikte wat voor zich uit en zei toen: 'We waren veertig jaar getrouwd. Wat is dat, veertig jaar? Zilver? Diamant?' Om de een of andere reden richtte hij zich tot Anna. 'We waren op elkaar uitgekeken. Ik heb dit plan bedacht toen ik twaalf jaar geleden met pensioen ging. Ach, het gaf me wat te doen. Ik had het geld nodig.'

Meneer Larcom kwam veel rustiger over nu, hij leek bijna opgelucht.

'Waar had u het geld voor nodig?' vroeg Chambers, oprecht nieuwsgierig.

'Voor een vrouw met wie ik iets heb, een Roemeense. Ze werkt als schoonmaakster bij Jesmond Dene, en bij andere chique hotels. Ik wilde het eens met háár proberen.' Hij sprak langzaam en keek hen om de beurt aan, in de hoop dat ze hem konden volgen. 'Zevenenzeventig is niet echt oud tegenwoordig, toch?' grijnsde hij. Opeens kreeg hij iets bezorgds. 'Zij krijgt hier toch geen problemen door, mag ik hopen? Ze staat er helemaal buiten. Ik had een pensioen,' verklaarde hij zich nader, 'maar ik wilde het geld hebben dat op Brenda vaststond.'

'Haar levensverzekering?'

'Precies.' Meneer Larcom knikte, tevreden dat ze het snapten.

Laviolette leunde tegen zijn auto, die hij halverwege Perry Vale had geparkeerd.

'Waar sloeg dit op?'

'Het leven.'

'Ik heb het niet over mevrouw Larcom. Jemig ...' Anna begon weer te lachen.

'Het doet me goed je te zien lachen. Het doet me goed je weer te zien.'

Daar ging Anna niet op in. 'Ik heb het over dat ik hierheen moest komen.'

'Je nam niet op.'

'Ik ben in de rouw.'

'Ik maakte me zorgen.' Laviolette glimlachte haar toe.

'Lach niet zo de hele tijd.'

'Oké.' Maar de glimlach bleef.

'Het is jouw zaak niet je zorgen te maken over mij.'

'Ik wilde je een beetje afleiding bezorgen.'

'Met mevrouw Larcom?'

'Ik zoek een nieuwe rechercheur.'

'Je hebt er toch een?'

'Skipper wordt overgeplaatst naar Teeside.'

Ze keek achterom, naar Chambers, die kort en bevestigend knikte.

'Mag ik u iets vragen, baas? Als u me Skipper noemt, doet u dat dan omdat u zo op me gesteld bent of omdat u me niet kunt uitstaan?'

'Dat doe ik omdat ik je naam niet kan onthouden.'

Chambers knikte peinzend.

'Je wist het, hè?' zei Anna opeens tegen Laviolette. 'Toen je me belde, toen je me vroeg te komen, had je het verlengsnoer allang gezien.'

'Waarom denk je dat?'

'Je wist het, van dat verlengsnoer; je wilde alleen weten hoe lang het zou duren voor ik het zag.' Ze zweeg even en zei toen opnieuw: 'Je wist het.'

Laviolette haalde zijn schouders op. 'Noch Chambers, noch Wade, noch een van de geüniformeerde agenten zag het snoer.'

'Ze hadden blijkbaar hun dag niet.'

'Zin om iets te gaan drinken?'

'Je wist het, van het verlengsnoer.'

Weer verscheen er een glimlach op zijn gezicht. Voor Anna voelde het als de eerste echte lach. 'Kom op, we gaan wat drinken.'

Ze aarzelde even en wilde net ja zeggen, want ze was wel aan een borrel toe, toen haar telefoon ging.

Het was Martha Deane.

'Een andere keer,' zei ze, want ze was bijna gezwicht. Dat was op het nippertje, dacht ze toen ze in haar oude Capri zat en haar telefoon opnieuw ging.

Laura had uitgekeken naar het weerzien met Bryans oude collega Greg Bolton om vijf uur, maar ze was er niet helemaal bij met haar hoofd, en dat kwam omdat Tom niet thuis was geweest die middag, wat nog nooit was gebeurd sinds hun afspraakjes in het appartement bij de jachthaven. De afspraak met Greg had ze de dag ervoor geregeld in een kort, flirterig telefoongesprek. Ze hadden altijd een beetje geflirt wanneer ze elkaar zagen of spraken, en hoewel Greg zich aanvankelijk wat melancholieker dan anders had betoond omdat het pas de tweede keer was dat ze elkaar spraken sinds Bryans verdwijning, was hij snel bijgedraaid en speelde hij het spel weer mee.

Greg Bolton was nu uitvoerend branchemanager; Tyneside Properties had dat niet aan de grote klok gehangen, maar iemand moest Bryans taak toch waarnemen.

Greg kwam het huis taxeren omdat Laura erover dacht het in de verkoop te doen. Voor Bryan op de zaterdag voor Pasen verdween had ze het er nog met hem over gehad. Twee jaar lang had ze het met angst en beven aan zien komen, maar nu het zover was voelde het als een immense opluchting.

Greg kende het huis, want hij en zijn vrouw Patsy waren regelmatig te gast op Marine Drive 2, maar hij vond het evengoed leuk om een rondleiding te krijgen van Laura.

Laura had lang zitten dubben over hoe ze op Greg wilde overkomen, maar nu ze van vertrek naar vertrek ging en de in het oog lopende pluspunten met veel pathos opsomde, zag ze dat ze er goed aan had gedaan om voor verdrietig te kiezen; een verdrietigheid die haar aantrekkingskracht vergrootte, die haar meer aanzien gaf dan voorheen.

Hij zei niet dat de huizenmarkt platlag en hij zei ook niet dat ze niet eens in de buurt van de oorspronkelijke koopprijs zou komen, mocht ze besluiten Marine Drive 2 te gaan verkopen. Dat wist Laura allemaal wel. Hij zei alleen dat ze er goed over moest nadenken, dat ze het heel zeker moest weten.

'Het is een mooi huis om in thuis te komen,' zei hij terwijl hij achter haar aan de trap af liep en haar handig opving toen ze van de onderste tree af gleed.

Ze waren nog maar net in de keuken en Laura, die tegen de koelkast aan leunde, had nog maar net gereageerd met 'Maar er is niemand meer om bij thuis te komen', toen Martha door de voordeur naar binnen stormde. Ze dropte haar rugzak naast de bar, zag Greg staan, achterovergeleund, zijn handen op het aanrecht, en haar moeder, die tegen de half geopende koelkastdeur aan hing, haar hand reikend naar een fles wijn, en bracht buiten adem uit: 'Ik heb pap net gezien.'

Greg en Laura verroerden zich niet; minutenlang, zo leek het achteraf.

'Ik heb pap gezien,' zei ze weer.

Laura schikte haar haren zorgvuldig over haar rechterschouder en keerde zich met een vermoeid glimlachje naar Greg, die haar lach niet retourneerde.

De mededeling kwam als een donderslag bij heldere hemel, en het onbehaaglijke gevoel dat Greg bekroop verlamde hem zo dat hij er het liefst vandoor was gegaan. Zijn belangstelling voor Marine Drive nummer 2 was in één klap weg.

'Je herinnert je Greg nog wel, hè, Martha?' zei Laura, die zich niet van de wijs liet brengen.

'Ik heb pap gezien. Ik heb hem gezien,' gilde Martha. Ze was vuurrood geworden, de spieren in haar hals stonden gespannen, haar ogen waren groot en angstig. 'Hij stond onder een boom bij school. Hij deed niets, hij stond er gewoon. Hij had blond haar en hij had een hond bij zich, maar ik wist meteen ... dat hij het was.' Toen barstte Martha in tranen uit. 'Zeg eens wat!'

Laura's glimlach was verdwenen.

'Martha!' riep ze toen Martha huilend wegrende, naar buiten toe.

Ze keerde zich weer naar Greg, haar ene hand tegen de koelkastdeur, in haar andere een fles wijn, maar ze had geen idee wat ze moest zeggen.

Aan de andere kant van de schuttingen die de achtertuinen van Marine Drive van de openbare weg scheidden, gooiden autobestuurders het stuur om om het meisje te ontwijken dat blindelings, in schooluniform, de weg overstak. Een vrachtwagenchauffeur van een bedrijf voor op maat gemaakte jaloezieën schreeuwde iets onverstaanbaars naar de rug van het meisje, dat in haar blauwe bloes, opbollend van de wind die van zee kwam, langs het speeltuintje de duinen in holde.

Maar niemand stopte.

Terwijl de kilometertellers weer naar veertig en hoger klommen, werd het meisje in de zijspiegels en achteruitkijkspiegeltjes van het in noordelijke richting rijdende verkeer een spatje blauw en rood in het geel van de duinen.

Martha plofte neer in een duinpan aan de kant van het strand.

Ze huilde niet meer, maar haar ogen waren vochtig en prikkerig van de wind, die de laatste tranen had weggeblazen, en ze was kletsnat van het zweet. Ze trok haar knieën op, sloeg haar armen eromheen en luisterde naar het gebulder van de zee.

Toen ze even zo had gezeten, belde ze Anna.

Anna parkeerde haar auto bij de King's Arms, een witgeschilderd stenen pand van drie verdiepingen aan de natuurlijke haven van Seaton Sluice, dat volgens de plaatselijke overlevering de bakermat van de industriële revolutie was.

Martha zat in haar schooluniform in het bushokje bij het oude inklaringskantoor, waar ze haar had gevraagd te wachten.

Ze had Anna al gezien. Ze was opgestaan, zwaaide en liep al naar haar toe. De laatste paar honderd meter rende ze, en ze vloog haar weer net zo om de hals als ze had gedaan op de avond dat Bryan als vermist werd opgegeven.

'Kom, we gaan het strand op,' zei Anna na een poosje.

Hand in hand daalden ze glipglijdend het steile, met gras begroeide talud af naar de haven en liepen de kade af – langs een rode vissersboot die vervaarlijk heen en weer rolde – tot ze bij het strand kwamen. Ze slenterden zonder iets te zeggen langs de vloedlijn, waar nog allerlei rommel lag van het laatste hoogwater, terwijl het nieuwe er alweer aan kwam. Er stond een stevige wind, maar het was niet koud. Ze moesten schreeuwen om zich verstaanbaar te maken.

'Hoe zag hij eruit?'

Martha bleef staan. 'Hij zag er als papa uit.'

'Ja, maar ik bedoel: had hij iets aan zijn uiterlijk veranderd?'

'Zijn haar was raar, blond, en hij had een witte hond bij zich, een grote witte hond. Ik heb geen idee wat voor ras,' zei Martha nerveus. 'Ik zag alleen papa maar. Voor mij zag hij er als papa uit.' Toen Anna niet reageerde, voegde ze daaraan toe: 'En hij keek verdrietig. Ik heb hem nog nooit zo verdrietig zien kijken.'

Voor hen liep een stel schoolkinderen met stukken drijfhout te gooien. Alsof ze het hadden afgesproken draaiden Anna en Martha zich om en liepen weer terug in de richting van de haven.

'Hij leeft, Anna,' zei Martha, helemaal opgewonden nu de wind het laatste beetje schrik had weggeblazen, en te jong om de problematiek en obstakels van dit mogelijke feit te onderkennen.

'Hij wil me laten weten dat hij nog leeft.' Ze spurtte weg en rende een eind langs het water tot ze niet meer kon en buiten adem op Anna bleef staan wachten, die dacht aan de tekening die bij haar op de mat had gelegen op de dag van Erwins begrafenis. Dat was al meer dan twee maanden geleden. Ze had sedertdien niets meer gezien, gehoord of ontvangen.

Ergens geloofde ze niet dat Martha Bryan had gezien.

Ergens geloofde ze dat het Martha was geweest die haar die tekening had bezorgd, dat ze in de geest van Bryan contact met haar had proberen te houden.

Maar eigenlijk wilde ze niets liever geloven dan dat de man die Martha had zien staan bij school, dat de persoon die die tekening bij haar had afgeleverd op de dag van Erwins begrafenis, Bryan Deane was.

'Wat zei je moeder?'

'Daar ben ik helemaal klaar mee.' Met haar voet tekende Martha een wijde boog in het zand, waarna ze even voor zich uit staarde, naar de zee, en Greg weer voor zich zag in de keuken. Ze was de hele Greg bijna vergeten.

'Denk je dat we het aan rechercheur Laviolette moeten vertellen?'

Anna dacht even na. 'Ik weet het niet.'

'Waarom niet?' vroeg Martha, onmiddellijk achterdochtig, alsof Anna's reactie betekende dat ze aan haar woorden twijfelde.

Anna wist wat Martha dacht. 'Omdat jij tot nu toe de enige bent die dit weet, en ik heb het gevoel dat je vader aan zo min mogelijk mensen wil laten weten dat hij leeft.'

Martha, die gespitst was geweest op Anna's antwoord, kreeg een glimlach op haar gezicht. 'Oké,' zei ze. 'We houden hem voor onszelf.'

Het klonk zo eenvoudig, dat het gevaarlijk was. Maar Anna knikte, lachte omdat het iets samenzweerderigs had, en werd toen overvallen door een onbezorgdheid die ze in geen jaren had gevoeld. Ze greep Martha bij de elleboog en zei: 'Wie het eerst bij de haven is.'

Ze renden weg, de wind in de rug nu, de schepen in de haven in een rusteloze deining rukkend aan hun ankers.

In de diepe stilte volgend op het vertrek van eerst Martha en daarna Greg, had Laura in de gang gestaan, net zo lang tot de aard van het licht begon te veranderen en de schaduwen op de beige muren langer werden.

De bel die door het lege huis weerklonk bracht haar weer tot zichzelf; bijna paniekerig keek ze om zich heen. Ze had nog nergens licht aangedaan.

Toen ze de voordeur opentrok, klapte ze tegen de deurpost aan, waarbij ze haar linkerschouder flink bezeerde, en staarde in het gezicht van haar door de wind verwaaide dochter.

'Waar heb jij uitgehangen?' schreeuwde ze, harder dan de bedoeling was. Ze zag de blik van mevrouw McClaren, die net thuiskwam van zwemles en haar met kinderen gevulde auto aan het uitladen was.

Mevrouw McClaren weifelde, en zwaaide toen.

Laura zwaaide niet terug, maar greep Martha's dunne arm en sleurde haar naar binnen.

'Waar heb jij uitgehangen?' herhaalde ze op gedempte toon, hoewel ze nu binnen waren.

Martha keek haar net zo aan als mevrouw McClaren zojuist had gedaan – alsof zij iets hadden wat hen boven Laura verhief.

'Komt er nog wat van?' eiste Laura.

Martha liep haar straal voorbij en ging de trap op naar boven.

Laura liep achter haar aan, maar de deur van Martha's kamer knalde voor haar neus dicht. Ze gooide hem met zo'n klap weer open dat er cd's uit het rekje aan de muur vielen.

'Je gelooft me niet,' zei Martha uiteindelijk. 'Dus heeft het weinig zin.'

Laura raapte de gevallen cd's op en zette ze terug. Sommige doosjes waren ontwricht.

Martha zag het aan. 'Ik kwam uit school en daar stond hij, onder een boom aan de overkant van de straat. Met een hond,' besloot ze mat.

'Wat voor hond?'

'Groot. Wit.'

'Heb je het tegen iemand gezegd?'

'Ik wil er niet meer over praten,' zei Martha stuurs. Ze draaide zich om, maar voelde de ogen van haar moeder in haar rug. 'Wat deed Greg hier?'

'Greg?' Laura, met haar gedachten elders, leek verrast toen ze zijn naam hoorde. 'O, ik denk erover het huis te koop te zetten. We hebben het erover gehad, je vader en ik, voor ...'

Martha schudde haar hoofd en Laura wist wat er ging komen. Ze stond op.

'Nee,' zei Martha met luide stem, vol ongeloof. 'Nee!'

Laura was al bijna de kamer uit. 'Je hebt gelijk,' riep ze vanaf de overloop. 'Ik geloof je niet.' Het was even stil. 'Een grote, witte hond?' En ze begon te lachen.

13

Later die avond, nadat ze tegen Martha had gezegd dat ze naar pilates ging, reed Laura op een fles Pouilly-Fumé terug naar Royal Quays Marina in North Shields.

Ze parkeerde haar auto op de gebruikelijke plaats, keek omhoog langs de appartementen die naar het water waren gericht en zag dat de Poolse niet meer zat te lezen op haar balkon en dat de balkondeuren van hun flat openstonden, wat hoogstwaarschijnlijk betekende dat Tom er was.

De koop van het appartement aan de jachthaven was een investering geweest waar ze beiden eigenlijk noch de energie noch de verbeelding voor hadden gehad, en toen na een paar maanden al de vastgoedmarkt instortte en ze het niet meer konden verkopen of verhuren, bleek het een miskoop die hun financiële ondergang inzette.

Plots tekende de grens van het leven dat ze leidden zich aan de horizon af, met daarachter een onpeilbare duisternis.

De duisternis was er altijd geweest, maar nu de grens in zicht was leek de drempel die hen ervan scheidde verdwenen. Maandenlang hield Laura haar adem in terwijl Bryan langzaam en stilletjes zijn weg door het huis ging, zonder dat er iets van zijn gezicht viel af te lezen, in gedachten altijd bezig of afwezig. Haar vragen werden op zo'n beleefde toon beantwoord dat het gissen was of hij naar de keuken ging om thee voor hen te zetten of om met het broodmes zijn hoofd af te zagen.

Hun huwelijk was niet langer meer de jacht die het was geweest. Ze hadden hun laatste strijd gestreden.

Bryans verdwijning was een idee van Laura geweest; het was het enige wat ze had kunnen verzinnen om te voorkomen dat hij echt zou verdwijnen. Dat hij na Uruguay het appartement aan de jachthaven had betrokken was niet zonder risico, wist ze, maar ze wilde hem dicht bij zich houden, terwijl hij leefde in de vrijheid van de dood.

Ze haastte zich van de parkeerplaats het Touwslagersgebouw in, nam de lift naar driehoog, waar hun appartement zich bevond, en liet zichzelf binnen.

Tom stond buiten op het balkon een sigaret te roken, zijn armen steunend op het stalen hekwerk, starend naar de jachthaven en de Tyne. Hij was stiller geworden, maar niet omdat hij was vastgelopen, zoals in de maanden vóór zijn verdwijning. Dit was een stilte die beweging beloofde.

De eettafel was bezaaid met schetsen, met iets zwaars verankerd op hun plaats en omkrullend in de naar binnen komende wind, die ook de gordijnen aan beide zijden van de balkondeuren deed opwaaien. De husky, de grote, witte hond die Martha die middag bij school had gezien, lag in een baan van de naar binnen vallende avondzon op de bank.

Ze hadden het appartement samen ingericht, alsof het hun eerste stulpje was. Alle herinneringen aan hun vrijstaande vijfkamerwoning op Marine Drive en aan het leven dat ze daar hadden geleid werden overgeschilderd; korenbloemblauw, was het uiteindelijk geworden.

'Blauw is mijn lievelingskleur,' had Bryan een beetje verlegen gezegd.

Laura, geschokt, had alleen maar 'O ja?' gezegd.

Ze had wel kunnen huilen toen hij dat woord zei. Blauw. Dat had hij twintig jaar geleden al moeten vertellen; zij had hem moeten aanmoedigen dit soort dingen te vertellen, maar dat had ze niet gedaan.

Op deze bekentenis gaf ze zich gewonnen; het appartement was voor Bryan, dus schilderden ze het blauw onder het luisteren naar muziek waarop ze vroeger hadden gedanst, van elpees die ze net als Bryans oude platenspeler van zolder hadden gehaald en alsof ze iets stiekems deden naar North Shields hadden gebracht.

Ze stonden dronken en stoned te schilderen en alles wat ze aanraakten, met inbegrip van elkaar, kreeg een erotische lading. In het appartement liep hun gekibbel en geruzie uit op verzoening in plaats van vergelding, en die verzoening kreeg soms haar beslag in het bed waarvoor Laura nieuw beddengoed had gekocht bij Bainbridge's in Newcastle, maar ook wel op het kleed in de woonkamer, op de keukenvloer, tegen de koelkastdeur (waar ze het genot ontdekte van klaarkomen met haar rug tegen roestvrij staal), in bad, op de eettafel, op de bank en ergens in de buurt van de voordeur, daar waar net genoeg tocht stond om haar tepels hard te maken.

Ze hadden het weer terug, de liefde, dacht Laura terwijl ze de sleutel omdraaide in het slot. Als Laviolette nu ineens voor haar zou staan zou ze dat niet eens zo heel erg vinden, want dit had ze toch maar weten te bereiken: zij waren voor elkaar weer alles waar de wereld om draaide.

De ongelooflijk banale dingen die vroeger, op Marine Drive, tot knallende ruzies hadden geleid – geen melk meer in huis, een verstopte gootsteen, zomaar ineens een kras op de koelkastdeur – beschouwde Laura hier als bewijs van romantische achteloosheid.

Twee weken voor paaszaterdag had ze een paar vuilniszakken met kleding hierheen verhuisd – naar de kringloopwinkel gebracht, had ze tegen mevrouw McClaren gezegd. De kleren die Bryan op Marine Drive had gedragen kwamen heel anders uit als Tom Bowen ze droeg, tegen een achtergrond van korenblauwe muren. En Tom had ook oog voor wat zij aanhad, maar vooral voor wat ze niet aanhad. Op Marine Drive waren ze zo ver heen geweest dat Bryan een heel gesprek kon voeren terwijl zij in haar blootje door de slaapkamer liep. Over dat ze de dakgoten moesten laten schoonmaken als het blad was gevallen.

Tom draaide zich instinctief om en kneep zijn ogen tot spleetjes terwijl hij het laatste rookwolkje uitblies en de peuk over de balustrade naar beneden wierp.

'De balkondeuren,' zei Laura.

Hij sloot de deuren, en het stuk gordijn dat ertussen kwam wapperde buiten tegen de ruit.

Laura keek hem aan, in afwachting van wat hij ging zeggen.

Maar Tom zei niets.

Met een afwezige blik liep hij naar de tafel en keek een paar schetsen door.

'Wat bezielt jou?' siste ze toen hij bleef zwijgen. Ze gooide haar handtas naast de husky op de bank, liep naar hem toe en trok hard aan zijn arm, en terwijl ze dat deed voelde ze haar woede in opluchting omslaan, omdat hij er weer was.

'Wat bezielde jou vanmiddag?'

Hij ging zitten en staarde naar de hond, die nog steeds gestrekt op de bank lag.

'Ik moest haar zien. Ik mis haar.' Zijn stem stokte in een droge snik, die overging in gehoest. Hij hoestte veel sinds hij weer rookte.

De snik kwam hard aan bij Laura.

Hij was van streek, hij liet zich gaan waar ze bij was en ze kon niets anders uitbrengen dan: 'Het komt allemaal goed.'

'Mijn god. Martha. Wat bezielde ons? Wat beziélde ons?'

'Het komt allemaal goed,' herhaalde ze, zich amper bewust van wat ze zei.

'Hoe had je dat gedacht, dan?' Hij stond op en liep naar de balkondeuren. Zoals hij daar stond, uitkijkend over de zee, voelde het appartement ineens heel klein aan.

'We zijn nu al zo ver,' zei ze dapper.

'Veel te ver als je het mij vraagt.'

'We zijn er bijna, Bryan.'

Hij lachte kort en keek haar aan, verre van overtuigd. 'Maar we zijn nog niet ver genoeg, hè? Nog niet.'

'Een dezer dagen moeten ze je wel doodverklaren, op een gegeven moment zetten ze er een punt achter. We hebben het ergste gehad. Je bent verdwenen.'

'Dat weet ik, en ik mis mezelf, Laura. Ik mis mezelf.'

'Dat doe je niet,' zei ze scherp en ze boorde haar ogen in de zijne. 'En ik ook niet.'

Het enige wat hun huwelijk op Marine Drive in stand had gehouden was hun talent om elkaar en zichzelf voor te liegen. Nu konden ze slechts één ding doen om elkaar erdoorheen te helpen, en dat was eerlijk zijn.

Ze liep naar hem toe en ging naast hem staan. 'Ik denk de hele dag aan je. Ik heb me niet meer zo gevoeld sinds ik achttien was, Bryan, en achttien is heel lang geleden. Het gaat ons lukken. We gaan alles doen wat we hebben bedacht. Dit is onze tweede kans en die moeten we grijpen.'

Hij stond ineengezakt naast haar, armen afhangend naast zijn lijf, en één afschuwelijke tel dacht ze dat hij weer in tranen zou uitbarsten, net als op die paaszaterdag toen ze hem had opgepikt en naar Newcastle had gebracht, naar het busstation op Haymarket, helemaal volgens plan. Alleen was die dag niet helemaal volgens plan verlopen, was alles bijna misgelopen, vanwege de zeemist die plotseling was komen opzetten.

'Het is nog niet te laat.' Haar zin eindigde op een hogere toon dan de bedoeling was, waardoor hij als een onbeantwoorde vraag tussen hen in bleef hangen. 'Alles wat we nodig hebben bevindt zich hier, in deze flat.'

Hij keek haar met een droeve glimlach aan en streek met zijn hand langs haar gezicht. 'Op Martha na.'

Met twee handen pakte ze zijn hand vast en drukte hem tegen haar wang.

Hij had zijn armen om haar heen en kuste afwezig het kruintje van haar hoofd. De zon zakte bolrond naar de einder.

De spanning was weg, en het scheen Laura toe dat dit moment haar hele leven omvatte en dat ze haar hele leven op de een of andere manier in deze zonovergoten kamer had weten te passen.

'Ik was zo bang vanmiddag,' zei ze na een poosje. 'Ik kwam in een leeg huis en ik wist niet waar je was en ik dacht: stel dat hij weg is? Dat hij deze keer echt is verdwenen?'

Nu moest hij iets zeggen, haar geruststellen, maar hij maakte zich zachtjes los, weer net zo afwezig als eerder.

Hij deed de balkondeuren open en snoof de avondlucht op. Ze keek naar hoe hij daar stond, en ze kon het niet helpen, maar ze voelde zich gekrenkt. Het leek wel of hij verdere vertrouwelijkheid afkapte.

'Dat doe je niet meer, hè?'

Hij stapte naar buiten en ging weer over de balustrade hangen. 'Wat mag ik niet meer doen?'

'Zomaar ineens verdwijnen.'

Hij staarde heel geconcentreerd naar de lucht, alsof hij hoopte iets nieuws aan het firmament aan te treffen. Toen hij zich ten slotte naar haar toe keerde, zei hij: 'Ben je op de begrafenis van Erwin Faust geweest?'

Toen hij die naam uitsprak, Faust, zag ze Anna weer, daar waar ze altijd had gestaan: tussen hen in.

Martha zat op de bank tv te kijken met het geluid uit terwijl ze luisterde naar een van Bryans cd's van Led Zeppelin. Ze had bijna een halve fles wodka op en begon een wee gevoel in haar maag te krijgen. Toen de bel ging, kwam ze langzaam overeind en voelde ze hoofdpijn opkomen.

In één blik overzag ze alles – de man op de stoep, het witte busje op straat – en wist ze wie ze voor zich had.

Op Jamies gezicht lag een brede, onaangename grijns, die er beetje bij beetje vanaf gleed, alsof hij langzaam leegliep. Hij bleef maar naar haar staren; zijn ogen waren groot en bloeddoorlopen, de twee aders aan zijn slapen dik en blauw.

'Laura,' zei hij hees. De mond in het ongeschoren gezicht bleef openhangen.

Martha, in verlegenheid gebracht, hield de deur vast en keek naar het spinnenweb dat aan de linkerkant van zijn nek was getatoeëerd, hoe het zich plooide toen hij zijn arm uitstak en haar over haar haren streek.

Ze stond doodstil, tot hij zijn hand verplaatste, van haar hoofd naar de in de gevel naast de voordeur bevestigde zilverkleurige twee – met huisnummerverlichting –, en daaroverheen aaide, alsof hij reuze in zijn sas was met alles.

'Ik ben Martha,' fluisterde ze.

'Martha,' herhaalde hij. De straatverlichting knipperde oranje aan. 'De dochter.'

Hij zoog zijn onderlip naar binnen, en lachte plots van oor tot oor. Alles kreeg weer zijn normale snelheid. 'Ik schrok me het schompes,' zei hij weer met die hese stem, 'toen je de deur opendeed en jij daar ineens stond.'

'Sorry.'

'Je haren, alles. Daar was ik niet op voorbereid. Het voelde bijna, hoe zal ik het zeggen ... alsof ik door een kogel werd getroffen.' Hij schudde zijn hoofd en draaide zich half om, terwijl hij zijn blik langs de andere huizen in hun straat liet glijden. Het spinnenweb in zijn nek werd uit zijn verband getrokken toen hij zijn hoofd achteroverwierp en een diepe zucht slaakte. Zijn haar was zo kort dat ze het wit van zijn hoofdhuid zag. Dat riep medelijden bij haar op, maar omdat ze te jong was om te weten dat medelijden een gevaarlijke emotie was, bleef ze in de deuropening staan, met Led Zeppelin op de achtergrond. 'Maar je hebt niet haar ogen,' zei hij, en hij draaide zich weer naar haar toe. 'Jij hebt vriendelijke ogen.'

Hij haalde een pakje Benson & Hedges uit zijn zak en ging op het muurtje naast de voordeur zitten.

Martha keek toe hoe hij een sigaret opstak en de as in een van Laura's bloembedden tipte.

'Is ze thuis?'

Martha aarzelde en schudde van nee.

'Weet je wanneer ze thuiskomt?'

Martha bleef kijken en schudde weer van nee; haar hoofdpijn zette door. Mevrouw McClaren, in fluorescerend lycra, rende voorbij en stak haar hand op, maar ze zwaaide niet terug.

'Ze hebben je nooit over mij verteld, hè?' zei hij terwijl hij haar met half toegeknepen ogen aankeek. 'Je wist niet eens dat ik bestond.' Hij stond op en streek weer over haar haren. Er liep een rilling over haar rug en ze kreeg een raar gevoel in haar buik.

Ze had geen idee hoe het kwam, maar ze kreeg een onbedaarlijke aandrang om hem vast te pakken en het tuinpad af te dansen. Ze zag het voor zich, met zijn tweeën dansend over Marine Drive, de weg over, de duinen in, het strand op.

'Jij hebt gebeld, met Pasen. Je hebt naar mama's mobieltje gebeld, en ik nam op.'

'Met Pasen,' herhaalde Jamie nadenkend. 'Was jij dat?'

Martha knikte blij. 'Je klonk als papa, ik dacht ...'

'Was jij dat?' viel Jamie haar in de rede. Zijn ogen waren even groot als toen ze de deur open had gedaan, maar zijn blik was afwezig. 'Heb je tegen haar gezegd dat ik heb gebeld?'

'Ik heb het gezegd.' Na een korte aarzeling ging ze verder. 'Ze zei dat je in de gevangenis had gezeten, maar dat verklaart niet waarom ze zo bang was.'

'Heeft ze gezegd waarvoor ik in de gevangenis heb gezeten?'

'Omdat je een man hebt vermoord.'

'Heeft ze dat gezegd?'

'Nee, dat heb ik van een vriendin.'

Jamie keek haar met een stalen gezicht aan.

'Dan had die vriendin het verkeerd. Ik heb niemand vermoord.'

'Maar waarom ...'

'Ik raakte mijn alibi kwijt.' Voor Martha de kans had iets te zeggen, zei Jamie: 'Ze wisten dat ik het niet had gedaan.'

'Wie zijn "ze"?'

'De politie. Maar ze hadden het op mij gemunt, omdat ik al een paar keer voor mishandeling was veroordeeld. Ze gingen maar door over wat ik had gedaan en hoe ik het had gedaan, net zo lang tot ik dacht dat het misschien waar was wat ze zeiden. Ik moest mezelf voortdurend voorhouden dat ik het niet kon hebben gedaan, want op de middag dat die man werd vermoord was ik bij Laura. Waren we bij elkaar.' Hij leek ineens heel gefrustreerd. 'We waren die hele middag bij elkaar.'

Martha voelde zich niet lekker. 'Was mama jouw alibi?'

Jamie propte zijn handen in zijn zakken en begon heel hard te knikken.

'Ze heeft gelogen. Ze heeft de politie verteld dat er niets van waar was dat we samen waren, maar dat waren we wel degelijk, in mijn slaapkamer. Dat weet ik zo zeker als wat. Die middag heeft alles veranderd.'

14

Martha zat in het kantoortje van Sally Pearson. Ze wist waarom ze daar zat, en ze was bezig zich voor haar omgeving af te sluiten, wat mensen zo van hun stuk bracht dat ze serieus dachten dat ze uittrad.

Eerst doofde het licht in haar ogen, vervolgens verloor haar gezicht elke uitdrukking en als laatste zakte ze als een zoutzak in elkaar.

Zelfs de professionele opgewektheid van mevrouw Pearson was er niet tegen bestand.

'Martha,' verzuchtte ze, en haar lange oorhangers schudden heen en weer.

Sally Pearson was de schoolpsychologe.

Ze zaten tegenover elkaar aan een tafel met een vaas met Stargazer-lelies en een stilleven van schelpen tussen hen in. De kamer geurde naar bloemen, parfum, nagellak en zinloosheid.

Martha staarde naar de schelpen, terwijl mevrouw Pearson hard aan haar opgewekte glimlach werkte.

Uit een ooghoek zag Martha hoe ze haar vingers spreidde, haar nagels bestudeerde en toen snel haar vingers weer introk. Ze droeg een verlovingsring, die ze de vorige keer dat Martha haar had gezien niet had gedragen.

'Vind je het niet te warm hier? Zullen we het raam opendoen?'

Mevrouw Pearson stond op en opende het raam, wat niet eenvoudig bleek.

Martha zag haar ermee worstelen en had heel even met haar te doen, wat snel over was toen ze zichzelf eraan herinnerde dat mevrouw Pearson niet kon verhullen, hoe professioneel ze ook probeerde over te komen, dat ze Martha niet zo mocht.

'Dat is beter,' zei ze terwijl ze weer plaatsnam en gelijk een blik op haar horloge wierp. 'Welke schelp vind je het mooist? Deze?'

Ze pakte een willekeurige schelp en bekeek hem aan alle kanten.

Martha voelde haar knielholtes nat worden van het zweet. Het liefst zou ze zijn opgestaan om haar handen te wassen. Die drang overviel haar vaak als ze zenuwachtig was.

Mevrouw Pearson hield Martha's blik vast met ogen waarin de onzekerheid gestaag toenam.

'Je moeder heeft vanochtend gebeld. Ze vertelde me dat je beweert gisteren na school je vader te hebben gezien, voor de schoolpoort.'

Mevrouw Pearsons mond begon zenuwtrekjes te vertonen. Martha sloeg haar gefascineerd gade, verwachtend dat ze zou gaan lachen.

'Ik beweer niet dat ik hem heb gezien. Ik heb hem gezien.' Martha slikte hoorbaar. 'Hoe kan het toch dat mensen eerder aan je twijfelen wanneer je de waarheid spreekt dan wanneer je liegt?'

Ze verwachtte geen antwoord en richtte zich stilzwijgend weer op de schelpen.

Laura en Laviolette hadden afgesproken bij het pad naar de ruïne van de priorij, vanwaar ze naar King Edward's Bay afdaalden. Het was druk op het strand – vanaf de boulevard was het één bonte lappendeken van dagjesmensen.

Laura ving de blikken op van de voorbijgangers, zongenieters, die deze warme, nazomerse dag niet zomaar voorbij wilden laten gaan en die beladen met spullen en boven het rumoer uit schreeuwend het strand op liepen. Hun kinderen holden voor hen uit, joelend en uitgelaten van opwinding.

Laura voelde een steek in haar binnenste die ze niet kon plaatsen en dus maar snel verdrong.

'Heeft Martha nog contact met u gezocht?'

'Martha? Nee.' Laviolette leunde met zijn onderarmen, handen gevouwen, op het hek, dat warm was van de zon.

Zijn stem klonk zoals altijd, rustig, nuchter, maar Laura voelde dat al zijn antennes uitstonden terwijl hij een groepje kinderen op het strand volgde, dat met schepnetjes naar de getijdenpoelen liep.

'Daar was ik namelijk bang voor.'

'Bang?' Hij draaide zich om, maar Laura's zonnebril was zo groot dat bijna haar hele gezicht erachter schuilging.

'Ze zegt dat ze Bryan heeft gezien.'

'Wanneer?'

'Gisteren, bij school. Ik wist niet of ze u al had gebeld of ...' Laura maakte haar zin niet af. 'Ik heb de school vanmorgen op de hoogte gebracht.'

Laviolette rechtte zijn rug, maar bleef met zijn handen op het hek steunen.

'Waarom hebt u naar school gebeld?'

'Ik wil dat ze naar de schoolpsychologe gaat, die is erg goed. Martha is eerder bij haar geweest. Martha liegt, weet u. Blijkbaar doet ze dat om dingen de baas te worden die ze niet in de hand heeft.'

'Denkt u dat ze liegt over Bryan?'

Laura liet een ongelovig lachje horen. 'Natuurlijk liegt ze. Ze heeft Bryan niet gezien, dat kan helemaal niet.'

'Waarom niet?'

'Omdat hij dood is, daarom niet,' zei Laura bozig en ze draaide zich om om naar boven te lopen. Laviolette greep haar bij de arm.

Ze staarde even naar de vingers die om haar arm spanden en trok zich toen los.

'Bryan is dood,' herhaalde ze. 'En daar moet ik mee leren leven. Ik doe mijn best, sommige dagen lijkt het zowaar een beetje te lukken. Vroeg of laat zal Martha het onder ogen moeten zien.' Laura zweeg, en toen Laviolette niet reageerde, vervolgde ze: 'Ik wilde u alleen maar even waarschuwen. Dat leek me op zijn plaats.'

Laviolette knikte bedachtzaam. '"Waarschuwen"?'

'Het kon zijn dat ze had gebeld,' zei Laura weer, 'en dat u misschien mankracht aan het regelen was, en middelen ... terwijl u Martha niet kent.'

Voorbijgangers kwamen en gingen, bleven staan staren, maar Laura kon hun ogen niet zien. De meeste mensen hadden net als zij een zonnebril op. Het leken net insecten die een abrupte beweging met hun kop in haar richting maakten. Sommige mensen herkenden haar van de oproep op tv, maar niemand zei iets; ze stonden daar maar, in een houding die het midden hield tussen nieuwsgierigheid en veroordeling.

Terwijl ze Laviolettes rug zag verdwijnen, zijn hemd nat van het zweet, voelde ze een paniekaanval opkomen. Sinds Bryans verdwijning gebeurde dat minstens driemaal per week. Verhit, naar adem snakkend en met ogen waarachter de tranen brandden zwoegde ze het pad op naar boven, maar daar aangekomen leek het of al de gebouwen, zelfs de dertiende-eeuwse ruïne, haar aanstaarden en van plan waren zich boven op haar te storten en levend te begraven.

Laviolette parkeerde zijn auto in de schaduw van een haagbeuk, op een doorgetrokken dubbele gele streep. Hij verkeerde in staat van opwinding. En opwinding was iets wat hij zelden voelde. Maar nu verkeerde hij in staat van opwinding.

De hitte joeg de vrouwen – want het waren allemaal vrouwen – hun auto's uit, die langs de straat van de school waren geparkeerd; ze stonden keurig verzorgd in groepjes te praten, te lachen, te wachten. Deze vrouwen besteedden aandacht aan zichzelf; ze hadden zoveel tijd, dacht Laviolette, die het allemaal van een afstandje bekeek, dat ze soms niet wisten wat ze ermee moesten. Ze wilden ergens bij horen. Waarbij? Ze hadden geen idee – zolang ze maar ergens bij hoorden, zij en hun kinderen. Hij dacht aan Laura Deane. Sommige vrouwen die hij vanachter zijn voorruit zag, hoorden vanwege hun afkomst ergens bij, anderen moesten ervoor werken. Hij kon zich voorstellen dat aardig wat van de vrouwen die ervoor moesten werken ouders hadden gehad die vóór het bereiken van de pensioengerechtigde leeftijd van uitputting waren gestorven, wat hen waarschijnlijk had doen besluiten nooit op zo jonge leeftijd al zo oud te zijn. Hun moeders hadden te hard moeten werken om hen naar school te kunnen brengen, en de moeders van hun moeders waren vast nog op blote voeten naar school gelopen, met een aardappel in hun zak. En aardig wat van hen herinnerden zich de klappen die ze hadden gekregen, want dat was de wijze waarop hun ouders hun het verschil tussen goed en kwaad bijbrachten, wat tegelijkertijd een blijk van hun liefde was, want diezelfde ouders waren te uitgeput om hun liefde op een andere manier te laten blijken.

Ten slotte joeg de hitte ook hem de auto uit. Een paar vrouwen

– allemaal in het wit – voelden dat er iets gebeurde en keken om, maar het enige wat ze zagen was een man van eind veertig die uit een oude, bordeauxrode Vauxhall stapte. Ze keken weer weg.

Laviolette glimlachte hun ruggen minzaam toe en ging op het vervallen muurtje zitten dat om de haagbeuk stond, een muurtje dat langzaam door de boomwortels werd ondermijnd.

Hij keek de straat af, die vol stond met auto's, bussen en twee concurrerende ijsverkopers, en vroeg zich af waar Martha Bryan precies had zien staan gisteren. Hij zag een oudere man met een pet op en een broek met bretels die toekeek hoe zijn jackrusselterriër tegen een wiel van een auto stond te plassen, en twee lachende bouwvakkers met ontbloot bovenlijf, maar geen van hen was Bryan Deane.

Ergens binnen in het grote stenen gebouw aan de overkant, achter het glimmend zwarte traliewerk, ging een bel. Even bleef het stil. De vrouwen kregen een verwachtingsvolle houding, en door het gebladerte van de haagbeuk ritselde een windje dat de schaduw rond zijn voeten in beweging bracht.

Hij stond automatisch op toen het gelach en geklets van de vrouwen in volume toenam in een poging op te boksen tegen het geluid waar de lucht ineens vol van was: het geluid van twaalfhonderd meisjes die een gebouw uit stormden waarin ze zeven uur lang gevangen hadden gezeten. De rood-met-blauwe schooluniformen verspreidden zich over straat, waaierden alle kanten op. Laviolette was even tot niets in staat. Moest hij Martha hieruit pikken?

De vrouwengroepjes losten zich op. Plannen gemaakt, nieuwtjes uitgewisseld – nu was alle aandacht voor de meisjes die bij de auto's stonden te gillen en zwaaien. De stroom dunde uit, maar nog steeds geen Martha te zien.

Hij keek naar meisjes die alleen weggingen, naar meisjes zonder roedel, meisjes met gebogen hoofd en met ogen – wanneer ze opkeken om over te steken – die verrassend alert waren. Meisjes als Martha, dacht hij, zich tegelijkertijd realiserend dat hij erg op haar gesteld was geraakt.

Toen claxonneerde er iemand en zag hij haar, opkijkend met precies die blik, alleen verwachtingsvoller. Ze keek tussen de langzaam rijdende voertuigen door naar een witte Ford Transit die een meter of honderd verderop stond.

Jamie Deane.

Terwijl Laviolette in de richting van het busje begon te lopen, holde Martha vóór hem het trottoir op. Ze lachte. Het portier aan de kant van de bijrijder zwaaide open en luide radioklanken waaiden naar buiten.

'Martha!' riep hij.

Ze hoorde hem niet boven het geluid van Jamies radio uit.

'Martha!'

Ze bleef staan, tas over haar schouder. Ze keek de straat af, zag hem, en aarzelde ... eventjes de kluts kwijt voor ze zich snel in het busje hees.

Laviolette begon te rennen, maar Jamie Deane draaide al aan het stuur om weg te rijden. Laviolette was net op tijd bij het busje en gaf een klap tegen het raampje.

Martha's gezicht, bleek en vertrokken, keek hem aan door het glas. Achter haar zag hij, na twintig jaar, Jamie Deane terug.

Martha wendde haar gezicht af en zei iets tegen Jamie, waardoor ze in een lachstuip schoten en het busje vooruitsprong, het verkeer in.

Laviolette rende een eindje mee, tot hij niet meer kon en naar adem happend en heftig transpirerend bleef staan. Knipperend tegen het zweet dat in zijn ogen drupte zag hij het busje kleiner worden en verdwijnen.

Jamie was niet van plan geweest Martha van school te halen. Hij had iets in de buurt moeten afleveren en was langs een lagere school gereden net op het moment dat de kinderen de speelplaats op renden. Hij had zijn busje even aan de kant gezet en gekeken naar hoe ze hun vrijheid vierden; toen had hij het contactsleuteltje weer omgedraaid en was hij weggereden, met een bijna tevreden gevoel.

Dat was het moment geweest dat hij aan Martha had gedacht.

Hij had geen flauw idee hoe laat haar school uitging, maar waarschijnlijk was dat ergens tussen halfvier en vier uur. Om halfvier stond hij er, geparkeerd in een zijstraat. Toen de bel ging, reed hij de hoek om. Tegenover een van de ijsverkopers kwam net een parkeerplaats vrij, waar hij ging staan. Hij liet de motor lopen, en de radio aan, en was totaal niet uit het veld geslagen door de stroom schooluniformen die naar buiten kwam. Na twintig jaar tussen en in uniforme kleding had hij geen probleem met het onderscheiden van een individu in een groep.

De structuurloze uren van zijn nieuwe leven maakten hem onrustig en somber, iets waar zijn begeleider hem al voor had gewaarschuwd; hij voelde zich dan ook veel beter toen hij zich had voorgenomen Martha van school te halen. Hij had een doel gecreëerd, zichzelf een taak gegeven.

Nu pas begon het hem te dagen wat de grootste impact was van gevangenisstraf: je kon de vrijheid niet meer aan.

Martha. Zijn nichtje Martha. Martha had hem overrompeld. Hij had niet kunnen bevroeden dat ze zoveel bij hem teweeg zou brengen. In de jaren dat hij vastzat waren Laura en Bryan, maar voornamelijk Laura, hem goed voor ogen blijven staan, maar van Martha had hij geen voorstelling gehad, omdat ze voor hem nooit echt had bestaan.

Gisteravond, op Marine Drive 2, had hij serieus gedacht dat Laura in de deuropening stond. Hij had er niet van opgekeken dat Laura nog precies zo was als de laatste keer dat hij haar had gezien, twintig jaar geleden, en het duurde dan ook even voor het tot hem doordrong dat het meisje dat hij voor Laura aanzag Laura's dochter was. Terwijl hij dit overpeinsde zag hij haar opeens uit de schoolpoort komen, waarop hij enthousiast begon te toeteren.

Haar gezicht deed precies wat hij wilde toen ze hem ontwaarde: het lichtte op. Ze was verrast; aangenaam verrast. Hij was zo blij dat hij bijna zat te stuiteren op zijn stoel toen ze op zijn busje af liep. Hij boog zich opzij en gooide het portier aan de andere kant open. Dat was het moment dat ze aarzelde.

Hij produceerde een geluid dat klonk als een verstikte lach, omdat hij ineens doodsbenauwd was dat ze van gedachten zou veranderen; maar ze sprong het busje in, sloeg het portier dicht en deed het op slot. Een tel later stond er een man naast hen, die een klap tegen het raampje gaf. Jamie keek met zijn hoofd schuin naar de handpalm van de man, gezwollen en wit tegen het glas, alsof het de hand van een drenkeling was.

'Hij is van de politie,' zei Martha ontdaan. 'Rechercheur Laviolette.'

Toen Jamie die naam hoorde, barstte hij in lachen uit. Het getatoeëerde spinnenweb in zijn nek barstte mee.

Martha begon ook te lachen, zonder te weten waarom.

Die politieman, die zwetend op de stoep achterbleef, leek opeens het toppunt van absurditeit. Ze duwde haar linkerhand in haar maagstreek, want ze moest zo hard lachen dat ze er spierpijn van kreeg. In het zijspiegeltje zag ze Laviolette kleiner en kleiner worden, tot hij, toen ze aan het eind van de straat rechts afsloegen, definitief verdween.

Het werd stil in de auto.

Martha klemde haar handen om de rugzak op haar schoot en liet haar blik door het busje gaan, toen naar buiten, en ten slotte naar Jamie.

'Waar gaan we naartoe?'

'Geen idee, waar wil je heen?'

'Naar Noorwegen,' zei Martha gedecideerd.

Jamies blije glimlach verdween; hij veegde een paar keer verwoed langs zijn neus in een poging hier iets van te snappen.

'Dat wil ik mijn hele leven al,' vervolgde Martha. 'Je hoeft alleen maar even over te steken. Ik wil de fjorden graag zien.'

Zijn ogen schoten nerveus heen en weer, van de weg naar haar.

Ze observeerde de gespannen trek die op zijn gezicht verscheen terwijl hij hierover nadacht, en legde toen haar hand op zijn arm. 'Maar niet vandaag,' stelde ze hem gerust.

Zijn gezicht stond ineens weer vrolijk.

Martha keek naar buiten en dacht aan heel veel dingen tegelijk, waaronder Noorwegen.

'Hoe was het vandaag op school?' vroeg hij na een poosje.

Om de een of andere reden moest ze lachen om die vraag.

'Leuk? Niet leuk?'

'Het is nooit leuk.' Ze bleef naar buiten kijken; ze passeerden een gasfabriek aan de linkerkant van de weg.

'Die schooltas ziet er zwaar uit.'

'Dat is hij ook,' zei ze, omlaag blikkend naar haar rugzak. 'Boeken, gymspullen.'

'Is dit het jaar van je O-levels, of hoe heet dat tegenwoordig?'

'GCSE's. Een paar vakken dit jaar, de rest volgend jaar.'

'Hoeveel vakken doe je?'

'Twaalf, met Mandarijn erbij.'

'Wat is Mandarijn nou weer?'

'Chinees.'

Jamie lachte. 'Dat meen je niet.'

'Dat meen ik wel. China wordt de toekomstige marktleider.'

'Hoor haar,' sprak hij vergenoegd. 'Dus jij denkt dat die spleet-ogen de wereld gaan veroveren?'

'Wie weet, over een paar jaar.'

Dat vond hij wel een amusante gedachte.

Vijf minuten later draaiden ze Tynemouth Front Street op en zagen ze de priorijruïne opdoemen.

'Nu weet ik waar ik ben.' Hij keek opzij toen ze Starz Salon passeerden. 'Daar werkt je ma. We kunnen even binnenwippen.'

Martha zei niets. Voorbij de ruïne gingen ze de bocht om en vandaar ging het naar beneden. 'Wacht. Stop.'

Jamie zette de auto stil voor St George's Church.

'Ik wil eruit. Ik wil een eindje lopen op het strand.'

Ze haalden een ijsje bij de ijscowagen die aan de overkant stond. Het was de wagen van Kath, en hij deed ook dienst als een soort bibliobus. De schappen achter haar rug stonden vol boeken die Kath graag uitleende of ruilde voor andere boeken.

Kath zat op een oud krukje voor haar wagen *Mrs Dalloway* te lezen en een sigaretje te roken. Ze zwaaide toen ze Martha zag.

'Alles goed, kind?'

'Hoi Kath. Dit is mijn oom Jamie.'

'Alles goed, Jamie?' vroeg Kath automatisch.

De meeste mensen die Jamie alleen van horen zeggen kenden voelden zich ongemakkelijk als ze zijn naam hoorden. Ze ervoeren een onbewuste mentale, spirituele en fysieke afkeer, het soort afkeer dat gezonde, ongeschonden mensen instinctief ervaren tegenover hun beschadigde of mishandelde medemens die gedwongen heeft kennisgemaakt met zaken waar zij liever onwetend van blijven.

Martha voelde zich niet ongemakkelijk bij Jamie.

Kath ook niet.

Kath was een vrouw van weinig woorden die haar gedachten het liefst voor zich hield.

Haar blik bleef niet aan de tatoeages haken, ze keek hem gewoon in de ogen.

Sinds hij vrij was had hij geleerd dat die afkerige blik altijd kwam, de blik die hem, de paar tellen dat het duurde, het gevoel gaf dat alle lucht uit de wereld werd gezogen.

Maar Kath bleef hem onbevangen aankijken en dat beloonde hij met een glimlach die maar weinig mensen te zien kregen en die zijn ogen, voor zolang het duurde, een buitengewone diepte gaf.

Ze daalden het in het klif uitgehakte pad af naar het strand, waar Martha onmiddellijk haar schoenen en sokken uittrok. Er stond een beetje wind, wat een verademing was na de drukkende warmte.

'Doe ook je schoenen uit.'

Jamie aarzelde, maar ging toen op een rots zitten en trok een beetje gegeneerd zijn sportschoenen uit. Hij had geen sokken aan, en zijn voeten waren wit. Op zijn wreven zaten putjes van de vetergaatjes.

'Zo beter?' vroeg ze, toen hij weer naast haar stond. Ze lieten de strandtent, Crusoe's, en het volk dat er rondhing achter zich en liepen naar zee, wat nog een flink eind was.

Ze stonden met hun blote voeten in het water en voelden het water loom rond hun enkels klotsen. Jamie keek af en toe schichtig over zijn schouder, alsof het leven zich in een hoek van vijfenveertig graden achter hem afspeelde.

Er waren nauwelijks golven en de drie kinderen die een heel eind verderop in zee op een groene opblaasdinosaurus probeerden te klimmen stonden maar tot hun middel in het water.

Jamie volgde hun capriolen zo geconcentreerd alsof hun spel hem kon helpen iets te begrijpen wat hij al heel lang probeerde te begrijpen.

Martha keek ook naar de kinderen en herinnerde zich hoe het was om als kind in zee te spelen en niet over je lijf na te hoeven denken.

Op een gegeven ogenblik zei ze: 'Laatst, hè, toen je belde en ik zei dat je als papa klonk ... Dat meende ik.'

'Hadden jullie een hechte band?'

'We hebben een hechte band.' Ze zweeg en tilde haar voet uit het water. 'Hij leeft nog. Ik heb hem gisteren gezien. Ik kwam uit school en hij stond onder een boom, niet ver van waar jij net stond.' Ze zweeg weer. 'Vandaag zag ik hem niet.'

Ineens pakte ze zijn arm met twee handen vast en vlijde haar hoofd tegen zijn schouder. 'Hij had blond haar, en hij leek heel mager. Hij had een hond bij zich, een husky.'

'Heb je hem gesproken?'

Martha schudde van nee en bleef naar de zee staren, waar nu niemand meer was. De kinderen en de dinosaurus waren een eindje afgedreven op de stroming.

'Hij wilde dat ik hem zou zien. Hij wil me laten weten dat hij nog leeft.'

Jamie zweeg, liet haar woorden bezinken en streek haar een paar maal over haar hoofd.

Ze liepen verder, mensen passerend die zich terloops afvroegen wat dat meisje moest met die ziekelijk uitziende getatoeëerde man. Martha voelde hun blikken, maar Jamie leek niets te merken, zo diep was hij in gedachten verzonken. Ze hoefde niet te vragen of hij haar geloofde; ze wist dat hij dat deed.

'Heb je het aan iemand verteld?' vroeg hij. 'Aan de politie?'

Martha wilde net antwoorden toen ze een vrouw in een witte trui op hen af zag rennen.

'Martha!' riep Anna.

Anna had slechts een paar meter van hen af gestaan. Toen ze zich had omgedraaid, had ze hen gezien.

'Niets aan de hand,' zei Martha om haar gerust te stellen. Anna staarde Jamie aan; hij leek meer op zijn broer Bryan dan ze zich herinnerde. 'Niets aan de hand.'

Anna voelde iets wat verdacht veel op medelijden leek toen ze Jamie Deane zag. De laatste keer dat ze hem had gezien was ze doodsbang en dertien jaar geweest, een paar jaar jonger maar dan Martha nu was. Ze vroeg zich af of Laura wist dat haar dochter op Tynemouth Longsands liep met Jamie Deane, die haar, ze voelde het, van top tot teen opnam zonder dat het iets in hem wakker riep. Hij herkende haar niet.

'Anna Faust,' zei ze een beetje schutterig, en ze wachtte af. Ze zag dat hij in zijn hersens groef. Voor hij iets kon zeggen zei Martha:

'Hij heeft het niet gedaan, Anna. Zeg het dan,' commandeerde ze. Maar Jamie zei niets en keek alleen maar.

Gefrustreerd vervolgde Martha: 'Hij heeft twintig jaar gevangengezeten voor iets wat hij niet heeft gedaan. Op de middag dat die man werd vermoord was zij bij hem. Zij was de hele middag bij hem.'

Anna keek van Martha naar Jamie en zag het tafereel van die middag weer voor zich: Laura, kil en bang, boven aan de trap van Parkview 15.

'Hé,' zei Jamie, die ineens weer wist wie Anna was. 'Ik ken jou. Jij was het vriendinnetje van Bryan.'

'Ik wist het wel.' Dat was Martha.

'Waarom vriendinnetjé?'

Hij schudde zijn hoofd. 'Weet ik het. Om de een of andere reden vond ik je klein. Ik ken je,' herhaalde hij tevreden. 'Grappig,' zei hij toen, meer tot zichzelf.

Verbouwereerd keek Anna hen na terwijl ze verder klommen naar de grote weg, tot voorbij de plek waar het Grand Hotel had gestaan voor het was afgebrand, en ze stond nog steeds roerloos op het strand toen Laviolette een halfuur later arriveerde.

Laviolette reed langs de kust naar Blyth. Hij wilde Anna spreken, want het lukte hem niet haar per telefoon te bereiken. Toen hij langs het speelgoedmuseum reed zag hij haar kanariegele Capri staan, niet ver van de plaats waar Bryan Deane zijn auto op paaszaterdag had geparkeerd, hoewel zij dat niet kon weten.

Hij zocht een parkeerplek in de buurt en stak een briefje onder haar ruitenwisser met de vraag of ze even wilde wachten, mochten hun paden elkaar niet kruisen.

Hij bleef even staan bij de bank die hij kende van de bewakingscamerabeelden van Bryan Deane en besloot net als hij vier minuten te blijven staan, strand en zee afspeurend naar Anna. Het was eb en er waren geen golven, dus kon ze niet aan het surfen zijn; er waren wel mensen in het water, maar dat waren voornamelijk kinderen.

Zijn blik gleed van de ene naar de andere strandganger, en tussendoor keek hij op zijn horloge.

Twee minuten pas, twee minuten die voelden als tien minuten.

Maar ja, tijd was een relatief begrip. Toch verbaasde het hem weer hoe lang vier minuten konden duren.

Toen zag hij haar. Hij wist zeker dat zij het was, de vrouw die in een witte trui aan de rand van het water stond, haar haren opwaaiend in de wind. Er waren wel meer mensen in hun eentje op het strand, maar die hadden bijna allemaal een hond bij zich.

Ze had hem geraakt, zo geraakt dat hij haar op een afstand van meer dan tweehonderd meter herkende, en dat besef veroorzaakte een raar gevoel in zijn maag. En het maakte hem bang, zo bang als hij in jaren, tientallen jaren zelfs, niet was geweest.

Opnieuw wierp hij een blik op zijn horloge.

Er waren tien minuten verstreken, tien minuten die voelden als twee minuten.

Hij daalde af naar het strand via de trap waarlangs Jamie en Martha omhoog waren geklommen en liep over het strand, waarop hun voetafdrukken nog zichtbaar waren, naar Anna, die met haar schoenen in de hand op het vochtige zand stond.

Hij riep haar naam, maar de wind, die dicht bij het water veel sterker was, sleurde haar naam uit zijn mond en nam hem mee.

Ze moest zijn schaduw hebben gezien die zich op het zand aftekende – beide schaduwen strekten zich in een hoek van vijfenveertig graden uit voor de persoon waar ze bij hoorden – want ze draaide haar hoofd zijn kant op, verrast dat ze niet meer alleen was.

Het leek even te duren voor tot haar doordrong wie hij was, maar toen brak er een glimlach door op haar gezicht.

Hij glimlachte terug en probeerde vast te stellen of ze echt blij was om hem te zien. 'Je stond aan Bryan te denken.'

'Ja,' gaf ze toe. 'Dat klopt.'

'Ben je daarom hier?'

'Ja.' Ze keek naar haar linkervoet, die ze door het water trok.

Het tij was gekeerd, het water kwam op. De golven zwollen en wonnen snel terrein, een fenomeen waar dit stuk kust berucht om was. Daar kon je maar beter rekening mee houden, maar toch moest de kustwacht elke zomer weer uitvaren om vakantiegangers te redden die naar Holy Island waren gelopen en, afgesneden door het tij, van de dam moesten worden gehaald.

'Hoe wist je waar ik was?' vroeg Anna na een tijdje.

'Waarom denk je dat ik je zocht?'

Ze lachten even, en zonder iets te zeggen keerden ze zich tegelijkertijd om om terug te lopen, in een schuine lijn zodat ze niet werden ingehaald door het water.

'Ik zag je auto staan boven, en ik wilde je sowieso spreken. Dit scheelt me een ritje,' besloot hij. 'Zin in een biertje of zo?'

Ze aarzelde, knikte toen en liep achter hem aan naar Crusoe's, dé strandtent van Longsands, waar ze buiten op het terras een tafeltje wisten te bemachtigen. Toen Laviolette naar binnen ging om een biertje te halen, legde ze haar benen op het touw dat het terras afbakende, liet haar hoofd rusten op de rugleuning van haar stoel en deed haar ogen dicht.

Na een paar minuten was Laviolette weer terug. 'Ik ben hier nog nooit geweest,' zei hij.

'Dat is toch niet zo gek?'

'Ik woon in Tynemouth.'

'Dat wist ik niet,' zei ze, hem aankijkend.

'Sterker nog, ik kan me niet herinneren wanneer ik voor het laatst op het strand heb gewandeld, behalve in verband met dit onderzoek, dan.'

'Nu net, dus.'

'Klopt.' Hij glimlachte geamuseerd.

Zwijgend keken ze naar de mensen die af en aan liepen.

'Je gaat dit missen,' zei Laviolette, 'als je weer naar Londen gaat.' En, toen Anna geen antwoord gaf: 'Mijn aanbod staat nog. Chambers gaat terug naar Teeside, waar zijn schoonfamilie woont.'

Anna knikte en glimlachte. 'Zoals je het brengt lijkt het simpel.'

'Dat is het ook. Je hebt een huurwoning in Londen, dus je hoeft geen huis te verkopen.'

Anna drukte haar kin tegen haar borst en dacht na.

'Heb je nooit overwogen terug te keren?'

'Jawel.'

Ze zwegen weer.

'Was dat de reden dat je me wilde spreken?'

Laviolette schudde zijn hoofd. Er kwam een vrouw naar buiten om het tafeltje naast hen af te ruimen.

'We gaan zo dicht. Tien minuten,' zei ze.

Laviolette en Anna namen het voor kennisgeving aan.

'Martha heeft Bryan gezien.'

Anna draaide haar hoofd weg en keek naar een vader die een poging deed om zijn gezinsleden over te halen tot een spelletje beachcricket, waar zijn langbenige tienerdochter geen oren naar had omdat het clubje waarin ze was opgegroeid haar niet langer boeide; het leven vond elders plaats. Die jaren waarin je je losmaakt van je ouders ... Te oud om van huis weg te lopen, maar te jong om een zelfstandig leven te beginnen.

Anna merkte dat ze het dwarse, mokkende meisje aanstaarde en wendde zich weer tot Laviolette.

'Ze heeft het je verteld,' zei hij en hij keek haar aan.

Anna knikte. 'Gisteren. Wanneer heeft ze het aan jou verteld?'

'Ze heeft het niet verteld.'

'Wie dan wel?'

'Laura Deane, vanmorgen. Wanneer zou jij het hebben verteld?' vroeg Laviolette er in één adem achteraan.

'Ik weet het niet. Ik weet niet of ik haar geloof.'

'Wil je haar geloven?'

Anna zweeg. 'Wat had Laura te zeggen?'

'Dat Martha vaak liegt; dat ze niet wil dat ik tijd en mankracht en middelen ga inzetten voor niets.'

'Maar jij denkt niet dat het voor niets is.'

'Ik denk dat het niet de bedoeling was dat Martha Bryan zou zien, maar ik denk dat ze hem wel heeft gezien.'

'Dat is één interpretatie.'

'Ik heb er nog een. Laura heeft vanmorgen naar school gebeld om de schoolpsychologe in te schakelen. Stel dat Laura weet dat Bryan nog leeft, dan weet ze ook dat Martha de waarheid spreekt. Snap je wat ik bedoel?'

De jongen die aan het tafeltje naast hen zat te lezen keek hun kant op, wierp een blik op zijn horloge, en ging verder in zijn boek.

'Dat kind zit er middenin, en wordt de dupe,' lichtte Laviolette toe, die moeite deed zijn stem te dempen. 'Dus als je iets weet, als je iets denkt, of wat voor gevoel je er ook over hebt: vertel het me.' Hij leunde voorover en keek haar recht aan. 'Zullen we een hapje gaan eten?'

Anna stond op. 'Vanavond niet.'

'Wat ga je doen?'

'Laten we nog een eindje lopen.'

Ze liepen naar het pad achter Crusoe's dat naar boven leidde en volgden het tot ze bij de ruïne waren.

Ze passeerden schoolkinderen, die in de schaduw van het nieuwe openbare toiletgebouw aan de chips en frisdrank zaten – en ze ook als rekwisiet gebruikten om mee te flirten.

'Toen we klein waren,' zei Anna, 'tekende Bryan veel. Hij kon echt fantastisch tekenen. Het pleit niet voor de school waarop hij toen zat dat ze dat niet hebben aangemoedigd. Na de dood van zijn moeder kwam hij vaak bij ons in de tuin tekenen, insecten en zo. Meestal insecten.'

Even voorbij de ingang naar de ruïne van de priorij gingen ze Pier Road op, naar de Spanish Battery.

'Ze waren schitterend, die tekeningen. Hij had echt talent,' ging Anna door, alsof Laviolette dat betwijfelde. 'Op de dag dat Erwin werd begraven heeft iemand een tekening bij mij in de brievenbus gedaan. Van een vlinder.'

'Bryan?' Laviolette keek haar strak aan.

'Dat moet wel.'

'En sindsdien?'

'Niets.' Hun blikken ontmoetten elkaar. 'Niets.'

'Hij wilde je laten weten dat hij leeft,' stelde Laviolette vast. Hij volgde de verrichtingen van een achttal roeiers van de Tynemouth Rowing Club die in het baaitje aan de zuidkant van de priorij een wedstrijdboot in het water legden en voelde de spanning en agressie die zich in zijn lijf hadden opgebouwd wegglijden. De vanzelfsprekende samenwerking van de roeiers maakte zo'n gracieus, vloeiend geheel van de tewaterlating dat Laviolette een kalmte ervoer die haast vredig te noemen was.

Hij voelde Anna naast zich, maar hij was met zijn volledige aandacht bij de roeiers, die nu de riemen in het water staken. Kon hij maar mee, als een van de acht. Zijn verlangen was zo sterk dat het voelde alsof hij degene was die achter moest blijven.

Gedesoriënteerd keerde hij zich weer naar Anna.

'Waarom heb je dat niet eerder verteld, van die tekening?'

'Die kwam op de dag van Erwins begrafenis en ...'

'En?'

'Ik ben er niet honderd procent zeker van dat die van Bryan af-komstig is. Ze kan ook van Martha zijn.'

'Als je gedacht had dat ze van Martha was, had je het verteld. Heb je haar nog?'

Anna knikte.

'Waarom wil je niet dat anderen weten dat Bryan nog leeft?'

'Weet ik niet.'

'Hoe wist hij dat jij in de Ridley Arms zat?'

'Weet ik niet.'

'Waar denk je dat hij is?'

'Ik heb geen idee.' Deze keer bleef ze hem aankijken. 'Ik weet heus wel hoe het gaat. De kajak is aangespoeld; er zijn geen nieuwe feiten boven water gekomen sinds ...'

'Op die tekening na, dan.'

'Die hoeft niet van hem te komen. Iedereen gaat ervan uit dat Bryan is verdronken. De zaak is niet interessant meer, dus kun je verder onderzoek wel vergeten.'

'Dan is het dus aan ons.'

'Wat is aan ons?'

'Om te bewijzen dat Bryan zijn eigen dood in scène heeft gezet, daarbij geholpen door zijn vrouw. Hun leven bleek niet wat ze er-van hadden verwacht en met het geld van de levensverzekering konden ze opnieuw beginnen.'

'Dat kan weleens kloppen.'

'Je weet dat het klopt.'

'Het kan niemand iets schelen.'

'Mij wel. En jou ook. En Bryan Deane; hem kan het zoveel sche-len dat hij alles in de waagschaal stelt om jou en Martha te laten weten dat hij nog leeft. En of het hem kan schelen.'

'Waarom kan het jou zoveel schelen?'

'Omdat ik genoeg heb van al het gelieg,' zei Laviolette. Ze liepen door en namen het pad van de Battery naar de pier.

'IJsje?' vroeg hij toen ze langs de ijscowagen kwamen die op het parkeerterreintje aan de voet van de Battery stond.

Anna keek hem aan alsof hij haar een oneerbaar voorstel had gedaan en schudde haar hoofd.

De pier van Tynemouth is geen pier met speelhallen, maar een lange, gebogen, gemetselde barrière met op het uiterste puntje een kleine vuurtoren, die veel te verduren heeft gehad van de zee. Beroemde voeten hebben hem belopen – zoals die van Harriet Martineau, Charles Dickens, Lewis Carroll en Thomas Carlyle – maar ook minder beroemde, oude en jonge, die hem belopen omdat het de zee koud laat met wie je flirt, met wie je rotzooit, of wat je spuit.

Laviolette en Anna wandelden zwijgend over de pier in een nevelig waas van opstuivend water afkomstig van golven die tegen deze door de mens gemaakte zeewering opspatten. Ze passeerden een stel dat terugliep naar het vasteland – een glimlach en een groet. Verder waren er nog maar twee andere mensen op de pier, Russen, bemanningsleden van een schip dat in North Shields voor anker lag, die vroegen of ze een foto van hen wilden maken – met hun rug tegen het roestige hekwerk dat om de vuurtoren stond, armen om elkaars schouders.

Toen de Russen weg waren, gingen Anna en Laviolette op het warme cement zitten, met hun benen een paar meter boven het kolkende water.

'Waarom ben je teruggekomen?'

'Omdat mijn opa op sterven lag.'

Laviolette knikte. 'En waarom nog meer?'

'Wil je dat echt weten?'

'Echt.'

Anna zuchtte diep en keek naar het zwellende zwarte water onder haar voeten. 'Een collega van me, met wie ik twee jaar aan een zaak had gewerkt, pleegde zelfmoord. Niet lang daarna begon ik paniekaanvallen te krijgen. Ik herkende het meteen, ik had het zien gebeuren bij mensen die ik goed kende. Ik zat bijvoorbeeld gewoon achter mijn pc en zonder enige aanleiding kwam het ineens over me ...' ze zocht de juiste woorden, 'kreeg ik het gevoel dat ik ging instorten. Als ik het aan voelde komen, wist ik dat ik ergens heen moest waar ik alleen kon zijn; meestal was dat het toilet.' Ze zag zichzelf weer zitten in een van de zuurstokroze hokjes, haar knokkels tegen haar mond gedrukt om het geluid van haar snikken te smoren, of, bij een acute aanval, kotsend in de toiletpot. 'Het was of ik voortdurend een groot verdriet aan het verwerken was, terwijl er geen groot verdriet was. En dat begon op te vallen.'

'Je kunt je werk niet loslaten, hè?'

'Met zoveel woorden zeiden ze het niet, maar daar kwam het wel op neer.'

'Is het beter geworden sinds je terug in het noorden bent, afgezien van je grootvaders kanker, de reden waarom je terugkwam?'

Anna's lippen vormden een smalle streep, wat betekende dat ze geconcentreerd nadacht. 'Het ging beter met me tot die ochtend dat ik Bryan voor het eerst sinds zestien jaar terugzag. Toen wist ik ...' Ze haperde, terugdenkend aan het moment dat ze achter het stuur van haar gele Capri voor Parkview 19 had gestaan. In het huis ertegenover had ze een peuter met een dobermannpincher zien spelen. 'Toen wist ik dat alles wat er met me aan de hand was, zestien jaar had liggen smeulen. Alles wat ik doelbewust achter me had gelaten, alles waarvan ik dacht dat ik het achter me had gelaten, had mij niet losgelaten, maar had al mijn reserves opgebruikt.'

Laviolette zei niets.

Ze keken zwijgend naar de ondergaande zon, die een lome oranjekleurige streep op het wateroppervlak toverde.

'Ik heb je eerder gezien, met Bryan. Een hele tijd geleden.'

Anna, die zonder het te merken haar hoofd tegen zijn schouder had laten zakken, zat ineens rechtovereind. 'Ik heb jou nooit gezien voor die bewuste zaterdag voor Pasen.'

'Ik heb jou gezien, zei ik. Ik zei niet dat jij mij had gezien. Jullie waren hooguit achttien. Het was op een vrijdagmiddag en het regende, want jullie kwamen drijfnat de Clayton Arms binnen.'

'De Clayton Arms?'

'Bij Bedlington Station. Op vrijdagmiddag had je daar strippers, daarom weet ik nog dat het een vrijdag was; vanwege die twee meisjes met hun blote tieten op het podium.'

'Wat deed ik in de Clayton Arms?'

'Je was met Bryan, en je was de enige vrouw daar. Je keek even naar het podium en vloog toen naar buiten.'

Laviolette vertelde niet het hele verhaal. Hij vertelde niet dat hij langs Bryan Deane heen achter haar aan was gerend, de regen in; dat hij had gezien dat ze van hen wegliep.

'Hoe kan het dat je je dat nog herinnert? En hoe weet je dat ik het was?'

'Ik herkende je meteen toen ik je die zaterdag bij de Deanes zag. De eerste keer dat ik je zag was je met Bryan Deane. De tweede keer, zestien jaar later, ben je op zoek naar Bryan Deane. Alleen was ik nu degene die uit de regen naar binnen kwam.'

'Waarom zou ik naar hem op zoek zijn?'

'Ben je daarom niet teruggekomen?' Hij krabbelde overeind, zich vasthoudend aan het hekwerk waarvoor de Russen zich hadden laten fotograferen.

Anna zei niets; ze zat nog met haar hoofd bij Laviolettes herinnering aan Bryan en haar in de Clayton Arms.

'Waar zou hij wonen, denk je?' vroeg Laviolette na een poosje.

'Ik heb geen idee.'

'Niet ver uit de buurt, want hij stond bij school.'

Laviolette keek naar zijn schoenen, die onder het schuim zaten van een hoge golf die zojuist tegen de pier was geslagen.

'Op paaszaterdag zei je dat we er allemaal op een of andere manier iets mee te maken hadden.'

'De levenden en de doden.' Een kort, verlegen glimlachje. 'Bobby Deane. Rachel Deane.'

De golven werden hoger en hoger en de pier was nat van het schuim, dat kleine regenboogjes vormde daar waar het de zon ving.

'Rachel Deane had een verhouding met mijn vader. Wist je dat?'

'Ik weet het sinds kort. Van mijn oma.'

'Men beweerde dat dat de reden was dat ze zelfmoord pleegde. Omdat ze Bobby Deane niet wilde opgeven, maar mijn vader ook niet. Toch moest ze kiezen. Want twee mannen, dat was op zijn zachtst gezegd ...'

'Onfatsoenlijk,' offreerde Anna zacht.

'Een hel,' corrigeerde Laviolette. 'Bobby is bij ons langs geweest na Rachels overlijden, dat zal ik nooit vergeten. Hij kwam achterom en stapte plompverloren de keuken binnen. Dronken, maar niet straalbezopen. Pa was de radio uit elkaar aan het halen op het aanrecht, hij wilde hem repareren. Toen hij zich omdraaide, met de schroevendraaier nog in zijn hand, zag ik hem klein worden. Bobby was een reus, of in elk geval, zo voelde hij toen voor mij, en mijn vader was een lichtgewicht. De reden waarom Bobby hem opzocht maakte hem doodsbang; hij ademde angst, net als Bobby agressiviteit ademde, en hij kromp al ineen voor Bobby nog maar in zijn buurt was.

Ik herinner me dat ik dacht: dat is het dan, en dat ik me opgelucht voelde. Ik weet ook nog dat ik besefte dat de angst van mijn vader voor Bobby Deane veel groter was dan zijn liefde voor Rachel was geweest.'

'Hoe oud was je toen?'

'Hoe oud?' Hij bleef haar even aanstaren, nog te zeer verzonken in het verleden om direct te kunnen antwoorden.

'Negentien? Twintig?' zei hij, en hij zag zichzelf weer bij het aanrecht staan, bij de uit elkaar gesloopte radio, alsof Bobby Deane voor die radio kwam en hij hem ervan af moest houden.

'Twintig,' besloot hij, haar nog steeds aankijkend met ogen die niets zagen. 'Pasgetrouwd, en net bij de politie, maar het is geen moment bij me opgekomen om in actie te komen tegen Bobby die onze keuken binnenviel, want het enige wat ik dacht was: wat zag ze in hem? En dan heb ik het niet over Bobby.

Nou goed, ik dacht dus: dat is het dan, en ineens zie ik iets in Bobby knappen. Hij trekt een keukenstoel onder de tafel vandaan, gaat zitten, alsof al het leven uit hem is weggelopen, en begint te snikken. Niet huilen; snikken. Het leek wel of wij zijn laatste strohalm waren geweest, alsof hij had verwacht Rachel bij ons aan te treffen, en toen hij zag dat ze er niet was stortte hij in.

Nooit zal ik zijn hand vergeten, die half dichtgeknepen op tafel lag terwijl hij doodstil zat te snikken. Na een poos, het leken wel uren, maar dat kan natuurlijk niet, begon hij over zijn gezicht te boenen en zei hij tegen mijn pa: "Waarom heb je haar niet laten kiezen? Waarom ben je niet met haar weggegaan? Je had weg moeten gaan, dan was er niets met haar gebeurd." Ik hoor het hem nog zeggen, woord voor woord, helemaal kapot.'

Ze staarden elkaar aan. Laviolette draaide zich om en begon terug te lopen.

Anna trok een sprintje tot ze weer bij hem was.

'Toen wist ik dat Bobby Deane alles tegen mijn vader had gezegd wat hij te zeggen had en daarom wist ik, toen pa werd vermoord, dat Bobby Deane het niet gedaan kon hebben. Hij moest mee voor verhoor, en toen hij doorkreeg dat Jamie ook was aangehouden bekende hij schuld.'

'Om zijn zoon te dekken,' vulde Anna aan, die ineens merkte dat ze het koud had. De warmte was uit de lucht en het koelde snel af.

'Ze hebben overwogen om hem ervoor te laten opdraaien, maar hij had te veel alibi's, zelfs voor hen. Dus zetten ze in op Jamie.'

Ze dacht aan Jamie en Martha, die ze een paar uur eerder op Tynemouth Longsands had gezien. 'Jamie heeft twintig jaar gezeten,' riep Anna.

'Dankzij wie, denk je?'

'Zijn alibi. Laura.'

'Lekker alibi.'

Er sloeg een golf over de pier; Laviolettes rug en Anna's rechterkant waren drijfnat. Het water dat van haar gezicht drupte was koud.

'Wist je dat Laura zijn alibi was?'

'Dat weet ik pas sinds vandaag. Ik heb Jamie en Martha gezien op Longsands, vlak voor ik jou zag.'

'Ik was ze kwijtgeraakt.'

'Volgde je ze dan?'

Laviolette schudde zijn hoofd. 'Ik wilde Martha aanspreken, na school. Ik zag haar bij Jamie Deane instappen.'

Hij liep stug door.

'Waar ga je naartoe?' vroeg ze.

'Naar huis.'

'Waar woon je dan?'

Hij wees naar de landtong die op de plek verrees waar de pier het land raakte. 'Op de Battery.'

Vanwaar hij liep kon hij Coastguard Cottages zien, en de auto van mevrouw Kelly die voor de deur stond. Harvey zat natuurlijk binnen zijn kubusvormige figuren te tekenen, waarvoor geen enkele arts of therapeut tot nog toe een verklaring had kunnen geven. Mevrouw Kelly hoefde niet te weten waarom Harvey de hele dag kubussen tekende; het vervullen van zijn behoefte aan een continue bevoorrading van potloden en papier was voor haar genoeg en daarin, dacht Laviolette, lag het antwoord besloten.

Hij merkte dat hij Anna graag mee naar huis wilde nemen.

Anna holde zijn behoefte aan alleen-zijn uit.

Ze deed het onbewust en onbedoeld, maar ze deed het wel, en hij wist niet goed wat dat weer met hem deed.

'Vraag je me niet mee?'

'Heb ik gedaan. Ik heb gevraagd of je mee ging eten. Maar dat wilde je niet.'

Ze keek hem na en zag hem, net als de golven aan weerszijden van hem, kleiner en kleiner worden.

Na een tel of wat zette ze het op een hollen, over de pier, langs de stukslaande golven, achter hem aan.

15

Toen ze Coast Guard Cottages 4 binnengingen, besefte Anna dat ze geen idee had van Laviolettes huiselijke situatie. Sinds hun gesprek op de pier wist ze dat Laviolette op zijn twintigste was getrouwd en dat hij in elk geval één kind had, want toen hij haar had gebeld had ze een kind gehoord. Dus toen ze de keuken in ging, interpreteerde ze de dingen anders dan ze waren.

Pas toen ze werd voorgesteld aan mevrouw Kelly, die op het aanrecht naast het fornuis deeg aan het uitrollen was en nerveus reageerde op het onverwachte bezoek – ze leek meer van Anna te schrikken dan Anna ooit van haar had kunnen schrikken – begon het tot haar door te dringen hoe het leven van Laviolette eruitzag.

Harvey was begin twintig, ongeveer een meter tachtig lang, en zat met een doos gestreepte limonaderietjes en een sellotapehouder aan de keukentafel. Voor hem stonden drie identieke driedimensionale kubussen, en hij maakte een gorgelend geluid toen hij Laviolette zijn naam hoorde noemen. Hij had geen aandacht voor hem en keek niet op.

Anna dacht terug aan toen Laviolette haar had gebeld, op eerste paasdag. Het kind dat hij had zitten voeren, het kind waarvan ze had aangenomen dat het een peuter was, was dus Harvey geweest.

Nadat Laviolette mevrouw Kelly – zo verlegen met Anna erbij dat ze amper nog iets zei – had verzekerd dat er voldoende *steak and kidney pie* was voor hen allemaal, ging hij Anna voor naar zijn kantoortje op de zolderverdieping.

'Hoe hou je het vol?' vroeg ze. Ze keek rond in het kamertje, dat niet veel groter was dan een cel en dat vol stond met boeken en mappen. Hier trok hij zich terug als hij thuis was, vermoedde ze. Er hing een lucht van vloerbedekking, zon, koffie en elastiekjes.

'Dankzij mevrouw Kelly.' Hij glimlachte mat en vroeg zich af of hij er goed aan had gedaan Anna mee te nemen, of hij dat eigenlijk wel wilde. 'Vorig jaar rond deze tijd moest ze een kijkoperatie aan haar knie ondergaan en toen heb ik ervoor gezorgd dat ze het in een privékliniek kon laten doen, zodat ze na drie dagen weer naar huis kon.' Hij hoorde zichzelf antwoorden, nog steeds niet helemaal met zijn gedachten erbij.

Anna wilde gaan zitten, maar bedacht zich. 'Maakt niet uit, hoor,' zei ze.

Hij keek haar onthutst aan.

'Ik hoef niet te blijven.'

'Dat is het niet,' zei hij en hij schudde zijn hoofd. 'Ik wil je iets laten zien.'

Ze ging op het puntje van de bank zitten, terwijl Laviolette de cassettebandjes uit de doos haalde waarin hij ze bewaarde – in het besef dat hij ze nog nooit samen met iemand had afgeluisterd en dat Anna naar hem keek. Hij zou gewoon beginnen, besloot hij, zonder inleiding.

'Waar is Harveys moeder?' vroeg Anna.

Laviolette draaide zich met de bandjes in zijn handen om en staarde haar aan alsof ze iets had gezegd in een taal die hij in een ver verleden had gesproken, maar van kind af aan niet meer had gehoord.

'Geen idee,' zei hij. 'We zijn uit elkaar, al heel lang. Niet eens officieel. Op een gegeven moment was ze er gewoon niet meer.'

Uit de manier waarop hij het zei leidde Anna af dat hij geen zoekpogingen had ondernomen en dat hij daar achteraf spijt van had. Niet omwille van zichzelf, maar omwille van haar.

'Ik weet niet eens meer wanneer ze is weggegaan.'

'Hoe heette ze?' Anna wist niet waarom ze het vroeg. Het was niet relevant, maar toch wilde ze het weten.

Hij aarzelde even. 'Lily. Het kwam niet door Harvey. Ik bedoel, dat was wel schrikken, en we waren jong, maar het lag niet alleen aan Harvey. Er speelden andere dingen.' Hij zweeg weer. 'Mijn vader was geweldig met Harvey. Nooit heb ik een betere band met mijn vader gehad dan toen, en dat kwam door hoe hij met Harvey omging. Die was pas twee toen mijn pa stierf. Hij was erbij toen hij werd vermoord.'

'Dus Harvey weet wie het heeft gedaan,' zei Anna kalm.

Laviolette keek haar aan. Daar had hij nog nooit aan gedacht. 'Dat moet wel, hè?'

Toen drukte hij op PLAY en weerklonk er een kinderstem in het kamertje op de zolderverdieping van Coastguard Cottages nummer 4. Het was de stem van Laura Hamilton, dertien jaar oud.

Het was ook de stem van Anna's jeugd. De stem die tegen haar aan had gekletst als ze van kartonnen dozen en oude gordijnen zeilboten bouwden; de stem die had voorgesteld om van balletpakje te ruilen voor hun wekelijkse tapdans- en balletles op de dansschool van mevrouw Miller; de stem die, toen ze een keer tien penny hadden, had gewikt en gewogen of ze bij Mo's twee lolly's met snoeppoeder moesten kopen of tien snoepjes van een pence. Ze wist nog hoe hun handen hadden geroken als ze op het ijzeren paard in het park hadden gezeten, en dat ze, de laatste keer dat ze hadden gekampeerd, 's nachts in de groene tent op elkaar hadden geoefend hoe je moest zoenen, zodat ze dat tenminste zouden weten als het zover was.

Anna, gezeten op het puntje van de bank, en Laviolette keken elkaar niet aan, en Anna, die aan al die dingen dacht, voelde een scheut van verdriet door zich heen krampen, want het kind van het bandje, Laura Hamilton, haar beste vriendin, was die dingen allang vergeten. Twee volwassenmannenstemmen, agressief, flemend, lacherig, vroegen hoe vaak ze met Jamie Deane had gevreeën. En waar deden ze het? Wisten haar ouders dat wel? Ze was minderjarig. Het was strafbaar. Anna kon zich niet voorstellen hoe de verhoorruimte en de agenten eruitzagen; de enige die ze voor zich zag was Laura – boven aan de trap van Parkview 15, met haar haren half voor haar gezicht.

'Op die dag is het gebeurd, op de dag dat hij me in het washok had opgesloten waar Rachel Deane zelfmoord had gepleegd,' zei ze tegen Laviolette. Pas toen ze haar eigen stem hoorde, besefte ze dat het bandje gestopt was. Laura's stem klonk niet meer door de kamer.

Jamie en Laura hadden het die zomer waarschijnlijk wel op meer dagen gedaan, maar Anna wist gewoon dat het die dag was geweest, de dag dat ze met het vergrootglas bij nummer 15 voor de deur had gestaan, dat Roger Laviolette was vermoord.

'Ik ging naar Bryan om iets terug te brengen, maar hij was niet thuis. Laura was er wel, waar ik van schrok, ook al waren we toen al niet meer bevriend.'

Zonder iets te zeggen trok Laviolette een bureaula open, haalde er een fles Nicaraguaanse rum uit en schonk voor hen beiden een glas in.

In gedachten verzonken kantelde Anna het glas met de amberkleurige vloeistof. 'Er hing een dood hert aan het plafond, ondersteboven. Met van die starre, starende ogen.'

Ze sloeg de rum achterover en hield hem het lege glas voor; er stond een afbeelding van een wit vlaggetje op, met in het rood de woorden GOOD LUCK.

'Wie heeft je bevrijd?'

'Waaruit?'

'Uit het washok.'

'O ... Dat is het enige wat ik me niet kan herinneren.'

'Jamie?'

'Zou kunnen. Ik weet het niet meer.' Ze dronk het tweede glas rum leeg. 'Wie heeft deze zaak aan jou gegeven?'

'De man die het vraaggesprek leidde dat je net hebt gehoord. De teamchef, Jim Cornish.'

Ze volgde zijn bewegingen toen hij hun opnieuw inschonk. 'Heb je nog meer bandjes?'

'Ik heb ze allemaal.' Hij vroeg zich af of ze wist dat Mary was ondervraagd.

Zoals altijd was het bijna onverdraaglijk om het verhoor van Jamie Deane af te luisteren. Halverwege stond Anna op om de cassetterecorder uit te zetten. 'Hij heeft het niet gedaan, hè? Waar is hij ondervraagd?'

'Dat was geen ondervraging, het was een verhoor.' Laviolette zweeg even. 'Bureau Berwick Street.'

Anna dacht dat hij nog meer wilde zeggen, maar dat deed hij niet. Hij zat wat heen en weer te wiegen in zijn stoel, starend naar de plek op de bank waar zij net had gezeten.

Berwick Street was haar bekend. Of je er ooit geweest was of niet, iedereen die in Hartford was opgegroeid kende Berwick Street.

'En toen kwamen ze met Bobby op de proppen?'

Na het afluisteren van de Bobby-bandjes bleef het stil.

Anna voelde een soort zwaarte in haar lijf, wat haar ook over-kwam als ze zelf vraaggesprekken leidde, als de antwoorden die ze kreeg niet zodanig met het feit te verenigen waren dat er iets uit kwam. Als Bobby Deane Roger Laviolette niet had vermoord, en Jamie Deane ook niet, wie dan wel?

Ze rekte zich uit, kwam langzaam overeind van de bank en liep naar de andere kant van het kamertje, naar het bureau waaraan Laviolette zat. Ze tuurde peinzend naar de cassetterecorder en begon toen het Bobby Deane-bandje terug te spoelen, op STOP en PLAY drukkend tot ze had gevonden wat ze zocht.

Laviolette, die geen idee had wat ze wilde, luisterde tot Anna na een minuut of tien weer de STOP-knop indrukte.

'Dat is het.'

'Wat?'

'Luister.' Weer spoelde ze het bandje terug, maar nu liet ze het maar vijf minuten lopen voor ze het stopte.

Hij voelde dat ze hem gadesloeg.

'Heb je het gehoord?'

Hij schudde zijn hoofd en ze speelde de vijf minuten nog eens af.

'Hij zegt niet meer dat hij schuldig is.'

'Klopt, maar voor hij van gedachten verandert, hebben ze het bandje stopgezet.'

'Dat hoor ik niet.'

Ze luisterden nog drie keer naar het bandje. 'Hoor je dat kuchje?'

Laviolette knikte.

'Na dat kuchje is de sfeer anders. Dat kuchje moet verhullen dat het bandje werd stopgezet. Wat hebben ze tegen hem gezegd dat niet opgenomen mocht worden?'

'Misschien hebben ze hem een schikking aangeboden.'

Anna knikte en dacht na. 'Luister goed naar zijn stem na de on-derbreking. Zijn toon ...'

'Hij liegt nog steeds,' stelde Laviolette vast nadat ze voor de tiende keer het stukje hadden afgespeeld.

'Dat ben ik met je eens, maar dit is een ander soort liegen.'

'Een ander soort liegen? Hoe bedoel je?' Laviolette gaapte; nu pas voelde hij dat hij bekaf was.

'Wanneer mensen liegen om zichzelf te beschermen, dan liegen ze anders dan wanneer ze liegen om een ander te dekken. Na het afbreken van het verhoor liegt Bobby om een ander te beschermen. Hij weet wie de dader is. Hij weet wie je vader heeft vermoord.'

Laviolette dacht aan de laatste keer dat hij Bobby Deane had opgezocht in zijn bungalowtje op Armstrong Crescent. 'Bobby Deane weet niet eens meer hoe hij heet,' zei hij.

Mevrouw Kelly bracht het eten op een blad naar boven. Ze kwam niet naar binnen, maar zette het voor de deur van het kantoortje op de grond.

Ze aten in stilte. Na het eten, en na een fles wijn soldaat te hebben gemaakt, gingen ze weer aan de rum en ging het praten over dingen waar ze in nuchtere staat niet makkelijk over praatten een stuk eenvoudiger. Ze praatten over dingen die ze dag in dag uit met zich meezeulden, dingen die hen maakten tot wie ze waren, en dat gaf lucht.

Toen Laviolette vroeg wat ze die dag met Bryan Deane bij de Clayton Arms te zoeken had gehad, deed de herinnering geen pijn en kostte het haar geen moeite om erover te praten.

Ze installeerde zich op de bank en keek door het daklicht naar het vierkante stukje hemel, dat nu donker was.

'Die dag ...' Ze schudde haar hoofd. 'Ik had Bryan vanaf mijn dertiende niet meer gesproken. Het was zomer, mijn laatste zomer. Ik zou in september naar Londen gaan en Bryan was voor mij alleen nog maar het vriendje van mijn buurmeisje.' Anna ging liggen, met haar hoofd op de armleuning.

'Ik zat in de laatste fase van de metamorfose naar mijn nieuwe ik: gewoon een meisje, ergens vandaan. Zelfs mijn accent was al weg voor ik vertrok. Weggesleten. En in plaats van me van school naar huis te haasten, haastte ik me van huis naar school. Ik ging wel naar vriendinnen, maar nodigde ze nooit uit om met mij mee naar huis te gaan.

Laura werkte in de kapsalon van Mo's zus en Bryan ... Ik had gehoord dat hij ook werkte, maar niemand wist wat hij precies deed. We hadden elkaar al jaren niet gesproken. Volgens mij bewoog hij zich langs de grenzen van de wet ... achterstallige huur ophalen of zo. Geen idee. Laat ik het zo zeggen: hij gedroeg zich alsof hij niet meer wist hoe ver hij kon gaan, alsof de mening van anderen er niet meer toe deed. Ik zag hem nooit met iemand anders dan Laura. Het leek wel of ... of hij besmet was of zo. Het verbaast me dat hij schone handen heeft weten te houden. Is hij nooit voor iets veroordeeld?'

'Nooit,' zei Laviolette.

'Hij reed in een auto die niemand binnen een straal van honderd kilometer zich kon veroorloven. Ik herinner me die auto nog goed, want hij stond die dag voor het huis van Laura, met Bryan erin. Vermoedelijk zat hij op haar te wachten. Ik was naar Mo's geweest en hij vroeg of ik een eindje mee ging rijden. Nadat we vijf jaar geen woord tegen elkaar hadden gezegd.'

'En jij zei ja.'

'Zonder ook maar een seconde na te denken. Ik vroeg niet eens waar we heen gingen. Ik vroeg niets.'

Anna zweeg en voelde de wind, en Bryans blik, weer op haar gezicht.

'Hij kwam over als iemand die veel ouder was dan achttien,' zei ze. 'We reden naar Tynemouth en hoewel we zagen dat er slecht weer aan kwam, haalden we bier bij een slijterij in Front Street en gingen het strand op.'

'Welk strand?' informeerde Laviolette.

'Longsands.' Ze aarzelde even. 'Geen verband. We hebben niet één keer contact gezocht in de afgelopen zestien jaar.'

'En wat is er op Longsands gebeurd?'

'Gewoon een beetje gepraat, meer niet. Over de dingen waar je één-, hooguit tweemaal in je leven over praat, zo'n gesprek ...' Haar blik zwierf weg, de kamer rond, omhoog naar het daklicht en weer terug naar hem, 'zo'n gesprek dat een leven kan maken of breken.'

Er viel een korte stilte, slechts verbroken door een zacht tikkend geluid van ergens uit de kamer.

Laviolette vermoedde dat het een van zijn oude klokken was die weer uit eigen beweging was gaan tikken. Afgeleid door het geluid van de klok hoorde hij haar zeggen: 'Sinds die middag heb ik me nooit meer heel gevoeld. Kan een middag zoveel teweegbrengen bij iemand, zoveel kapotmaken?'

Laviolette bestudeerde haar gezicht en bedacht dat hij waarschijnlijk de enige was aan wie ze iets over die middag had verteld.

'Waarom heb je nooit meer contact met hem gezocht?'

'Weet ik niet. Hij heeft mij ook nooit meer benaderd.' Ze zweeg en had al bijna spijt van haar openhartigheid. Het paste niet bij haar, en zo dronken was ze nu ook weer niet. Liggend op de bank probeerde ze, voor zichzelf, de rest van die middag terug te halen.

Het slechte weer had niet doorgezet, maar de dreiging was voldoende geweest om mensen van het strand te jagen, en het strand liep dan ook leeg – wat ze pas merkten toen het gesprek stilviel en ze om zich heen keken.

Enkele minuten later stonden ze op, pakten elkaars hand en liepen naar het water.

En toen waren ze gaan zoenen, in steeds dieper wordend water onder een grijze wolkenhemel.

'Bryan wilde naar de priorij gaan en ... Is dat nog steeds een geliefde plek bij jongeren?'

'Dat blijft dé plaats waar je als jongere je gang kunt gaan.'

'Ik wilde niet. Ik maakte mezelf wijs dat ik aan Laura moest denken, en dat ik al genoeg schade had aangericht, maar ik dacht helemaal niet aan Laura – we dachten allebei niet aan Laura. Ik durfde het gewoon niet. Bryan was woest. Toen reden we naar huis, via de Clayton Arms. Ik weet nog dat we er binnenkwamen; al die mannen die er zaten. Het was toch gaan regenen en we waren door- en doornat. Ik had geen idee wat we daar te zoeken hadden.' Ze viel stil. 'Toen moet je ons hebben gezien.'

'Waarom denk je dat Bryan je meenam naar die pub?'

'Omdat hij boos op me was.'

'Dat is geen antwoord.'

'Op het podium stonden twee vrouwen. De brunette was mijn moeder, zei Bryan.'

'En was dat zo?'

Anna schokschouderde. 'Dat kan best. Ze is kort na mijn geboorte vertrokken, en ik had haar sinds die tijd maar één keer gezien.' Ze herinnerde zich dat ze de Clayton Arms uit was gestoven naar een rioolput toe, maar door de regen waren alle putten overgelopen, dus had ze op het trottoir staan overgeven. 'Hij belde me, de volgende dag, en zei dat hij zomaar wat had gezegd. Hij wist niet waarom hij het had gedaan. Ik wist niet meer of ik kon geloven wat hij zei en trouwens, het kwaad was geschied, het is het enige beeld van Bettina dat ik heb, of ik het wil of niet: dat van een half-naakte brunette, stoned op een rokerig podium. Het leek wel of hij haar gebruikte om iets tussen ons weer in evenwicht te brengen.'

'"Evenwicht"?' Laviolette staarde naar een punt op het kleed vlak bij haar voeten en zwierde op zijn goed geoliede stoel van links naar rechts, wat een ruisend geluid maakte.

'Dat we allebei een zwarte plek in ons leven hadden of zo. Het leek of hij wilde zeggen dat we, als puntje bij paaltje kwam, niet zoveel verschilden, hoewel ik dat nooit had beweerd.'

'En daarna zijn jullie uit huis gegaan,' zei Laviolette.

'Ik ben uit huis gegaan. Bryan bleef hier. Toen ik na mijn eerste semester op King's terugkwam, met kerst, was Laura Hamilton drie maanden zwanger en stond ze op het punt om Laura Deane te worden.'

'Was ze opzettelijk zwanger geworden?'

'Vast, maar dat doet er weinig toe, toch? Bryan was gebleven.'

'Ben je op de bruiloft geweest?' vroeg hij nieuwsgierig.

'Nee. Ik ben naar Damascus gegaan met een Syriër. Khalid. Het is niet echt iets geworden tussen ons, maar dat lag in de lijn der verwachting.'

'Was je wel uitgenodigd?'

'Dat weet ik niet meer. Meteen na de afronding van mijn universitaire opleiding begon de Londense politie, zoals de meeste politiekorpsen in Engeland, een grootscheepse campagne om vrouwen binnen te halen – op papier, althans – in een poging een van corruptie vervuilde organisatie nieuw leven in te blazen.'

'Met oestrogenen,' vulde Laviolette aan.

'Ik ben nog geïnterviewd bij *Women's Hour*, samen met een andere vrouwelijke rekruut. Mary heeft de ...'

Hij liet haar niet uitspreken. 'Waarom ben je teruggekomen?'

'Om Bryan te zoeken.'

'Maar hij was nog niet verdwenen,' stelde Laviolette vast.

Wat er de volgende dag was gebeurd had Anna voor zich gehouden; dat was van haar. De dag nadat ze geweigerd had om met hem naar de priorij te gaan, had ze zich laten meenemen naar een woning in North Blyth, een kraakpand of zo. Ze had geen vragen gesteld over het huis; ze had helemaal niets gevraagd. In tegenstelling tot de dag ervoor hadden ze amper een woord gewisseld. Ze waren naar boven gegaan en hadden gevreeën op een matras, waar Bryan hun kleren over had uitgespreid om de goorste vlekken af te dekken. Voor het raam had nog wel een gordijn gehangen, en Bryan had het nog dicht gekregen ook, ondanks de roede die aan één kant loshing.

Anna had zich nog nooit van haar leven zo naakt gevoeld, en dat gevoel had haar nooit verlaten.

Drie keer hadden ze de liefde bedreven, terwijl de dag in avond was overgegaan. Tussendoor hadden ze geslapen, en ze had geweten dat dit het moment in hun leven was waartegen alle andere momenten zouden worden afgemeten.

'Ga met me mee naar Londen.'

'Wat moet ik daar? Straatveger worden? Ik hoor hier.'

'Ik kan niet blijven.'

'Dat weet ik.'

'Ik moet gaan.'

'Weet ik.' Bryan had haar haren uit haar gezicht gestreken. De avondlucht had naar industrie geroken, naar de kolencentrale en de aluminiumsmeltovens.

Ze was weer terug waar ze was begonnen.

16

Het was even na tienen. Laviolette zat in de kamer van Jim Cornish, hoofdinspecteur, die twintig jaar geleden gelijktijdig met hem bij de politie was begonnen. Op het bureau dat hen scheidde stonden golftrofeeën maar ook een hele batterij foto's, zo geplaatst dat degene die op de stoel zat waar Laviolette nu zat ze wel moest bekijken, wat Laviolette dus ook deed. Hij zag heel veel handenschuddende Jims, plus een verzameling van foto's uit de privésfeer, familiekiekjes. Jim had vier kinderen, twee jongens en twee meisjes, maar Laviolette ontdekte maar één foto waar ze alle vier op stonden. De overige foto's waren van zijn oudste zoon, Richard, vooral in zijn hoedanigheid van rugbyer, en van de twee meisjes, wier namen Laviolette ontschoten waren. Jim etaleerde de foto's om de mensen die hij mocht gerust te stellen, en de mensen die hij niet mocht jaloers te maken.

Jims jongste zoon, Dom, was op zijn achttiende met een zwarte man naar het zuiden des lands vertrokken. Vijf jaar geleden – hij was toen dertig jaar – had hij zelfmoord gepleegd. Jim sprak nooit over Dom; niemand eigenlijk, op Jims vrouw na. Jims vrouw was sindsdien aan de antidepressiva, terwijl Jim het ene liefje voor het andere inruilde, wat overigens al zo was sinds de geboorte van zijn eerste kind, de rugby spelende Richard.

Jim Cornish was zijn loopbaan begonnen op het beruchte bureau Berwick Street, waar de Deane-ondervragingen waren gehouden. Hij had de gewoonte mensen met een matras tegen de grond te duwen en ze vervolgens half dood te slaan, maar hij was wonderbaarlijk ongeschonden weggekomen nadat het gebruik van excessief politioneel geweld in Berwick Street in de openbaarheid was gebracht, vermoedelijk omdat hij zich zo makkelijk plooide naar welke nieuwe wetgeving en bijbehorende nieuwe gezichten dan ook. Jim was zo plooibaar omdat hij er geen duidelijke eigen mening op na hield; hij schikte zich moeiteloos naar de overtuiging van een ander, zonder vraagtekens te plaatsen. En hij hield altijd de grote lijnen in het oog, wat een absolute noodzaak was, te allen tijde en koste wat het kost.

Jim Cornish beschouwde het rechtssysteem niet als het instrument van de wet, maar als de vijand. Hij wist wat mensen wilden, daar had hij een neus voor. En hij zag het als zijn taak mensen te geven wat ze wilden. Als de verkrachter een Jamaicaan van twee meter moest zijn, dan zorgde hij er wel voor dat die er kwam. Wie wil er nou weten dat een verkrachter ook een ambtenaartje kan zijn, een vijftiger met drie kinderen? Waarom zou je iemands dag verpesten met de waarheid als die gênant en lastig was? Heel gemakzuchtig en heel kinderachtig.

Jim wees zijn rechercheurs er graag op wat ze wel en niet mochten doen, en hij liet weinig over zijn kant gaan. Jim zag de wet alleen maar als een middel om orde te handhaven; van zelfopoffering werd de wereld echt niet beter. In hun beginjaren bij de politie had Laviolette Jim een vrouw zien verkrachten, maar als een van hen zich daar nog beschaamd over voelde, als een van hen dat anders zag dan als jongehondengedrag, dan was het niet Jim.

Het was door toedoen van een vrouw dat hij bij Jim op het matje was geroepen, en die vrouw was Laura Deane. Ze had een officiële aanklacht ingediend: Laviolette viel haar dochter lastig.

Jims blik schoot heen en weer tussen het computerscherm en de formulieren op zijn bureau, en vestigde zich vervolgens op zijn hoofdrechercheur.

'Wat is er aan de hand?' vroeg hij uiteindelijk.

Jim was altijd nogal grof in de mond geweest, maar sinds hij in de kerk kwam – de hoofdcommissaris had hem na Doms zelfmoord voorgesteld een keer met hem mee te gaan – was hij zorgvuldiger in zijn woordkeuze.

'Martha Deane denkt dat ze haar vader bij school heeft gezien.'

'"Denkt",' zei Jim, terwijl hij sombertjes naar het bureaublad staarde. 'En wat denkt u, rechercheur?'

'Dat we dat moeten onderzoeken.'

Jim ging een beetje scheef in zijn stoel hangen, zodat hij Laviolette schuin van opzij kon aankijken in plaats van recht in het gezicht, en probeerde erachter te komen of hij op zijn qui-vive moest zijn of medelijden moest hebben met zijn rechercheur.

'Probleem is dat het wordt beweerd door een vijftienjarig meisje, dat overstuur is omdat ze net haar vader heeft verloren.'

'Dat weten we niet.'

'Kom op, zeg!'

Jim ontplofte. Het was een miniontploffing, die snel onder controle was, maar ze was wel zo heftig dat er een pen over het bureau vloog – Jim wist niet eens dat hij een pen in zijn hand had gehad.

'Dit is een klassiek geval van zien wat je wil zien. Het kind loopt bovendien bij de schoolpsycholoog, voor pathologisch liegen of zo.'

'Lijkt me genetisch bepaald,' zei Laviolette ad rem.

Jim zweeg, van zijn stuk gebracht. 'Voor pathologisch liegen,' herhaalde hij, 'en dat zijn de woorden van haar eigen moeder.'

'Maar stel nou eens dat haar moeder er belang bij heeft dat van haar te beweren, omdat ze niet wil dat iemand erachter komt dat haar man nog leeft? Wil je weten wat ik ervan denk?'

'Nee,' zei Jim luid. Hij leunde naar voren en priemde met zijn vinger in de richting van Laviolette. 'Nee, ik wil niet weten wat jij ervan denkt, want jouw manier van denken kost ons te veel.'

'Bryan Deane heeft zijn eigen dood in scène gezet om het geld van zijn levensverzekering te kunnen opstrijken.'

Jim begon te lachen, waardoor de spanning tussen hen even wegviel. 'Dat kan wel zijn, maar wat doet het ertoe? Lig je daar wakker van 's nachts? Het zijn twee volwassen mensen, hoor.' Het lachen hield op. 'Complottheorieën, Laviolette. Weet je wat voor soort mensen complottheorieën bedenken? Mensen zonder liefde in hun leven en mensen zonder werk, dat soort mensen, en jij valt maar binnen één van die categorieën.'

'Moet ik dat als een dreigement beschouwen?'

'Nee, ik heb er alleen genoeg van. Jij verandert nooit. De manier waarop je te werk gaat is niet ... Hoe zeg je dat ... Ik heb zo mijn twijfels. En ik ben niet de enige.'

'Wie dan nog meer?'

Jim zwaaide zijn arm in een breed gebaar opzij. 'Je werkt niet volgens een plan, en dat zou wel moeten; de politie werkt volgens plan. Jij zwiept alle kanten op. Je bent geen gelovig man ...'

Jims blik bleef automatisch haken aan de foto's die voor hem op zijn bureau stonden, alsof dat de oogst van zijn geloof was – wat overigens niet verklaarde waarom Dom op dertigjarige leeftijd de hand aan zichzelf had geslagen. Maar goed, Jim Cornish was niet het type man dat verklaringen zocht.

'Mevrouw Deane zei dat ze zich vervolgd voelt door de wijze waarop jij het onderzoek tot nu toe voert. Ze is niet blij met je. En als ze er nog meer problemen mee krijgt, moet ik wellicht stappen nemen.'

'Heb ik me ooit vergist, dan?'

Jims blik bleef op hem rusten terwijl hij de vraag overdacht en een passend antwoord vond.

'Is dat een bijzondere kwaliteit?' vroeg hij ongeduldig. 'Toegeven dat je je hebt vergist wel, maar dat heb je nooit geleerd. Als je het spel niet wenst mee te spelen, zijn je kansen om te winnen van tevoren al verkeken.'

Laviolette luisterde maar half. Dit was vast de manier waarop hij zijn kinderen berispend toesprak in zijn kamer thuis – want hij had zeker een eigen kamer, om zijn pater-familiasact in op te voeren voor hij zijn dagelijkse dosis pornografie downloadde.

En er was nog iets, wat Laviolette zich te laat realiseerde: Jim Cornish was een man van de straat, en iedereen vertrouwde Jim Cornish, niet omdat hij betrouwbaar was (hij was van nature onbetrouwbaar en schuwde het gebruik van zijn vuisten niet), maar omdat hij een van hen was.

Laviolette was niet een van hen.

Jim zat hem met een geamuseerde blik aan te kijken. 'Weet je nog wat ik tegen je zei toen je bij de recherche kwam?'

'Heb je maar één ding gezegd, dan?'

'Beschouw de waarheid als een misvormd kind dat in de kelder is opgeborgen.'

'Dus er is in elk geval nog een kelder. Goed om te weten.'

Jim Cornish' glimlach verdween. Zijn blik flitste langs de golftrofeeën, de foto's en de wanden van zijn kamer – langs de dingen die hem dierbaar waren, de dingen die hij had bereikt. Hij stond op en stopte zijn handen in zijn broekzakken. 'Je vroeg net of je je weleens had vergist. Nou, nu dus,' verkondigde hij.

Laviolette ging ook staan. Ze stonden tegenover elkaar. 'O ja?'

'Het lijk van Bryan Deane ligt in het mortuarium. Het is vanmorgen aangespoeld. Ik zou maar even gaan kijken als ik jou was. Wade is er nu, met Laura Deane.' Jim grijnsde breed. Wat het hardst zou aankomen, wist hij, was dat Wade als eerste was geïnformeerd.

'Einde verhaal,' zei Jim, met dezelfde grijns.

Laura Deane en rechercheur Wade gingen net weg toen Laviolette arriveerde, wat waarschijnlijk de bedoeling was geweest. Hij bleef staan bij de klapdeuren, die nog zachtjes heen en weer zwaaiden. Opeens voelde hij zich mateloos geïrriteerd. Hij had erbij willen zijn op het moment dat Laura Deane haar dode echtgenoot terugzag. Daar was hij graag getuige van geweest, en nu had hij het gemist.

Toen Laura hem zag, bleef ze staan en draaide ze zich naar hem toe, zodat hij de volle lading van haar verdriet kreeg. Ze zei niets, ze liet alleen haar handen zakken, die ze voor haar gezicht had geslagen. Met haar armen langs haar lijf stond ze daar en keek ze hem aan, haar vlekkerige rode huid tonend, die op de juiste plekken was gezwollen. Haar make-up, duur en gegarandeerd watervast en nietuitlopend, liep al uit rond haar ogen. Ze liet haar gezicht voor zich spreken, en dat gezicht zei: 'Kijk, zo ziet een vrouw eruit die net het lichaam van haar verdronken man heeft moeten identificeren. Ik ben in shock, ik ben officieel in de rouw. En u blijft van me af.'

Zodra ze zag dat het was overgekomen, draaide ze zich weer om en schurkte ze zich tegen rechercheur Wade aan, die wat gegeneerd omkeek, hem een kort knikje gaf en met Laura Deane, een zich traag voortbewegende combinatie van wit, beige en goud, naar de uitgang liep.

Laviolette bleef achter.

Verderop in de gang ging een deur open, waaruit een flard rockmuziek waaide. De persoon die naar buiten kwam keek even zijn kant op en verdween toen door een ander stel klapdeuren. Toen was hij weer alleen, in een onontkoombaar naar chemicaliën ruikende gang waar geen spoortje daglicht binnenkwam.

Enkele minuten later stond hij boven het gezwollen lijk van een drenkeling. De kleine, betegelde ruimte had iets oneindig verdrietigs, iets wat Laviolette vaker ervoer als hij met de dood werd geconfronteerd. Hij ervoer ook afkeer; niet sterk, maar hij voelde het wel, omdat het stoffelijk overschot niets menselijks meer had. Het was niet meer dan overschot.

Hij ging met zijn rug tegen de muur staan, zette zijn vingertoppen tegen de tegels en dacht na. Dit zou weleens de echte Bryan Deane kunnen zijn.

En als hij het nou was?

En als hij het nou niet was?

Zou het niet heerlijk zijn om erin mee te gaan, om niets te doen met het glimmertje licht dat hij in Laura Deanes ogen had gezien? Om alleen maar, achteraf, het verdriet te willen zien?

Zou het niet heerlijk zijn om zich neer te leggen bij de al op voorhand vermoede doodsoorzaak: verdrinking? En vast te stellen dat het onderzoek puur protocol was geweest?

Zou het niet heerlijk zijn om de zaak als gesloten te beschouwen en verder te gaan ... Om een ferme hand en een kneep in zijn schouder te krijgen van Jim Cornish?

Zou het niet heerlijk zijn om het los te laten?

Zou het niet heerlijk zijn om zijn strijd te staken?

Hij liet zijn hoofd naar achteren zakken, tegen de gebroken witte tegeltjes, die altijd een rilling bij hem veroorzaakten, een soort voorgevoel van geweld, alsof zich er elk moment een bloedpatroon op kon aftekenen. Hij sloot zijn ogen, maar met zijn ogen dicht werd de geur van Laura's parfum, opboksend tegen een muur van chemicaliën, alleen maar sterker.

Hij wilde niet dat het lichaam op de tafel Bryan Deane was.

Hij wilde niet dat zijn zoektocht – nee, het was meer dan dat; het was een queeste die al meer dan twintig jaar duurde – op zo'n manier eindigde; hier, vandaag.

Hij wilde niet dat de Deanes zouden winnen, en hij wilde niet dat Anna – zijn gedachten gingen terug naar gisteravond, naar hoe ze op het puntje van de bank had gezeten – geen reden meer zou hebben om te blijven.

Hij wilde niet dat het einde verhaal was.

Hij zuchtte diep en deed een stap naar voren, denkend aan het glimmertje dat hij in Laura Deanes ogen had gezien. Het was maar een fractie van een seconde geweest, maar het had haar blik van verdriet in triomf doen omslaan.

Laura Deane dacht dat ze gewonnen had, plotseling had ze het zeker geweten, daar in die gang toen ze hem aankeek.

Toen herinnerde hij zich iets wat Anna hem had verteld, iets over een acute blindedarmontsteking en een operatie. Hij keek: geen litteken.

Hij belde Yvonne, met wie hij al bevriend was zo lang hij bij de politie werkte. Ze was de enige die hij op dit moment kon vertrouwen. Yvonne was nooit verder gekomen dan de rang van brigadier om de simpele reden dat ze nooit om promotie had gevraagd. Als ze dat wel zou hebben gedaan, was ze bevorderd, want niemand kon nee tegen haar zeggen. Ze was een klasse apart, zelfs Jim Cornish kon haar niets maken.

Yvonne kende iedereen en had lijntjes ver buiten haar taakomschrijving. Ze stond in het *Guinness Book of Records* met de grootste vingerhoedverzameling ter wereld, en samen met haar echtgenoot, een gepensioneerd politieman die illegale immigranten per vliegtuig naar hun thuisland begeleidde, verzamelde ze porseleinen beeldjes.

'Ik hoorde dat je een lijk hebt,' zei ze bruusk, droog.

'Ja, het ligt hier voor me. Alleen is het niet mijn lijk.'

'Niet?'

'Ik weet het zeker.'

'En dat baseer je op?'

'Eigenlijk alleen maar op het ontbreken van een litteken van een blindedarmoperatie. Yvonne ... Kun je voor mij natrekken welke personen er in het afgelopen halfjaar als vermist zijn opgegeven?'

'Waarom?'

'Omdat dit Bryan Deane niet is.'

Laviolette gaf een zet tegen de klapdeuren en begon te rennen, de gang door, het gebouw door, naar het daglicht toe, tot hij buiten adem op het vol in de zon liggende parkeerterrein stond.

Hij wilde weten waar Laura Deane was gebleven nadat ze het lichaam in het mortuarium als dat van haar vermiste man had geïdentificeerd.

Maar nergens ontwaarde hij een zilvergrijze Lexus 4x4.

Laviolette liep afwezig naar de plek waar hij gewoonlijk zijn auto parkeerde en bleef met een glazige blik naar de zwarte Volkswagen Polo staan staren, alsof die ineens in een bordeauxrode Vauxhall Cavalier zou veranderen.

Wat niet gebeurde.

Toen herinnerde hij zich dat zijn vaste plek die ochtend niet vrij was geweest. Waar hij zijn auto wel had neergezet, wist hij niet meer; er zat niets anders op dan alle duizend parkeerhavens af te gaan.

Hij begon te lopen.

Toen hij de Vauxhall had gevonden, op een plek die hij zich absoluut niet herinnerde, probeerde hij Laura te bereiken; op haar mobieltje, op de vaste nummers thuis, in de kapsalon en bij Don Hamilton. Ze had haar ouders blijkbaar nog niet verteld dat ze het lijk had geïdentificeerd.

Laura Deane was niet te vinden.

Hij probeerde Anna's mobieltje, maar ook zij nam niet op, dus belde hij naar huis. Het was laat geworden de avond ervoor en ze hadden zoveel gedronken dat Anna niet terug had kunnen rijden naar Blyth, dus had ze de nacht doorgebracht op de bank in zijn kantoortje. Hij had haar niet meer gezien die ochtend, want ze was nog diep in slaap geweest toen hij vertrok.

Mevrouw Kelly nam op. Op de achtergrond hoorde hij Harvey tieren. 'Is Anna er?'

'Anna?' Mevrouw Kelly leek niet te weten over wie hij het had, mede omdat ze werd afgeleid door Harvey, die woest was dat zijn pijpenragerkubus niet netjes op tafel wilde blijven staan.

'Anna, van gisteravond?'

'Ooo ... Anna.' Ze sprak Anna's naam een beetje bedeesd uit. 'Die is weg.'

'Al lang?'

'Nee, net.'

'Heeft ze gezegd waar ze heen ging?'

'Nee, ze heeft niet veel gezegd. Momentje.' Hij hoorde hoe ze

Harvey probeerde te kalmeren. 'Ik wilde een stoofpot maken voor vanavond. Is dat goed?' vroeg ze aarzelend.

'Prima. Dat is prima.'

'O ja, ik moet straks met Harvey naar North Shields, dus we zijn pas tegen zessen thuis.'

Dat mevrouw Kelly over Harveys afspraak in North Shields begon, was toeval, maar daardoor ging er een lampje bij hem branden. Hij had niet aan North Shields gedacht, en dat had hij wel moeten doen.

De Deanes hadden een appartement in North Shields, bij de Royal Quays Marina, dat ze verhuurden.

Anna was die ochtend wakker geworden op de bank in Laviolettes kantoortje, in Laviolettes huis, met het holle, paniekerige gevoel dat ze in haar dronkenschap iets van zichzelf had prijsgegeven wat beter voor het daglicht verborgen had kunnen blijven. Het daglicht viel echter door niets gehinderd naar binnen toen ze haar benen van de bank af zwaaide, overeind ging zitten en naar haar blote voeten op de vloerbedekking staarde alsof ze van een ander waren.

Laviolette was vertrokken zonder haar wakker te maken.

Ze ging dus maar naar beneden, waar ze eerst iets tegen Harvey en toen tegen mevrouw Kelly zei. Harvey was toeschietelijker dan mevrouw Kelly, die desalniettemin aanbood om koffie voor haar te zetten. Ze kreeg de indruk dat ze weg moesten, dat ze eigenlijk al weg hadden moeten zijn, maar dat mevrouw Kelly haar niet alleen in huis achter wilde laten. Ook had ze het vermoeden, wat ze afleidde uit hoe Harvey en mevrouw Kelly op haar aanwezigheid reageerden, dat er zelden bezoek kwam op Coastguard Cottages nummer 4. Ze deed haar best het ijs te breken, maar gaf het uiteindelijk op.

Na te hebben aangekondigd dat ze over tien minuten zou vertrekken, nam ze haar koffie mee naar boven. Ze ging weer op de bank zitten en keek de kamer nog eens goed rond nu ze alleen was. Ze dacht aan Harvey, beneden, en aan wat Laviolette had gezegd, dat hij erbij was geweest op de dag dat Roger Laviolette was vermoord. Voor ze het wist had ze de oude projectordoos met bandjes in haar handen.

De projector zat er nog in, en de geëtiketteerde bandjes waren aan beide zijden van het logge apparaat gepropt. Anna vroeg zich af of het ding wel van Laviolette was, wat ze zich ook over zijn auto had afgevraagd op de avond dat Bryan Deane was verdwenen. En als het van hem was, waar had hij het dan voor gebruikt? Na wat hij haar over zijn huwelijk had verteld, kon ze zich niet voorstellen dat hij die tijd voor later op film had willen vastleggen.

Ze hadden alle bandjes afgeluisterd, zag Anna, behalve eentje, het bandje waarbij ze Laviolette had zien aarzelen, dat hij niet had gepakt. Anna staarde naar de naam op het bandje; het was de naam van haar oma, Mary Faust.

Op het moment dat ze het in de cassetterecorder had willen stoppen, had ze mevrouw Kelly op de trap gehoord. Zonder te aarzelen had ze het bandje meegenomen, alsof het haar toekwam, zich wel even afvragend hoe lang het zou duren voor hij erachter zou komen dat het weg was.

Waarom was Mary Faust verhoord na de dood van Roger Laviolette?

Het begon te regenen, wat Laviolette amper registreerde toen hij Wade belde.

'Wat hebben we over het appartement van de Deanes, aan de jachthaven in North Shields?'

Het bleef even stil aan de andere kant van de lijn. 'Het spijt me, sir, ik kan u even niet volgen.'

'De Deanes hebben een appartement.' Laviolette sprak op zakelijke toon, duidelijk articulerend. 'In North Shields, aan de Royal Quays Marina.'

'Dat had ik begrepen.'

'Wat heeft Laura Deane ons over die flat verteld?'

'Wilt u dat ik het dossier erbij pak?'

'Ja, ik wil dat je het dossier erbij pakt.'

'Maar vanochtend dan?'

'Wat is er met vanochtend?'

'Het mortuarium,' zei Wade hulpeloos, want ze wilde niet dat er een discussie zou ontstaan. 'Ik heb mevrouw Deane vergezeld. Ik was erbij.'

Laviolette deed zijn best zijn geduld te bewaren. Hij wilde niet dwingend overkomen, hoe moeilijk dat ook was, want dan bestond de kans dat ze naar Jim Cornish zou lopen, en de troef die Laviolette nu probeerde uit te spelen was precies de troef die Jim in handen probeerde te krijgen.

'We willen de zaak allemaal afsluiten, Wade, maar we zullen op het rapport van de lijkschouwer moeten wachten, en terwijl we daarop wachten wil ik nog wat punten nalopen, me ervan verzekeren dat we de juiste vragen op het juiste moment hebben gesteld, aan alle betrokkenen. Ik wil niet dat ons achteraf iets te verwijten valt, dat is alles.'

'Het gaat dus niet om een nieuwe vraagstelling?'

'Niet direct, nee. Het is ...'

'Puur administratief,' vulde ze behulpzaam aan, blij dat ze eindelijk snapte wat hij wilde. Hij wilde degelijk onderzoek afleveren, dat was alles.

'Dus ik moet even nagaan wat er over het appartement in North Shields staat vermeld?'

'Graag.'

'Ga ik doen.'

Twintig minuten later belde Wade terug.

'En wat heb je gevonden?'

'Niets bijzonders. Mevrouw Deane heeft bevestigd dat ze een tweede woning hebben, die via Tyneside Properties wordt verhuurd. Dat hebben we gecontroleerd, en het klopte. Meer niet.'

'Mooi, dan kunnen we dat afvinken.'

'Dat was het?' Wade klonk opgelucht.

'Dat was het.'

Toen Laura het appartement aan de jachthaven binnenkwam, stond Tom bij de eettafel afwezig zijn tekeningen bij elkaar te schuiven.

'Ik had je niet verwacht,' zei hij, met zijn gedachten elders.

Hij liep om haar heen naar de keuken en begon de vaatwasser in te ruimen. Zij bleef staan waar ze stond, midden in de woonkamer, en keek toe hoe hij de afwas inlaadde, op zijn eigen, domme manier, namelijk zo dat je alles naderhand onder de kraan moest afspoelen omdat het niet goed schoon was geworden.

Op Marine Drive 2 had ze hem verboden de vaatwasser in te ruimen, maar hier had ze die aandrang niet gehad.

De stilte voelde ongemakkelijk.

Het was een stilte die behoefte had aan woorden, die woorden zocht, maar niet één woord kon vinden.

'Wil je thee of koffie?'

'Ik heb champagne meegebracht.' Ze liep toch maar achter hem aan naar de keuken, waar ze hangend tegen de deurpost bleef staan.

'Champagne?' Hij begreep het niet.

'Je bent vandaag overleden, het is bijna officieel.'

Hij droogde zijn handen af aan de theedoek. 'O ja?'

'Ik heb je een uur geleden in het mortuarium zien liggen. Ik heb je geïdentificeerd. Ik heb gehuild.'

Ze keek hem gespannen aan, wachtend op het moment dat het tot hem door zou dringen.

'O ja?' zei hij op dezelfde afwezige toon.

'Je bent verdronken. Je bent aangespoeld in de haven van Cullercoats. Gevonden door een visser.' Ze zweeg, in afwachting van zijn reactie, die maar niet kwam. 'Bryan ... Het kan niet meer fout gaan. We moeten alleen het rapport van de lijkschouwer nog even afwachten en dan ...'

Langzaam, met de theedoek nog in zijn handen, liep hij langs haar naar de kamer, naar de bank.

'Het is dus bijna voorbij?'

Ze knikte en ging tegenover hem op de salontafel zitten, boven op een stapel tekeningen, en pakte zijn handen vast. Het lijk in het mortuarium had de band tussen hen moeten aantrekken in plaats van doorsnijden, zoals nu het geval leek.

'Hoe zag hij eruit, die verdronken man?'

'Gewoon.'

Hij trok zijn handen terug en zakte achterover, tegen de rugleuning aan, ver weg met zijn gedachten.

'Toe, Bryan,' zei ze, ineens bang. 'We zijn er zo dichtbij.' Met haar duim en wijsvinger zo dicht bij elkaar dat ze elkaar bijna raakten probeerde ze zijn aandacht te krijgen. 'Zó dicht.'

Hij keek naar haar op. 'Bij wat?'

Laura ging voorzichtig verzitten, alles leek ineens aan diggelen te kunnen vallen. 'Bij alles wat we hebben bedacht.'

'Wat hebben we bedacht?'

'Doe niet zo, niet nu. Daar is het te laat voor.'

'Ik meen het,' volhardde hij. 'Ik weet echt niet meer waarom we het hebben gedaan, waar dit over gaat.'

Hij kwam verstrooid overeind en liep het balkon op, waar zijn gedachten werden afgeleid door een jonge vrouw die met een buggy uit het gebouw kwam en het parkeerterrein overstak. In de buggy zat een klein meisje. Ze sliep, en haar ene handje, waarin ze een beertje vasthield, hing buiten het wagentje. Een tel later zag hij het beertje vallen. De moeder zag het niet, en dat maakte hem onrustig.

'Bryan?' vroeg Laura. Ze was naast hem komen staan.

'Kijk, dat kindje heeft iets laten vallen,' zei hij en hij wees naar het beertje, dat op zijn snuit op het parkeerterrein lag.

Laura keek naar het beertje, maar het deed haar niets. Ze wachtte tot hij zich weer tot haar zou wenden, maar dat deed hij niet.

Hij liep door de flat naar de voordeur, die hij open liet staan.

'Bryan, wat ga je doen?' Ze hoorde hem de trappen af rennen, en even later stond hij op het parkeerterrein.

Laura zag hem het beertje oprapen, het stof eraf kloppen en achter de jonge moeder aan gaan, roepend en zwaaiend met het beertje.

'Neem me niet kwalijk,' hoorde Laura hem zeggen toen hij haar hijgend had ingehaald. 'U hebt iets laten vallen.'

'Och.' De moeder knikte blij, verrast, terwijl Bryan zich over de buggy boog.

Laura stond nog steeds op het balkon en merkte niet dat ze huilde. Ze zag hoe de moeder de buggy een zetje gaf en weer begon te lopen, en ze zag Bryan, die achterbleef.

Hij voelde zich onverklaarbaar opgelucht dat het hem was gelukt het beertje, een beertje met een jurkje aan, in het wagentje terug te leggen, en dat het slapende meisje nooit zou weten dat het weg geweest was.

Hij voelde zich onverklaarbaar opgelucht dat het beertje terecht was.

Maureen van Tyneside Properties stond achter op de kantoorvloer te praten met een verlopen ogende maar in dure kleren gestoken man met dunnend, kastanjebruin haar, dat dwars over zijn schedeldak was gekamd – een projectontwikkelaar, wiens complex van vier tot luxe woningen verbouwde voormalige stallen ze in hun verkoopbestand wilden opnemen. Ze herkende Laviolette onmiddellijk toen hij binnenkwam, want iedereen bij Tyneside Properties, behalve de jongeman die hem een welwillende glimlach schonk, was na de verdwijning van Bryan Deane bevraagd.

'Meneer Laviolette!' riep ze uit, feller dan de bedoeling was.

De projectontwikkelaar, wiens nieuwsgierigheid was geprikkeld, draaide zich om, maar zijn nieuwsgierigheid was snel over. Hij had Bryan Deane tamelijk goed gekend. Tyneside Properties had enkele jaren geleden alle wooneenheden in een van zijn andere wooncomplexen, het Quayside-complex, verkocht en voor alle appartementen een hogere prijs gekregen dan verwacht. Hij had een keer met Bryan gepraat over uitbreiding in het commerciële vastgoed, maar Bryans belangstelling voor het grote geld was getaand en de projectontwikkelaar, die in de afgelopen twintig jaar zelden nuchter was geweest, was niet serieus te nemen.

Maureen liep naar Laviolette toe. Ze was gekleed in een rood mantelpakje met koperkleurige knopen, van hals tot zoom. De pakjes die ze eind jaren tachtig en begin jaren negentig had gedragen, in de tijd dat ze Bryan had leren kennen, hadden haar de uitstraling van een makelaar gegeven, maar nu leek ze meer op een stewardess. Haar gezicht was net zo geplamuurd als dat van een travestiet, wat Laura Deane elke keer weer had vermaakt.

'Meneer Laviolette,' zei ze, vriendelijk lachend nu.

'Hebt u even?'

De bakstenen muren van het keukentje hingen vol met van alles en nog wat: gezondheids- en veiligheidsvoorschriften, een luchtfoto van de kust tussen Tynemouth en Blyth, doelstellingen voor de staf, een ansichtkaart van het Isle of Wight, en een poster van een geairbrushte vrouw met een grote hoed op, die een kers at. De voorpagina van *The Journal*, met de foto van Bryan, hing er ook. Iemand had er met blauwe pen iets op gekalkt, en toen Laviolette dichterbij kwam zag hij wat er stond: *Geef het nou maar toe, Greg: hoe graag wilde je die promotie?*

Hij keerde zich geamuseerd naar Maureen.

'Dat hoort daar niet te hangen,' zei ze gegeneerd. Ze schoot naar voren, griste het van de muur en legde het grievende artikel op de magnetron. 'Greg is benoemd tot tijdelijk branchemanager. Het is een smakeloze grap, het is ...' Ze vond er geen woorden voor. 'Neem plaats.' Met een armzwaai gebaarde ze naar de rij antieke kantoorstoelen.

'Ik wilde u iets vragen over het appartement van de Deanes. Hun appartement in North Shields.'

Maureen knikte, haar glimlach verdween.

'Mevrouw Deane heeft ons verteld dat ze hun flat verhuurden, en daar zouden we graag iets meer over weten.'

Maureen keek bedenkelijk. Ze was verrast geweest Laviolette te zien, maar dit had ze niet verwacht.

'Ik dacht dat u ons iets kwam meedelen toen ik u binnen zag komen, niet dat u iets van ons wilde weten.'

Laviolette dacht aan de dode in het mortuarium en glimlachte triest. 'Helaas.'

'Wilt u misschien thee of koffie?'

'Nee, dank u.'

Ze zette evengoed de waterkoker aan.

'Het appartement van de Deanes bevindt zich in het Touwslagersgebouw van de Royal Quays Marina.'

'Ik geloof u op uw woord,' zei ze. 'Justin is de man van de verhuur. Hebt u al kennisgemaakt met Justin? Nee, dat kan niet,' voegde ze er in één adem aan toe, 'want hij werkt hier pas een paar weken.'

'Ik wil graag weten wanneer de flat is verhuurd, voor hoe lang, en wie de huurder is.'

Maureen keek hem aan, terwijl het achter haar rug begon te stomen.

De waterkoker klikte uit, maar bleef stomen.

'Dat is heel specifieke informatie die u vraagt,' reageerde ze aarzelend, half in de verwachting dat hij zijn verzoek zou onderbouwen met iets wat zou verklaren waarom hij hen persoonlijk benaderde voor iets wat haar tamelijk irrelevant leek. Toen die uitleg niet kwam, merkte ze op: 'Ze hebben nog geluk gehad.'

'Geluk?'

'De Deanes. Dat ze hun appartement nog hebben kunnen verhuren in deze barre tijden.'

Uit de blik van Laviolette maakte ze – te laat – op dat ze meer had gezegd dan ze had willen zeggen.

'Voor wat voor termijn is hij verhuurd?'

'Daar zou ik het contract op moeten naslaan, dat weet ik niet uit mijn hoofd.' Ze zweeg. 'Bent u helemaal niets wijzer geworden sinds de oproep?'

'Niets.'

'Het is bijna niet te geloven, hè?'

Ze liep weg en was binnen een paar minuten terug. Met haar hand nog op de deurklink zei ze: 'Het is sinds half februari verhuurd.'

Laviolette merkte dat hij er gespannen bij zat, zijn linkerschouder deed zeer. Hij wilde een naam hebben.

'Het appartement is voor de termijn van een jaar verhuurd en de borg en huur zijn vooruitbetaald.'

'Is dat ongewoon?'

'Dat verschilt.' Ze zweeg. 'Er stond maar één naam op het contract. Die van een man, Tom Bowen.'

'Tom Bowen,' herhaalde Laviolette met een glimlach. Hij wilde de naam hardop uitspreken, en zodra hij dat had gedaan zag hij voor zijn geestesoog het opgezwollen lijk van die ochtend van de sectietafel glijden en wegzweven. Tom Bowen was een goede naam, een levendige naam. Een naam die klonk naar iemand die nog in leven was. Bryan Deane af, Tom Bowen op. Tom Bowen woonde op nummer 21 in het Touwslagersgebouw, de hele tijd al.

Maureen haalde opgelucht adem toen Laviolette opstond.

Laviolette, bij wie nu van alles door het hoofd schoot, vroeg om een kopie van het contract. Na een lichte aarzeling maakte Maureen deze zelf, dubbelzijdig.

Net toen Laviolette de deur uit wilde gaan, kwam Greg binnen, die hem een beroepsmatig glimlachje schonk en zich duidelijk niet herinnerde dat Laviolette en Chambers hem meer dan een uur hadden ondervraagd. Hij riep tegen Maureen: 'Ik sta op een plek waar ik niet mag parkeren en ik ben laat voor de bezichtiging van Marine Drive. Kun je de sleutels even gooien?'

Opnieuw wierp hij Laviolette een korte, open glimlach toe, die echter net zo snel weer verdween.

Maureen keek hem niet eens aan. Ze liep naar de sleutelkast die naast de brandblusser aan de muur achter in het kantoor hing, pakte de sleutels en gooide ze hem toe.

'Ben binnen een uur terug,' zei hij met een snelle blik naar Laviolette, waarna hij naar buiten verdween.

'Laura, mevrouw Deane, heeft haar huis te koop gezet,' zei ze, zich afvragend of ze dat al had verteld. 'Dat wist u toch al?'

Laviolette knikte bedachtzaam en verliet het pand.

Het regende. Laviolette, die over de Grand Parade Tynemouth in reed, zag dat Anna's gele Capri nog op de plek stond waar hij gisteren had gestaan. Hier was ze dus naartoe gegaan na haar nacht op de bank bij hem thuis.

Ondanks het weer ontwaarde hij surfers in het water, niet veel, maar genoeg om van deze afstand van een kleine kolonie te spreken.

Hij parkeerde zijn auto en daalde af naar het strand via het vol vuilnisbakken staande weggetje dat naar Crusoe's leidde, de strandtent waar ze de afgelopen avond iets hadden gedronken.

Het strand was verlaten en hij liep door tot hij ongeveer vijf meter van het water was. De surfers in hun wetsuits hadden iets tweeslachtigs, zelfs van dichterbij, maar toch pikte hij haar er onmiddellijk uit. Ze had niet de verbetenheid van de meeste anderen; ze wilde alleen maar in het water zijn met haar board, en dat had een verlokkende charme, een soort zuiverheid. Hij wist dat hij niet begreep wat hij zag, maar hij voelde het.

Zij had hem nu ook gezien en liet zich meevoeren op een golf, terwijl ze haar rug rechtte. Een paar meter van hem af kwam ze tot stilstand; ze stapte van haar board en pakte het handig op voor de volgende golf er vat op kreeg.

Ze leek niet verrast hem te zien. Haar gezicht was blij, nat, verrukt van iets wat niets met hem te maken had.

Hij sprong achteruit om te voorkomen dat er een golf over zijn schoenen spoelde, waar ze hardop om moest lachen, zodat haar gezicht ontspande en de vervoering eruit verdween.

Ze liepen terug naar Crusoe's.

'We zijn stom geweest,' zei hij toen ze ver genoeg van zee af waren om niet meer te hoeven schreeuwen.

'Hoezo?' vroeg ze. Ze haalde luidruchtig haar neus op en leek niet bijster geïnteresseerd.

'We hebben een lijk.'

Ze bleef staan. 'Sinds wanneer?'

'Gisteren. Gevonden door een visser in Cullercoats Bay, het zat klem tussen zijn boot en de kade.'

'Bryan?'

'Ik ken genoeg mensen die dat zouden willen, onder wie Laura, die we vanmorgen hebben laten opdraven om hem te identificeren.'

'Heb jij het lichaam gezien?'

Laviolette knikte. 'Heb jij weleens het lichaam van een dode drenkeling gezien?'

'Eén keer,' zei Anna. 'Hoe hield Laura zich?'

'Ik zag haar kort na de identificatie.'

'En?'

'Ze bevestigde dat het het lichaam van haar man is.'

Het bleef even stil.

'En?'

'Het wachten is op het rapport van de lijkschouwer. Wat denk jij?'

'Ik weet het niet. Er is een lijk. Stel dat hij toch echt dood is?'

'Hij is het niet.'

'Dat wil ik eerst bewezen zien. Daar is meer voor nodig ... Dit vind ik speculeren,' riep ze over haar schouder, want ze was weer gaan lopen. 'Wat ik hoor is pure speculatie.'

'Het is meer dan speculatie.'

Nu bleef ze staan.

'Geen spoor van een litteken van zijn blindedarmoperatie.'

'Dat kan vervaagd zijn door de tijd die het lichaam in het water heeft gelegen. Je moet met iets beters komen.'

'De Deanes hebben geïnvesteerd in onroerend goed, ze hebben

een appartement gekocht vlak voor de huizenmarkt instortte. Ik heb het er al eens met je over gehad, de flat aan de Royal Quays Marina.' Na een korte stilte vervolgde hij: 'Ondanks het feit dat het hier net zo uitgestorven is als in de grootste zandwoestijn op aarde hebben de Deanes sinds februari dit jaar hun flat weten te verhuren, via Tyneside Properties.'

Anna staarde hem aan. 'Denk je dat Bryan zich daar verborgen houdt?'

Laviolette knikte. 'En ik denk ook dat dat de plek is waar Laura Deane vanmorgen naartoe is gegaan nadat ze het lichaam van haar man had geïdentificeerd.'

Anna keek weg, naar de zee, die iets op het strand wierp – een hele reeks grote, grijs-witte objecten die lillend in het natte zand bleven liggen voor ze door de volgende golf werden opgetild en een stukje verderop strandden, een fenomeen dat zich herhaalde. Het waren kwallen, honderden, zo ver het oog reikte.

'Ze stelt vast dat het gevonden lijk het lichaam van haar man is, stapt in de auto en rijdt linea recta naar hun appartement aan de Royal Quays Marina, dat momenteel aan ene Tom Bowen wordt verhuurd.'

Ze keek naar hem op. 'Tom Bowen?'

'Dat is de naam van de man die hun flat huurt.'

'En jij denkt dat Tom Bowen Bryan Deane is?'

'Ik weet het zeker, Anna. Hij is het.'

'Nee, dat kun je niet weten.'

'Hij is het,' zei Laviolette. Hij greep Anna bij de arm. 'Anna ...'

Anna trok zich los en begon weer te lopen.

'Waar ga je heen?'

'Naar Crusoe's. Ik heb mijn kleren bij Sheila achtergelaten, ik wil me even omkleden,' zei ze, trekkend aan de kraag van haar wetsuit. 'Ik noem dit geen recherchewerk meer. Dit is een klopjacht.'

'Ga met me mee.'

'Waarnaartoe?'

'Naar de jachthaven.' Hij liep achter haar aan.

'Ik denk niet dat je een huiszoekingsbevel krijgt.'

'Jij wilt toch ook niet dat dat lijk in het mortuarium Bryan Deane is?'

'Ik werk niet voor jou. Je hebt je eigen mensen.'

'Niet meer. Ik ben op een overval gezet, als ondersteunend rechercheur.'

'Lullig voor je,' zei ze, en ze meende het.

De zee zat hun op de hielen; ze begonnen automatisch weer harder te praten om hem te overstemmen.

'Ik wil dat je met me meegaat, want jij bent de enige die hem kan herkennen.'

'Waarom denk je dat?' vroeg ze, verder lopend.

'Dat heb je me zelf verteld, gisteravond!' riep hij tegen haar verdwijnende rug.

Anna en Laviolette stonden op het parkeerterrein bij de jachthaven en keken vanuit de auto van Laviolette omhoog langs het Touwslagersgebouw. Ze hadden tien minuten rondgereden over de parkeerplaats, maar Laura's Lexus stond er niet.

Sommige balkons waren ingericht met tuinmeubilair en planten in potten, maar de meeste waren kaal.

Hun aandacht werd getrokken door een opengaande balkondeur ongeveer midden in het gebouw. Een vrouw met kort, paarsgeverfd haar stapte het balkon op – een van de ingerichte balkons. Ze stak een sigaret op en staarde afwezig naar een punt in de verte. Achter haar verscheen een man, maar hij bleef bij de balkondeuren staan, zodat ze hem niet goed konden zien. Ze keerde zich naar hem toe en steunde met haar ellebogen op de balustrade, trekjes nemend van haar sigaret.

Ze stonden elkaar aan te kijken, en opeens kusten ze elkaar, kort en hard. De man legde zijn hand op de rechterborst van de vrouw, maar ze haalde zijn hand weg en gaf er een kus op. Ze wierp haar sigaret in een bloempot en toen gingen ze naar binnen.

De balkondeuren bleven openstaan, waardoor de wind vat kreeg op de witte gordijnen. Het eindeloze geflapper van de naar buiten waaiende gordijnen had iets wat Anna en Laviolette de auto uit joeg.

Terwijl zij het parkeerterrein overstaken, dat vol plassen lag van de vijf minuten durende plensbui eerder die dag – die van een bijna tropische hevigheid was geweest – en het Touwslagersgebouw binnengingen, liep er een witte husky tussen de gordijnen door het balkon op waar de man en vrouw net hadden gestaan.

Hij liep een paar rondjes met zijn neus vlak boven de grond, snuffelde aan het beton en wierp zich ineens op zijn zij in een smalle baan zonlicht die door een gat in de wolken kwam; hij maakte rollende oogbewegingen en sloeg ritmisch met zijn staart tegen een pot met bamboe.

Anna en Laviolette haastten zich door de hal, waar het naar vocht rook, en namen de trap naar boven. Ze hadden het geduld niet om op de lift te wachten, de zaak had iets urgents gekregen. Het gebouw voelde leeg, en toen Laviolette bij het appartement van de Deanes aanbelde – nummer 21, niveau D – hoorde ze het geluid door de flat echoën.

Ze wachtten. Anna bestudeerde de vloer, waarover uitvergrote schaduwen kropen van de regendruppels die aan het eind van de galerij langs het raam gleden.

Er werd niet opengedaan.

Na zijn oor tegen de deur te hebben gelegd en de deurknop te hebben geprobeerd, drukte Laviolette opnieuw op de bel en klopte nu ook aan. Hij trommelde met zijn vingers op de deur en bleef even wachten, hoewel hij wist dat hij niet open zou gaan. Toen liep hij naar nummer 23 en belde daar aan.

Ook hier werd niet opengedaan, maar hij hoorde wel iets binnen. Kortstondig afgeleid door stemmen in het trappenhuis, die een taal spraken die Chinees klonk, belde hij vervolgens voor de tweede keer aan. Deze keer kwam er wel een reactie, van een buitenlands klinkende vrouwenstem. 'Ja?'

Toen begon er een hond te blaffen.

Hij keek naar Anna.

De deur ging open. In de deuropening stond de lange vrouw met het paarse haar, die ze zojuist op het balkon hadden gezien. Ze had een lange, goudkleurige ochtendjas aan en haar gezicht stond geschrokken, hoewel haar ogen iets zwaars hadden. De ochtendjas was niet dichtgeknoopt, ze trok hem beschermend om zich heen.

Vlak achter haar stond een hond, een husky, die ze bij zijn nekvel had.

Anna keek naar de hond en de hond keek terug, zonder zijn blik af te wenden.

In de hal hing een vage geur van seks.

Middagseks. Laviolette wist niet beter – want hij stamde uit de tijd van voor de teloorgang van het fatsoen, uit de tijd dat je niet over dat soort dingen praatte – dan dat dat iets voor tieners was, voor jonggehuwden, voor werklozen of voor rijken. Of dat je ervoor betaalde.

'Ja?' zei ze weer.

'Wij zijn op zoek naar meneer Bowen, van hiernaast.'

'Hiernaast?' Ze deed een stap naar voren en keek glazig de galerij af.

'Huisnummer 21. Er doet niemand open.'

'O, Tom. Die ken ik niet.'

'Maar u weet wel dat hij Tom heet.'

Ze maakte een schouderbeweging. 'Misschien is hij op zijn werk.'

'Werkt hij dan?' Laviolette zat erbovenop.

De vrouw staarde hem aan en haalde weer haar schouders op. 'Weet ik niet.'

Laviolette zag iets in haar ogen. Hij twijfelde niet aan wat ze zei, maar hij geloofde er niets van.

'Bent u Russisch?'

'Pools,' zei ze met een lichte glimlach, alsof ze zijn diagnose amusant vond.

Ze glimlachte nog steeds toen hij zei: 'Zou ik u misschien om een glaasje water mogen vragen?'

Ze staarde eerst hem aan, en toen Anna.

Achter haar werd een wc doorgetrokken, maar de deur van wat volgens Anna de badkamer moest zijn bleef dicht. De slaapkamerdeur was ook dicht.

'Geen probleem.' Ze schonk hem weer een glimlachje.

Hij volgde haar naar binnen. Ze hield in, draaide zich om en moest duidelijk moeite doen om niet gestrest te kijken. 'Ik heb nog een lege fles, die vul ik wel even.'

Laviolette bleef in het halletje staan, een beetje onwillig en licht in het hoofd, en liep toen door naar de woonkamer. De voordeur liet hij open.

Anna kwam achter hem aan.

Ze dacht dat ze een deur hoorde, keek om en ving een glimp op van een man met blond haar, de man van het balkon, die de slaapkamer in glipte.

'U hebt dus geen idee op wat voor tijdstip we uw buurman thuis kunnen treffen?' De vrouw lag op haar knieën op de vloer, zoekend naar een lege fles in het aanrechtkastje.

'Niet echt, nee,' zei ze terwijl ze opstond.

'Is hij 's avonds thuis?' Laviolette gaf het niet op.

'Het spijt me, ik zou het echt niet weten,' zei ze geïrriteerd.

Ze bleven elkaar even aankijken, en toen draaide Laviolette zich om. Hij nam de kamer op, terwijl zij de kraan opendraaide en een glas water voor hem tapte.

'Ik dacht dat ik nog een lege fles had, maar ik kan hem niet vinden.'

Ze haalde een geel doekje over het aanrecht, terwijl hij zijn glas leegdronk en met zijn blik aan de koelkast bleef haken, waarop tekeningen hingen, vastgehouden door een lettermagneetje.

Het waren naaktstudies, in pen en inkt, van een vrouw op haar rug, één been opgetrokken, een arm voor haar gezicht. Laviolette keek heen en weer van de tekeningen naar de vrouw bij het aanrecht.

'Bent u dat?'

Ze knikte.

'Erg goed,' zei hij. 'Anna, kom eens kijken. Dat vindt u toch niet erg, hè?'

Ze schudde van nee.

'Hebt u ze van iemand gekregen?' vroeg Laviolette, Anna gadeslaand, die peinzend naar de tekeningen keek.

'Van een cursist. Ik poseer viermaal per week, het verdient goed,' zei ze kalm, waarna ze op dezelfde kalme toon, voor hij de kans had om verder te vragen, aan hem vroeg: 'Hoe zei u ook alweer dat uw naam was?'

'Die had ik nog niet genoemd. Ik ben van de recherche. Laviolette.' Anna stelde hij niet voor. 'Als u meneer Bowen mocht zien, wilt u dan zeggen dat ik hem wil spreken?'

Ze knikte en liep langs hem heen naar de voordeur.

Na nog een laatste blik door de kamer liep hij haar achterna.

Hij zag niets in de flat wat erop wees dat er ook een man woonde. De blonde man en de paarse Poolse waren geen stel, dat wist hij zeker. Misschien hadden ze een buitenechtelijke relatie.

Terug bij de auto zei Anna: 'Ze sprak de waarheid,' waarmee ze Laviolettes eerdere gevoel verwoordde.

Laviolette knikte. 'Dat denk ik ook. Maar waarom geloof ik haar dan niet?' Hij staarde omhoog naar het balkon, waar de deuren nog steeds openstonden en de gordijnen nog steeds flapperden. 'Wat dacht jij, toen je die tekeningen zag?'

'Dat ze van Bryan zouden kunnen zijn.'

'En?'

'Ze zouden van Bryan kunnen zijn.'

'Zou het de moeite waard zijn om na te gaan of Tom Bowen een cursus naakttekenen volgt?'

Anna knikte, maar was met haar gedachten allang niet meer bij de tekeningen. Ze dacht aan de man van wie ze een glimp had opgevangen, de man die de slaapkamer in was geglipt. Hij had haar kort aangekeken, een fractie van een seconde maar, maar ze had zijn blik opgevangen en tot in haar schouders gevoeld.

'Waar denk je aan?' vroeg Laviolette, terwijl hij haar onderzoekend aankeek.

Ze draaide haar gezicht naar hem toe. 'Nergens aan.'

17

Greg had de bezichtiging van Marine Drive gedaan en wilde net weggaan toen Laura de oprit op draaide.

Ze had een bewogen dag achter de rug, die zijn tol begon te eisen. Ze had te lang te veel van zichzelf gevergd. Voor het eerst sinds ze Bryan als vermist had opgegeven op paaszaterdag wilde ze datgene wat ze tot nu toe het meest had gevreesd: alleen zijn.

Ze zette de motor af en staarde naar het dashboard van de Lexus die ze per se had willen hebben, overvallen door een intens verdriet. Ze voelde zich verdrietiger dan ooit tevoren, het zoog al het leven uit haar weg.

Er werd op het raampje geklopt, en toen ze opzij keek zag ze Bryans vroegere collega Greg. Hij glimlachte haar toe.

Met tegenzin liet ze het raampje omlaag zoeven. 'Wat doe jij hier?'

'Ik heb net een bezichtiging gedaan,' zei hij, verlegen met de situatie. 'Ik heb onze receptioniste gevraagd je te bellen.'

Laura staarde hem aan en zei niets.

Toen greep ze het stuur aan de onderkant vast en begon ze te huilen, zo hard dat haar schouders ervan schokten.

Greg keek vertwijfeld om zich heen. Hij kon haar niet huilend en alleen in de auto laten zitten. Haar haren hingen voor haar gezicht, de haarpuntjes trilden. Haar knieën waren tegen elkaar aan gedrukt en op haar broek zaten donkere plekken van de tranen.

'Kom,' zei hij, ineens daadkrachtig door een medelijdend gevoel in zijn onderbuik. 'Ik loop even met je mee naar binnen.'

Willoos pakte ze zijn hand vast, die haar zachtjes uit de auto trok.

'Mijn tas ...'

'Die pak ik wel,' zei hij en hij leidde haar naar de voordeur. Hij diepte de sleutelbos op die hij voor de bezichtiging had gebruikt en maakte de deur open.

Zonder iets te zeggen liep ze de hal door naar de kamer.

Na een korte aarzeling sloot hij de deur en liep achter haar aan.

Ze lag in een hoek van de bank met haar hoofd tegen de leuning en staarde naar de koof die de zware gordijnen omlijstte.

Omdat hij niet wist wat hij moest doen maar ook niet zomaar weg kon gaan, bleef hij midden in de kamer staan, daar waar hij een kwartier eerder ook had gestaan, waar hij de heer en mevrouw Reddington op de massief eikenhouten vloer had gewezen.

'Ik ben vanmorgen naar het mortuarium geweest. Er was een lichaam aangespoeld in Cullercoats en de politie wilde weten of het Bryan was.'

'Shit, Laura, dat wist ik niet,' mompelde Greg terwijl hij met een hulpeloos gebaar zijn hand door zijn haar haalde. Zijn woordenschat en emotionele palet waren te beperkt om hier iets mee te kunnen; maar met Laura's sleutelbeen, dat hij zag omdat de hals van haar shirt open was gevallen, en met de huid eromheen, rood van haar uitbarsting in de auto, kon hij wel degelijk iets. Hij kon er zijn ogen niet van afhouden.

'Ik ben zo moe,' zei ze, meer tegen zichzelf dan tegen Greg. Ze sloot haar ogen en liet haar hoofd nog verder achteroverzakken, wat haar hals nog langer maakte.

Hij wist niet hoe het kwam, maar toen Laura haar ogen sloot, voelde Greg dat het hem toekwam. Het leek alsof acht jaren van verlangen en acht jaren van ontevredenheid over wat het leven hem had gebracht samensmolten in één moment waarop alles stilstond en alles mogelijk was.

Waarom niet?

Laura lag nog steeds bewegingloos op de bank, met haar ogen dicht. Hij bleef naar haar kijken, heel gericht nu.

Het was zo stil dat je een speld kon horen vallen.

Wist ze dat hij haar observeerde?

Het had iets vunzigs, iets wat niet paste bij Greg (en ook niet bij de gedekte tinten van de inrichting), maar het was te laat.

Laura lag zo stil dat hij zich afvroeg of ze misschien in slaap was gevallen, wat een tijdelijke opluchting teweegbracht, die onmiddellijk verdween toen ze haar hals nog verder strekte, waarna haar hoofd naar opzij gleed en ze haar ogen opendeed en hem aankeek.

Zonder nog verder na te denken beende hij de kamer door en trok hij haar ruw van de bank op de grond, waarbij hij zijn knie aan de punt van de salontafel stootte. Toen ze zich niet verzette en zelfs geen enkele reactie gaf, voelde hij een onredelijke steek van woede jegens zijn vrouw Patsy, alsof zij hem hiervoor had moeten behoeden.

Grommend en daarna kreunend leefde hij een ultieme banale fantasie uit, die hij acht jaar had gekoesterd – geheel gekleed. Hij trok niet eens zijn schoenen uit. Het duurde maar drie minuten, maar de extreme platvloersheid ervan zou hem tot in lengte van dagen heugen.

En ook het feit dat ze erna geen blik of woord meer wisselden.

En het beeld van Laura, op het kleed naast de bank.

En zijn geklungel in het fonteintje van het toilet, waar hij zich probeerde te wassen.

En de haast om weg te komen.

En het vage gevoel dat hij een misdrijf had begaan, maar wie het slachtoffer was zou hij niet hebben kunnen zeggen.

En het gehuil dat hij hoorde toen hij aan de andere kant van de hal was, en het besef dat hij daar niet op ging reageren.

En de vaas met droogbloemen die hij omstootte bij de voordeur, en de voordeur die openging, zonder dat hij hem had vastgepakt.

En dat hij toen dacht dat hij Bryan zag binnenkomen, maar dat het iemand was die opvallend veel op Bryan leek, zij het dat zijn nek onder de tatoeages zat.

Greg trok een sprintje.

Hij sprong in zijn auto, vergrendelde de portieren, startte de motor, en reed met trillende handen de straat uit.

Na die eerste keer wachtte Jamie Martha dagelijks op bij school, zonder dat ze daar iets over hadden afgesproken. Het gaf zijn dagen een invulling die hij er zelf, na twintig jaar achter de tralies, niet aan had kunnen geven.

Toen hij weer aan het werk was gegaan, had hij elke dienst gedraaid die hem was toebedeeld, maar sinds hij Martha kende vroeg hij altijd om de dienst van zes tot twee, zodat hij haar van school kon halen. Janet, zijn nazorgcoördinator, aan wie zijn verzoek om specifieke diensten was doorgespeeld, bracht dat in een gesprek met hem aan de orde. Toen hij zei dat een oude vriendin van hem iemand nodig had om haar dochter van school te halen, had Janet blij gekeken. Ze had gevraagd hoe oud dat dochtertje was, en toen hij 'vijftien' had geantwoord, had ze minder blij gekeken. Hij had geprobeerd iets te bedenken waardoor ze weer blij zou gaan kijken, maar dat had hem zo nerveus gemaakt dat hij wist dat hij er beter aan deed te zwijgen.

Sinds hij Martha kende werd hij niet meer 's ochtends wakker met het gevoel dat hij onzichtbaar was.

Hij was echt.

Hij leefde.

Hij kende de namen van haar docenten en wist welke vakken bij die docenten hoorden. Hij wist welke docenten ze aardig vond, en aan wie ze een hekel had.

Hij kende haar lesrooster, en als het dinsdag was wist hij dat haar haren nat waren, want op dinsdagmiddag had ze zwemmen.

Laura had geen idee wat er gaande was.

Tijdens zijn gevangenschap had hij geen weet van Martha gehad. Nu zou hij niet meer zonder haar kunnen.

Ze zat te wachten op haar vaste plek, op het lage muurtje rond de kastanjeboom, daar waar ze Bryan had zien staan.

Ze glimlachte toen ze hem zag, wat ze altijd deed, en holde met een grappig looppasje op het busje af met al haar tassen bonkend achter haar aan.

'Wat is dit?' vroeg ze toen ze instapte en de brochures op haar stoelzitting zag liggen.

Hij lachte haar toe, terwijl zij haar haren naar achter zwiepte en begon te bladeren.

'Je wilde toch naar Noorwegen?'

'Wanneer gaan we?' vroeg ze opgewonden.

'Dat weet ik nog niet. Ik moet nog het een en ander regelen, geld, weet ik het.'

Ze reden in een kalm gangetje naar Seaton Sluice, terwijl Martha de brochures doorkeek en af en toe stukjes voorlas. Daarna informeerde ze naar zijn dag, en naar John, met wie hij werkte. Hij had haar een keer verteld dat John een kunstbeen had en sindsdien informeerde ze altijd naar John. Hij vertelde wat hij die dag had beleefd, maar hij verzon ook weleens iets. Het maakte niet uit, als ze maar lachte. Hij vond het heerlijk haar aan het lachen te maken.

Maar hij had ook sombere dagen, waarop hij zichzelf kwijtraakte. Dagen die hij niet aankon, waarop hij op de grond zat in zijn kamer, met de gordijnen dicht. Op dat soort dagen moest hij de wekker zetten om zich eraan te herinneren dat hij haar van school moest halen. Dan was hij stilletjes en kwam er geen woord over zijn lippen, en zij wist dan dat ze beter ook haar mond maar kon houden.

Op Marine Drive – hij bracht haar altijd tot voor de deur en wachtte tot ze binnen was – liet ze de brochures in het opbergvak van het portier glijden. Ze wilde net iets zeggen toen ze Laura's auto op de oprit zag staan, naast een auto die ze niet kende.

'Mama is thuis,' zei ze toonloos terwijl haar blik over de Lexus gleed, die daar niet hoorde te staan. Laura was nooit thuis om deze tijd.

Martha keek hem angstig aan: 'Ga je mee naar binnen?'

Jamie knikte. Ze grabbelde haar tassen bij elkaar, opende het portier en liet zich aarzelend op het trottoir zakken.

Wat daarna gebeurde, ging snel; en hoewel alles er nog net zo uitzag als anders, voelde het helemaal verkeerd. Ze stak haar sleutel in het slot en stond toen oog in oog met een man die ze ergens van kende, een man die haar aankeek, maar niets zag. Toen werd ze opzij geduwd door Jamie, en de man rende weg alsof hij ergens voor vluchtte.

Perplex draaide ze haar hoofd om en zag ze hoe hij zijn auto in dook, terwijl ze haar hersens doorspitte om zijn naam te vinden. Greg, wist ze weer toen hij achteruit de oprit af reed.

Ze hoorde omfloerste, onduidelijke geluiden die van de andere kant van de hal kwamen, plotsklaps veel verder weg dan anders. 'Jamie!?' riep ze. Binnen een paar tellen stond hij in de deuropening naar de kamer.

'Niets aan de hand,' zei hij, hoewel zijn gezicht iets anders zei. Ze liet zich door hem de trap op duwen naar haar kamer, omdat ze instinctief wist dat zij niet wilde zien wat hij had gezien.

'Wat is er gebeurd?'

'Er is niets gebeurd. Blijf maar even hier.'

Ze knikte. Met haar schooltassen in haar handen liet ze zich op de rand van haar bed zakken, terwijl de beelden van de Noorse fjorden uit de brochures die ze onderweg had bekeken aan haar voorbijtrokken.

Jamie keek neer op Laura, die op haar zij lag met haar broek rond haar enkels. Haar armen en benen lagen er futloos bij, haar gezicht was afgewend. Even voelde hij niets, maar toen begonnen zijn oren te ruisen en voelde hij iets samenballen en loskomen wat hij twintig jaar lang had binnengehouden: een zo overweldigende mengeling van woede en medelijden met de vrouw die aan zijn voeten lag, die ooit Laura Hamilton was geweest, dat hij haar zou kunnen vermoorden.

Hij keek de hal in om te zien of Martha niet naar beneden was gekomen – want nu was het Martha die hij ten koste van alles moest beschermen – en liet zich onhandig op zijn knieën zakken. Laura rolde op haar rug en staarde hem aan; haar gezicht was ouder, gezwollen en niet te peilen.

Ze schrok niet van het feit dat hij naast haar zat, en ze deed geen poging te helpen toen hij haar slipje en broek omhoogsjorde.

'Je bent haar moeder,' siste hij nijdig.

Ze keek hem niet-begrijpend aan.

'Martha. Martha mag je zo niet zien.'

'Martha?' Laura probeerde op haar ellebogen te komen, maar haar hoofd tolde alle kanten op, dus pakte Jamie haar vast, liet haar even tegen zijn knie rusten en trok haar toen op, de spieren in zijn hals dik als kabels van de inspanning.

Ze hing tegen hem aan omdat er niemand anders was om tegenaan te hangen.

'Ik ben misselijk.'

'Je bent dronken.'

'Ik ben altijd dronken.'

'Wie was dat?'

'Greg. Hij heet Greg.'

'Wie is Greg?'

Ze schudde haar hoofd en klemde zich aan hem vast, terwijl hij haar naar boven droeg. 'Het was afschuwelijk ...'

Hij droeg haar naar de badkamer en sommeerde haar zich uit te kleden.

Ze ontdeed zich gehoorzaam van haar kleren en liet zich gewillig de douche in duwen.

Jamie zette zich op de rand van het bad en zag Laura verdwijnen in de stoom.

Toen trok hij een witte badhanddoek van het rek, stond op en deed de deur van de douchecabine open.

Ze zat in een hoekje op de grond, met haar gezicht tegen de tegels, ogen dicht; het water van de douche stroomde langs de linkerkant van haar lichaam. Hij wist niet of ze huilde of sliep. Ze was mooi, maar haar vrouwenlichaam maakte hem niet zo machteloos als haar meisjeslichaam hem had gemaakt; niet omdat haar huid was veranderd of omdat haar figuur was veranderd, maar omdat de onschuld die haar glorie was haar had verlaten.

Ze kwam bij, draaide haar gezicht weg van de tegels en keek hem door de neergutsende straaltjes water met pandaogen aan. Vanuit de nog lopende douche stapte ze in de opgehouden handdoek, liet zich erin wikkelen en meevoeren naar de slaapkamer, waar ze rillend bleef staan, terwijl hij het rolgordijn neerliet.

Hij wreef haar lijf en haren droog, sloeg het dekbed open en gebaarde dat ze in bed moest stappen. Vanuit bed staarde Laura naar de wekkerradio, die met rood verlichte cijfers meldde dat het 17:57 was, maar dat zei weinig, behalve dat er twintig minuten waren verstreken sinds Jamie haar van het vloerkleed had opgeraapt.

Ze wisselden een onderzoekende blik en keken toen weg.

'Je hebt slaap nodig,' mompelde hij.

Ze draaide zich op haar rug en kwam toen overeind, met het dekbed strak om zich heen getrokken; haar haren plakten in dikke, natte pieken tegen haar schouders.

Hij blikte snel de kamer rond om te zien of hij iets zag wat hij herkende, op zijn broers vrouw na. Maar hij zag niets.

Opnieuw keek hij haar onderzoekend aan.

'Ga je me vermoorden?' vroeg ze met een dun, toonloos stemmetje.

Jamie lachte. 'Als ik je had willen vermoorden, had ik dat allang gedaan. Nee,' zei hij terwijl hij langzaam zijn hoofd schudde alsof het eigenlijk te zwaar was voor zijn lijf. 'Twintig jaar, Laura,' barstte hij opeens uit. De aders in zijn hals zwollen op, alsof die twintig jaar hem gingen wurgen. 'En je bent me gewoon vergeten.'

'Ik ben je niet vergeten, ik heb je uit mijn hoofd gezet. Als je dertien bent is twintig jaar een eeuwigheid en kun je je niet voorstellen dat je ooit drieëndertig wordt.'

'Maar je wordt het wel, dat blijkt.'

Laura zat als versteend, ze durfde zich niet te bewegen. 'Ik was dertien, Jamie,' fluisterde ze.

'En omdat je me nooit hebt bezocht in de gevangenis, omdat ik je niet één keer heb gezien in die twintig jaar, ben je nooit ouder geworden. Je bent dertien gebleven, en je bent van mij gebleven. Twintig jaar lang heb je die rode korte broek en dat gele bloesje aangehad. Ik ben twintig jaar in die middag blijven hangen omdat je me nooit bent komen opzoeken, omdat je me niet kwam vertellen dat je ouder werd. Waar ze me ook plaatsten, het was altijd hetzelfde liedje. Zodra het licht uitging, hoorde ik Iron Maiden en de wind die ritselde in de posters aan de muur. Elke nacht lag ik onder het Beertje Paddington-dekbedovertrek, dat mijn moeder nooit door een ander overtrek had vervangen, waar wij ook niet meer aan dachten toen ze dood was.' Terwijl hij haar bleef aankijken liep hij langzaam naar het voeteneind van het bed en ging zitten. 'Twintig jaar lang heb ik je geroken.'

'Ik was bang. Ik was bang voor je.'

'Wat zou ik jou nou aandoen, Laura? Heb ik ooit iets gedaan? Nou?'

'Ik weet het niet meer,' zei ze huilerig en verward. 'Ik was alleen maar bang. Dat we hadden gevreeën ... Niemand mocht het weten. Ik was doodsbang dat papa en mama erachter zouden komen en toen ik werd ondervraagd zei de politie wat jij hun had verteld over ons, wat we daar gedaan hadden die middag. Ze zeiden dat ik voor een zaal vol mensen zou moeten vertellen wat we die middag hadden gedaan, en dat kon ik niet, Jamie. Ik kon het niet. Ik was nog maar een kind.'

Jamie streek over het dekbedovertrek en probeerde te begrijpen wat dit impliceerde. 'We waren allebei nog maar kinderen.'

'Ik wist niet wat er speelde, ik wist niet wat ik zei.'

'Maar je zei voldoende ...' Hij rechtte zijn rug en keek haar strak aan.

'Ik wilde geen politie meer. Ik wilde jou niet meer, ik wilde die hele middag niet meer,' fluisterde ze.

'Je hing anders wel de hele zomer aan de bel.'

'Voor Bryan,' zei ze terwijl ze hulpeloos haar hand hief en weer op het dekbed terug liet vallen. 'Ik hoopte steeds maar dat ik Bryan zou treffen, maar hij was nooit thuis. Het was hopeloos.'

Hij keek haar stomverbaasd aan. 'Dus het was je om Bryan te doen, toen al?'

Ze knikte traag van ja en haar ogen smeekten om begrip.

'Ik dacht dat hij van na mij stamde, maar hij was er al. Dus die middag betekende niets? Bedoel je dat, dat het niets betekende?'

'Het was makkelijker om te doen alsof het niet gebeurd was.'

'Ik klampte me zo vast aan het beeld van jou dat ik dacht dat je geen lucht meer zou kunnen krijgen. Twintig jaar,' zei hij vol ongeloof. 'Heb je twintig jaar gedaan alsof je niet met mij in bed hebt gelegen die middag? Heb je twintig jaar gedaan alsof ik niet je rode short en gele bloesje heb uitgetrokken? Je hebt jezelf gewoon voorgelogen.'

Langzaam begon er iets te dagen bij Laura, te afschuwelijk om waar te zijn. 'Was je zo verliefd op me?'

'En tegen de politie heb je ook gelogen,' ging Jamie verder zonder op haar te letten.

In haar ogen vonkte ergernis, maar dat was te riskant. 'Hou op. Zeg dat niet,' eiste ze beheerst.

'Ze wisten dat je loog. Ze wisten dat je loog. Wie heeft het gedaan? Jij weet het, hè?'

Geen van beiden zag Martha, die in de deuropening stond.

'Hou op!' gilde Laura, haar handen uitstekend om zijn armen vast te pakken, hoewel ze wist dat dat gebaar hem niet zou stoppen.

Jamie staarde haar aan. 'Je weet wie het heeft gedaan, hè?'

Toen besefte hij dat hij het ook wist, dat hij het al die tijd geweten had.

Laura zag wat zich in zijn hoofd voltrok. 'Het doet er niet meer toe,' schreeuwde ze doodsbenauwd. 'Bryan is gevonden.'

'Door wie?'

'Hij is verdronken. Ik heb hem vanmorgen geïdentificeerd.'

'Ze liegt,' sprak Martha met heldere stem. Jamie, die haar al die tijd niet had opgemerkt, zag haar weerspiegeld in de deur.

'Ze liegt,' herhaalde Martha.

Ze had haar schooluniform verwisseld voor een short met een T-shirt erop, en haar haren hingen los om haar schouders.

Hij keek van de vrouw in bed naar het meisje in de deur, en toen naar zichzelf, in de spiegel.

Heel even werden vrouw en kind een en dezelfde persoon, en hij maakte zijn keuze. Hij wilde nooit ook maar iets doen wat het vertrouwen van het meisje in de deuropening zou schenden, het meisje van wier spiegelbeeld hij zijn ogen niet kon afhouden omdat haar vertrouwen in hem zijn glorie was.

'Ik heb het gezien,' sprak Laura luid. 'Hij was het wel.'

Maar Jamie luisterde niet meer. Hij was opgestaan om Martha op te vangen, die naar hem toe rende. Hij zag zichzelf in de spiegel, met zijn armen om haar heen, verstopt achter haren die twintig jaar lang zijn dromen hadden beheerst. Alleen was Martha echt. Hij hield iemand vast die echt was.

Jamie was weg. Het was 03.00 uur en Laura droomde. Ze bevond zich in de kleine, betegelde ruimte van gisteren, en op de tafel voor haar lag het aangespoelde lijk. Ze wilde iets zeggen tegen iemand in de ruimte – iemand die ze niet kon zien maar die ze vlak achter zich wist, wiens aanwezigheid ze voelde – toen er een siddering door het opgezwollen, verkleurde lijk trok. Ze zág het niet sidderen, ze werd het gewaar, net zoals ze de persoon achter haar gewaarwerd, maar toen ze zich wilde omdraaien om te vragen of die persoon het ook had gevoeld, merkte ze dat hij weg was. Ze was alleen in de ruimte met het lijk, en het lijk gleed naar opzij, van de tafel af waarop het had gelegen, en kwam half glibberend en half kruipend over de betegelde vloer op haar af, als een amfibie die niet uit het water gehaald had mogen worden en nu een poging deed terug te keren, en zij moest mee. Ze hoorde het tegen de tegels kletsen en toen werd het donker en verdween het wezen; alleen het geluid bleef. Toen verdween ook het geluid en ging het licht weer aan. Ze bekeek haar benen en voeten aan alle kanten om te zien of het wezen haar in zijn klamme greep had, maar er lag niets op de vloer. Wel werd ze zich weer een persoon achter zich gewaar; dezelfde persoon als eerder.

Het was 03.00 uur, en alles was nog precies hetzelfde, dacht Bryan, die zichzelf had binnengelaten met de sleutels die hij in geen maanden had gebruikt. Hij liep naar de keuken en keek door de tuindeuren de tuin in. Alsof hij niet weg was geweest.

Tot gisterochtend, toen Laura was komen vertellen dat ze een lijk had geïdentificeerd, had het nog voor hem opengestaan om het leven weer op te pakken als Bryan Deane. Als Bryan Deane officieel dood werd verklaard was dat geen optie meer. Afgelopen middag was hij van plan geweest zich te melden bij het dichtstbijzijnde politiebureau. Het was de derde keer geweest dat hij zich bijna had aangegeven. Het was een paar weken na zijn verdwijning al begonnen, toen hij in Rothbury had gebivakkeerd, en hij had nog een keer op het punt gestaan toen hij Martha bij school had gezien, wat zijn hart gebroken had.

Hij ging naar Martha's kamer, waar hij met zijn hoofd tegen de deurpost naar zijn dochter bleef staan kijken; het liefst had hij haar wakker gemaakt, om haar blik te zien, haar gezicht als zij hem zou ontwaren. Hij herinnerde zich dat ze tussen haar negende en twaalfde had geslaapwandeld – waarom hadden ze nooit achterhaald – en dat hij haar spookachtig onbewust traag voortbewegende gestalte had gevolgd, half in de verwachting dat ze met hem in haar kielzog regelrecht deze wereld uit zou wandelen.

Toen zag hij de foto bij het raam, de foto die ze van hem in Kefalonia had gemaakt, en het brandende kaarsje ernaast, en voor het eerst werd hij doordrongen van de omvang van wat ze hadden gedaan.

Hij was gekomen om hen te waarschuwen, om hen wakker te maken.

Als hij hen nu wakker zou maken, konden ze met zijn allen weggaan; maar waarom sloop hij dan door het huis, doodsbang om dat te doen waarvoor hij was gekomen?

Nu stond hij over zijn vrouw gebogen, in hun oude slaapkamer, en hij zag hoe ze haar hoofd verlegde op het kussen. Ze droomde; ze had altijd veel gedroomd – dat was hij helemaal vergeten. Staand naast het bed waarin hij ooit had geslapen, in de slaapkamer waar hij elke avond in slaap was gevallen en 's ochtends weer wakker was geworden, kwam er iets warms bij hem boven wat heel lang en heel diep weggezakt was geweest. Hij ging op zijn hurken zitten, bracht zijn hoofd op gelijke hoogte met het hare en volgde de lijnen en schaduwen van haar slapende gezicht, dat een zachtheid had die hij niet van overdag kende. Een zachtheid waarin hij het meisje herkende tot wie hij zich had gewend toen hij niemand meer had, het meisje aan wie hij zich had overgegeven, voor hun huwelijk al, voor het leven dat nog moest komen. Daarna waren er dingen fout gegaan, dingen waar ze geen moment over hadden nagedacht, laat staan gesproken, want daar was nooit tijd voor geweest, en mettertijd bleek het makkelijker om maar gewoon door te gaan. Dat deden ze dus, want zo zijn mensen: ze gaan maar door en door en door.

In de voorbije jaren had hij momenten gehad waarin het leven zo immens onbeduidend had gevoeld dat het griezelig was, momenten waarop hij besefte wat er aan de hand was – in de rij in de supermarkt, bij het afdrogen van zijn handen in een openbaar toilet, bij het tanken, wanneer hij de cijfertjes voorbij zag rollen en aan betekenis verliezen. Hij had twee levens in zich: het leven dat hij had, en het leven dat hij gehad kon hebben. Maar had iedereen dat niet? Wat schoot hij daarmee op en wat moest hij ermee?

En dan de schulden, die het bouwwerk van hun huwelijk hadden ondermijnd, het bouwwerk dat overeind was gebleven ondanks het ontbreken van een bouwplan, een bouwwerk dat Laura in de loop der jaren kamer na kamer had uitgebreid, om ervoor te zorgen dat hij de uitgang nooit meer terug zou kunnen vinden.

Een betere man zou om die reden alleen al van haar gehouden hebben.

Hij kwam overeind, inhoudend toen zijn knieën knakten, en

keek om zich heen, naar de contouren van het vertrouwde meubilair die zich aftekenden in het licht dat onder de deur door naar binnen viel. Alles was nog net als vroeger, het enige wat anders was, was dat hij er niet meer bij hoorde.

Hij ving een blik op van zichzelf in de spiegeldeuren van de garderobekast en hij vroeg zich af wie de man was die hij in zijn slaapkamer zag staan, met zijn vreemd oplichtende blonde haar.

Hij bleef nog een minuut of wat in de deuropening staan en ging toen weer naar beneden.

Hij trok de deur van Marine Drive 2 achter zich dicht, stak de straat over en liep langs het speeltuintje de duinen in, waar hij op zijn buik in het vochtige zand en gras ging liggen. Hij kon net nog het kaarsje zien dat voor Martha's raam stond. Na een paar seconden begon de vlam te flikkeren en was de kaars op. Hij rolde op zijn rug en staarde naar de wolkenslierten die langs de nachtelijke hemel joegen, en naar de sterren. Martha had hem een keer verteld dat die al opgebrand waren tegen de tijd dat de mens ze zag.

Hij wist wat hem te doen stond.

18

Laviolette was nog in pyjama toen mevrouw Kelly die ochtend arriveerde. Ze nam hem van top tot teen op, eerst verrast, toen bezorgd, maar ze zei niets. Hij bleef even in de deuropening van de keuken staan kijken hoe ze Harveys ontbijt klaarmaakte en zenuwachtig tegen de jongen aan kletste, die met een markeerstift kubussen zat te tekenen. Ze was zenuwachtig door Laviolette, die haar verrichtingen probeerde te volgen om wellicht een of andere rol in het geheel te kunnen spelen.

Toen mevrouw Kelly hem zijn mok met koffie had aangereikt, gaf hij het maar op en ging naar boven, naar zijn kantoortje waar hij Wade belde om te zeggen dat hij wat later kwam. Hij gaf geen reden, en hoewel hij de aarzeling in haar stem hoorde, vroeg ze niet door. Daarna zat hij in zijn koffie te blazen en na te denken over de neergaande lijn van zijn carrière, iets wat hij wonderlijk bevredigend vond; reinigend, zelfs.

Het verraste hem niet dat zijn weinig opzienbarende loopbaan, onderbroken door een aantal ogenschijnlijk onbeduidende incidenten – zich niet willen laten omkopen, niet willen knoeien met bewijsstukken, geen getuigen willen intimideren, geen bloed aan zijn handen willen krijgen – culmineerde in dit moment, want door de jaren heen had hij ingezien dat hoe betrouwbaarder hij werd, des te minder degenen voor wie hij werkte hem nog vertrouwden.

Vanwege zijn prestaties hadden ze er niet onderuit kunnen komen hem tot hoofdrechercheur te bevorderen, maar hem was te verstaan gegeven dat daarmee zijn plafond was bereikt.

De manier waarop hij de zaak-Bryan Deane had aangepakt – het feit alleen al dat hij die zaak toegewezen had gekregen – had de doorslag gegeven, en na zijn gesprek van gistermiddag met Jim Cornish was het duidelijk geweest dat iemand, ergens, had besloten dat ze klaar waren met hem.

Zachtjes heen en weer zwierend in zijn oude bureaustoel trok hij kadertjes om de vastgeplakte stukjes sellotape op het bureaublad met een balpen waarop de naam van een plaatselijke verzekeringsmaatschappij stond. Hij dacht aan de dag dat hij zijn vader was verloren, aan het telefoontje dat hij toen had gekregen, waarop hij zich naar huis had gespoed en Jim Cornish in de uitgebrande keuken had aangetroffen, en dat het feit dat hij Jim daar had aangetroffen bijna nog harder was aangekomen dan dat wat er gebeurd was.

De brandweer was nog aan het opruimen geweest toen hij arriveerde.

De geuren uit zijn jeugd waren weggevaagd door de geur van rook, verbrande meubelplaat, verbrand zeil en verbrand vlees; zijn vaders stoffelijk overschot lag op de grond, onder een laken.

Overal liepen mensen rond, maar welke kant hij ook op keek, het enige gezicht dat hij zag was dat van Jim Cornish.

Hij draaide zich om. Door de openstaande tuindeur zag hij Harveys blauwe buggy op zijn kant liggen.

'Harvey?' vroeg hij aan niemand in het bijzonder. Hij voelde zich misselijk worden.

'Die is met de ambulance naar het ziekenhuis gebracht, afdeling Brandwonden,' antwoordde Jim Cornish, en hij schudde zijn hoofd.

'Niets ernstigs,' vulde een agent aan. 'Hij mankeert niets. Een routineonderzoekje. Ik wil je er wel naartoe brengen.' Hij keek Jim vragend aan.

'Wat is hier gebeurd?' vroeg Laviolette uiteindelijk. 'Wie heeft dit gedaan?'

'Het kan iedereen zijn geweest,' zei Jim, hem strak aankijkend. 'Ik bedoel maar, gezien de situatie, de spanningen ...'

'Spanningen,' herhaalde hij onnozel.

'Iedereen weet dat hier twee salarissen binnenkomen. En dan jij nog, bij de politie.'

'Pa is veiligheidsinspecteur. Hij is niet van de NUM, hij is van de NACODS, en de National Union of Colliery Overmen, Deputies and Shotfirers staakt niet.'

Dat had zijn vader hem verteld; hij had geduldig uitgelegd dat de geologische conditie van de mijnen zo erg zou verslechteren als het ondergrondse onderhoud stil zou komen te liggen dat het weleens tot een definitieve sluiting zou kunnen komen. Als hij ging staken, zou dat juist contraproductief werken.

Jim Cornish deed zijn mond dicht, blies zijn wangen bol en zei niets, alsof Laviolette degene was die het niet snapte. Hij stond met de punt van zijn schoen op de hoek van het laken waaronder het verkoolde lichaam van Roger Laviolette lag.

'Een van de buren heeft vanmiddag een jongen door de achterdeur naar binnen zien gaan. Afgaande op de beschrijving denken we te weten wie het is geweest.'

'Wie dan?'

'Jamie Deane.'

'Jamie Deane,' herhaalde hij op dezelfde onnozele toon als eerder.

Iedereen in de uitgebrande keuken kende de Deanes, en iedereen wist van Rachel Deane en zijn vader. Aan het gezicht van de andere agent zag hij dat Jim meer had gezegd dan hij had mogen zeggen, maar daar was nu niets meer aan te doen.

Laviolette wist dat Bobby, als hij Jim voor was geweest, Jamie zou hebben geïnstrueerd te verklaren dat hij de hele middag bij hem was geweest. Maar Bobby was Jim niet voor geweest.

Jim Cornish nam Jamie Deane mee naar bureau Berwick Street en Jamie vertelde hem eerlijk dat Laura Hamilton die middag bij hem was geweest; hij rook haar nog steeds op zijn huid terwijl hij ineengedoken, met zijn armen om zijn hoofd, in een hoekje op de grond zat.

Hijzelf werd naar het ziekenhuis gebracht om Harvey te kunnen zien, die ze een nachtje ter observatie wilden houden. Alles was tot in het kleinste detail gechoreografeerd. Na zijn ziekenhuisbezoek werd hij met dezelfde auto regelrecht naar Berwick Street gereden – zonder dat er werd gesproken, zonder dat iets hem afleidde van het beeld van Harvey, opgerold in zijn ziekenhuisbedje, het handpopje waarmee hij altijd sliep in zijn handjes geklemd. Op de zijkant van zijn gezicht had een pleister gezeten, want hij was ergens tegenaan gevallen, of geduwd – dat kon niemand hem vertellen.

Jamie Deane, op het politiebureau, lag in dezelfde houding als Harvey, alleen lag Jamie in een donkere cel tussen een grote matras en een bakstenen muur in geklemd, en in die cel bevond zich ook een team agenten, geleid door Jim Cornish.

Jamie was afgetuigd, en Laviolette wist dat hij naar Berwick Street was gebracht om zijn steentje daaraan bij te dragen; dat men hem dat toestond; sterker nog, dat men het van hem verwachtte. Dat met name Jim Cornish daar erg op gebrand was.

Op weg naar het cellenblok, langs slordig blauw gekalkte muren en stoffige kamerplanten die levenslang hadden, was hij Laura Hamilton en haar ouders gepasseerd, hoewel hij dat toen nog niet wist. Hij had een meisje van een jaar of dertien gezien, met lange blonde haren, gesteund door haar vader en moeder. Ze leken alle drie doodsbang.

'Hij heeft 't gedaan,' zei Jim Cornish, die zijn haar weer in model stond te strijken toen Laviolette binnenkwam. 'Het enige alibi dat hij had, is hij zojuist kwijtgeraakt.'

Het gezicht dat vanachter het matras schuin naar hem opblikte had het opgegeven onderscheid te maken tussen vriend en vijand; het ging uit van de vooronderstelling dat iedereen die de cel in kwam de vijand was.

Vijftien jaar zag er kleiner uit dan het klonk, vooral verschanst achter een gore matras op de grond.

Zijn gezicht was bleek en vlekkerig en zag er niet uit als een gezicht dat zijn vader zoiets aangedaan kon hebben. Op het moment dat hij Jamie ineen zag krimpen, laaide er iets in hem op, iets wat hij tijdens de staking had zien gebeuren op de gezichten van zowel stakers als niet-stakers.

Hij had nog nooit iemand voor hem ineen zien krimpen, en dat maakte iets bij hem los waardoor hij doorschoot en eindelijk zijn eenmansverzet liet varen, zich overgevend aan een wereld die de zijne niet was.

Hij ging door tot Jamie alleen nog maar als gevolg van zijn geram bewoog. Nog nooit had hij iets gedaan wat zo goed voelde.

Intussen was Bobby Deane met een groep mannen, ze waren met

zijn twaalven, bij het bureau gearriveerd, iets wat Laviolette had geregistreerd als een soort gerommel in de verte. Ineens drong het beeld zich aan hem op van Bobby Deane in de gang terwijl een paar meter van hem vandaan zijn zoon ...

Hij had omlaag geblikt en had ver in de diepte, aan zijn voeten, Jamie Deane zien liggen. Het was alsof hij hem nu pas echt zag, en hij was acuut misselijk geworden van wat hij zag en had overgegeven over het matras op de grond, dat Wilkins op zijn verzoek had weggehaald.

Laviolette blikte omlaag naar het blad van zijn bureau in zijn kantoortje, thuis in Coastguard Cottages nummer 4. Hij constateerde verbaasd dat hij er een aantal cijfers in had gekrast, en hij was nog verbaasder toen hij zag dat ze zijn moeders banknummer vormden, het nummer dat hij vroeger aan de kassajuffrouw gaf als hij boodschappen moest doen.

Hij zat nog steeds naar de cijfers te staren toen vijf minuten later de telefoon ging.

Het was Yvonne.

'Ze hebben een probleem,' zei ze effen. 'Ik heb het bestand met vermiste personen gecheckt ...'

'En?'

'Een maand of wat geleden kreeg ene Alison Marsh ruzie met haar vriend. Hij liep de deur uit en liet niets meer van zich horen, en dat was dat. Na een poosje begon ze berichten in te spreken op zijn telefoon, maar ze hoorde nooit iets terug. Wekenlang huilde ze zich in slaap ...'

'Dat verzin je ter plekke,' onderbrak Laviolette haar.

'Ja,' gaf Yvonne toe, 'dat verzin ik ter plekke. Maar ze belde wel al zijn vrienden af, alleen hadden die hem ook niet meer gezien. Alison dacht dat ze logen, dat ze hem dekten, en ging bijna dood van liefdesverdriet toen de moeder van haar vriend belde om te vragen of zij wist waar Brett uithing, want ze had al een paar weken niets meer van hem gehoord. Toen gingen alle alarmbellen af. Een paar dagen later hebben Alison en Bretts moeder hem bij de politie van Newcastle als vermist opgegeven. Familie en vrienden hebben nooit meer iets van hem vernomen.'

'Vertel eens wat meer over die Brett,' zei Laviolette, nog steeds naar de in zijn bureaublad gekraste cijfers starend.

'Hij had geen ruzie moeten maken met zijn vriendin.'

'Nog meer.'

'Blanke man, 33 jaar oud geworden de laatste keer dat hij jarig was.' Yvonne zweeg. 'Ja, je lacht.'

'Uiterlijke kenmerken?'

'Je bedoelt het soort uiterlijke kenmerken op basis waarvan we zonder enige twijfel kunnen vaststellen dat hij niet inwisselbaar is voor Bryan Deane, of andersom?'

'Juist, dat soort uiterlijke kenmerken.'

'Hij had een tatoeage van een motje, geen vlinder, maar een motje, dat zei Alison er expliciet bij, op zijn linkerenkel, in de huid boven de achillespees. Laviolette? Als je van plan bent wat ik denk dat je van plan bent ...'

'Yvonne ... Weet jij het nummer van je moeders bankrekening nog?'

Zonder ook maar een moment te aarzelen antwoordde ze: 'Vijf-een-zes-twee-vijf.'

Toen werd de verbinding verbroken.

Het kantoor van Bull & Dunnings, waar Alison werkte, was gevestigd in een middelgroot pand van staal en blauw glas dat qua vooruitstrevendheid alweer achterhaald was en lag in een zijstraat achter de Laing Art Gallery. De enkele keer dat Laviolette in Newcastle was en tijd had om even iets voor zichzelf te doen, wandelde hij van Grey Street naar Quayside, of hij bezocht het Hancock Museum, of hij ging naar de Laing, voor de Winslow Homers die daar hingen. Vlak bij de galerie was vroeger een Mexicaans restaurantje geweest, waar hij regelmatig had gegeten met een maatschappelijk werkster met wie hij rond zijn dertigste een serieuze relatie had gehad, maar de maatschappelijk werkster en de Mexicaan waren allebei verdwenen.

De receptioniste van Bull & Dunnings was een jonge vrouw met een schaar in haar hand, en ze ging schuil achter een gigantisch bloemstuk. Toen hij dichtbij genoeg was om naar Alison Marsh te vragen en uit te leggen dat hij van de politie van Northumberland was, zag hij dat ze hoogzwanger was en dat ze een decoratiestrook van teddybeertjes stond te knippen, waarschijnlijk voor de muur van de babykamer.

Ze vroeg niet of hij zich kon legitimeren, maar wel, nadat ze hem een poosje vanachter haar pony had opgenomen, of hij iets wilde drinken.

Hij schudde zijn hoofd, glimlachte en slofte rusteloos door de armoedige lobby in afwachting van Alison Marsh.

Achter de deur van veiligheidsglas, links van de receptie, verliet Alison de geborgenheid van haar met vloerbedekking gestoffeerde werkhokje, behangen met notities op fluorescente Post-it-briefjes en met tekenen van een leven dat wat meer privé was, en liep naar de lobby, waar Laviolette op haar wachtte.

Ze gaven elkaar een hand. Alisons ogen, die een angstige blik hadden, keken hem strak aan toen hij zich voorstelde en vroeg of hij haar even vertrouwelijk kon spreken.

'Dat voorspelt niet veel goeds,' was haar reactie, en ze wendde zich kalm tot de receptioniste. 'Lindsay, kun je vergaderkamer 3 boeken voor ...' ze keek om naar Laviolette, 'het komende halfuur?'

'Ik heb geen halfuur nodig.'

'Ik misschien wel.'

'Geboekt,' kondigde Lindsay aan.

Uit de manier waarop ze voor hem uit liep door het doolhof van lege gangen vol zwart-witprenten van het oude Newcastle maakte hij op dat ze zo goed als zeker wist waarom hij was gekomen.

'Wat is uw functie?' vroeg hij.

'Ik stel overdrachtscontracten op. Ik zit in een notarieel team,' voegde ze er ten overvloede aan toe. Ze sprak zoals mensen in shock praten, merkte Laviolette op.

'Het gaat over Brett,' zei ze, terwijl ze de deur naar vergaderkamer 3 voor hem openhield.

'Ik vrees van wel.'

Ze ging zitten aan een lange, beige tafel, met daarop in het midden een blad met glazen; er lag ook een verdwaalde plastic map waar iemand anders waarschijnlijk naar aan het zoeken was. Ze zat met haar gezicht een beetje van hem afgekeerd. Haar linkerhand lag op tafel, haar rechterhand in haar schoot, en ze begon te huilen.

'Zou u een tissue of zoiets voor me willen halen?' vroeg ze na een poosje, met onvaste stem.

Hij ging de kamer uit, vond een damestoilet, klopte eerst hard op de deur, en liep toen naar binnen, langs een vrouw die haar make-up aan het bijwerken was en die hem in de spiegel nijdig aankeek toen hij in een toilethokje verdween en met een rol wc-papier weer tevoorschijn kwam.

Hoewel ze er nog net zo bij zat als toen hij de kamer uit was gegaan, huilde Alison niet meer toen hij vergaderkamer 3 weer binnenstapte. Ze zat doodstil, en de kamer voelde leger dan leeg. Zijn bezoek had een ander mens van haar gemaakt. Hij had er genoeg van, besefte hij; hij wilde geen mensen meer veranderen.

Ze keek hem aan als om houvast te zoeken, duidelijk onervaren met dit soort zaken. Aan haar gezicht zag hij dat ze zich al gestigmatiseerd voelde – een geval. Zoals altijd schoten er allerlei gedachten door zijn hoofd, opgeroepen door zijn nog immer intacte nieuwsgierigheid, wat vrij uniek was voor iemand die al zo lang bij de politie was als hij. Was de ketting die ze om haar hals had een geschenk van Brett geweest? Hoe laat liep haar wekker 's ochtends af?

'Daarmee is de kous niet af, hè?' vroeg ze, en ze klonk al wat minder verloren dan zonet.

Laviolette schudde zijn hoofd. 'Helaas niet. Ik wil graag dat u even met me meegaat.'

'Nu?'

Ze stond wiebelig op en liet zich door hem bij haar linkerelleboog pakken. Ze gingen de gang op, waar ze verdwaasd om zich heen stond te kijken, alsof in de paar minuten dat ze in vergaderkamer 3 had gezeten de hele indeling van het gebouw waar ze al acht jaar werkte was omgegooid. Niets was meer als voorheen en ze keek naar hem alsof hij het enige was wat ze herkende.

'Waar gaan we heen?'

'Ik vind het heel vervelend voor u, maar u zult Brett moeten identificeren. Misschien wilt u uw spullen meenemen, even zeggen dat u weg bent?'

Ze keek hem met een lege blik aan, over de ergste schok heen.

Laviolette wist wat er ging komen, en ook daar had hij genoeg van; hij had er genoeg van om altijd maar degene te zijn die wist wat er ging komen.

Bij het mortuarium stond Wade.

Hij had haar gevraagd te komen.

Ze had twee dingen kunnen doen: naar Jim Cornish lopen om hem toestemming te vragen voor de identificatie, want ze wist dat je een lichaam dat al geïdentificeerd was niet nog eens mocht laten identificeren, of niets zeggen en gewoon doen wat hij haar had gevraagd.

Ze had ervoor gekozen niets te zeggen en gewoon te doen wat hij haar had gevraagd, en hij liet merken dat hij daar blij mee was.

Alison Marsh, die eruitzag alsof ze van het ene leven in een ander was gejaagd, een leven waarvan ze niet had geweten dat het bestond, liet zich door Wade meevoeren de kleine, betegelde, raamloze ruimte in waar Laura Deane een dag eerder naar binnen was gegaan.

Onderweg had Laviolette haar verteld dat het lichaam in Cullercoats was aangespoeld, maar ze had alleen gereageerd met een opmerking over de regen, want net voorbij Gosforth was het ineens gaan hozen.

Alison bleef dicht tegen Wade aan staan toen Shona, een van de assistentes, haar de linkerenkel liet zien.

Allemaal zagen ze het motje in de huid, die er niet meer als huid uitzag.

Alison knikte, haar hand greep de onderarm van Wade vast.

'Wilt u even naar buiten? Een luchtje scheppen?'

Alison knikte weer, maar bleef staan waar ze stond.

Na een korte stilte gaf Laviolette Shona met een knikje van zijn hoofd te kennen het laken terug te slaan.

'Nee, hij is het niet. Brett,' kwam er in één adem achteraan.

Het leek of de lucht opklaarde, wat Laviolette vaker ervoer bij een positieve identificatie, wanneer iets wat niets menselijks meer had bij naam werd genoemd.

'We hadden ruzie,' zei Alison. Ze begon te huilen en keek hulpeloos alle gezichten langs, alsof ze boetedoening zocht.

19

Het weer was omgeslagen.
De herfst, die dit jaar één lange nazomer was geweest, maakte plaats voor de winter. Anna werd er aangenaam door geprikkeld toen ze in de richting van het strand rende. Boven zee hing een grijze lucht; de wind pikte de golven op en liet ze weer vallen. Ze wist hoe een zee als deze voelde, want dit was haar zee, de zee waarmee ze was opgegroeid. Dit was een zee om tegen te vechten.

Op het strand, waar de wind door haar lijf sneed en haar gezicht zandstraalde en besproeide met een zoutwaterspray, kreeg ze eindelijk het gevoel dat dit haar thuis was, voor het eerst sinds haar komst naar het noorden met Pasen. Dit grijze land met zijn schaarse dagen van respijt, waarop het leek alsof iemand een container vol dozen met zonlicht had gevonden en die door het dolle heen in één keer leegkieperde, was misschien toch wel haar land.

Ze wist niet of het lag aan de benauwende somberheid die ze zich van vroeger herinnerde, waardoor buitenstaanders haar maar een stil kind hadden gevonden, of aan de omgang met Laviolette, die aan vertrouwelijkheid won, want nog nooit had ze aan iemand zoveel verteld als aan hem.

Ze rende door en wiste onder het lopen haar gezicht af, nat van de zee en een beginnende motregen.

De enige andere aanwezige op het strand was een kleumende vrouw, roepend naar een zwarte labrador die haar van een afstandje bewegingloos aan stond te kijken.

Toen zag ze hem – de blonde man die gisteren in de flat van de Poolse vrouw was geweest, toen ze met Laviolette naar het Touwslagersgebouw was gegaan.

Ze herkende hem – en het bevestigde wat ze eigenlijk de hele tijd had geweten, ook al had ze maar een glimp van hem opgevangen toen hij via de gang de slaapkamer in was geglipt.

Omdat ze niet wist wat ze moest doen, rende ze door, maar met elke stap op het zand voelde ze zich ellendiger worden. De wind deed zo'n pijn in haar oren dat het haar loopritme verstoorde.

De man die langzaam van de duinrand op haar toe liep had blond haar en was langer dan ze zich herinnerde. In niets leek hij op Bryan Deane, die bruin haar had gehad dat in de zon kastanjebruin oplichtte. Dat kastanjebruine had ze teruggezien, naast hem, voor het huis op Parkview 17, op paaszaterdag.

Ze wist dat hij het was.

Maar ze bleef lopen.

Laviolette was in het kantoor van Jim Cornish. Jim zat achter zijn bureau in dezelfde houding als een dag eerder. Jims vrouw en kinderen, in verschillende samenstellingen in verschillende lijstjes gegroepeerd, staarden Laviolette nog net zo niet-glimlachend aan, wat hem een ongemakkelijk gevoel gaf: de rugby spelende Richard, de suïcidale Dom en de naamloze meisjes die door Jim simpelweg 'de meisjes' werden genoemd, wat hun rol op de achtergrond bevestigde.

Laviolette observeerde Jim, die erbij zat alsof hij geen vin verroerd had sinds gisteren, waardoor zowel Jim als al zijn accessoires – de foto's en golftrofeeën – iets onwerkelijks kregen; alsof ze waren betrapt, bijna.

Jim was woest.

Dat was niet aan hem te zien, maar Laviolette merkte het aan de manier waarop Jim langzaam met zijn duim over de rand van het bureau wreef.

Laviolette was rechtstreeks uit het mortuarium hierheen gekomen om hem te jennen.

Het was lang geleden dat iemand hem had proberen te jennen, en Jim snapte niet goed wat Laviolette hiertoe dreef.

Zich bewust van het feit dat een van hen iets moest zeggen, anders zou het moment hem zomaar kunnen ontglippen, zei Laviolette: 'Brett Taylor had een tatoeage van een motje vlak boven de achillespees van zijn linkervoet.'

'En wie zegt dat?' vroeg Jim beheerst, vanuit een migraine die hij gisteren al had voelen aankomen en die een halfuur geleden had doorgezet.

'Het dossier van Vermiste Personen.'

'En dat had je heel toevallig bij de hand.' Jims lippen plooiden zich tot een lange, smalle glimlach, die ze van kleur deed veranderen.

Zijn hand schoot instinctief omhoog naar zijn voorhoofd, en hij drukte zijn vingertoppen hard tegen de brug van zijn neus, terwijl hij een kort moment zijn ogen sloot.

'Brett Taylor en Bryan Deane waren even oud, even groot, en hadden dezelfde uiterlijke kenmerken – bij leven. Ze leken verontrustend veel op elkaar.'

'Verontrustend,' echode Jim lachend. Hij bleef lachen, een hele poos, zo leek het, en zijn blik liet Laviolette niet los.

'Wat betreft de identificatie,' verklaarde Laviolette. 'Hoeveel stoffelijke overschotten van drenkelingen heb jij gezien?'

Dat was een vraag waar Jim van opkeek, en hij moest er even over nadenken. 'Twee,' zei hij nadat er bijna een minuut was verstreken. Jim was erg precies, en eiste niet alleen precisie van zichzelf maar ook van anderen, of wat ze vertelden nu waar was of niet. Jim had niets vaags.

'Allemaal één pot nat,' concludeerde hij luidruchtig.

Laviolette knikte. 'Daarom had ik mijn twijfels bij Laura Deanes positieve identificatie. Een onderscheidend kenmerk, zoals Bretts tatoeage, helpt. Waarschijnlijk was Laura zo van streek dat ze het niet heeft opgemerkt. Dat kan best,' zei hij ten overvloede.

Jim schoot overeind, waarbij zijn stoel harder dan de bedoeling was over de vloerbedekking naar achteren schoof en tegen de muur achter zijn bureau vloog. De wielen knalden met een doffe klap tegen de plint, die, constateerde Laviolette, al behoorlijk gehavend was.

Jim keek hem met open mond aan. Hij stak zijn handen in zijn zak en deed zichtbaar zijn best rustig te blijven ademen, maar zijn gezicht ontspande zich niet en zijn ogen staarden star en uitdrukkingsloos naar Laviolette.

'Wat wil je?' vroeg hij.

'Waarom heb je deze zaak aan mij gegeven?' Het was eruit voor hij het wist. Het was niet wat hij had willen zeggen.

Zijn vraag negerend zei Jim: 'We hebben twee vermiste personen. Ze voldoen allebei aan de beschrijving, maar we hebben slechts één lijk. Tel uit je winst.' Hij gebaarde met zijn hoofd naar een hoek van de kamer, alsof daar iemand zat. 'Wat wil je?' vroeg hij weer.

'Ik wil dat je me vertelt wie mijn vader heeft vermoord.'

Jim begon weer te lachen; hard, en oprecht.

Toen Bryan Anna voorbij zag lopen, was er niemand die zag dat er een koortsachtige glimlach op zijn gezicht verscheen.

Hij had de nacht op het strand doorgebracht, in de duinen, en hij voelde zich niet goed. Zijn haren zaten vol zand, zijn kleren waren vochtig en zijn thermostaat was van slag – hij had voortdurend koude rillingen. Toen hij wakker was geworden in een duinpan was de dag, grijs en weinig uitnodigend, al een eind op streek en had hij het geluid van spelende kinderen gehoord. Na het toiletgebouw van het parkeerterrein te hebben bezocht, had hij naar een vrouw staan kijken die een draaimolen met twee lachende kindjes erin in de rondte zwierde, tot ze hem had opgemerkt. Er zijn veel dingen die een man alleen beter niet kan doen, en een van die dingen is in een speeltuintje naar kleine kinderen staren.

Hij begon te lopen, noordwaarts, in de richting van Blyth, en al lopend zag hij de Alcan-torens en de windmolens bij de haven dichterbij komen. Hij liep langs de duinrand, maar zelfs op deze afstand van de waterlijn zat er nog zoutwaterspray in de lucht, hij voelde het op zijn gezicht en haren. Er was bijna niemand op het strand, alleen een vrouw met een labrador die verwachtingsvol in de aanrollende golven stond, die schuimden en omsloegen, grijzer dan het grijs van de lucht. Hij stopte zijn handen in de zakken van zijn jack, rillend van de kou, en een minuut later brak het zweet hem weer uit.

Hij keek op, en toen zag hij haar lopen, zijn kant op. Ze moest het wel zijn, het klopte dat ze elkaar op een strand terugzagen. Hij zag dat ze haar hoofd zijn kant op draaide, en hij bleef staan. Ze leek even te aarzelen, maar toen liep ze door. Hij keek haar na en kreeg het gevoel dat hij altijd had als hij haar zag: dat hij een toeschouwer was, en meer niet. Hoe kleiner haar gestalte werd, des te verlorener hij zich voelde. Vanaf dat hij zijn moeder had verloren was hij vaak eenzaam geweest, maar het was frappant dat alleen Anna dat gevoel van eenzaamheid weer bij hem naar boven haalde dat hem in de loop der jaren en zonder dat hij het zich bewust was geweest had gemaakt tot wie hij was.

Terwijl hij daar stond in de motregen en de wind bedacht hij dat hij gewoon achter haar aan kon gaan, maar tegelijkertijd wist hij dat hij dat niet zou doen. Op een gegeven moment zou ze moeten omkeren en zijn kant weer op komen. Niemand kan één kant op blijven lopen. De wereld was dan wel niet meer plat, maar er waren nog steeds randen waar je vanaf kon vallen.

Hij draaide zich om en begon de andere kant op te lopen, naar het noorden, want dat was de enige manier, dat wist hij nu zeker, waarop ze elkaar ooit terug zouden zien.

'Jij wist dat Jamie Deane onschuldig was; hij had een alibi, en dat heb jij hem afgenomen. Waarom?'

Jim trok met zijn wijsvinger wat formulieren naar zich toe, die hij met een diepe zucht vluchtig doorkeek.

'Herinner je je Laura Hamilton, vóór ze Laura Deane werd?'

'Zeker,' zei Jim op vriendelijke toon. Het kostte hem geen moeite en het deerde hem niet dat Laviolette hem vroeg deze herinnering op te graven. 'Een lief ding, een heel lief ding. Dat is ze nog steeds, denk ik, aan haar stem te horen. Ik heb haar alleen telefonisch gesproken.'

Laviolette zag Laura weer voor zich, hoe hij haar, gesteund door Don en Doreen, door de gang van bureau Berwick Street zijn kant op had zien komen. 'Dertien was ze pas.'

Dat trok Jim niet in twijfel. Glimlachend bleef hij Laviolette aankijken tot die zijn punt zou maken.

'Je hebt haar gedwongen te liegen, want ze was die middag bij Jamie geweest. Waarom? Waarom moest je Jamie Deane per se hebben?'

Hoofdschuddend ging Jim weer zitten. Hij stak zijn handen in de lucht, haakte zijn vingers achter zijn hoofd in elkaar en straalde zo'n verveeldheid uit dat Laviolette het nog geloofd zou hebben ook, als zijn ogen niet zo alert hadden gestaan. 'Wij hebben haar niet gedwongen. Dat was niet ons idee.'

'Van wie dan wel?'

'Bobby, Bobby Deane,' zei Jim, wiens blik langs de foto's op zijn bureau gleed. Hij keek even op zijn horloge. 'Over zes minuten moet ik ergens zijn.'

Laviolette deed alsof hij het niet hoorde en zei: 'Verklaar je nader.'

Geeuwend bewoog Jim zijn armen weer omlaag. 'Eerst wilden we het Bobby in de schoenen schuiven, maar we konden het niet hardmaken, zelfs niet toen hij doorhad dat we Jamie hadden en hij van alles verzon om het hard te maken.'

'De buurvrouw heeft gezegd dat ze een jongen door de achterdeur naar binnen had zien gaan.'

Dat wuifde Jim weg. 'Ja, en het signalement dat ze gaf paste in elk geval op een van de Deanes. En het was logisch ... Iedereen wist dat jouw vader het met Rachel Deane deed. Iedereen ...' Zijn armen lagen gestrekt voor hem op het bureau en hij keek Laviolette recht aan. 'Het motief was het probleem niet. De vraag was: welke Deane was het geweest? We hadden Bobby en Jamie opgepakt, en die andere, Bryan, konden we niet vinden. Niemand wist waar hij was, maar we hadden er twee en we hadden er maar een nodig. We legden het voor aan Bobby; we vertelden hem wat er met je vader was gebeurd en dat we overwogen hem als verdachte aan te wijzen. Hij had minstens twintig alibi's, en die hadden allemaal een naam. Ik zie zijn gezicht nog zo voor me terwijl hij ze allemaal opsomde, een voor een, woedend, triomfantelijk. Hij dacht dat hij gewonnen had.'

'Het had geen spelletje mogen zijn.'

'Misschien niet,' gaf Jim toe, en hij klemde zijn lippen op elkaar. 'Maar we waren jong en ...' Hij liet een kort lachje horen. 'De gelegenheid deed zich voor.' Hij keek weer op zijn horloge. 'Over drie minuten moet ik ergens zijn. We hebben hem afgetroefd. Jamie zat één cel verder, dus wat deden we? Toen Bobby meer dan twintig alibi's uit zijn hoge hoed had getoverd, zeiden we dat als híj het niet had gedaan – wat absoluut niet had gekund – dat dan Jamie degene was die je vader had vermoord.'

'Wist hij al die tijd niet dat jullie Jamie al hadden?'

Jim schudde lachend van nee. 'En toen ... Toen was de beer los. Hij bezorgde Kyle een gebroken neus en rukte zijn oor er bijna af ...' Jim had het niet meer van het lachen. 'We moesten met zijn allen boven op hem springen. Hij was er met open ogen in getuind.' Jim wiste de lachtranen uit zijn ogen en grinnikte nog wat na. 'Jezus, dat voelt lekker. Het is lang geleden dat ik zo gelachen heb.'

Laviolette stond hem bewegingloos aan te staren. Het was twintig jaar geleden, maar hij kon het bijna voelen, Bobby's razernij, het verschrikkelijke besef van zijn onmacht, het besef dat hij zichzelf had vrijgepleit ten koste van zijn zoon.

'Natuurlijk kwam hij toen op zijn verklaringen terug,' vervolgde Jim, die zo in zijn verhaal zat dat hij geen vragen meer nodig had, 'maar het was te laat. We zeiden dat we een getuige hadden, en dat het signalement van de jongen die jullie keuken in was gegaan naar een van zijn zonen wees.'

Het moment dat het bandje was stilgezet, dacht Laviolette. De pauze in het Bobby Deane-bandje die Anna gisteravond had opgemerkt.

'Maar Jamie had een alibi.'

'Ach, ja,' beaamde Jim.

'Geloofde je hem?'

'Natuurlijk geloofden we hem. Ik ben misschien niet zo'n aardige smeris, naar jouw maatstaven, maar ik ben wel verdomde goed in mijn vak. Ik heb genoeg verhoren afgenomen om waarheid van leugen te kunnen onderscheiden. Jamie Deane had niets anders gedaan dan wat hij had verklaard: hij had de hele middag met zijn vriendinnetje liggen vozen. Daar heb ik geen seconde aan getwijfeld.' Jim stond op. 'We zeiden tegen Bobby dat het vaststond dat het een van zijn zonen was geweest, en dat we een van hen zouden pakken.'

'En toen moest hij kiezen welke?'

Jim knikte en zijn gezicht werd ernstig. 'Hij koos Jamie.'

'En daarom hebben jullie Laura omgepraat? Om hem zijn alibi af te nemen?'

'We hebben hem een keus gegeven, verdomme,' viel Jim ineens uit. 'Jezus.' Toen hij wat bedaard was, zei hij: 'Ze zeggen wel dat vrouwen jankerds zijn, maar tijdens mijn loopbaan heb ik meer mannen dan vrouwen zien janken.'

Laviolette keek hem aan. 'Dus je wist dat Jamie de dader niet was? En Bobby wist dat ook?'

'Bryan is degene die hem heeft vermoord.'

'En dat wisten jullie?'

'Wij wisten het. En Bobby wist het ook.' Jim plukte zijn colbertje van de rugleuning, greep zijn manchetten vast en trok het langzaam aan.

'Maar waarom koos hij de onschuldige zoon?'

'Tja, wie zal het zeggen. Je kent het Bijbelverhaal over Jozef, de favoriete zoon van Jakob. Iedereen heeft een Jozef. Dat zit in de menselijke aard.' Jim zweeg, waardoor er even een onbedoelde stilte viel. 'We zeiden tegen hem dat hij vierentwintig uur had om Bryan een alibi te verschaffen, en om Bryan te vinden. Binnen een paar uur was hij terug.'

'Wie was Bryans alibi?'

Jim hees zich in zijn jasje en wierp een korte blik op zijn spiegelbeeld in de glazen deurtjes van de boekenkast. 'Mary Faust. Maar dat wist je al. Kan ik nu gaan?'

Hij liep langs Laviolette naar de deur en hield hem open. 'Blijf je zitten of loop je mee?'

Laviolette bleef zitten, verzonken in gepeins.

'Ik heb nog een halve minuut. Volgende maand krijg ik een pacemaker. Rennen doe ik niet meer.'

'Alison Marsh heeft het lichaam in het mortuarium geïdentificeerd. Ze was zeker van haar zaak, en de tatoeage geeft de doorslag. Ik heb haar persoonlijk naar het mortuarium gereden. Wade kan als getuige optreden. Moet ik contact opnemen met Laura Deane of ...'

Jim hield de deur nog steeds open. 'Niemand komt hier zonder kleerscheuren van af. Ook niet in de privésfeer. Waarom is het feit dat Jamie Deane onschuldig is ineens zo belangrijk voor je? Twintig jaar geleden had je maar één vraag: of het matras weggehaald kon worden.' Hij deed een stap in Laviolettes richting. Achter hem zwaaide de deur zachtjes dicht. 'Toen was je niet bepaald met hem begaan. Dat joch was meer dood dan levend toen je met hem klaar was. Je had een heel ander mens kunnen worden, Laviolette.'

'Wie weet, maar ik ben tevreden met de man die ik nu ben.'

'Echt waar?' vroeg Jim, oprecht verbaasd.

Na Erwins dood had Mary zich over de resterende morfinepillen ontfermd. Ze ging nooit meer zonder pilletjes de deur uit, want de laatste tijd raakte ze van alles en iedereen in paniek en had ze het gevoel dat haar zo'n onontkoombare rampspoed boven het hoofd hing dat ze het er benauwd van kreeg. Met de morfinepilletjes binnen handbereik was ze minder snel bang en herwon ze de waardigheid die door haar angst werd ondermijnd. Zodra ze het tuinhekje van Parkview 19 had dichtgetrokken klopte ze eerst op haar jaszak om te controleren of ze het inmiddels bekende gerammel hoorde alvorens ze, gerustgesteld, begon aan wat voor expeditie dan ook om in haar levensbehoeften te voorzien – hoewel haar behoefte om te leven verdwenen was.

De mensen die ze sprak, jong, en minder jong, leken ervan uit te gaan dat haar verlies als draaglijk beschouwd kon worden, omdat ze oud was. Dat kon het niet. Het leven was ondraaglijk geworden en de enige tegen wie ze dat zou willen zeggen was Erwin, maar die was er niet meer. Dat, besefte ze, was een van de dingen die zo wreed waren als je om iemands heengaan rouwde: de oorzaak van je verdriet was tegelijkertijd de enige remedie ertegen.

Ze stond in haar keukentje, zonder enig besef van tijd, en luisterde naar de stilte van het huis. Huizen waren nooit echt stil. Ze hoorde het druppen van de kraan in de badkamer, het gedempte metalige geluid van de ouderwetse stortbak van de wc, en het getik van de centrale verwarming, die in de jaren negentig was geïnstalleerd. Maar toch was het nu echt stil, nu alleen zij nog maar, aarzelend, door het huis bewoog, wat nauwelijks sporen achterliet. Als ze het moment van naar bed gaan tot middernacht uitstelde, had ze gemerkt, kon ze zeker tot vier, soms vijf uur, doorslapen. Ontbijten deed ze in het keukentje als het nog donker was buiten, met de rolgordijntjes omlaag en het oranjeachtige licht zoemend boven haar. Daarna ging ze in een schommelstoel in de kamer zitten wachten op het aanbreken van de dag. Niet lang nadat het licht was geworden hoorde ze het gezin in de woning naast de hare, nummer 21, wakker worden. Eerst de man, als hij vroege dienst had in de fabriek van Nissan waar hij werkte; hij had een zware stap. De muren waren dun en ze hoorde bijna alles wat zich bij de buren afspeelde, en die geluiden en het ritme van een gezinsleven stelden haar gerust.

Zodra de tv bij hen aanging, zette Mary haar eigen tv ook aan. Ze keek ernaar zonder veel te begrijpen van wat ze zag, en ze vroeg zich af hoe lang ze dit zou volhouden.

De eerste paar weken na de begrafenis hadden Don en Doreen steeds voor haar klaargestaan; bijna dagelijks had ze bij hen thuis geluncht. Als Don aan het golfen was, ging ze buurten bij Doreen en keken ze samen naar Jerry Springer. Op vrijdagmorgen reed ze met Don mee naar de supermarkt en op vrijdagavond nam hij haar mee naar de club, waar ze witte wijn met spuitwater dronk. Maar ze wilde niet te veel op andere mensen leunen; zo was ze niet grootgebracht.

Het was een grijze dag, en omdat ze het licht aanhad zag ze zichzelf scherp afgetekend in het keukenraam terwijl ze het pillenstripje in de jaszak van de lichtblauwe regenjas stopte die ze met Anna in Newcastle had gekocht.

Ze ging naar buiten, waar Don zijn golfcaddy in de auto zette. Hij droeg een geruite broek waarin een meer prestatiegericht type dan hij zich belachelijk zou hebben gevoeld, maar Don lachte zo hard om zichzelf dat anderen zelden de kans kregen hem uit te lachen.

Uit de manier waarop hij haar groette maakte Mary op dat hij wist waar ze naartoe ging, en daarom zei hij het maar meteen, zonder omwegen: 'Hij is weg, Mary. Ik wilde net naar je toe komen om het je te vertellen.'

Mary staarde hem aan, maar hij wist niet zeker of het tot haar was doorgedrongen. 'Bobby. Hij is weg.'

'Bobby?' vroeg ze. Het was lang geleden dat ze Bobby's naam uit Dons mond had gehoord. 'Waar is hij dan?'

'Ergens waar ze hem passende zorg kunnen geven. Maatschappelijk werk heeft geprobeerd Bryan te bereiken, hoorden we van Laura.' Don aarzelde, want hij wist niet wat er verder te zeggen viel. Zijn spijt betuigen als blijk van medeleven, leek hem niet op zijn plaats. 'Weet je zeker dat het goed gaat met je?'

Een beetje verdoofd knikte ze. Na nog een korte aarzeling stapte Don in zijn auto.

Ze keek hem na en liep terug naar de deur, waar ze met trillende hand de sleutel in het slot probeerde te krijgen. Eenmaal binnen liep ze naar het keukentje, waar ze met haar regenjas aan roerloos in het duister bleef staan.

Nu wist ze het echt niet meer.

Ten slotte, zonder te weten hoe lang ze daar had gestaan of wat haar weer in beweging bracht, knipte ze het licht aan en stopte ze alle morfinepillen die er nog waren in haar jaszakken. Daarna liet ze zich steunend door haar stroeve knieën zakken om een diepvrieszakje uit het gootsteenkastje te pakken, stopte daar alle andere pillen in die Erwin voorgeschreven had gekregen en die nog steeds op het aanrecht stonden, en kneep het zorgvuldig dicht.

Opnieuw ving ze haar spiegelbeeld op in het raam. Zo ziet het er dus uit, dacht ze; na bijna een halve eeuw getrouwd te zijn geweest ziet het eind er zo uit.

Voor de tweede maal trok ze de deur achter zich dicht.

Dons auto was nog steeds niet terug.

Rond dezelfde tijd als anders liep ze naar Armstrong Crescent, waar ze zichzelf binnenliet. Ze voelde het gordijn bij de buren bewegen, maar Mary kende dat slag: de roddeltantes en valse tongen die, ontevreden met hun eigen leven en gefrustreerd omdat ze niet het leven leidden waar ze volgens zichzelf aanspraak op konden maken, het leven van anderen kapotmaakten.

Ze ging naar binnen en riep zoals altijd: 'Bobby?'

Het was niet zo dat ze Don niet geloofde. Ze kon alleen niet geloven dat Bobby er echt niet meer was, maar terwijl ze door de kamers liep, die net zo leeg waren als de kamers bij haar thuis, op Parkview 19, wist ze dat het echt zo was.

Ze hadden de hangkast en ladekast voor het grootste deel leeggehaald, op een paar dingen na. Ze keek rond om te zien wat ze verder nog hadden meegenomen, maar dat was moeilijk vast te stellen – zoveel had hij niet gehad. Doodmoe zakte ze neer op de rand van het bed, dat nog openlag. Haar gedachten gingen terug naar de dag dat Roger Laviolette was gestorven.

Haar gedachten keerden vanzelf terug naar die dag, omdat het de laatste keer was geweest dat Bobby haar nodig had gehad, echt nodig had gehad. Zij was degene aan wie hij had gedacht toen ze hem op Berwick Street hadden laten gaan.

Hij had hulp gezocht bij haar, niet bij een ander.

Ze was beneden geweest, in haar keuken op Parkview. Anna had boven in bad gezeten, nog steeds van streek. Ze had naar buiten gekeken en Bobby in de tuin zien staan, naast het bed met de rabarber. Zijn gezicht had een rare kleur gehad en was verwrongen geweest.

Ze was naar buiten gegaan.

Roger Laviolette was dood en Bobby had haar hulp gezocht.

Eerst had ze gedacht dat hij haar de moord had willen bekennen, maar hij had haar meegetrokken het washok in en verteld dat hij van bureau Berwick Street kwam en dat een buurvrouw gezien had dat een van zijn zonen bij Roger Laviolette naar binnen was gegaan.

'Wie?'

'Ze hebben Jamie,' zei hij hulpeloos terwijl hij zich omdraaide en haar in het weinige licht bij haar armen pakte.

'Wie heeft Jamie?'

'De politie.'

'Heeft Jamie hem vermoord?'

Hij schudde zijn hoofd. 'Nee, niet Jamie. Nee.'

'Het kan Bryan niet geweest zijn. De buurvrouw heeft het vast niet goed gezien.'

Hij had haar aangekeken, en toen hij haar gezicht zag, was hij gaan huilen.

Daar was ze zo van geschrokken dat ze niet kon reageren. Samen hadden ze in het washok gestaan, terwijl Bobby haar snikkend vasthield.

'Nee,' had ze eruit geflapt.' Nee, dat kan n...'

'Maar het is wel zo.'

'Nee.'

'Ik moet met een van de twee terugkomen. Ik moet een van die twee uitleveren.'

Toen had hij haar losgelaten. Het was met de minuut donkerder geworden, maar ze zag zijn gezicht nog zo voor zich. En zijn ogen.

'Maar Bryan heeft het gedaan, Bobby. Bryan heeft hem vermoord.'

'Ik kan Bryan niet aan hen uitleveren, Mary. Niet Bryan. Dat zou ze me nooit vergeven.'

'Rachel is dood, Bobby.'

'Bryan krijgen ze niet.' Hij greep haar weer vast en trok haar naar zich toe; ze liet het gebeuren en wist dat ze alles zou doen wat hij zou vragen.

'Waar is Bryan?'

'Thuis.'

'Heb je hem al gezien?'

Bobby keek weg. 'Zeg tegen de politie dat hij die middag hier is geweest, bij jou en Anna. Alsjeblieft.'

Hij had haar hulp gezocht omdat hij wist dat zij het zou doen. Hij had haar hulp gezocht omdat hij wist – zelfs na Rachel; zelfs na Erwin – wat hij ooit voor haar had betekend en nog steeds betekende. Hij was machteloos geweest die avond dat Rachel de danszaal in was gekomen. Hij wist wat het met Mary had gedaan en hij had alles willen doen om haar pijn te verzachten, maar hij had er niets aan kunnen doen. Wat Rachel aanging was hij machteloos. Toen Rachel die avond de danszaal in was gekomen, had hij het meisje in het schortjurkje gezien dat aan de voet van de duinen zijn pony had gevoerd. En hij had geweten dat hij altijd op haar had gewacht.

En Mary wist precies hoe dat voelde.

Een uur later, toen Jamie met veel lawaai door zijn vaders woning op Armstrong Crescent stampte, zijn vaders naam roepend en zo hard tegen de muren bonkend dat in de woonkamer de barometer van zijn haakje op de grond viel, stuitte hij op Mary. Ze lag met haar lichtblauwe regenjas aan op bed met de helft van het restant van Erwins pillen naast zich. Uit de linkerhoek van haar openhangende mond droop een sliertje kwijl en haar linkerschoen was op de grond gegleden, waardoor een van haar voeten zichtbaar was, in haar jonge jaren vergroeid van het dansen in te kleine schoenen.

Jamie staarde naar het bed, ongerust maar niet geschrokken, en probeerde te bedenken wat er aan de hand kon zijn. Hij wist niet wat hij ervan moest denken, en hij wist ook niet wie ze was.

Tegen de tijd dat hij zich realiseerde dat hij beter haar ademhaling kon controleren, stond Laviolette al voor de deur.

Laviolette zag mevrouw Harris op haar vaste plek staan en stak zijn hand naar haar op.

De voordeur stond nog op een kier; hij duwde hem open en liep snel en zwijgend de bungalow door, tot hij bij Bobby's slaapkamer kwam, die aan de achterzijde lag.

'Jamie,' zei hij verbaasd terwijl hij het tafereel in zich opnam: Mary Faust op bed, en Jamie Deane, liggend naast haar.

Jamie, die zich wezenloos schrok, draaide zich met een wilde beweging om en zag nu pas wie Laviolette was. Hij deed een onhandige poging om op te staan, maar verloor daarbij heel even zijn evenwicht. Zijn hand zocht houvast bij Mary's linkerbeen, dat zo dicht bij de rand van het bed lag dat het eraf gleed, met de rest van Mary erachteraan. Ze belandde met haar gezicht op het tapijt, met haar armen op een onnatuurlijke manier gebogen onder zich.

'Ik heb het niet gedaan,' riep Jamie, achteruitlopend.

'Dat weet ik, dat weet ik inmiddels.' Laviolette zakte instinctief door de knieën, zoals je bij een angstig kind doet om de dreiging minder groot te maken. Pas toen hij het had gezegd besefte hij dat hij niet op Mary doelde, die op haar buik op de slaapkamervloer tussen hen in lag.

Jamie, die met zijn rug tegen de muur stond, keek hem met wijd opengesperde ogen aan.

Hij was langer en had een zwaardere bouw dan Laviolette, maar hij kon alleen maar met de ogen van een kind naar zijn vroegere kwelgeest kijken.

'Ik heb het niet gedaan ...'

'Dat weet ik inmiddels, en het spijt me, Jamie. Het spijt me verschrikkelijk.'

Jamie blikte van Laviolette naar Mary Faust. Hij vertrouwde het niet – niet haar toestand, maar de implicaties van die toestand voor hem. Hij wist niet wat Laviolette hier kwam doen na al die jaren, en hij wist niet of hij hem geloofde of niet.

Laviolette schoof een stukje vooruit naar Mary, nog steeds op zijn hurken, bang dat Jamie ervandoor zou gaan.

Hij controleerde of hij een hartslag voelde. 'Ze leeft nog.' Hij keek op naar Jamie. 'Hoe lang ben je al hier?'

'Ik heb het niet gedaan,' zei hij afwerend.

'Natuurlijk niet,' probeerde Laviolette hem te kalmeren, 'ik probeer alleen vast te stellen hoe lang ze hier heeft gelegen. We moeten een ambulance bellen. Doe jij dat, of moet ik het doen?'

Jamie probeerde na te denken over die vraag, maar hij was nog steeds zichzelf niet en hij voelde een explosieve woede in zich opkomen.

'Krijg ik nog antwoord, Jamie?'

Laviolette zat naast Mary, zijn linkerhand lag in haar hals.

'Wie is dat?'

'Een vriendin van je vader.'

Jamie wierp een steelse blik op Mary; hij kon weinig met Laviolettes antwoord. 'Belt u de ambulance maar.'

Laviolette diepte zijn mobieltje op uit zijn zak en pleegde het telefoontje, zijn blik strak op Jamies gezicht gericht.

'Waar is je vader?'

Laviolette kwam langzaam en stuntelig overeind, zich optrekkend aan de deur van de hangkast, waarin de kleerhangers met een hol geluid op de rail heen en weer bungelden.

'Hij is weg,' zei Jamie uitdrukkingsloos terwijl hij naar de zo goed als lege kleerkast keek. Hij keek naar Laviolette, alsof die hem uitleg kon geven, en herhaalde: 'Hij is weg.' Hij zei het alsof hij het niet kon geloven.

'Maatschappelijk werk,' zei Laviolette, denkend aan de telefoontjes die hij had gepleegd.

'Waarom?'

'Het ging niet goed met hem, Jamie. Hij heeft vierentwintig uur per dag zorg nodig.'

'En dat hebt u geregeld, met maatschappelijk werk?'

'Het moest gebeuren, iemand moest het doen.'

'Waarom u?'

'Omdat ik het kon doen.'

'Dat zal wel,' zei Jamie, ineens weer stoer.

'Er zijn twee zorginstellingen, in een ervan zal hij wel zitten. We hebben hem zo gevonden.'

'Ik wil hem niet vinden, ik wil hem vermoorden.' Jamie rolde met zijn ogen, en zijn gezicht spleet open toen hij een korte lach liet horen. 'Wat dacht u dat ik kwam doen? Ik was pas vijftien, wist ik veel wat twintig jaar inhoudt. Ik liet me opbergen zodat ze hem niet zouden opbergen. In ruil zou ik zijn liefde krijgen, dacht ik. Vanwege die belofte liet ik me opbergen.' Jamie schreeuwde, maar het was geen ongearticuleerd geschreeuw. Anderen moesten ook maar eens beseffen wat hij had doorgemaakt. 'Ik dacht dat ik het wel twintig jaar zou kunnen uithouden op die belofte, maar het duurde niet eens een jaar en toen was het afgelopen – niet eens een jaar,' herhaalde hij, 'want hij kwam nooit. Mijn vader is nooit op bezoek geweest, niet één keer, na alles wat ik voor hem had gedaan. En als ik dan na twintig jaar vrijkom, herkent hij me niet eens, weet hij niet eens meer hoe ik heet, verdomme. Ik heb het niet gedaan.'

'Maar hij ook niet, Jamie. Bobby heeft het niet gedaan. Bobby is niet degene die mijn vader heeft vermoord.'

Laviolette zweeg toen tot hem doordrong wat hij zojuist had gezegd.

Jamie leek ontgoocheld door het besef, na al die jaren, dat niet alleen hij, maar ook zijn vader onschuldig was. Het feit dat Bobby onschuldig was leek hem nog meer te doen dan zijn eigen onschuld.

'Hoe weet u dat?' vroeg hij. Zijn hoofd voelde vreemd leeg, maar hij moest dingen vragen, belangrijke dingen. Hij miste iets, hij miste altijd iets. Hij legde alles en iedereen verkeerd uit en hij had er genoeg van om altijd degene te zijn die ervoor opdraaide; hij had er meer dan genoeg van. Hij had er zo genoeg van dat hij naast Mary in slaap zou kunnen vallen om nooit meer wakker te worden. Maar voor hij dat deed – bij de gedachte alleen al voelde hij zijn botten ontspannen – moest hij nog één ding weten. Zijn ogen, zwaar en moe, bleven op Laviolette rusten. Het kostte hem moeite, maar hij wilde het toch weten: 'Als ik het dus niet heb gedaan, en hij ook niet, wie ...' Hij brak zijn zin af; hij realiseerde zich iets wat het slaapverwekkende effect van de shock volkomen tenietdeed. 'U weet wie het heeft gedaan, hè?'

Hij beende op Laviolette af, die zoiets wel had verwacht, maar hij kon niets tegen Jamie beginnen toen die hem met zoveel kracht tegen de kast duwde dat de kast tegen de muur stootte.

Laviolette viel achterover de kast in.

'Bryan,' zei Jamie. 'Het was Bryan, en u wist het. Hij wist het ook, hè, mijn vader? Hij wist dat het Bryan was.'

Laviolette was met zijn been op een metalen punt gevallen. Hij voelde een scherpe, stekende pijn en zag dat er een straaltje bloed langs zijn kuit sijpelde. Hij hoorde het geluid van de sirene van de ambulance, verstrooid door de wind.

'Bryan,' zei Jamie weer. 'Waarom heeft hij mij erbij gelapt voor iets wat Bryan heeft gedaan? Waarom?'

'Ze dwongen hem een keuze te maken. Het was een onmogelijke keuze.'

'En hij koos mij, ook al wist hij dat ik onschuldig was. Hij koos mij, en daar moet ik mee zien te leven nadat ik twintig jaar heb uitgezeten. Dit is pas echt levenslang.'

Door de gordijnen heen zag Laviolette de koplampen van de ambulance die voor de deur parkeerde. Nog even en de kamer zou vollopen met ambulancemedewerkers, die zich groen en efficiënt door een twintig jaar oude geschiedenis zouden bewegen.

Jamie schudde zijn hoofd. 'Laura zei dat er een lichaam was aangespoeld.'

Laviolette wist dat hij, om een aantal redenen, beter niet kon zeggen wat hij nu ging zeggen. Hij wist niet waarom hij het toch wilde zeggen. Kwam het door het doodsbange, gebroken kind dat jaren geleden vanachter het matras naar hem had opgekeken, een beeld dat hem nooit had losgelaten? Kwam het door wat Anna hem gisteravond over Bryan Deane had verteld, door hoe ze er vanochtend had uitgezien, nog diep in slaap op de bank in zijn kantoortje? Kwam het door wat hij had aangetroffen toen hij die avond, twintig jaar geleden, thuis was gekomen en Jim Cornish met zijn gore poten door zijn ouderlijk huis had zien stampen? Kwam het door de herinnering aan het laken dat over de bult van zijn vaders lichaam was gelegd? Of had hij er gewoon genoeg van dat anderen besloten hoe het voor hem zou aflopen?

'Er is een lichaam gevonden, maar het was niet Bryans lichaam. Bryan leeft nog.'

'Waar is hij?' eiste Jamie kalm.

Vanuit de kast zag hij het ambulancepersoneel de kamer binnenkomen en een inschatting maken van de situatie. Er was onmiddellijk iemand bij Mary; Jamie werd in de richting van de slaapkamerdeur gemanoeuvreerd en hijzelf werd voorzichtig uit de kast getrokken, waarbij zijn been zo veel mogelijk werd ontzien. Toen hij stond was de pijn nog erger.

'Waar is hij?' vroeg Jamie vanuit de deuropening.

'Royal Quays Marina, North Shields. In het Touwslagersgebouw, appartement nummer 21.'

De kamer leek ineens bomvol mensen, maar Jamie was weg.

Jamie was eindelijk weg.

Pas toen hij Mary op een brancard naar buiten zag komen besefte hij dat hij Anna moest inlichten. Anna moest het weten van Mary.

Halverwege Quay Road vertraagde Anna haar pas.

Hij zat op een bank recht voor haar naar de windmolens te kijken en werd op zijn beurt bekeken door Roy, de havenmeester, die nietsdoend in de deuropening van zijn kantoor hing en de laatste trekjes van zijn sjekkie nam.

Op het geluid van haar voetstappen draaide Roy zijn hoofd om, zijn ogen tot spleetjes knijpend terwijl hij de rook naar binnen zoog.

Hij stak zijn hand op, maar toen hij zag dat haar aandacht uitging naar de figuur op de bank, verlegde hij zijn blik terug.

Een minuut of wat eerder had Anna nog lopen zweten, ook al was het geen warme dag, maar nu koelde ze razendsnel af.

De vallen tingelden tegen de masten van de trawlers, en de trawlers zelf rolden in wijde bogen van links naar rechts. Golven sloegen over de sokkels van de windmolens, en de zee achter de noordelijke kademuur had geen spatje vriendelijkheid.

Ze was zich bewust van Roys blik toen ze hem voorbijliep, maar ze hield niet in. Opeens keek de man op de bank – inderdaad, het was Bryan – instinctief om.

Hij lachte niet.

Hij volgde haar met zijn ogen tot ze zo dichtbij was dat ze met haar bovenbenen tegen de achterkant van de bank stond.

Zijn ogen waren groot en stonden helder, maar zijn gezicht was wat ingevallen en hoekiger dan ze zich herinnerde van Pasen, maar toch zag ze wat ze maanden geleden had gezien, toen ze de trekken van de Bryan Deane van vroeger had gezocht.

Er verscheen een glimlach, een snelle, koortsachtige glimlach.

'Ha Anna.'

'Ha Bryan.'

Ze namen elkaar op, minder geremd dan de keer dat hij nog in leven was geweest.

'Je kijkt er niet eens van op,' zei hij terwijl hij stijfjes overeind kwam en zijn handen op de hare legde, op de rugleuning van de bank. 'Kijk je dan nergens van op?' Zijn gezicht stond nog steeds blij.

Het ronkende geluid van de windmolens gaf haar het gevoel dat ze op het dek van een of andere vreemde machine waren die elk moment op kon stijgen.

'Je wist dat ik niet echt verdwenen was.'

'Ik wilde het niet geloven.'

Roy hing nog steeds ongegeneerd nieuwsgierig in zijn deuropening en keek hen na tot ze in de Ridley Arms waren verdwenen. Hij gooide zijn peuk weg en bleef nog een tijdje staan hoesten. Daarna rechtte hij zijn rug en besloot hij dat hij het wel gezien had buiten – dus ging hij naar binnen, bevrijd van een last waarvan hij zich tot nu toe niet bewust was geweest. Maar hij voelde zich absoluut lichter; als nieuw, zou je kunnen zeggen.

Met een tevreden zucht zette hij zich weer aan het werk.

Laura had de deur nog niet open of ze wist al dat ze niemand in het appartement zou aantreffen. Net zoals ze meteen wist dat Bryan deze keer echt was verdwenen.

Ze kon niet beredeneren waarom ze deze conclusie trok.

Er waren geen spullen verplaatst; niets wees op een definitief vertrek, en nergens lag een briefje. Het leek of de lucht in huis zijn intenties had geabsorbeerd, de intenties die ze voelde toen ze met haar tas en sleutels nog in de hand midden in de woonkamer om zich heen stond te kijken.

Als ze de uren optelde die ze de afgelopen maanden hier had doorgebracht kwam ze niet ver, maar het leek of ze in die uren een half leven had geleefd. Hier, tussen de zelfgeschilderde korenblauwe muren, was ze noch Laura Hamilton, noch Laura Deane. Was ze niemands dochter, vrouw of moeder, maar gewoon Laura. Ze had hier dingen over zichzelf ontdekt die ze nooit had geweten. Wat moest ze met haar nieuwe zelfkennis?

Ze liep naar de balkondeuren, deed ze open en ging naar buiten. Het was een van die gemeen grijze dagen. Ze ademde diep in, met haar ogen dicht. Toen ademde ze langzaam weer uit, deed haar ogen open, en keek van het parkeerterrein naar de schepen in de jachthaven, naar de Tyne, breed zo dicht bij de monding, en naar de Noordzee in de verte. Het leek of niets wat ze zag nog iets met haar te maken had.

Ze voelde dat ze moest huilen, maar ze kon het niet. Ze was te woest.

Het besef dat ze woest was overrompelde haar, maar verklaarde wel het gespannen gevoel in haar borst.

Toen ving ze de geur van sigarettenrook op en opzij kijkend zag ze de Poolse vrouw in haar ochtendjas op het balkon naast het hunne staan. Ze keek naar dezelfde dingen als waar zij naar had staan kijken.

Toen blikte ze naar Laura en blies een grote wolk rook uit.

Laura kon niets bedenken om te zeggen en wilde net weer naar binnen gaan toen de Poolse zei: 'Hij is weg, hè?'

Laura knikte zwijgend en volgde de peuk op zijn weg naar beneden.

'Kom je even hierheen?'

Binnen een minuut stond Laura voor flat nummer 23. Ze hief haar hand om aan te kloppen, maar dat hoefde niet meer, want de deur zwaaide al open.

Zonder nadenken liet ze zich omarmen door de vrouw, die Laura's hoofd zachtjes tegen haar schouder drukte. Ze rook naar slaap, naar een zweem van parfum en naar sigaretten. Laura hing zwaar tegen haar aan en liet haar tranen de vrije loop.

Na een poosje lukte het de vrouw haar mee te tronen, de kamer in.

Vanuit de deuropening naar de keuken keek Laura toe hoe de Poolse water uit een waterkoker in een glas schonk en haar het glas voorhield. Het water was rood gekleurd.

'Frambozenthee,' lichtte ze toe, toen ze Laura's gezichtsuitdrukking zag.

Laura knikte, afgeleid door de tekeningen op de koelkastdeur. 'Ben jij dat?' vroeg ze terwijl ze ze nader bekeek.

'Ik werk als model op de tekenacademie.'

'Gemaakt door Bryan, hè?' zei ze. Te laat besefte ze wat ze zei.

'Hindert niet. Ik weet wie je bent, en wie hij is.'

'Heeft hij het verteld?'

De vrouw schudde van nee. 'Ik vermoedde het. En toen heeft hij het verteld.'

'Wat heeft hij verteld?'

De vrouw aarzelde. 'Alles.'

Laura keek weer naar de tekeningen.

'Zo hebben we elkaar leren kennen, bij de tekencursus. En toen bleken we nog buren te zijn ook.'

Laura reageerde niet, maar hoorde alles, en ze begreep wat de vrouw ermee wilde zeggen – ze begreep alleen niet waarom ze het zei, maar het was niet uit gemeenheid –, en ze wist dat ze het eigenlijk de hele tijd had geweten.

'Het betekende meer voor mij dan het voor hem heeft betekend, daar heeft hij nooit doekjes om gewonden. Als hij Bryan Deane nog was geweest, zou het nooit gebeurd zijn, zei hij. Hij hield afstand.'

'Door met je naar bed te gaan?' zei Laura scherp. Ze nam een slok thee en gaf het glas terug.

'Ook in bed.' Verzonken in de tekening dronk de vrouw het glas leeg. 'Hij was het niet gewend zo lang alleen te moeten zijn. De avonden waren moeilijk, en hij miste jullie dochter. Hij miste haar heel erg.' Ze aarzelde even. 'Ik heb een zoon. Hij was acht toen ik hem achterliet. Dat hadden we gemeen: dat we onze kinderen misten. We hadden het bijna altijd over hen. Dat deed hem de das om, en de eenzaamheid. Soms had hij het zo zwaar dat ik er niet gerust op was.'

Laura liet haar blik door de flat van de Poolse gaan, zonder iets in het bijzonder op te merken, zonder iets te zien, eigenlijk. Ze probeerde zich Bryan voor te stellen in deze omgeving, en hun intimiteiten.

'Ik heb naar je uit staan kijken op het balkon, vandaag. Ik maakte me ongerust omdat hij gisteravond niet thuis is gekomen. Dat wilde ik tegen je zeggen.' Ze zweeg. 'Jij weet waar hij is,' zei ze opeens. 'Wat ga je nu doen?'

Laura zei niets. Ze draaide zich om en liep naar de voordeur.

'Wat ga je nu doen?' riep de vrouw haar achterna.

Laura deed de deur open en bleef staan. Op de galerij was het veel kouder, en het rook er vochtig. 'Welke naam gebruikte je? Hoe noemde je hem?'

'Tom. Voor mij was hij Tom. Wat ga je nu doen?'

'Ik ga de politie bellen.'

De vrouw keek Laura na, die naar het trappenhuis aan de andere kant van de galerij holde. Ze hoorde haar de trappen af rennen, het regelmatige geroffel op de treden werd zwakker en zwakker naarmate ze dichter bij de begane grond kwam. Nog zwakker was het geluid van de deur van de hal die achter haar dichtsloeg toen ze naar buiten holde. Daarna werd het stil, maar ze bleef in de voordeur staan, ondanks de kou; ze wachtte, maar waarop, dat wist ze niet.

Pas toen Laura in haar auto stapte, merkte ze dat ze misselijk was. Ze ademde langzaam in, liet haar hoofd tegen de hoofdsteun rusten en sloot haar ogen, in de hoop dat het weg zou gaan. Maar dat gebeurde niet. Een tel later hing ze uit het portier en gaf ze over op het asfalt. Met een bonzend hoofd zag ze dat ze de zijkant van de auto naast haar had ondergekotst.

Ze rommelde in het opbergvak van het portier en vond een tissue met oude lippenstiftafbeten; in de bekerhouder stond nog een bodempje koude caffè latte, dat ze opdronk. Ze keek langs de balkons omhoog en verwachtte de Poolse vrouw te zien, Tom Bowens remedie tegen eenzaamheid. Maar ze zag haar niet. Ze zag wel dat ze de balkondeuren van hun flat open had laten staan, maar wat maakte het uit? Er viel toch niets meer te halen.

Hard slikkend om de vieze smaak uit haar mond weg te krijgen haalde ze haar mobiele telefoon tevoorschijn en belde het nummer van Laviolette.

Laviolette zat achter in de ambulance op Armstrong Crescent toen Laura belde. Zijn beenwond werd gehecht.

'Ik weet waar Bryan is.'

Ze sprak duidelijk, met vaste stem, alsof dat wat ze zei haar koud liet.

'Waar is hij dan?' informeerde Laviolette rustig.

'Bij Anna. Bij Anna Faust. Hij is naar Anna toe gegaan.'

Laviolette sloot zijn ogen en hoorde de verpleger die aan het hechten was 'Nog heel even volhouden' zeggen, denkend dat hij Laviolette pijn deed.

'Besef je wat de gevolgen zijn van wat je me nu vertelt?'

'Dat besef ik.'

'Alle gevolgen? Ik zal arrestaties moeten gaan verrichten, Laura.'

'Dat besef ik.'

Laviolette had zijn ogen nog steeds dicht. Ze wist niet wat ze zei. Hoe kon iemand weten wat dit voor gevolgen zou hebben?

De misselijkheid was weggetrokken, en de hoofdpijn ook. Laura, kalmer dan ze zich in tijden had gevoeld, trok op en reed naar de uitgang van de parkeerplaats bij de jachthaven. De slagboom ging omhoog en ze keek of de weg veilig was. De witte Transit die achter haar aan naar de slagboom was gereden merkte ze niet op.

Ze had hem ook niet opgemerkt toen hij op de A189, van Tynemouth naar North Shields, achter haar aan was gereden.

Jamie was in zijn bus blijven zitten en had haar het Touwslagersgebouw in zien gaan. Even later was ze op het balkon verschenen, waar ze had gepraat met een vrouw met paars haar, die een sigaret rookte.

Terwijl hij de jachthaven achter zich liet bedacht hij dat hij ooit, heel lang geleden, toen ze allebei nog klein waren, had gedacht dat Laura hem de weg zou wijzen naar zichzelf. Het minste wat ze nu kon doen, was hem de weg wijzen naar zijn broer.

'Daar staan we dan,' zei Bryan.

'Daar staan we dan,' echode Anna, nog in haar hardlooptenue, terwijl ze keek hoe hij, nog in zijn jas, door de kamer liep en alles in zich opnam.

Hij bleef even zwijgend uit het raam kijken voor hij zich naar haar toe keerde. 'Heb je er last van?'

'Waarvan?'

'De windmolens.'

'Ik vind het wel prettig. Ze geven me het gevoel dat er over me wordt gewaakt.'

Hij knikte en keek; hij nam haar van top tot teen op, hij bleef maar kijken. 'Had me maar gebeld. Ik heb tegen Doreen gezegd dat ze dat aan je moest doorgeven.'

'Dat heeft ze ook gedaan.'

'Ik had iets voor je kunnen zoeken.'

'Ik zit hier prima.'

'Altijd alles zelf regelen. Je wil niemand iets verplicht zijn, hè? Zeker mij niet.'

Ze stond bewegingloos voor het aanrecht. 'Ik heb gebeld,' zei ze ten slotte. 'Ik heb Tyneside Properties gebeld en gevraagd of ik je kon spreken, maar ik heb opgehangen. Het is zestien jaar geleden, Bryan. Zestien jaar is te lang om telefonisch over ...'

'Over woonruimte te praten?'

'Ja.'

'Hoeveel betaal je hiervoor?'

'Ik zou het niet weten.'

Hij schudde het hoofd, en wees toen naar de tekening op het aanrecht. 'Je hebt die gekregen. Wat dacht je toen je haar vond?'

Ze gaf niet direct antwoord. 'Ik was opgelucht, het gaf me hoop. Meer dan hoop, zelfs.' Hij stond dicht bij haar. 'Ik droom van je. Best wel vaak.' Hij pakte haar handen en legde zijn handpalmen tegen de hare. 'Ik wilde niet geloven dat je dood was.'

Zijn blik gleed onderzoekend over hun handen. 'Ik was bang dat je het zou vertellen.'

'Aan wie?'

'De politie. Die rechercheur.'

'Laviolette,' zei ze terwijl ze hem aankeek. Hij keek niet naar haar, maar naar hun handen, die verstrengeld tussen hen in hingen.

Hij ving haar blik, liet haar los en liep naar de hoek van het aanrecht, waar de foto uit Kefalonia stond. 'Waar komt die vandaan?'

'Van Martha gekregen. Ze wilde dat ik een kaarsje voor je brandde.'

'Martha,' zei hij met de foto in zijn handen. 'Martha. God, Martha.'

Hij liep naar de dichtstbijzijnde bank en liet zich erop neervallen. 'Wat heb ik gedaan?'

'Waarom heb je het gedaan?'

Hij zat voorovergebogen, ellebogen op de knieën, hoofd steunend in zijn handen, en staarde naar de vloer.

Ze ging naast hem zitten.

'Ben je gelukkig?' vroeg hij zonder haar aan te kijken.

'Weet ik niet.'

'Niet, dus.'

Daar moest ze over nadenken. Ze had er vaker over nagedacht, maar nu moest ze een antwoord zien te vinden, want nu vroeg een ander het. 'Ik ben tevreden met mijn leven, maar ik ben niet gelukkig,' zei ze na een poos.

Ze zaten even zwijgend naast elkaar, tot Bryan vroeg: 'Herinner je je die mist op de dag dat ik verdween?'

'Ik zag je erin verdwijnen.'

Hij ging staan; futloos stond hij voor haar, met zijn armen slap langs zijn lijf. 'Laura zou me opwachten op het strand tussen hier en Seaton Sluice, maar toen kwam die mist opzetten en wist ik net nog St Mary's te bereiken. Er was niemand op het eiland, want het was hoogwater. Daar waar die Russische matrozen begraven liggen heb ik de kajak een zet gegeven de open zee op. Toen het tij keerde ben ik over de dam naar land gelopen en heb ik Laura gebeld, vanaf het parkeerterrein. Toen ze er eindelijk was, ben ik naast haar in de auto gekropen. Ik zat aan één stuk door te bibberen, ik kon er niets tegen doen. Ik draaide me naar haar toe en zei "Hou me vast", en toen pakte ze me vast en heb ik gehuild. Van de zenuwen, dat we het echt hadden gedaan.'

'Waar ben je toen naartoe gegaan?'

'Ze heeft me naar Haymarket gebracht en daar heb ik de bus naar Rothbury genomen.'

'Waarom Rothbury?'

'Weet je nog waar jullie vroeger kampeerden, toen Laura en jij klein waren?'

Anna knikte.

'Daar zijn we later nog regelmatig geweest. In een huisje in het bos. Ik heb er ongeveer een maand gezeten. Geen bewakingscamera's, geen doorgaande weg in de buurt, geen telefoonsignaal.' Hij zweeg. 'Het was een maand die lang duurde. Ik heb veel aan je gedacht, aan dat we elkaar zagen op het strand op de dag dat ik verdween. Ik heb zoveel aan je gedacht. Ik dacht ...'

'Wat dacht je?'

'Dat je ergens wel wist dat ik niet echt verdwenen was. Dat je me zou gaan zoeken.' Hij liep naar het raam en staarde naar de ronddraaiende bladen van de windmolens. 'Ik kon niet geloven dat het was gelukt, dat alles volgens plan was gegaan. Laura had het over het verzekeringsgeld en het verkopen van ons huis op Marine Drive; over emigreren naar Uruguay en daar een huis aan het strand kopen. Ze hield er niet over op, en ik liet haar maar praten, want ik voelde me vrij. Tegelijkertijd wist ik dat het zover niet zou komen; ik wilde mijn vrijheid niet nog een keer opgeven.'

'Laura heeft je opgezocht, in Uruguay.'

'We zouden op huizenjacht gaan. Ik ben nog even gebleven na haar vertrek.'

'Waarom Uruguay?'

'Goedkoop. Zon. Zee ...'

Ze stond op en ging naast hem voor het raam staan. 'Hier is ook zee.'

'Uruguay is heel ver weg.'

'Van wat?'

'Van ons oude leven. Van jou.'

'Ik maakte geen deel uit van je leven.'

'O jawel. Alles wat we hebben gedaan, Laura en ik, elke beslissing die we namen had met jou te maken.'

Anna reageerde daar niet op, ze zei alleen maar: 'Je bent als Tom Bowen naar Uruguay gereisd.'

'Ik voelde me prettig als Tom Bowen. Ik wilde contact met je zoeken, vanuit Uruguay. Ik wilde dat je naar me toe kwam, naar Punto del Este.'

'Wilde je me naar Uruguay laten komen?'

'Zou je het hebben gedaan?'

Toen Anna geen antwoord gaf, zei hij: 'Als je overgekomen was, was ik daar gebleven. Dan was ik niet teruggegaan.'

'En Martha dan?'

'Daar hadden we wel iets op bedacht.'

Anna liep naar het midden van de kamer. 'Waarom zijn jullie nog bij elkaar? Normale mensen gaan scheiden.'

'Daar hebben we het over gehad. We hebben het er vaak over gehad. De dreiging van een scheiding werd een onderdeel van ons huwelijk.'

'Je kletst. Ik geloof niets van wat je zegt. Waarom nu ineens? Na zestien jaar? Je hebt niet één keer contact met me gezocht in die zestien jaar, en nu dit. Wat dit dan ook is. Ik was zwanger toen ik wegging om te gaan studeren. Ik heb je gevraagd wat we moesten doen, en jij zei, jij was degene die het zei, dat ik het moest laten weghalen. Dat heb ik gedaan, en ik ben het zat, Bryan. Ik heb er genoeg van me af te blijven vragen hoe mijn leven eruitgezien zou hebben als ik bij jou was gebleven.'

Anna begon te huilen en hij wilde haar in zijn armen nemen, maar ze weerde hem af. 'Wat kom je doen?' gilde ze. 'Wat kom je verdomme doen? Je hebt voor Laura gekozen.'

'Laura kon ik het leven bieden dat ze wilde. En wat jij wilde: ik had geen idee. Hier heb ik het voor gedaan: om me zo te voelen als op de dag dat ik je voor het eerst na al die jaren terugzag. En zo voel ik me nog steeds.

Jij wilde weg, jij wilde hier niet blijven. Ik kon niet met je mee. Als je het kind had laten komen, was je bij mij gebleven, was je me uiteindelijk gaan haten, en daar zou ik aan zijn kapotgegaan. Ik hield te veel van je om je te vragen het te houden.'

'Je hebt geen idee wat je van me hebt gevraagd.'

'Je was al weg, Anna. Je was al weg.'

'Maar nu ben ik terug.'

Ze liepen op elkaar toe.

Geen van beiden had gezien dat Laura's auto voorbij was gereden, langs Roy, die weer in de deuropening van zijn kantoortje stond te roken. Ze hadden niet gezien dat de auto naast de gele Capri was gestopt, en ook niet dat Laura was uitgestapt en omhoog had gekeken naar het appartement. Ze hadden haar niet de voordeur horen openduwen, die Bryan vergeten was dicht te doen, en het drong ook niet echt tot hen door dat er iemand de trap op kwam – dat Laura de kamer binnenkwam en getuige was van iets waarvan ze altijd geweten had dat het een keer zou gebeuren. Misschien niet precies op deze manier, maar dit was het spookbeeld dat een schaduw over haar huwelijk had geworpen.

Een huwelijk dat ze niet cadeau had gekregen, waarmee ze als jonge moeder in het diepe was gegooid. Romantische liefdesavontuurtjes had ze opgegeven voor ruzies waarbij ze elkaar naar het leven stonden over zaken waar niets meer aan gedaan kon worden, en ze hadden het overleefd – tot nu, het moment dat Anna zich in hun huwelijk had gemengd.

Toen ze het plan hadden opgevat om Bryans dood te ensceneren, had Laura geweten dat ze een risico nam. Ze had geweten dat hij vrij zou zijn als hij eenmaal officieel dood was verklaard. Maar de bodemloze financiële put waarin ze waren beland dreigde hun huwelijk in zijn totaliteit op te slokken en de enige manier om het in stand te houden was door Bryan op te geven. Maar niet zo, niet aan Anna.

'Blijf van hem af,' zei Laura automatisch terwijl ze van de een naar de ander keek. Ze ademde zwaar en trilde als een riet, maar dat kon haar niet schelen; niets kon haar nog schelen.

'Ik ben benieuwd wat ze doet ...' Laura zocht steun bij de bank en probeerde haar ademhaling onder controle te krijgen. 'Ik ben benieuwd wat ze doet als ze alles weet, want ik weet dat je haar niet alles hebt verteld.'

'Hij heeft voor jou gekozen, Laura. We waren allebei zwanger, tegelijkertijd.'

'Ik weet het, hij heeft het me verteld. Ik was opzettelijk zwanger geworden, en kreeg wat ik wilde, maar alleen maar omdat hij een lafaard is. Hij was doodsbang voor hoe jij zou reageren.'

Anna's blik was niet meer op Bryan gericht, maar op Laura. 'Reageren waarop?'

'Doodsbang dat je er op een dag achter zou komen.'

'Waarachter?'

'Dat hij Roger Laviolette heeft vermoord.'

Bryan sprong naar voren en greep Laura vast, terwijl Anna haar alleen maar aanstaarde. Haar keel kneep dicht toen ze zich eindelijk herinnerde wie haar uit het washok had bevrijd, toen ze zich realiseerde dat ze het altijd had geweten, maar dat ze de herinnering had onderdrukt.

Bryan had haar bevrijd. Jamie Deane had haar opgesloten die dag, de dag dat Roger Laviolette stierf, en Bryan had haar bevrijd.

Ze herinnerde zich nu nog iets: dat zijn linkerarm, buik en een deel van zijn gezicht onder het bloed hadden gezeten. Er had zo'n weeë bloedlucht in het washok gehangen dat ze had gedacht dat het bloed van het hert was dat hij opzij had geduwd. Maar nu, nu ze er gerichter over kon nadenken, nu ze er voor het eerst serieus over kon nadenken, besefte ze dat Bryan al besmeurd met bloed was binnengekomen, en dat hij naar de wasbak onder het raam was gelopen om het bloed weg te wassen.

'Ik dacht dat hij me kwam bevrijden, maar dat is dus niet zo. Hij had me niet eens gezien. Hij zat onder het bloed, dat was ik vergeten,' zei ze terwijl er een rilling over haar rug liep.

Het werd snel donker buiten, maar niemand maakte aanstalten het licht aan te doen.

Anna wendde zich tot Bryan. 'Jij was het dus. Jij hebt hem vermoord.'

'Ik wist het,' zei Laura kalm. 'Ik heb het de hele tijd geweten. Al snel besefte ik dat romantiek op onwetendheid stoelt, dus daar hoefde ik niet op te hopen. Ik hield meer van hem dan iemand ooit van hem gehouden had. Daarom koos hij mij. Hij koos mij omdat ik het wist. Hij hield van jou, omdat jij het niet wist. Het leven is niet eerlijk. Alleen: had je hem maar uit je hoofd gezet toen je vertrok. Ik bleef hopen op het moment dat ik zou horen dat je iemand had gevonden, maar dat moment kwam niet. Je wachtte af, en nu heeft hij voor jou gekozen en daar kan ik niet mee leven.'

Bryan rammelde haar zo hard door elkaar dat ze niet meer kon praten.

'Hou op,' riep Anna, en ze probeerde hen uit elkaar te halen. 'Hou op!'

Maar ze hadden geen oog voor haar. Laura's blik was op Bryan gevestigd; haar verzet was gebroken. 'Maak het af,' zei ze, 'maak het nu ook maar af.'

Anna liet zich met haar volle gewicht tegen Bryans borst vallen en duwde hem achteruit tot hij met zijn rug tegen de muur naast de voordeur stond.

Laura bleef roerloos staan en keek naar hen alsof het allemaal niet echt was. 'Ik heb Laviolette gebeld. Ik heb tegen hem gezegd dat je nog leeft. Ik heb tegen hem gezegd dat hij je hier kon vinden.'

Bryan staarde haar aan. 'Besef je wel wat je hebt gedaan? Besef je wat je allemaal hebt gedaan?'

Machteloos draaide hij zich om naar Anna; hij zag haar naar buiten kijken.

'Laviolette?'

Ze schudde haar hoofd. 'Je broer. Jamie.'

De witte Transit stond dwars over drie parkeerhavens geparkeerd.

Martha stond voor de schoolpoort te midden van een hoop gedrang en keek uit naar de inmiddels vertrouwde witte Transit. Het was een drukte van belang op straat – bussen, auto's en stromen meisjes – maar Jamie en zijn busje waren in geen velden of wegen te zien. Ze wist niet wat ze nu moest doen. Hij had nog geen dag overgeslagen sinds september. Hij was erbij gaan horen, de rit naar huis in zijn busje was vaste prik geworden. Martha was zijn motivatie om 's ochtends op te staan, dat had hij haar verteld. Hij zei dat het al moeilijk genoeg was om uit je bed te komen als je moest, maar dat uit je bed komen als het niet moest nog veel moeilijker was.

Ze stak over en ging op het lage, bakstenen muurtje zitten dat om de paardenkastanje stond waar ze Bryan maanden geleden had zien staan. Het was donderdag vandaag en sinds kort gingen ze op donderdag naar het zwembad in Whitley Bay, waar ze Jamie leerde zwemmen, of, zoals hij het zei: leerde niet te verdrinken. Ze vormden een vreemd duo, de witte, pezige, getatoeëerde man met zijn kaalgeschoren kop en het magere, lachende meisje, maar de badmeesters kenden hen inmiddels, keken zelfs naar hen uit en maakten bemoedigende opmerkingen over Jamies vorderingen.

Het had twee weken geduurd voor Martha hem zover kreeg dat hij de rand van het bad losliet, en nu hield hij zich met nog maar één hand aan het drijfplankje vast. Het zwembad had een golfslagbad en een apart duikbad, smal en diep, met donkerblauw water, dat Jamie doodeng vond. Het duikbad had een raam onder water, waarvoor Jamie rillend stond te wachten tot Martha dook, tot haar ranke lijf in het zwarte schoolzwempak de vloeibare blauwe watermassa kliefde. En altijd zwom Martha dan naar het raam, waar ze voor bleef hangen – haar handpalm plat en amfibieachtig wit tegen het glas en haar gezicht half verscholen achter een duikbril – met een onderwaterglimlach die belletjes maakte en haren die in slow motion om haar hoofd zweefden, tot hij op de ruit bonsde, bang dat ze te lang onder bleef. Dan schoot ze als een speer omhoog en kwam ze met een proestende lach boven en zwom ze naar het trapje terwijl ze haar duikbril op haar voorhoofd schoof.

Ze bleef een halfuur op het muurtje zitten wachten en liep toen langzaam naar het station van de lightrail.

Ineens voelde alles verkeerd, werd de dag een gapend gat, net als de dag toen haar vader was verdwenen.

Bij Whitley Bay stapte ze uit en pakte daar de bus richting Blyth, langs de duinen. Pas toen ze aan haar rechterhand grote pakhuizen voorbij zag glijden, besefte ze dat ze haar halte allang voorbij was. Ze waren bij de South Harbour, aan de rand van Blyth, op weg naar Ridley Avenue. Bij Ridley Park stapte ze uit. Vanaf hier kon ze makkelijk naar Quayside lopen; het was alweer een poosje geleden dat ze Anna had gezien.

Toen Jamie het portier van zijn busje dichtgooide, zag hij in de twaalf centimeter hoge zijspiegel een man staan. De man had holle ogen en blond haar en leek in niets op de broer die hij zich herinnerde, maar toch wist hij absoluut zeker dat dit zijn jongere broer Bryan was.

Hij bleef een moment werkeloos staan, want hij kon niet geloven dat de man in de spiegel een persoon van vlees en bloed was. Wanneer hij zich zou omdraaien – wat hij nu deed – zou hij vast een lege kade zien.

Niet, dus.

Bryan stond er nog, en hij was gegroeid. Hij was nu geen twaalf centimeter meer, maar ruim een meter negentig.

De twee mannen ervoeren iets wat het midden hield tussen droefheid en paniek.

Ondanks alles lichtten hun beider gezichten vreugdevol op, het ging te instinctief om onderdrukt te kunnen worden. Ze waren per slot van rekening broers, en ze hadden elkaar lang niet gezien.

En meteen ook waren de herinneringen terug, ongenood, maar net zomin te onderdrukken als de vreugde die ze zojuist hadden gevoeld – herinneringen van zo lang geleden dat ze vormeloos tussen die twee tegenover elkaar staande mannen op Quayside neerploften.

Jamie herinnerde zich de zilverkleurige stereoset die hij vroeger had, waarmee hij liedjes van de radio opnam; een zwart met oranje NCB-jack dat even tevoren aan de deur was gehangen en nog heen en weer zwaaide; een berg vuile was op de slaapkamervloer en genylonkouste vrouwenbenen op pantoffels ernaast; sellotape over de gaten in de vloerbedekking; zichzelf, terwijl hij een rood tractortje van Bryan afpakte, waardoor de tractor kapotging en Bryan begon te huilen; een theedoek boven op een bruin gasfornuis en de geur toen die theedoek verschroeide; een blauwe ligstoel met een wit rozenmotief, en het parfum van hun moeder; niet hun moeder zelf, alleen haar parfum, dat muf en zoet tegelijk rook omdat het te lang was bewaard voor een leven dat nooit was gekomen; ze had het hele flesje opgespoten op de dag dat ze stierf, want ze had geweten dat er geen volgende keer zou zijn. Het washok, de was aan de lijn in de tuin, de tuin zelf – alles had naar haar parfum geroken. In zijn dromen was hij die geur blijven ruiken, het was de geur van afscheid geworden, van onuitsprekelijk verlies.

Jamie voelde zich opeens meer verbonden met de vrouw die zijn moeder was geweest dan hij zich ooit met iemand verbonden had gevoeld. Voor het eerst van zijn leven begreep hij de wanhoop die langzaam in haar naar binnen was gesijpeld toen ze begreep dat de enige man die haar gelukkig kon maken geen tijd of energie meer kon opbrengen om zelfs maar een lach met haar te delen, waardoor ze zich eerst gedwongen had gevoeld te blijven wachten, vervolgens haar hoop te verliezen en ten slotte om het dan maar elders te gaan zoeken.

Ze was een vrouw die graag lachte, die vond dat lachen de beste remedie was tegen de slagen die het leven je toebracht. Toen de grote dingen van het leven haar geen vreugde meer te bieden hadden, had ze dat met alle plezier in kleine dingen gezocht. Pas toen ze ook daar geen vreugde meer aan beleefde, had de wanhoop toegeslagen. Wanhoop had haar in de armen van Roger Laviolette gedreven, dat kon niet anders; die gesloten, duffe man had op geen enkele manier bij zijn moeder gepast.

'Ik hield ook van haar,' zei hij uit het niets tegen Bryan, die nog steeds tegenover hem stond. Het was het eerste wat hij na twintig jaar tegen hem zei.

Omdat hij er niet zeker van was dat hij het echt hardop had gezegd, zei hij het nog een keer: 'Ik hield ook van haar.'

'Waarom deed je dan niets? Ik zat de hele tijd maar te wachten tot jij iets zou doen.' Bryan veranderde van houding en leek van streek. 'Het was een ongeluk,' besloot hij hulpeloos. 'Ik wilde alleen naar dat huis gaan kijken, meer niet. Ik dacht ... Ja, wat dacht ik? Ik dacht niet eens aan Roger Laviolette, ik wilde alleen maar weten waar ze heen was gegaan toen ze wegging, omdat ik niet geloofde dat die plek werkelijk bestond. Ik ging achterom, en toen zag ik hem; de keukendeur stond open. Hij zat iets te repareren aan tafel. Ik zag het stukje witte huid van zijn nek en ...' Bryan zocht naar het juiste woord, hij probeerde iets te beschrijven wat niet door de rede werd geregeerd. ' ... en toen sloeg er een stop door. Kun je je herinneren dat ik dat vaker had? Net als die keer dat ik je laden omkeerde en al je T-shirts kapotknipte. Daar leek het op, maar dan veel erger.

Naast hem stond een buggy met een kind erin en ik dacht ... ik dacht dat het misschien van hem en haar was. Dat dacht ik, zonder nadenken. Natuurlijk was dat niet zo,' zei Bryan, boos bijna, en voornamelijk tegen zichzelf. 'Maar weet je wat het ergste was, Jamie? Die man zat te fluiten. Hij zat fluitend aan een radio te prutsen, de zon scheen naar binnen en het leek alsof er niets was gebeurd, alsof het allemaal niet echt was geweest. Ik dacht bijna: als ik nu naar huis ga, dan zit zij daar, net zo, fluitend in de zon. Maar zo was het niet. Dus ik greep die radio en liet hem heel hard neerkomen op zijn hoofd. Ik bleef hem op zijn kop slaan met die radio, en dat kind maar kijken.' Even leek het of Bryan moest lachen om die herinnering. 'Ik herinner me bloed en gekreun, en dat alles naar terpentine rook, want daarmee had hij de radio zitten schoonmaken. Ik moet de fles omgestoten hebben, want ik weet nog dat hij probeerde de lege fles overeind te zetten, maar zijn hand wilde niet. Toen stond hij op en liep naar het fornuis om een ketel water op te zetten of zo, weet ik het, en toen zag ik dat er bloed naar zijn ogen en mond liep, dat het op zijn schouders drupte. Zijn gefluit was toen al opgehouden; hij draaide zich om en zei: "De zoon van Rachel."

Ineens stonden zijn handen en armen in de hens, en hij begon te schreeuwen en toen ging dat kind ook schreeuwen en ik probeerde het kind uit de buggy te halen maar kreeg de riempjes niet los, dus tilde ik het hele ding met kind en al op en duwde het de tuin in, weg van het huis. En toen ben ik weggerend. Het was een ongeluk, een ongeluk, Jamie. Als hij niet had zitten fluiten had ik het nooit gedaan.'

Op dat moment zag Jamie Laviolette. Instinctief riep hij iets, maar er kwam geen naam uit zijn mond, alleen een geluid. Hij hoorde het geluid door de lucht snijden en schrok.

Ze moesten hier weg, Bryan en hij ... Maar Bryan was al weg.

Jamie begon te rennen om hem in te halen, de afstand tussen hen werd kleiner en kleiner. 'Bryan!' riep hij terwijl hij in het wilde weg een greep deed naar de kraag van Bryans jack. Hij raakte daarbij de zijkant van zijn broers hoofd en trok hem vervolgens met zo'n ruk naar zich toe dat Bryan zijn evenwicht verloor en zich aan hem vastgreep.

Bryan zag de felle helderheid van Jamies ogen, blauw, wist hij ineens weer, en toen begon hun val.

Jamie ervoer de sensatie van het vallen al voor ze vielen. Ze hadden elkaar vast alsof dit hun dagelijkse robbertje vechten was en ze bleven maar vallen, wachtend op de smak die niet zou komen, want ze stortten van de kade in zee.

Bryan, gedesoriënteerd, hoorde niets meer. Hij had een klap tegen de zijkant van zijn hoofd gekregen waardoor zijn gehoor werd uitgeschakeld en hij was met zijn been achter een landvast van een van de trawlers blijven haken. Alleen had dat zijn val niet gestopt.

Hij was blijven vallen, waarbij hij met zijn hoofd nog een keer tegen de voorsteven van de trawler was geknald.

Het was donker en koud, en er zat iets zwaars aan hem vast.

Hij hoorde zijn dochter roepen – hij wist het zeker –, alleen riep ze niet zijn naam, maar die van zijn broer. Waarvan kende ze Jamie, en hoe kwam het dat de manier waarop ze zijn naam riep – waarvoor elke man naar de kust zou zwemmen – hem, Bryan, zo'n leeg gevoel gaf? De liefde en verbondenheid van de afgelopen vijftien jaar – een diepe, verscheurende liefde – werden een verward geheel en verloren hun betekenis.

Vechten kwam niet in hem op. Er kwam niets meer in hem op, zelfs geen gedachte aan Martha.

Hij was alleen, hij was aan het verdwijnen. Hij was niets.

Vlak voor hij het water raakte hoorde Jamie stemmen. Hij dacht nog even dat hij Martha hoorde, maar toen sloot het wateroppervlak zich boven zijn hoofd en begon hij om zich heen te slaan, waarbij hij al snel alle gevoel voor richting verloor. Hij wilde bovenkomen, maar hij wist niet waar boven was. Hij zag geen licht en hij had niets om zich aan vast te houden, hoewel hij voor hij viel iets had vastgehouden, dat wist hij zeker. Hij maaide met zijn armen door het water, maar het enige wat hij vond was meer water.

Martha zag haar vader en Jamie van de kade vallen. 'Hij kan niet zwemmen!' schreeuwde ze en zonder ook maar een seconde te aarzelen gooide ze haar tas neer.

'Martha!'

Dat was de stem van Anna.

Ze keek om en zag Anna rennend de straat oversteken. Vlak achter Anna zag ze haar moeder, die ook rende, maar minder hard, en Laviolette. Iedereen was er. Hielden ze maar eens op met dat heen-en-weergeren, stonden ze maar eens stil ... Ze wisten niet meer wat ze deden. Nu niet, al een hele tijd niet. Ze waren alleen maar bezig geweest met het najagen van geluk, dacht ze, terwijl ze van het moment hadden moeten genieten. Dat had ze willen laten zien met die foto van haar vader in Kefalonia, maar het had niets uitgehaald. Het was niet erg dat hij verdrietig was, op zich was dat niet zo erg. Het was een momentopname van verdriet – angstaanjagend, mooi, echt en waar. Waarom moest het meer zijn dan dat? Waarom hielden ze niet een keer op met dat najagen van ... Ja, van wat?

Opgelucht keerde ze hun en hun geroep de rug toe. Kalm en zeker sprong ze het zwart kolkende water in. Het gevoel van leegheid dat ze haar hele leven in zich had gehad was weg. Ze hield van iedereen. Van Laviolette, van Anna, van haar moeder (zelfs van haar moeder) daarboven op de kade, en van Jamie en haar vader, hier ergens onder water.

Toen haar voeten het water raakten, klotste het zeewater met veel lawaai tegen de afgemeerde trawlers. De vallen klepperden razend tegen de masten. Een meter of drie van haar vandaan zag ze een hoofd, heel even maar, want bijna gelijk toen ze het zag ging het weer onder. Ze zwom er automatisch naartoe, terwijl ze, ver weg nu, Anna hoorde roepen.

Jamie maaide wild met zijn armen, wanhopig op zoek naar houvast, maar hij vond niets. Na een val die al twintig jaar duurde, wilde hij eindelijk ergens landen en rust vinden. Overal was water, boven hem, om hem heen, het drong zijn lichaam binnen door elke opening die het kon vinden, zodat hij volliep. Zijn keel brandde en het voelde of zijn ogen uit zijn oogkassen werden gerukt. Hij voelde dat de binnenkant van zijn lijf het begaf, en hij bleef maar vallen. Het leek wel of hij tweemaal viel. Als hij niet snel iets vond om zich aan vast te grijpen, zou zijn val eeuwig voortduren.

Kort, ademloos, herinnerde hij zich een meisje in het water, met haren die om haar heen zweefden, haar badpak zwart tegen de witte tegeltjes. Tegeltjes ... het zwembad. Zijn voeten zochten de brokkelige tegelrand en raakten iets ... Er was een meisje in het water.

Haren ... Hij dacht dat het Laura was en pakte haar vast. Toen herinnerde hij zich dat Laura hem al een keer de dood in had gedreven. Hij hees zich aan haar op, kwam boven, hapte naar adem, trok haar dicht tegen zich aan en nam haar deze keer mee de diepte in.

Anna schopte haar hardloopschoenen uit – stroopte ook haar broek af, maar haar topje hield ze aan – terwijl Laviolette naast haar zich onhandig van zijn jas en colbertje ontdeed.

Ze krulde haar tenen om de rand van de kade. Ze wist wat er zou gebeuren: als Martha Jamie zou vastgrijpen om hem boven te krijgen, zou hij zo wild spartelen dat de kans groot was dat ze allebei zouden verdrinken.

'Wie neem jij?' vroeg Laviolette.

'Martha.'

Anna dook het water in op dezelfde plek waar Martha ook te water was gegaan, een goede plek, op enige afstand van de trawlers en hun kabels, en kwam boven. Ze deed haar best zo min mogelijk water binnen te krijgen, wat lastig was met die hoge golven. Ze zag ze vanuit zee aankomen en over het noordelijke havenhoofd slaan, draaide zich toen om en zwom terug naar de trawlers. Haar armen deden nu al pijn. Op dat moment kwamen Jamie en Martha boven, en gelijk met Laviolette was ze bij hen.

Maar Jamie trok Martha meteen weer mee onder water, en ze bleef alleen met Laviolette achter.

'Red Martha!' brulde hij.

Ze doken naar beneden.

Onder water was alles paniek en geluidloos gespartel; wie wie was viel niet te onderscheiden. Het enige wat Anna zag was een vage wirwar van ledematen in donkere kleding die continu bewogen. Het leek wel of al die armen en benen nergens aan vastzaten, of ze met een soort incomplete menselijke wezens in het water lag. Uiteindelijk kreeg ze de haren van Martha te pakken, die op de stroming naar haar toe deinden. Ze graaide een hand haar, trapte hard met haar benen en trok Martha achterwaarts naar zich toe en zwom toen met haar om het achterschip van *Flora's Fancy*, de trawler waarmee de politie naar Bryan had gezocht. Ze keek hoe Martha zich aan het laddertje ophees; op de kade zakte ze in elkaar en gaf ze over. Laviolette probeerde intussen uit alle macht Jamie boven water te houden en met zijn vrije hand een kabel vast te grijpen.

Anna draaide zich weer om en speurde het wateroppervlak van de haven af. De golven waren nu een meter hoog, maar Bryan Deane was nergens te bekennen.

Anna dook en kwam weer boven, dook en kwam weer boven, gefrustreerd omdat de golfslag het haar onmogelijk maakte om bij de trawlers te komen, waar hij kopje-onder was gegaan. Na een poosje zag ze aan de aftekening van het water op de kademuur dat de zee begon af te lopen. Het tij keerde, de onderstroom werd steeds sterker. Misschien was Bryan meegesleurd. De golven hadden witte schuimkoppen en beukten hard tegen de zeewaarts gerichte zijde van het havenhoofd. Het was alsof de zee de spot dreef met de door de mens gemaakte waterkering waar ze nu op af zwom.

Het water bij het havenhoofd was groen en stroperig. Ze moest met haar armen haar hoofd afschermen tegen de golven, die haar eerst tegen de zeewering aan duwden en vervolgens zo hard aan haar trokken dat ze de kans niet kreeg de sporten van het laddertje goed vast te pakken. Telkens weer verloor ze haar grip. Tweemaal lukte het haar even te blijven hangen, maar omdat de golven tegen de kade aan bleven slaan en de lucht boven haar met water vulden, kwam ze niet verder.

Bij haar vijfde poging, door goed op de golfslag te letten, lukte het haar tot bovenaan te klimmen. Ze klemde zich uitgeput vast, terwijl de zoveelste golf over de zeewering sloeg. Na een laatste krachtsinspanning was ze boven. Ze krabbelde overeind en begon meteen te rennen. Ze had drie minuten voor de volgende golf over de hele lengte van het havenhoofd zou slaan, tot aan de oude kolenpieren.

Ze was vlak bij de houten kolenpieren toen de laatste golf haar te pakken kreeg en haar op haar rug op het natte, met algen begroeide hout wierp, waar ze bleef liggen, starend naar de bladen van de windmolens die onverstoord hun rondjes draaiden.

Met haar ogen en oren nog vol van de zee keek ze opzij. In de verte zag ze figuurtjes staan; mensen, aan hun postuur te zien, maar vrijwel onherkenbaar met al dat ziedende water tussen hen in. Ze wist even niet meer wie het waren, maar het kon haar niets schelen. Ze zag haar gele Capri en de witte Transit, en de ramen van haar appartement. Bijna dacht ze zichzelf achter het raam te zien.

Want daar had ze moeten zijn – achter het raam, naar buiten kijkend – en niet hier, languit en rillend op een zeewering. Ze had te lang in het water gelegen, op zoek naar iemand die al verdronken was. Haar gedachten gingen weer naar de windmolens, wit tegen de grijze lucht, en de immense bedoelingen van die immense machines, die geen benul hadden van Bryan Deane, of van de afgelopen twintig jaar van de levens van hen allemaal.

20

Het was niet de aanblik van Mary waardoor Anna het even te kwaad had gekregen, maar van het plastic armbandje dat ze bij haar opname om haar pols hadden gedaan, met daarin haar naam op een strookje papier: MARY FAUST. Anna zat met gesloten ogen naast haar en luisterde naar haar ademhaling en naar de geluiden van de apparatuur rond het bed en van de rest van de wereld, verder weg, een onderstroom van geluiden waarin ze zich op een gegeven moment weer zou moeten mengen. Heen-en-weergeloop, geschuifel, stilte. Tot ze in die onderstroom het geluid onderscheidde van voetstappen, die met een lichte aarzeling dichterbij kwamen.

Hij was het.

Ze glimlachten naar elkaar.

'Hoe gaat het met haar?' fluisterde hij.

'Je hoeft niet te fluisteren,' zei ze.

'Weet ik,' zei hij, weer fluisterend.

Ze lachten weer. Anna draaide haar hoofd en sloeg Mary gade. 'Zij was Bryans alibi – zij stond op het bandje dat je me nooit hebt laten horen.'

'Het bandje dat zoek is,' corrigeerde hij.

'Ze heeft het verteld, ze heeft het me allemaal verteld, maar ik luisterde niet goed genoeg. "De liefde bewandelt wondere wegen" zei ze.'

Hij knikte, keek van Mary naar Anna, en zei toen: 'Ik wil graag dat je blijft.'

'Je fluistert nog steeds.'

Laviolette kuchte, probeerde de juiste toon te vinden en herhaalde: 'Ik wil graag dat je blijft.'

'Dat is me nog nooit door iemand gevraagd.'
En hoewel ze al even zaten te praten, leek het alsof de stilte nu pas was verbroken.

Woord van dank

Mijn oprechte dank gaat, zoals altijd, uit naar mijn literair agent Clare Alexander, en naar mijn redacteur, Katie Espiner, voor hun exclusieve maatwerk.

Tevens gaat mijn dank uit naar brigadier Kelly Martin van politiekorps Durham voor het geduldige beantwoorden van mijn vele vragen over politiewerk.

Dit boek zou er nooit gekomen zijn zonder de gezichten, plaatsen en verhalen die mijn jeugd hebben bevolkt.

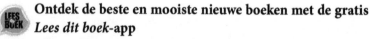 **Ontdek de beste en mooiste nieuwe boeken met de gratis** *Lees dit boek*-**app**

Wilt u als eerste de beste en mooiste nieuwe boeken ontdekken? Vaak nog voordat die boeken zijn verschenen en de pers erover heeft geschreven? Download dan gratis de *Lees dit boek*-app voor iPhone en iPad via www.leesditboek.nl.